AF553394

२३ हिन्दी कहानियाँ

23 हिन्दी कहानियाँ

सम्पादक
जैनेन्द्र कुमार

साहित्य अकादेमी
की ओर से

लोकभारती प्रकाशन

23 Hindi Kahaniyan—Twentythree best short stories in Hindi, edited by Jainendra Kumar, published by Lokbharti Prakashan, Allahabad-211001 on behalf of Sahitya Akademi, New Delhi.

साहित्य अकादेमी, नई दिल्ली
की ओर से

लोकभारती प्रकाशन
पहली मंजिल, दरबारी बिल्डिंग, महात्मा गाँधी मार्ग
प्रयागराज-211 001211 001
वेबसाइट : www.lokbhartiprakashan.com
ईमेल : info@lokbhartiprakashan.com
शाखाएँ : 1-बी, नेताजी सुभाष मार्ग, दरियागंज
नयी दिल्ली-110 002
अशोक राजपथ, साइंस कॉलेज के सामने
पटना-800 006 (बिहार)
1, अनमोल सोराबजी संतुक लेन, मरीन लाइंस
मुम्बई-400002

प्रथम संस्करण : 1997
वर्तमान संस्करण : 2025

आस्था पेपर कन्वर्टर
प्रयागराज द्वारा मुद्रित

23 HINDI KAHANIYAN
Edited by Jainendra Kumar

ISBN : 978-81-8031-578-7

मूल्य : ₹ 395

भूमिका

जब साहित्य अकादेमी ने मुझे हिन्दी की कहानियों का यह प्रतिनिधि संग्रह तैयार करने का काम सौंपा, तो बहुत काल से मैं असमंजस में रहा। साहित्य का संकलन और मूल्यांकन पाण्डित्य की अपेक्षा रखता है। मुझे वह प्राप्त नहीं है। इससे अच्छा था कि यह काम किसी जाने-माने आलोचक को सौंपा जाता।

कहा गया कि कहानी का ऐतिहासिक विवेचन नहीं करना है, अपनी पसन्द की श्रेष्ठ कहानियाँ चुन देनी हैं। तब कुछ रास्ता दिखाई दिया। अपनी रुचि के पीछे तो चला जा सकता है। पर कौन हैं, जो दावा करे कि उसने हिन्दी की सभी कहानियाँ पढ़ी हैं। फिर हर पाठक समीक्षक है। मेरी रुचि प्रतिनिधि रुचि न हुई तो? इसलिये चाहा कि बचूं।

पर बचना हो नहीं पाया। प्रमाण यह संग्रह है। संग्रह के कलेवर की सीमा के कारण मुझ जैसे सीमित पाठक को भी अपने अंकुश पर रखना पड़ता है। अन्य मित्रों के परामर्श को भो सिर-माथे लेना हुआ है। पर उनके परामर्श को विवशता नहीं कहना होगा; उसने मेरी राह सुगम की और मेरे संशय दूर किए। अब यह संकलन और कुछ न भी हो, उन मित्रों से प्रमाणित अवश्य है।

कहानियों के नित नये संकलन तैयार होते और बाजार में दिख जाते हैं। उसमें से अधिकांश से दृष्टि हटा लेनी पड़ती हैं। कारण, उनकी प्रेरणा में व्यवसाय रहता है। इस प्रेरणा से मुक्त संग्रह कम ही हैं। इस दृष्टि से यह संग्रह हिन्दी के एक अभाव की पूर्ति करेगा और देश-विदेश में हिन्दी कहानी के वैभव का यत्किंचित् परिचय देगा।

इस संग्रह में आप नयापन खोजेंगे तो कदाचित् आपको निराशा होगी। कहानी में नया या पुराना लिबास के सिवा हो भी क्या सकता है? मैं तो कहानी को

कहानी के रूप में ही जानता-मानता आया हूँ। जीवन के आरम्भ से आज तक कहानी का एक ही उद्देश्य रहा है, जीवन के उपकरणों द्वारा अपने को व्यक्त करना। और जहाँ तक रूपों का प्रश्न है, वह कहानी कहनेवाले या लिखनेवाले पर निर्भर है। हर व्यक्ति अपने आपमें अपवाद है। उसके व्यक्तित्व की अभिव्यक्ति के रूप में उसकी कहानी की विशिष्टताएँ भी होती हैं। न हों, तो कहानी क्या ? जो सर्वसामान्य को प्राप्त है; उसे देने का प्रयोजन नहीं रहता। इसलिये हर कहानीकार का निजी वैशिष्ट्य है, वह वैशिष्ट्य ही उसकी कहानी के आकर्षण की रचना करता है।

यही बात विषयों पर भी लागू होती है। आजकल अक्सर सुना जाता है कि कथा-साहित्य की आधुनिक प्रवृत्ति है आंचलिकता। यानी अंचल-विशेष के जीवन का निरूपण। पर किस कहानीकार ने अपने अंचल के जीवन का निरूपण नहीं किया ? किसने स्थानिक की उपेक्षा की ! पर यदि वह वहीं रुक जाय, तो फिर उस अंचल से बाहर वह कहानी ग्राह्य भी किस बल पर होगी ? इसलिए कहानीकार फैलकर अंचल से ब्रह्माण्ड तक और उतरकर परिप्रेक्ष्य से अन्तर्मन तक पहुँचता है। आज की कहानी सीमा के लिये आंचलिक कहलाए, तो और बात है, विस्तार और अवगाहन के लिए आंचलिक बनने की जरूरत नहीं है। इसी तरह की और भी बातें हैं, जैसे रूप यानी फार्म, शिल्प यानी टेकनीक। पर भाषा की भाँति ही ये सब साधन हैं, साध्य नहीं। युग-विशेष अथवा व्यक्ति-विशेष के कारण उसमें अन्तर परिवर्तन हो तो आश्चर्य क्या है ? पर वे बाह्यताएं कहानी नहीं हैं। कहानी उन सबमें व्याप्त और अतिव्याप्त भी है।

इसलिए अपने चुनाव में मेरा मन कहानी पर ही रहा है, उनकी विधाओं और उपकरणों पर नहीं। उपकरणों पर बल देनेवाली रचना बोध दे सकती है रस नहीं देती। और जो रस न दे, उसे कहानी किस हिम्मत से कहा जाय।

(२)

कहानी भारत की अपनी चीज़ है। वह उपनिषद् में है, पंचतंत्र और हितोपदेश में भी वही है। इन्हीं के माध्यम से वह विदेशों में फैली, विकसित हुई और नाना रूप धरकर लोक-मन में बसी। आधुनिक कहानी हमने विदेशों से ही प्राप्त की। पर बाहर से उसकी सूचना ही आयी। सूचना आते ही हिन्दी की परम्परा

जग पड़ी और उसने फिर अपने को अभिव्यक्त किया। यही कारण है कि यद्यपि हिन्दी की प्रारम्भिक कहानियाँ तुतलाती और अटक-अटक कर चलती हैं, पर दो-चार वर्षों में ही उसने विश्वास से डग भरने शुरू किये। यह विश्वास प्रारम्भ की जिस कहानी में बड़ी प्रतिभा से प्रकट हुआ, वह है गुलेरीजी की कहानी 'उसने कहा था'। पहले महायुद्ध की पृष्ठभूमि में लिखी गई यह कहानी अपनी सर्वाङ्गता में ऐसी सुन्दर है कि आज भी आनन्द-विस्मय का कारण बनी हुई है। त्यागमय प्रेम का वह चित्र हमारे आदर्श की पुनर्प्रतिष्ठा के लिये है।

पर 'उसने कहा था' एक संयोग हो सकती है। यह कि स्वयं गुलेरीजी की बाकी दो कहानियाँ निष्प्रभ और निस्पन्द हैं, मानो उनमें कुछ कहने को न हो, इस बात का प्रमाण है। सच यह है कि हिन्दी उपन्यास की भाँति हिन्दी कहानी भी प्रेमचन्द से प्रतिष्ठित हुई।

प्रेमचन्द की कहानी मुझे तब भी रुचती थी, आज भी पढ़ते-पढ़ते प्रभावित करती हैं। पाठक से साझेदारी का-सा व्यवहार, कथ्य की सामाजिक और सुगम भूमिका, बात को कहने का सधा लाघव—हिन्दी कहानी को भारतीय परम्परा से युक्त रखते हैं। प्रेमचन्द का उद्देश्य कहानी कहना तो था ही, देश को जगाना भी था। पर कहने में उन्होंने और किसी उद्देश्य की शर्त नहीं मानी। कौशिक और सुदर्शन में भी यह ध्यान था। इस त्रयी की रचनाओं में हिन्दी कहानी का सही आधार आ जाता है। चतुरसेन शास्त्री में इस गुण की मात्रा थी, पर वह पाठक को मानो विश्वास से अधिक प्रभाव में लेना चाहते हैं। इस-लिये कहानी प्रकृत से कुछ कृतिम होती है। जो हो, प्रेमचन्दोत्तर कहानी में सहसा ध्यान भीतर की ओर ही चला, सामाजिक से आन्तरिक की ओर। पात्र चरित्र हो उठा। व्यक्ति साधन से अधिक साध्य। आगे चलकर फिर भी कुछ लेखकों में दोबारा उस इतिवृत्तता के दर्शन हुए, पर कहानी में अन्तरंगता का आयाम खुला सो खुला।

(३)

'प्रसाद' से अज्ञेय तक हिन्दी कहानी की एक और समवर्ती धारा है, जो प्रेमचन्द के समानान्तर बहती रही। कथ्य में, कथानक से अधिक मर्मस्थितियों के चित्रण और मानसिक उद्घाटन पर बल देती रही है। शिल्प में काव्यात्मक

प्रतीक-व्यंजना पर। उसका वातावरण वायव्य रहा है और सांकेतिक संशय से किंचित् आच्छन्न। सत्य से अधिक जैसे उनसे रूप का आकर्षण है। घटना की वास्तविकता कम है, भावना का आरोपण अधिक। दूर से समेटने की चेष्टा में यह कहानी रंगीन होकर भी कुछ धुंधली हो गई है। प्रेमचन्द की घटनागत कहानी को आज भी कसौटी पर चढ़ाया जा सकता है। पर इन लेखकों की किसी-किसी कहानी को ही। यद्यपि युग के साथ चलने में यह अन्देशा रहता ही है कि उसका अर्थ युग के सहारे ही टिकेगा, अन्यथा खोया लगे। फिर भी इन लेखकों ने जीवन की कथा की बड़ी मार्मिक कहानियों में बाँधा और चित्रों में रंग-वैविध्य का सफल आयोजन किया। संगृहीत रचनाएं उसका परिचय दे सकेंगी। मैंने यद्यपि अपनी पसन्द की ही कहानियाँ यहाँ दी हैं, फिर भी यह भरसक चेष्टा की है कि लेखक का सही प्रतिनिधित्व हो और कहानी ऐसी हो, जो युग की प्रभविष्णुता से ऊपर उठ आई हो।

कहानी मन्तव्य-प्रधान भी हो सकती है, किन्तु तब जब मन्तव्य व्यापक हो और कहानी में व्याप्त हो। ऐसी कहानी कम ही सफल होती है। अधिकांश में कहानी के रस से च्युत हो जाने का खतरा रहता है। फिर भी 'तत्सम्' इस संग्रह में दी गई है।

(४)

प्रेमचन्द हमारे समस्त हिन्दी साहित्य के इतिहास में एक युग-निर्माता रहे हैं। उनके अन्तिम दिनों में ही प्रगतिवाद और समाजवाद के स्वर गूंजने लग गये थे। बाद में हिन्दी साहित्य में एक धारा इन वादों के सहारे बड़े जोर से बह निकली। लगता था, मानो उनके बहाव में सब कुछ बह जायगा। कहानीकार के भी पैर उखड़ गए। वह सिद्धान्तों की कहानी का रूप देने लगा। सहानुभूति के पात्र निश्चित हुए, आक्रोश के भी। जैसे साहित्य भी पक्षधर हो। आज जब वह लहर बहकर चली गई है, तब लगता है कि वह स्वयं अपने को ही बहा ले गई, साहित्य जहाँ का तहाँ है। और कहानी भी उन्हीं आधारों पर टिकी है, जिन पर पहले टिकी थी। जिन कहानीकारों ने उस लहर में भी कहानी का साथ न छोड़ा, उनमें यशपाल विशिष्ट है।

पिछले दशक में उदित नये कहानीकारों को संग्रह में स्थान न दिया जा

सका। कारण उनके साथ न्याय करने में संग्रह के कलेवर के साथ अन्याय हो जाता। वह कमी अगले संग्रह से पूरी की जा सकती है।

निवेदन समाप्त करने के पहले हिन्दीतर पाठकों की सुविधा के लिए 'उग्र' और राजा राधिकारमण प्रसाद सिंह के सम्बन्ध में दो पंक्ति कह देना उचित है। इन दोनों की उपलब्धियाँ मूल कथा से भी अधिक शैली के क्षेत्र में हैं। नहीं कहा जा सकता कि मूल का कितना रस अनुवाद द्वारा मिल सकेगा।

—जैनेन्द्र कुमार

सूची

कफन | प्रेमचन्द

१

झोंपड़े के द्वार पर बाप और बेटा दोनों एक बुझे हुए अलाव के सामने चुपचाप बैठे हुए थे और अन्दर बेटे की जवान बीवी बुधिया प्रसव-वेदना से पछाड़ खा रही थी। रह-रहकर उसके मुँह से ऐसी दिल हिला देने वाली आवाज़ निकलती थी कि दोनों कलेजा थाम लेते थे। जाड़ों की रात थी, प्रकृति सन्नाटे में डूबी हुई। सारा गाँव अन्धकार में लय हो गया था।

घीसू ने कहा—"मालूम होता है, बचेगी नहीं। सारा दिन दौड़ते हो गया। जा, देख तो आ।"

माधव चिढ़कर बोला—"मरना ही है तो जल्दी मर क्यों नहीं जाती! देखकर क्या करूँ?"

"तू बड़ा बेदर्द है बे! साल भर जिसके साथ सुख-चैन से रहा, उसी के साथ इतनी बेवफाई!"

"तो मुझसे तो उसका तड़पना और हाथ-पाँव पटकना नहीं देखा जाता।"

चमारों का कुनबा था और सारे गाँव में बदनाम। घीसू एक दिन काम करता तो तीन दिन आराम। माधव इतना कामचोर था कि आध घण्टे काम करता तो घण्टे भर चिलम पीता। इसलिये उन्हें कहीं मजदूरी नहीं मिलती थी। घर में मुट्ठी भर भी अनाज मौजूद हो, तो उनके लिए काम करने की कसम थी। जब दो-चार फाके हो जाते, तो घीसू पेड़ पर चढ़कर लकड़ियाँ तोड़ लाता और माधव बाज़ार में बेच आता। और जब तक वह पैसे रहते, दोनों इधर-उधर मारे-मारे फिरते। जब फाके की नौबत आ जाती, और फिर लकड़ियाँ

तोड़ते या मजदूरी तलाश करते। गाँव में काम की कमी न थी। किसानों का गाँव था, मेहनती आदमी के लिये पचास काम थे। मगर इन दोनों को लोग उसी वक्त बुलाते, जब दो आदमियों से एक का काम पाकर भी सन्तोष कर लेने के सिवा और कोई चारा न होता। अगर दोनों साधु होते, तो उन्हें संतोष और धैर्य के लिए संयम और नियम की बिलकुल जरूरत न होती। यह तो इनकी प्रकृति थी। विचित्र जीवन था इनका! घर में मिट्टी के दो-चार बर्तनों के सिवा कोई सम्पत्ति नहीं। फटे चीथड़ों से अपनी नग्नता को ढाँके हुए जिये जाते थे। संसार की चिन्ताओं से मुक्त! कर्ज से लदे हुए। गालियाँ भी खाते, मार भी खाते, मगर कोई गम नहीं। दीन इतने कि वसूली की बिलकुल आशा न रहने पर भी लोग इन्हें कुछ-न-कुछ कर्ज दे देते थे। मटर आलू की फसल में दूसरों के खेतों से मटर या आलू उखाड़ लाते और भून-भानकर खा लेते या दस-पाँच ऊख उखाड़ लाते और रात को चूसते। घीसू ने इसी आकाश-वृत्ति से साठ साल की उम्र काट दी और माधव भी सपूत बेटे की तरह बाप ही के पद-चिह्नों पर चल रहा था, बल्कि उसका नाम और भी उजागर कर रहा था। इस वक्त भी दोनों अलाव के सामने बैठकर आलू भून रहे थे, जो कि किसी के खेत से खोद लाये थे। घीसू की स्त्री का तो बहुत दिन हुए, देहान्त हो गया था। माधव का ब्याह पिछले साल हुआ था। जब से यह औरत आयी थी, उसने इस खानदान में व्यवस्था की नींव डाली थी। पिसाई करके या घास छीलकर वह सेर भर आटे का इन्तजाम कर लेती थी और इन दोनों बेगैरतों का दोजख भरती रहती थी। जब से वह आयी, यह दोनों और भी आलसी और आरामतलब हो गए थे बल्कि कुछ अकड़ने भी लगे थे। कोई कार्य करने को बुलाता, तो निर्व्याज भाव से दुगुनी मजदूरी माँगते। वही औरत आज प्रसव-वेदना से मर रही थी और यह दोनों शायद इसी इन्तज़ार में थे कि वह मर जाय, तो आराम से सोएँ।

घीसू ने आलू निकालकर छीलते हुए कहा—"जाकर देख तो, क्या दशा है उसकी? चुड़ैल का फिसाद होगा, और क्या? यहाँ तो ओझा भी एक रुपये माँगता है।"

माधव को भय था कि वह कोठरी में गया, तो घीसू आलुओं का बड़ा भाग साफ कर देगा। बोला—"मुझे वहाँ जाते डर लगता है।"

"डर किस बात का है, मैं तो यहाँ हूँ ही !"

"तो तुम्हीं जाकर देखो न ?"

"मेरी औरत जब मरी थी, तो मैं तीन दिन तक उसके पास से हिला तक नहीं था ! और फिर मुझसे लजाएगी कि नहीं ? जिसका कभी मुँह नहीं देखा, आज उसका उघड़ा हुआ बदन देखूँ ! उसे तन की सुध भी तो न होगी ? मुझे देख लेगी तो खुलकर हाथ-पाँव भी न पटक सकेगी !"

"मैं सोचता हूँ, कोई बाल-बच्चा हो गया तो क्या होगा ? सोंठ, गुड़, तेल, कुछ भी तो नहीं घर में !"

"सब कुछ आ जायगा भगवान् दें तो जो लोग अभी तक पैसा नहीं दे रहे हैं, वे ही कल बुलाकर रुपये देंगे । मेरे नौ लड़के हुए, घर में कभी कुछ न था, मगर भगवान ने किसी तरह बेड़ा पार ही लगाया ।"

जिस समाज में रात-दिन मेहनत करने वालों की हालत उनकी हालत से कुछ बहुत अच्छी न थी और किसानों के मुकाबले में वे लोग, जो किसानों की दुर्बलताओं से लाभ उठाना जानते थे, कहीं ज्यादा सम्पन्न थे, वहाँ इस तरह की मनोवृत्ति का पैदा हो जाना कोई अचरज की बात न थी । हम तो कहेंगे, घीसू किसानों से कहीं ज्यादा विचारवान था, जो किसानों के विचारशून्य समूह में शामिल होने के बदले बैठकबाज़ों की कुत्सित मण्डली में जा मिला था । हाँ, उसमें यह शक्ति न थी कि बैठकबाजों के नियम और नीति का पालन करता । इसलिये जहाँ उसकी मण्डली के और लोग गाँव के सरगना और मुखिया बने हुए थे, उस पर सारा गाँव उँगली उठाता था । फिर भी उसे यह तसकीन तो थी ही कि अगर वह फटेहाल है तो कम-से-कम उसे किसानों की-सी जी-तोड़ मेहनत तो नहीं करनी पड़ती । और उसकी सरलता और निरीहता से दूसरे लोग बेजा फ़ायदा तो नहीं उठाते !

दोनों आलू निकाल-निकालकर जलते-जलते खाने लगे । कल से कुछ नहीं खाया था । इतना सब्र न था कि उन्हें ठण्डा हो जाने दें । कई बार दोनों की जबानें जल गईं । छिल जाने पर आलू का बाहरी हिस्सा तो बहुत ज्यादा गर्म न मालूम होता, लेकिन दाँतों के तले पड़ते ही अन्दर का हिस्सा जबान और हलक और तालू को जला देता था और उस अंगारे को मुँह में रखने से ज्यादा खैरियत इसी में थी कि वह अन्दर पहुँच जाय । वहाँ उसे ठण्डा करने के लिए

काफ़ी सामान थे। इसलिए दोनों जल्द-जल्द निगल जाते। हालाँकि इस कोशिश में उनकी आँखों से आँसू निकल आते।

घीसू को उस वक्त ठाकुर की बारात याद आई, जिसमें बीस साल पहले वह गया था। उस दावत में उसे जो तृप्ति मिली थी, वह उसके जीवन में, एक याद रखने लायक बात थी और आज भी उसकी याद ताजा थी ! बोला—"वह भोज नहीं भूलता। तब से फिर उस तरह का खाना और भरपेट नहीं मिला। लड़कीवालों ने सबको भरपेट पूरियाँ खिलाई थीं, सबको ! छोटे-बड़े सबने पूरियाँ खायीं और असली घी की ! चटनी, रायता, तीन तरह के सूखे साग, एक रसेदार तरकारी, दही, चटनी, मिठाई। अब क्या बताऊँ कि उस भोज में क्या स्वाद मिला। कोई रोक-टोक नहीं थी। जो चीज चाहो माँगो और जितना चाहो खाओ। लोगों ने ऐसा खाया, ऐसा खाया, किसी से पानी न पिया गया। मगर परोसनेवाले हैं कि पत्तल में गर्म-गर्म गोल-गोल सुवासित कचौरियाँ डाल देते हैं। मना करते हैं कि नहीं चाहिए, पत्तल पर हाथ रोके हुए हैं, मगर वह हैं कि दिये जाते हैं और जब मुँह धो लिया, तो पान-इलायची भी मिली, मगर मुझे पान लेने की कहाँ सुध थी ? खड़ा न हुआ जाता था ! चटपट जाकर अपने कम्बल पर लेट गया। ऐसा दिल-दरियाव था वह ठाकुर !"

माधव ने इन पदार्थों का मन-ही-मन मज़ा लेते हुए कहा—"अब हमें कोई ऐसा भोज नहीं खिलाता।"

"अब कोई क्या खिलाएगा ? वह जमाना दूसरा था। अब तो सबको किफायत सूझती है। शादी-ब्याह में मत खर्च करो, क्रिया-कर्म में मत खर्च करो ! पूछो, गरीबों का माल बटोर-बटोर कर कहाँ रखोगे ! बटोरने में तो कमी नहीं है। हाँ, खर्च में किफायत सूझती है।"

"तुमने एक बीस पूरियाँ खायी होंगी ?"

"बीस से ज्यादा खायी थीं !"

"मैं पचास खा जाता !"

"पचास से कम मैंने भी न खायी होगी। अच्छा पट्ठा था। तू तो मेरा आधा भी नहीं है।"

आलू खाकर दोनों ने पानी पिया और वहीं अलाव के सामने अपनी धोतियाँ

ओढ़कर, पाँव पेट में डाले सो रहे थे जैसे दो बड़े-बड़े अजगर, गेंडुलियाँ मारे पड़े हों।

और बुधिया अभी तक कराह रही थी।

२

सवेरे माधव ने कोठरी में जाकर देखा, तो उसकी स्त्री ठण्डी हो गई थी। उसके मुँह पर मक्खियाँ भिनक रही थीं। पथराई हुई आँखें ऊपर टँगी हुई थीं। सारी देह धूल से लथपथ हो रही थी। उसके पेट में बच्चा मर गया था।

माधव भागा हुआ घीसू के पास आया। फिर जोर-जोर से हाय-हाय करने और छाती पीटने लगे। पड़ोसवालों ने यह रोना-धोना सुना तो दौड़े हुए आये और पुरानी मर्यादा के अनुसार इन अभागों को समझाने लगे।

मगर ज्यादा रोने-पीटने का अवसर न था। कफ़न की और लकड़ी की फ़िक्र करनी थी। घर में तो पैसा इस तरह गायब था, जैसे चील के घोसले में मांस।

बाप-बेटे रोते हुए गाँव के ज़मींदार के पास गये। वह दोनों की सूरत से नफ़रत करते थे। कई बार इन्हें अपने हाथों पीट चुके थे। चोरी करने के लिए, वादे पर काम पर न आने के लिए। पूछा—"क्या है बे घिसुआ, रोता क्यों है? अब तो तू कहीं दिखाई नहीं देता। मालूम होता है, इस गाँव में रहना नहीं चाहता!"

घीसू ने ज़मीन पर सिर रखकर आँखों में आँसू भरे हुए कहा—"सरकार! बड़ी विपत्ति में हूँ। माधव की घरवाली रात को गुजर गई। रात भर तड़पती रही सरकार! हम दोनों उसके सिरहाने बैठे रहे। दवा-दारू जो कुछ हो सका, सब कुछ किया, मुदा वह हमें दग़ा दे गई। अब कोई एक रोटी देने वाला भी न रहा मालिक! तबाह हो गये। घर उजड़ गया। आपका गुलाम हूँ। अब आपके सिवा कौन उसकी मिट्टी पार लगायेगा। हमारे हाथ में तो जो कुछ था, वह सब तो दवा-दारू में उठ गया। सरकार ही की दया होगी, तो उसकी मिट्टी उठेगी। आपके सिवा किसके द्वार पर जाऊँ?"

ज़मींदार साहब दयालु थे। मगर घीसू पर दया करना काले कम्बल पर रंग चढ़ाना था। जी में तो आया, कह दें, चल, दूर हो यहाँ से। यों तो बुलाने

से भी नहीं आता, आज जब गरज पड़ी, तो आकर खुशामद कर रहा है। हरामखोर कहीं का, बदमाश ! लेकिन यह क्रोध या दण्ड का अवसर न था। जी में कुढ़ते हुए दो रुपये निकाल कर फेंक दिये। मगर सान्त्वना का एक शब्द भी मुंह से न निकला। उसकी तरफ ताका भी नहीं। जैसे सिर का बोझ उतारा हो।

जब जमींदार साहब ने दो रुपये दिये, तो गाँव से बनिये-महाजनों को इनकार का साहस कैसे होता ? घीसू ज़मींदार के नाम का ढिंढोरा भी पीटना खूब जानता था। किसी ने दो आने दिये, किसी ने चार आने। एक घण्टे में घीसू के पास पाँच रुपये की अच्छी रकम जमा हो गई। कहीं से नाज मिल गया, कहीं से लकड़ी। और दोपहर को घीसू और माधव बाजार से कफ़न लाने चले। इधर लोग बाँस-वाँस काटने लगे।

गाँव की नर्म दिल स्त्रियाँ आ आकर लाश को देखती थीं और उसकी बेकसी पर दो बूंद आँसू गिराकर चली जाती थीं।

३

बाजार में पहुँचकर घीसू बोला—"लकड़ी तो उसे जलाने भर को मिल गई है, क्यों माधव !"

माधव बोला—"हाँ, लकड़ी तो बहुत है, अब कफ़न चाहिए।"

"तो चलो, कोई हल्का सा कफ़न ले लें।"

"हाँ और क्या ? लाश उठते-उठते रात हो जायगी। रात को कफ़न कौन देखता है।

"कैसा बुरा रिवाज है कि जिसे जीते जी तन ढाँकने को चीथड़ा भी न मिले, उसे मरने पर नया कफ़न चाहिये।"

"कफ़न लाश के साथ जल ही तो जाता है !"

"और क्या रखा रहता है ? यही पाँच रुपये पहले मिलते, तो कुछ दवा-दारू कर लेते।"

दोनों एक दूसरे के मन की बात ताड़ रहे थे। बाजार में इधर-उधर घूमते रहे। कभी इस बजाज की दूकान पर गये। कभी उसकी दूकान पर। तरह तरह के कपड़े, रेशमी और सूती देखे, मगर कुछ जंचा नहीं। यहाँ तक कि शाम

हो गई। तब दोनों न जाने किस दैवी प्रेरणा से एक मधुशाला के सामने आ पहुँचे और जैसे किसी पूर्व निश्चित योजना से अन्दर चले गये। वहाँ ज़रा देर तक दोनों असमंजस में खड़े रहे। फिर घीसू ने गद्दी के सामने जाकर कहा—"साहूजी, एक बोतल हमें भी देना।"

इसके बाद कुछ चिखौना आया, तली हुई मछलियाँ आयीं और दोनों बरामदे में बैठकर शान्तिपूर्वक पीने लगे।

कई कुज्जियाँ ताबड़तोड़ पीने के बाद दोनों सरूर में आ गये।

घीसू बोला—"कफ़न लगाने से क्या मिलता? आखिर जल ही तो जाता। कुछ बहू के साथ तो न जाता।"

माधव आसमान की तरफ देखकर बोला, मानों देवताओं को अपनी निष्पापता का साक्षी बना रहा हो—"दुनिया का दस्तूर है; नहीं लोग बामनों को हज़ारों रुपये क्यों दे देते हैं। कौन देखता है, परलोक में मिलता है या नहीं!"

"बड़े आदमियों के पास धन है। चाहे फूंकें! हमारे पास फूंकने को क्या है?"

"लेकिन लोगों को जवाब क्या दोगे? लोग पूछेंगे नहीं, कफ़न कहाँ है?"

घीसू हँसा—"अबे, कह देंगे कि रुपये कमर से खिसक गये। बहुत ढूंढ़ा, मिले नहीं। लोगों को विश्वास तो न आयेगा, लेकिन फिर वही रुपये देंगे।"

माधव भी हँसा, इस अनपेक्षित सौभाग्य पर बोला—"बड़ी अच्छी थी बेचारी! मरी तो खूब खिला-पिलाकर!"

आधी बोतल से ज्यादा उड़ गई। घीसू ने दो सेर पूरियाँ मँगाईं। चटनी, अचार, कलेजियाँ। शराबखाने के सामने ही दूकान थीं। माधव लपककर दो पत्तलों में सारा सामान ले आया। पूरा डेढ़ रुपया और खर्च हो गया। सिर्फ थोड़े से पैसे बच रहे।

दोनों इस वक्त शान से बैठे हुए पूरियाँ खा रहे थे, जैसे जंगल में कोई शेर अपना शिकार उड़ा रहा हो। न जवाबदेही का खौफ़ था, न बदनामी की फ़िक्र। इन भावनाओं को उन्होंने बहुत पहले ही जीत लिया था।

घीसू दार्शनिक भाव से बोला—"हमारी आत्मा प्रसन्न हो रही है, तो क्या उसे पुन्न न होगा?"

माधव ने श्रद्धा से सिर झुकाकर तसदीक की—ज़रूर से ज़रूर होगा। भग-

वान् तुम अन्तर्यामी हो। उसे बैकुण्ठ ले जाना। हम दोनों हृदय से आशीर्वाद दे रहे हैं। आज जो भोजन मिला, वह कभी उम्र भर न मिला था।"

एक क्षण के बाद माधव के मन में एक शंका जागी। बोला—"क्यों दादा, हम लोग भी तो एक-न-एक दिन वहाँ जायेंगे ही।"

घीसू ने इस भोले-भाले सवाल का कुछ उत्तर न दिया। वह परलोक की बातें सोचकर इस आनन्द में बाधा न डालना चाहता था।

"जो वहाँ वह हम लोगों से पूछे कि तुमने हमें कफ़न क्यों नहीं दिया, तो क्या कहोगे ?"

"कहेंगे तुम्हारा सिर !"

"पूछेगी तो जरूर !"

"तू कैसे जानता है कि उसे कफ़न न मिलेगा ? तू मुझे ऐसा गधा समझता है ? साठ साल क्या दुनिया में घास खोदता रहा हूँ ! उसको कफ़न मिलेगा और बहुत अच्छा मिलेगा !"

माधव को विश्वास न आया। बोला—"कौन देगा ? रुपये तो तुमने चट कर दिये। वह तो मुझसे पूछेगी। उसकी माँग में सेंदुर तो मैंने डाला था।"

घीसू गर्म होकर बोला—"मैं कहता हूँ, उसे कफ़न मिलेगा ! तू मानता क्यों नहीं ?"

"कौन देगा, बताते क्यों नहीं ?"

"वही लोग देंगे, जिन्होंने कि अबकी दिया। हाँ, अबकी रुपये हमारे हाथ न आयेंगे।"

ज्यों-ज्यों अँधेरा बढ़ता था और सितारों की चमक तेज़ होती थी, मधुशाला की रौनक भी बढ़ती जाती थी। कोई गाता था, कोई डींग मारता था, कोई अपने संगी के गले लिपट जाता था। कोई अपने दोस्त के मुंह से कुल्हड़ लगाये देता था।

वहाँ के वातावरण में सरूर था, हवा में नशा। कितने तो यहाँ आकर चुल्लू में मस्त हो जाते थे। शराब में ज्यादा यहाँ की हवा उन पर नशा करती थी। जीवन की बाधाएँ यहाँ खींच लाती थीं और कुछ देर के लिए वे यहाँ भूल जाते थे कि वे जीते हैं या मरते हैं। या न जीते हैं, न मरते हैं !

और यह दोनों बाप-बेटा अब भी मजे ले-लेकर चुसकियाँ ले रहे थे। सबकी निगाहें इनकी ओर जमी हुई थीं। दोनों कितने भाग्य के बली हैं! पूरी बोतल बीच में है।

भरपेट खाकर माधव ने बची हुई पूरियों का पत्तल उठाकर एक भिखारी को दे दिया, जो खड़ा इनकी ओर भूखी आँखों से देख रहा था। और 'देने' के गौरव, आनन्द और उल्लास का उसने अपने जीवन में पहली बार अनुभव किया।

घीसू ने कहा—"ले जा, खूब खा और आशीर्वाद दे! जिसकी कमाई है, वह तो मर गई। मगर तेरा आशीर्वाद उसे जरूर पहुँचेगा। रोयें-रोयें से आशीर्वाद दे; बड़ी गाढ़ी कमाई के पैसे हैं!"

माधव ने फिर आसमान की तरफ़ देखकर कहा—"वह बैकुण्ठ में जायगी दादा, वह बैकुण्ठ की रानी बनेगी।"

घीसू खड़ा हो गया और जैसे उल्लास की लहरों में तैरता हुआ बोला—"हाँ बेटा, बैकुण्ठ में जायगी। किसी को सताया नहीं। किसी को दबाया नहीं। मरते-मरते हमारी जिन्दगी की सबसे बड़ी लालसा पूरी कर गई। वह न बैकुण्ठ जायगी तो क्या ये मोटे-मोटे लोग जायँगे, जो ग़रीबों को दोनों हाथों से लूटते हैं और अपने पाप को धोने के लिए गंगा में नहाते हैं और मन्दिरों में जल चढ़ाते हैं!"

श्रद्धालुता का यह रंग तुरन्त ही बदल गया। अस्थिरता नशे की खासियत है। दुःख और निराशा का दौरा हुआ।

माधव बोला—"मगर दादा, बेचारी ने जिन्दगी में बड़ा दुख भोगा। कितना दुःख झेलकर मरी।"

वह आँखों पर हाथ रखकर रोने लगा, चीखें मार-मारकर।

घीसू ने समझाया—"क्यों रोता है बेटा, खुश हो कि वह मायाजाल से मुक्त हो गई। जंजाल से छूट गई। बड़ी भाग्यवान् थी, जो इतनी जल्द मायामोह के बन्धन तोड़ दिये।"

और दोनों खड़े होकर गाने लगे—

"ठगिनी क्यों नैना झमकावे! ठगिनी!"

पियक्कड़ों की आँखें इनकी ओर लगी हुई थीं और यह दोनों अपने दिल में मस्त गाये जाते थे। फिर दोनों नाचने लगे। उछले भी, कूदे भी। गिरे भी, मटके भी। भाव भी बनाये, अभिनय भी किये और आखिर नशे से बदमस्त होकर वहीं गिर पड़े।

●

उसने कहा था | चन्द्रधर शर्मा गुलेरी

बड़े-बड़े शहरों के इक्के-गाड़ीवालों की ज़बान के कोड़ों से जिनकी पीठ छिल गई है और कान पक गये हैं, उनसे हमारी प्रार्थना है कि अमृतसर के बम्बूकार्ट वालों की बोली का मरहम लगावें। जब बड़े-बड़े शहरों की चौड़ी सड़कों पर घोड़े की पीठ को चाबुक से धुनते हुए इक्के वाले कभी घोड़े की नानी से अपना निकट सम्बन्ध स्थिर करते हैं, कभी राह चलते पैदलों की आँखों के न होने पर तरस खाते हैं। कभी उनके पैरों की अँगुलियों के पोरों को चीथकर अपने ही को सताया हुआ बताते हैं और संसार भर की ग्लानि, निराशा और क्षोभ के अवतार बने नाक की सीध चले जाते हैं, अमृतसर में उनकी बिरादरी वाले तंग चक्करदार गलियों में हर एक लढ्ढीवाले के लिए ठहरकर सब्र समुद्र उमड़ाकर 'बचो खालसा जी', 'हटो भाई जी', 'ठहरना भाई', 'आने दो लाला जी', 'हटो बाछा' कहते हुए सफेद फेटों, खच्चरों और बतकों, गन्ने, खोमचे और भारेवालों के जंगल में से राह खेते हैं। क्या मजाल है कि 'जी' और 'साहब', बिना सुने किसी को हटना पड़े। यह बात नहीं कि उनकी जीभ चलती ही नहीं, चलती है, पर मीठी छुरी की तरह महीन मार करती है। यदि बुढ़िया बार-बार चितौनी देने पर भी लीक से नहीं हटती तो उनकी वचनावली के ये नमूने हैं—हट जा जीणे जोगिये, हट जा करमा वालिए, हट जा पुत्ताँ प्यारिए, बच जा, लम्बी उमर वालिए। समष्टि में इसका अर्थ है कि तू जीने योग्य है, तू भाग्योंवाली है, पुत्रों को प्यारी है, लम्बी उमर तेरे सामने है, तू क्यों मेरे पहियों के नीचे आना चाहती है ? बच जा।

ऐसे बम्बूकार्ट वालों के बीच में होकर एक लड़का और लड़की चौक की एक दुकान पर आ मिले। उसके बालों और इसके ढीले सुथने से जान पड़ता था कि दोनों सिक्ख हैं। वह अपने मामा के केश धोने के लिए दही लेने आया था और यह रसोई के लिए बड़ियाँ। दुकानदार एक परदेशी से गुंथ रहा था, जो सेर भर गीले पापड़ों की गड्डी को गिने बिना हटता न था।

"तेरे घर कहाँ है ?"

"मगरे में, और तेरे ?"

"माझे में, यहाँ कहाँ रहती है ?"

"अतरसिंह की बैठक में, वे मेरे मामा होते हैं।"

"मैं भी मामा के यहाँ आया हूँ उनका घर गुरू बाजार में है।"

इतने में दुकानदार निबटा और इनका सौदा देने लगा। सौदा लेकर दोनों साथ-साथ चले। कुछ दूर जाकर लड़के ने मुस्कराकर पूछा—"तेरी कुड़माई हो गई ?" इस पर लड़की कुछ आँखें चढ़ाकर 'धत्' कहकर दौड़ गई और लड़का मुँह देखता रह गया।

दूसरे-तीसरे दिन सब्जीवाले के यहाँ, या दूधवाले के यहाँ, अकस्मात् दोनों मिल जाते। महीने भर यही हाल रहा। दो-तीन बार लड़के ने फिर पूछा—"तेरी कुड़माई हो गयी ?" और उत्तर में वही 'धत्' मिला। एक दिन जब फिर लड़के ने वैसे ही हँसी में चिढ़ाने के लिये पूछा तो लड़की लड़के की सम्भावना के विरुद्ध बोली—"हाँ, हो गई।"

"कब ?"

"कल, देखते नहीं यह रेशम से कढ़ा हुआ सालू।"

लड़की भाग गई, लड़के ने घर की राह ली। रास्ते में एक लड़के को मोरी में ढकेल दिया, एक छाबड़ीवाले की दिन भर की कमाई खोई, एक कुत्ते पर पत्थर मारा और एक गोभीवाले के ठेले में दूध उँड़ेल दिया। सामने नहाकर आती हुई किसी वैष्णवी से टकराकर अन्धे की उपाधि पाई। तब कहीं घर पहुँचा।

"राम राम' यह भी कोई लड़ाई है ? दिन-रात खन्दकों में बैठे हड्डियाँ अकड़ गईं। लुधियाने से दस गुना जाड़ा और मेंह और बरफ़ ऊपर से, पिंडलियों तक कीच में धँसे हुए हैं। गनीम कहीं दिखता नहीं,—घण्टे दो घण्टे में कान के परदे फाड़नेवाले धमाके के साथ सारी खन्दक हिल जाती है और सौ-सो गंज धरती

उछल पड़ती है। इस गैबी गोले से बचे तो कोई लड़े। नगरकोट का ज़लज़ला सुना था, यहाँ दिन में पच्चीस-ज़लज़ले होते हैं। जो कहीं खन्दक से बाहर, साफ़ा या कुहनी निकल गई, तो चटाक् से गोली लगती है। न मालूम बेईमान मिट्टी में लिपटे हुए हैं या घास की पत्तियों में छिपे रहते हैं।"

"लहनासिंह, तीन दिन और हैं। चार तो खन्दक में ही बिता दिये। परसों 'रिलीफ़' आ जायगी और सात दिन की छुट्टी। अपने हाथों झटका करेंगे और पेट भर खाकर सो रहेंगे। उसी फिरंगी मेम के बाग़ में मखमल की सी हरी घास है। फल और दूध की वर्षा कर देती है। लाख कहते हैं, दाम नहीं लेती। कहती है, तुम राजा हो, मेरे मुल्क को बचाने आये हो।"

"चार दिन तक पलक नहीं झँपी। बिना फेरे घोड़ा बिगड़ता है और बिना लड़े सिपाही। मुझे तो संगीन चढ़ाकर मार्च का हुक्म मिल जाय। फिर सात जर्मनों को अकेला मारकर न लौटूं, तो मुझे दरबार साहब की देहली पर मत्था टेकना नसीब न हो। पाजी कहीं के, कलों के घोड़े—संगीन देखते ही मुँह फाड़ देते हैं और पैर पकड़ने लगते हैं। यों अंधेरे में तीस-तीस मन का फेंकते हैं। उस दिन धावा किया था—चार मील तक एक जर्मन नहीं छोड़ा था।

पीछे जनरल साहब ने हट आने का कमान दिया, "नहीं तो—"

"नहीं तो सीधे बर्लिन पहुँच जाते। क्यों?" सूबेदार हजारासिंह ने मुस्कराकर कहा—"लड़ाई के मामले जमादार या नायब के चलाये नहीं चलते। बड़े अफ़सर दूर की सोचते हैं। तीन सौ मील का सामना है! एक तरफ़ बढ़ गये तो क्या होगा।"

"सूबेदार जी, सच है!" लहनासिंह बोला—"पर करें क्या हड्डियों में तो जाड़ा धँस गया है। सूर्य निकलता नहीं और खाईं में दो तरफ़ से चम्बे की बावलियों के-से सोते झर रहे हैं। एक धावा हो जाये तो गरमी आ जाय।"

"उदमी उठ, सिगड़ी में कोले डाल। वजीरा, तुम चार जने बाल्टियाँ लेकर खाईं का पानी बाहर फेंको। लहनासिंह, शाम हो गई है, खाई में दरवाजे का पहरा बदल दे।" यह कहते हुए सूबेदार सारी खन्दक में चक्कर लगाने लगे। वजीरासिंह पल्टन का विदूषक था। बाल्टी में गंदा पानी भरकर खाईं के बाहर फेंकता हुआ बोला—"मैं पाधा बन गया हूँ। करो जर्मनी के बादशाह का तर्पण!" इस पर सब खिलखिला पड़े और उदासी के बादल फट गये।

लहनासिंह ने दूसरी बाल्टी भरकर उसके हाथ में देकर कहा—"अपनी बाड़ी के खरबूजों में पानी दो। ऐसा खाद का पानी पंजाब भर में नहीं मिलेगा।"

"हाँ, देश क्या है, स्वर्ग है। मैं तो लड़ाई के बाद सरकार से दस घुमा जमीन यहाँ माँग लूंगा और फलों के बूटे लगाऊँगा।"

"लाड़ी होराँ को भी यहाँ बुला लोगे! यह वही दूध पिलानेवाली फिरंगी मेम—"

"चुप कर। यहाँ वालों को शरम नहीं।"

"देस-देस की चाल है। आज तक मैं उसे समझा न सका कि सिख तमाखू नहीं पीते। वह सिगरेट देने में हठ करती है, ओठों में लगाना चाहती है और मैं पीछे हटता हूँ, तो समझती है कि राजा बुरा मान गया, अब मेरे मुलक के लिये लड़ेगा नहीं।"

"अच्छा, अब बोधासिंह कैसा है?"

"अच्छा है।"

"जैसे मैं जानता ही न होऊँ। रात भर तुम अपने दोनों कम्बल उसे उढ़ाते हो और आप सिगड़ी के सहारे गुजर करते हो। उसके पहरे पर आप पहरे दे आते हो। अपने सूखे लकड़ी के तख्तों पर उसे सुलाते हो, आप कीचड़ में पड़े रहते हो। कहीं तुम न माँदे पड़ जाना। जाड़ा क्या है, मौत है और 'निमोनिया' से मरने वालों को मुरब्बे नहीं मिला करते।"

"मेरा डर मत करो। मैं तो बुलेल की खड्ड के किनारे मरूँगा। भाई कीरत-सिंह की गोदी पर मेरा सिर होगा और मेरे हाथ के लगाये हुए आँगन में आम के पेड़ की छाया होगी।"

वजीरासिंह ने त्योरी चढ़ाकर कहा—"क्या मरने-मराने की बात लगाई है? मरें जर्मनी और तुरक!"

"हाँ भाइयों, कुछ गाओ।"

कौन जानता था कि दाढ़ियोंवाले घरबारी सिख ऐसा लुच्चों का गीत गायेंगे, पर सारी खन्दक गीत से गूंज उठी और सिपाही फिर ताजे हो गये, मानों चार दिन से सोते और मौज ही करते रहे हों।

दो पहर रात गई है; अँधेरा है। सन्नाटा छाया हुआ है। बोधासिंह खाली बिस्कुटों के तीन टिनों पर अपने दोनों कम्बल बिछाकर और लहनासिंह के दो

कम्बल और दो बरानकोट ओढ़कर सो रहा है। लहनासिंह पहरे पर खड़ा हुआ है। एक आँख खाईं के मुँह पर है और एक बोधासिंह के दुबले शरीर पर। बोधासिंह कराहा।

"क्यों बोधा भाई, क्या है ?"

"पानी पिला दो !"

लहनासिंह ने कटोरा उसके मुँह से लगाकर पूछा—"कहो कैसे हो ?"

पानी पीकर बोधा बोला—"कँपनी छुट रही है। रोम-रोम में तार दौड़ रहे हैं। दाँत बज रहे हैं।"

"अच्छा, मेरी जरसी पहन लो !"

"और तुम ?"

"मेरे पास सिगड़ी है, मुझे गर्मी लगती है; पसीना आ रहा है।"

"ना, मैं नहीं पहनता, चार दिन से तुम मेरे लिए—"

"हाँ, याद आई। मेरे पास दूसरी गरम जरसी है। आज सबेरे ही आई है। विलायत से मेमें बुन-बुनकर भेज रही हैं। गुरु उनका भला करें !" यों कहकर लहना अपना कोट उतारकर जरसी उतारने लगा।

"सच कहते हो ?"

"और नहीं झूठ ?" यों कहकर नाहीं करते बोधा को उसने जबरदस्ती जरसी पहना दी और खाकी कोट और जीन का कुरता भर पहनकर पहरे पर आ खड़ा हुआ। मेम की जरसी की कथा केवल कथा थी।

आधा घण्टा बीता। इतने में खाईं के मुँह से आवाज आई—"सूबेदार हजारासिंह !"

"कौन ? लपटन साहब ? हुकुम हुज़ूर", कहकर सूबेदार तनकर फौजी सलाम करके सामने हुआ।

"देखो, इसी दम धावा करना होगा। मील भर की दूरी पर पूरब के कोने में एक जर्मन खाईं है। उसमें ५० से ज्यादह जर्मन नहीं हैं। इन पेड़ों के नीचे-नीचे दो खेत काटकर रास्ता है। तीन-चार घुमाव हैं। जहाँ मोड़ है, वहाँ पंद्रह जवान खड़े कर आया हूँ। तुम यहाँ दस आदमी छोड़कर सबको साथ ले उनसे जा मिलो। खन्दक छीनकर वहाँ, जब तक दूसरा हुक्म न मिले, डटे रहो। हम यहाँ रहेगा।"

"जो हुक्म ।"

चुपचाप सब तैयार हो गए । बोधा भी कम्बल उतारकर चलने लगा । तब लहनासिह ने उसे रोका । लहनासिह आगे हुआ तो बोधा के बाप सूबेदार ने उँगली से बोधा की ओर इशारा किया । लहनासिह समझकर चुप हो गया । पीछे दस आदमी कौन रहें, इस पर बड़ी हुज्जत हुई । कोई रहना न चाहता था । समझा-बुझाकर सूबेदार ने मार्च किया । लपटन साहब लहना की सिगड़ी के पास मुँह फेरकर खड़े हो गये और जेब से सिगरेट निकालकर सुलगाने लगे । दस मिनट बाद उन्होंने लहना की ओर हाथ बढ़ाकर कहा—

"लो, तुम भी पियो ।"

आँख मारते-मारते लहनासिह सब समझ गया । मुँह का भाव छिपा कर बोला—"लाओ साहब ।" हाथ आगे करते ही सिगड़ी के उजाले में साहब का मुँह देखा । बाल देखे । तब उसका माथा ठनका, लपटन साहब के पट्टियों वाले बाल एक दिन में कहाँ उड़ गए और उसकी जगह कैदियों के कटे हुए बाल कहाँ से आ गए ?

शायद साहब शराब पिये हुए हैं और उन्हें बाल कटवाने का मौका मिल गया है । लहनासिह ने जाँचना चाहा ! लपटप साहब पाँच वर्ष से उसकी रेजि-मेंट में थे ।

"क्यों साहब, हम लोग हिन्दुस्तान कब जायँगे ?"

"लड़ाई खत्म होने पर । क्यों, क्या यह देश पसंद नही ?"

"नहीं साहब, शिकार के वे मजे यहाँ कहाँ ? याद है पर-साल नकली लड़ाई के पीछे हम आप जगाधरी जिले में शिकार करने गये थे—हाँ, हाँ—वहीं जब आप खोते पर सवार थे और आपका खानसामा अब्दुल्ला रास्ते के एक मंदिर में जल चढ़ाने को रह गया ?" "बेशक पाजी कहीं का"—"सामने से वह नील गाय निकली कि ऐसी बड़ी मैंने कभी न देखी थी । और आपकी एक गोली कन्धे में लगी और पुट्ठे में निकली । ऐसे अफसर के साथ शिकार खेलने में मज़ा है । क्यों साहब, शिमले से तैयार होकर नील गाय का सिर आ गया था । आपने कहा था कि रेजिमेंट की मेस में लगायेंगे !" "हाँ, पर मैंने वह बिलायत भेज दिया"—"ऐसे बड़े-बड़े सींग ! दो-दो फुट के तो होंगे !"

"हाँ लहनासिह, दो फुट चार इंच के थे । तुमने सिगरेट नहीं पिया ?"

"पीता हूँ, साहब, दियासलाई ले आता हूँ"—कहकर लहनासिंह खन्दक में घुसा। अब उसे सन्देह नहीं रहा था और उसने झटपट निश्चय कर लिया कि क्या करना चाहिये।

अँधेरे में किसी सोने वाले से वह टकराया।

"कौन ? वजीरासिंह ?"

"हाँ क्यों लहना ? क्या कयामत आ गई ? जरा तो आँख लगने दी होती ?"

"होश में आओ ! कयामत आयी है और लपटन साहब की वर्दी पहन कर आई है।"

"क्या ?"

"लपटन साहब या तो मारे गये हैं या कैद हो गये हैं। उनकी वर्दी पहन कर यह कोई जर्मन आया है। सूबेदार ने उसका मुँह नहीं देखा। मैंने देखा है और बातें की हैं; सौहरा साफ उर्दू बोलता है पर किताबी उर्दू। और मुझे पीने को सिगरेट दिया है ?"

"तो अब ?"

"अब मारे गये। धोखा है। सूबेदार कीचड़ में चक्कर काटते फिरेंगे और यहाँ खाईं पर धावा होगा। उधर उन पर खुले में धावा होगा, उठो, एक काम करो। पलटन के पैरों के निशान देखते-देखते दौड़ जाओ। अभी बहुत दूर न गये होंगे। सूबेदार से कहो कि एकदम लौट आवें। खन्दक की बात झूठ है। चले जाओ, खन्दक के पीछे से निकल जाओ, पत्ता तक न खड़के, देर मत करो।"

"हुक्म तो यह है कि यहीं····"

"ऐसी तैसी हुक्म की ! मेरा हुक्म—जमादार लहनासिंह का, जो इस वक्त यहाँ सबसे बड़ा अफ़सर है, उसका हुक्म है। मैं लपटन साहब की खबर लेता हूँ।"

"पर यहाँ तो तुम आठ ही हो।"

"आठ नहीं, दस लाख। एक-एक अकालिया सिख सवा लाख के बराबर होता है। चले जाओ।"

लौटकर खाईं के मुहाने पर लहनासिंह दीवार से चिपक गया। उसने देखा

कि लपटन साहब ने जेब से बेल के बराबर तीन गोले निकाले। तीनों को जगह-जगह खन्दक की दीवारों में घुसेड़ दिया और तीनों में एक तार सा बाँध दिया। तार के आगे सूत की एक गुत्थी थी, जिसे सिगड़ी के पास रक्खा। बाहर की तरफ एक दियासलाई गुत्थी पर रखने····

बिजली की तरह दोनों हाथों से उल्टी बन्दूक को उठाकर साहब को कुहनी पर तानकर दे मारा। धमाके के साथ साहब के हाथ से दियासलाई गिर पड़ी। लहनासिंह ने एक कुन्दा साहब की गरदन पर मारा और साहब "आह ! माई गॉड" कहते हुए चित्त हो गये। लहनासिंह ने तीनों गोले बीनकर खन्दक के बाहर फेंके और साहब को घसीटकर सिगड़ी के पास लिटाया। जेबों की तलाशी ली। तीन चार लिफाफे और एक डायरी निकालकर उन्हें अपनी जेब के हवाले किया।

साहब की मूर्छा हटी। लहनासिंह हँसकर बोला—"क्यों लपटन साहब ? मिजाज कैसा है ? आज मैंने बहुत बातें सीखीं। यह सीखा कि सिख सिगरेट पीते हैं। यह सीखा कि जगाधरी के जिले में नील गायें होतीं हैं और उनके दो फुट चार इंच के सींग होते हैं। यह सीखा कि मुसलमान खानसामा मूर्तियों पर जल चढ़ाते हैं और लपटन साहब खोते पर चढ़ते हैं। पर यह तो कहो, ऐसी साफ उर्दू कहाँ से सीख आये ?"

हमारे लपटन साहब तो बिना 'डैम' के पाँच लफ्ज भी नहीं बोला करते थे।"

लहना ने पतलून की जेबों की तलाशी नहीं ली थी। साहब ने मानों जाड़े से बचने के लिये, दोनों हाथ जेब में डाले।

लहनासिंह कहता गया—"चालाक तो बड़े हो, पर माँझे का लहना इतने बरस लपटन साहब के साथ रहा है। उसे चकमा देने के लिये चार आँखें चाहिये। तीन महीने हुए, एक तुर्की मौलवी मेरे गाँव में आया था। औरतों को बच्चे होने की तावीज बाँटता था और बच्चों को दवाई देता था। चौधरी की बड़ के नीचे मंजा बिछाकर हुक्का पीता रहता था और कहता था कि जर्मनी वाले बड़े पंडित हैं। वेद पढ़ पढ़कर उसमें से विमान चलाने की विद्या जान गये हैं। गौ को नहीं मारते। हिन्दुस्तान में आ जायेंगे, तो गौ हत्या बन्द कर देंगे। मंडी के बनियों को बहकाता था कि डाकखाने से रुपये निकाल लो, सरकार का राज्य जाने वाला है। डाक बाबू पोल्हूराम भी डर गया था। मैंने मुल्लाजी की

दाढ़ी मूंड़ दी थी और गाँव से बाहर निकालकर कहा था कि जो मेरे गाँव में अब पैर रक्खा तो····।

साहब की जेब में से पिस्तौल चला और लहना की जाँघ में गोली लगी। इधर लहना की हैनरी मार्टिनी के दो फायरों ने साहब की कपालक्रिया कर दी। धड़ाका सुनकर सब दौड़ आये।

बोधा चिल्लाया—"क्या है ?"

लहनासिंह ने उसे यह कहकर सुला दिया कि "एक हड़का हुआ कुत्ता आया था, मार दिया" औरों से सब हाल कह दिया; बन्दूकें लेकर सब तैयार हो गए। लहना ने साफा फाड़कर घाव के दोनों तरफ पट्टियाँ कसकर बाँधी। घाव मांस में ही था। पट्टियों के कसने से लहू निकलना बन्द हो गया।

इतने में सत्तर जर्मन चिल्लाकर खाईं में घुस पड़े। सिक्खों की बन्दूकों की बाढ़ ने पहले धावे को रोका। दूसरे को रोका, पर यहाँ थे आठ (लहनासिंह तक-तककर मार रहा था—वह खड़ा था, और लेटे हुए थे) और वे सत्तर। अपने मुर्दा भाइयों के शरीर पर चढ़कर जर्मन आगे घुसे आते थे। थोड़े से मिनटों में वे····

अचानक आवाज आयी "वाह गुरुजी दी फतह ? वाह गुरुजी दा खालसा !" और धड़ाधड़ बन्दूकों के फायर जर्मनी के पीठ पर पड़ने लगे। ऐन मौके पर जर्मन दो चक्की के पाटों के बीच में आ गये। पीछे से सूबेदार हजारासिंह के जवान आग बरसाते थे और सामने लहनासिंह के साथियों के संगीन चल रहे थे। पास आने पर पीछेवालों ने भी संगीन पिरोना शुरू कर दिया।

एक किलकारी और—"अकाली सिक्खाँ दी फौज आयी। वाह गुरुजी दी फतह ! वाह गुरुजी दा खालसा !! सत्तसिरि अकाल पुरुष !! और लड़ाई खतम हो गई। तिरसठ जर्मन या तो खेत रहे थे या कराह रहे थे। सिक्खों में पन्द्रह के प्राण गये। सूबेदार के कन्धे में से गोली आर-पार निकल गई। लहनासिंह की पसली में एक गोली लगी। उसने घाव को खन्दक की गीली मिट्टी से पूर लिया और बाकी का साफा कसकर कमरबन्द की तरह लपेट लिया। किसी को खबर न हुई कि लहना के दूसरा घाव भारी घाव लगा है।

लड़ाई के समय चाँद निकल आया था। ऐसा चाँद, जिसके प्रकाश से

संस्कृत कवियों का दिया हुआ 'क्षयी' नाम सार्थक होता है। और हवा ऐसी चल रही थी, जैसी कि बाणभट्ट की भाषा में 'दन्तवीणोपदेशाचार्य' कहलाती। वजीरासिह कह रहा था कि कैसे मन-मन भर फ्रांस की भूमि मेरे बूटों से चिपक रही थी, जब मैं दौड़ा-दौड़ा सूबेदार के पीछे गया था। सूबेदार, लहनासिह से सारा हाल सुन, और कागजात पाकर, उसकी तुरत-बुद्धि को सराह रहे थे, और कह रहे थे कि तू न होता तो आज सब मर जाते।

इस लड़ाई की आवाज तीन मील दाहिनी ओर की खाईंवालों ने सुन ली थी। उन्होंने पीछे टेलीफोन कर दिया था। वहाँ से झटपट डाक्टर और दो बीमार ढोने की गाड़ियाँ चलीं, जो कोई डेढ़ घंटे के अन्दर-अन्दर वहाँ आ पहुँचीं फील्ड अस्पताल नजदीक था। सुबह होते-होते पहुँच जायँगे, इसलिए मामूली पट्टी बाँधकर एक गाड़ी में घायल लिटाये गये और दूसरी में लाशें रक्खीं गईं। सूबेदार ने लहनासिह की जाँघ में पट्टी बँधवानी चाही। पर उसने यह कहकर टाल दिया कि थोड़ा घाव है; सबेरे देखा जायगा; बोधासिह ज्वर में बर्रा रहा था। वह गाड़ी में लिटाया गया। लहना को छोड़कर सूबेदार जाते नहीं थे। यह देख लहना ने कहा—"तुम्हें बोधा की कसम है; और सूबेदारनीजी की सौगन्ध है, जो इस गाड़ी में न चले जाओ।"

"और तुम ?"

"मेरे लिए वहाँ पहुँचकर गाड़ी भेज देना। और जर्मन मुर्दों के लिए भी तो गाड़ियाँ आती होंगी। मेरा हाल बुरा नहीं है। देखते नहीं, मैं खड़ा हूँ ! वजीरा सिंह मेरे पास है ही !"

"अच्छा पर—"

"बोधा गाड़ी पर लेट गया ? भला, आप भी चढ़ जाओ। सुनिए तो, सूबेदारनी होराँ को चिट्ठी लिखो तो मेरा मत्था टेकना लिख देना। और जब घर जाओ, तो कह देना कि मुझसे जो उन्होंने कहा था, वह मैंने कर दिया।"

गाड़ियाँ चल पड़ी थीं। सूबेदार ने चढ़ते-चढ़ते लहना का हाथ पकड़ कर कहा—"तैंने मेरे और बोधा के प्राण बचाये हैं। लिखना कैसा ? साथ ही घर चलेंगे। अपनी सूबेदारनी से तुम ही कह देना, उसने क्या कहा था ?"

"अब आप गाड़ी पर चढ़ जाओ। मैंने जो कहा, वह लिख देना और कह भी देना।"

गाड़ी के जाते ही लहना लेट गया। "वजीरा, पानी पिला दे और मेरा कमरबन्द खोल दे। तर हो रहा है।"

मृत्यु के कुछ समय पहले स्मृति बहुत साफ हो जाती है। जन्म भर की घटनाएँ एक-एक करके सामने आती हैं। सारे दृश्यों के रंग साफ होते हैं, समय की धुन्ध बिलकुल उन पर से हट जाती है।

लहनासिंह बारह वर्ष का है। अमृतसर में मामा के यहाँ आया हुआ है। दहीवाले के यहाँ, सब्जीवाले के यहाँ, हर कहीं, उसे एक आठ वर्ष की लड़की मिल जाती है। जब वह पूछता है कि तेरी कुड़माई हो गई ? तब 'धत्' कहकर वह भाग जाती है। एक दिन उसने वैसे ही पूछा तो उसने कहा····हाँ, कल हो गई। देखते नहीं, यह रेशम के फूलों वाला सालू ?' सुनते ही लहनासिंह को दुःख हुआ। क्रोध हुआ। क्यों हुआ ?

"वजीरासिंह, पानी पिला दे।"

पचीस वर्ष बीत गये। अब लहनासिंह नं० ७७ राइफल्स में जमादार हो गया है। उस आठ वर्ष की कन्या का ध्यान ही न रहा। न मालूम वह कभी मिली थी, या नहीं। सात दिन की छुट्टी लेकर जमीन के मुकदमे की पैरवी करने वह अपने घर गया, वहाँ रजीमेंट अफसर की चिट्ठी मिली कि फौज लाम पर जाती है। फौरन चले आओ। साथ ही सूबेदार हजारासिंह की चिट्ठी मिली कि मैं और बोधासिंह भी लाभ पर जाते हैं, लौटते हुए हमारे घर होते जाना। साथ चलेंगे। सूबेदार का गाँव रास्ते में पड़ता था और सूबेदार उसे बहुत चाहता था; लहनासिंह सूबेदार के यहाँ पहुँचा।

जब चलने लगे, तब सूबेदार बेड़े में से निकलकर आया। बोला, लहना, सूबेदारनी तुझको जानती है! बुलाती है, जा मिल आ।' लहनासिंह भीतर पहुँचा। सूबेदारनी मुझे जानती है ? कब से, रजीमेंट के क्वार्टरों में तो कभी सूबेदार के घर के लोग रहे नहीं। दरवाजे पर जाकर 'मत्था टेकना' कहा। असीस सुनी। लहनासिंह चुप।

"मुझे पहचाना।

'नहीं।'

'तेरी कुड़माई हो गई। धत्····कल हो गई····देखते नहीं, रेशमी बूटों वाला सालू····अमृतसर में····'

भावों की टकराहट से मूर्च्छा खुली। करवट बदली। पसली का घाव बह निकला।

"वजीरा पानी पिला····उसने कहा था।"

स्वप्न चल रहा है। सूबेदारनी कह रही है—'मैंने तेरे को आते ही पहचान लिया। एक काम कहती हूँ, मेरे तो भाग फूट गये। सरकार ने बहादुर का खिताब दिया है, लायलपुर में जमीन दी है, आज नमक-हलाली का मौका आया है। पर सरकार ने हम तीमियों की घघरिया पलटन क्यों न बना दी, जो मैं भी सूबेदारजी के साथ चली जाती? एक बेटा है। फौज में भरती हुए उसे एक ही वर्ष हुआ। उसके पीछे चार और हुए, पर एक भी नहीं जिया।' सूबेदारनी रोने लगी, 'अब दोनों जाते हैं! मेरे भाग? तुम्हें याद है, एक दिन टाँगे वाले का घोड़ा दही-वाले की दुकान के पास बिगड़ गया था। तुमने उस दिन मेरे प्राण बचाये थे। आप घोड़े की लातों में चले गये थे और मुझे उठाकर दुकान के तख्त पर खड़ा कर दिया था। ऐसे ही इन दोनों को बचाना, यह मेरी भिक्षा है। तुम्हारे आगे मैं आँचल पसारती हूँ।'

रोती-रोती सूबेदारनी ओबरी में चली गई। लहना भी आँसू पोंछता हुआ बाहर आया।

"वजीरासिंह, पानी पिला····उसने कहा था।"

लहना का सिर अपनी गोदी पर रक्खे वजीरासिंह बैठा है। जब माँगता है, तब पानी पिला देता है। आध घण्टे तक लहना चुप रहा, फिर बोला—

"कौन कीरतसिंह?"

वजीरा ने कुछ समझकर कहा, "हाँ।"

"भइया, मुझे कुछ ऊँचा कर ले। अपने पट्टे पर मेरा सिर रख ले।"

वजीरा ने वैसा ही किया।

"हाँ, अब ठीक है। पानी पिला दे। बस, अब के हाड़ में यह आम खूब फलेगा। चाचा-भतीजा यहीं बैठकर आम खाना। जितना बड़ा तेरा भतीजा है, उतना ही यह आम है। जिस महीने उसका जन्म हुआ था, उसी महीने मैंने इसे लगाया था।

वजीरासिंह के आँसू टप-टप टपक रहे थे।

कुछ दिन पीछे लोगों ने अखबारों में पढ़ा—

फ्रांस और बेलजियम—६८वीं सूची—मैदान में घावों से मरा—नं ७७ सिख राइफ़ल्स जमादार लहनासिंह।

●

गुण्डा जयशंकर प्रसाद

१

पचास वर्ष से ऊपर था। तब भी युवकों से अधिक बलिष्ठ और दृढ़ था। चमड़े पर झुर्रियाँ नहीं पड़ी थीं। वर्षा की झड़ी में, पूस की रातों की छाया में, कड़कती हुई जेठ की धूप में, नंगे शरीर घूमने में वह सुख मानता था। उसकी चढ़ी मूँछें बिच्छू के डंक की तरह, देखने वालों की आँखों में चुभती थीं। उसका साँवला रंग साँप की तरह चिकना और चमकीला था। उसकी नागपुरी धोती का लाल रेशमी किनारा दूर से भी ध्यान आर्कषित करता। कमर में बनारसी सेल्हे का फेटा, जिसमें सीप की मूठ का बिछुआ खुँसा रहता था। उसके घुँघराले बालों पर सुनहले पल्ले के सोफे का छोर उसकी चौड़ी पीठ पर फैला रहता। ऊँचे कन्धे पर टिका हुआ चौड़ी धार का गँड़ासा, यह थी उसकी धज। पंजों के बल जब वह चलता, तो उसकी नसे चटाचट बोलती थीं। वह गुण्डा था।

ईसा की अठारहवीं शताब्दी के अन्तिम भाग में वही काशी नहीं रह गई थी, जिनमें उपनिषद् के अजातशत्रु की परिषद में ब्रह्मविद्या सीखने के लिए विद्वान् ब्रह्मचारी आते थे। गौतम बुद्ध और शंकराचार्य के धर्म-दर्शन के वाद-विवाद कई शताब्दियों से लगातार मन्दिरों और मठों के ध्वंस और तपस्वियों के वध के कारण, प्रायः बन्द से हो गये थे। यहाँ तक कि पवित्रता और छुआछूत में कट्टर वैष्णव धर्म भी उस विश्रृङ्खलता में नवागंतुक धर्मोन्माद में, अपनी असफलता देखकर काशी में अघोर रूप धारण कर रहा था। उसी समय समस्त न्याय और बुद्धिवाद को शस्त्र बल के सामने झुकते देखकर, काशी के विच्छिन्न और निराश नागरिक जीवन ने, एक नवीन सम्प्रदाय की सृष्टि की। वीरता जिसका

धर्म था। अपनी बात पर मिटना, सिंहवृत्ति से जीविका ग्रहण करना, प्राण-भिक्षा माँगने वाले कायरों तथा चोट खाकर गिरे हुए प्रतिद्वन्द्वी पर शस्त्र न उठाना, सताये हुए निर्बलों को सहायता देना और प्रत्येक क्षण प्राणों को हथेली पर लिये घूमना, उनका बाना था। उन्हें लोग काशी में गुण्डा कहते थे।

जीवन की किसी अलभ्य अभिलाषा से वंचित होकर जैसे प्रायः लोग विरक्त हो जाते हैं, ठीक उसी तरह किसी मानसिक चोट से घायल होकर एक प्रतिष्ठित जमींदार का पुत्र होने पर भी, नन्हकूसिंह गुण्डा हो गया था। दोनों हाथों से उसने अपनी सम्पत्ति लुटाई। नन्हकूसिंह ने बहुत-सा रुपया खर्च करके जैसा स्वाँग खेला था, उसे काशीवाले बहुत दिनों तक नहीं भूल सके। बसन्त ऋतु में यह प्रहसनपूर्ण अभिनय खेलने के लिए उन दिनों प्रचुर धन, बल, निर्भीकता और उच्छृङ्खलता की आवश्यकता होती थी। एक बार नन्हकूसिंह ने भी एक पैर में नूपुर, एक हाथ में तोड़ा, एक आँख में काजल, एक कान में हजारों के मोती तथा दूसरे कान में फटे जूते का पल्ला लटका कर, एक हाथ में जड़ाऊ मूठ की तलवार, दूसरा हाथ आभूषणों से लदी हुई अभिनय करनेवाली प्रेमिका के कन्धे पर रखकर गया था—

'कहीं बैंगनवाली मिले तो बुला देना।'

प्रायः बनारस के बाहर की हरियालियों में, अच्छे पानीवाले कुओं पर गंगा की धारा में मचलती हुई डोंगी पर वह दिखलाई पड़ता था। कभी-कभी जूआ-खाने से निकल जब वह चौक में आ जाता, तो काशी की रँगीली वेश्याएँ मुस्करा-कर उसका स्वागत करतीं और उसके दृढ़ शरीर को सस्पृह देखतीं। वह तमोली की दूकान पर बैठकर उनके गीत सुनता, ऊपर कभी नहीं जाता था। जूए की जीत का रुपया मुट्ठियों में भरकर, उनकी खिड़की में वह इस तरह उछालता कि कभी-कभी समाजी लोग अपना सिर सहलाने लगते। तब वह ठठाकर हँस देता। जब कभी लोग कोठे के ऊपर चलने के लिये कहते, तो वह उदासी की साँस खींचकर चुप हो जाता।

वह अभी बंसी के जूआखाने से निकला था। आज उसकी कौड़ी ने साथ न दिया। सोलह परियों के नृत्य में उसका मन न लगा। मन्नू तमोली को दूकान पर बैठते हुए उसने कहा—"आज सायत अच्छी नहीं रही मन्नू।"

"क्यों मालिक ! चिंता किस बात की है ? हम लोग किस दिन के लिए हैं ? सब आप ही का तो है।"

"अरे बुद्धू ही रहे तुम। नन्हकूसिंह जिस दिन किसी से लेकर जुआ खेलने लगें, उसी दिन समझना, वह मर गये। तुम जानते नहीं कि मैं जूआ खेलने कब जाता हूँ ? जब मेरे पास एक पैसा नहीं रहता, उस दिन नाल पर पहुँचते ही जिधर बड़ी ढेरी रहती है, उस को बदता हूँ, और फिर वही दाव आता भी है। बाबा कीनाराम का यह वरदान है।"

"तब आज क्यों मालिक ?"

"पहला दाव तो आया ही, फिर दो-चार हाथ बदने पर सब निकल गया, तब भी लो, यह पाँच रुपये बचे हैं। एक रुपया तो पान के लिए रख लो। और चार दे दो मलूकी कथक को, कह दो कि दुलारी से गाने के लिए कह दे। हाँ, वही एक गीत—बिलमि विदेस रहे।"

नन्हकूसिंह को बात सुनते ही मलूकी, जो अभी गाँजे की चिलम पर रखने के लिये अंगारा चूर कर रहा था, घबराकर उठ खड़ा हुआ। वह सीढ़ियों पर दौड़ता हुआ चढ़ गया। चिलम को देखते ही ऊपर चढ़ा, इसीलिए उसे चोट भी लगी, पर नन्हकूसिंह की भृकुटी देखने की शक्ति उसमें कहाँ ? उसे नन्हकूसिंह की वह मूर्ति भूली न थी, जब इस पान की दूकान पर जूएखाने से जीता हुआ, रुपये से भरा तोड़ा लिये वह बैठा था। नन्हकू ने पूछा—"यह किसकी बारात है ?"

"ठाकुर बोधीसिंह के लड़के की।"—मन्नू के इतना कहते ही नन्हकू के ओठ फड़कने लगे। उसने कहा—"मन्नू ! यह नहीं हो सकता। आज इधर से बारात न जायगी। बोधीसिंह हमसे निपटकर तब बारात इधर से ले जा सकेंगे।"

मन्नू ने कहा—"तब मालिक, मैं क्या करूँ ?"

नन्हकू गड़ाँसा कन्धे पर से और ऊँचा करके मलूकी से बोला—"मलुकिया देखता है, अभी जा ठाकुर से कह दे, कि बाबू नन्हकूसिंह आज यहीं लगाने के लिए खड़े हैं। समझकर आवें, लड़के की बारात है।"

मलुकिया काँपता हुआ ठाकुर बोधीसिंह के पास गया। बोधीसिंह और नन्हकू का पाँच वर्ष तक सामना नहीं हुआ है। किसी दिन नाल पर कुछ बातों में कहा-सुनी होकर, बीच-बचाव हो गया था। फिर सामना नहीं हो सका था। आज नन्हकू जान पर खेलकर अकेले खड़ा है। बोधीसिंह भी उस आन को

समझते थे। उन्होंने मलूकी से कहा—जा बे, कह दे कि हमको क्या मालूम कि बाबू साहब वहाँ खड़े हैं। जब वह हैं ही, तो दो समधी जाने का क्या काम है?

बोधीसिंह लौट गये और मलूकी के कन्धे पर तोड़ा लादकर बाजे के आगे नन्हकूसिंह बारात लेकर गये। ब्याह में जो कुछ लगा, खर्च किया। ब्याह कराकर तब दूसरे दिन इसी दूकान पर आकर रुक गये। लड़के को और उसकी बारात को उसके घर भेज दिया।

मलूकी को भी दस रुपया मिला था, उस दिन। फिर नन्हकूसिंह की बात सुनकर बैठे रहना और यम को न्योता देना एक ही बात थी। उसने जाकर दुलारी से कहा—हम ठेका लगा रहे हैं, तुम गाओ, तब तक बल्लू सारंगीवाला पानी पीकर आता है।

'बाप रे! कोई आफत आयी है क्यों बाबू साहब? सलाम।''—कहकर दुलारी ने खिड़की से मुस्कराकर झाँका था कि नन्हकूसिंह उसके सलाम का जवाब देकर, दूसरे एक आनेवाले को देखने लगे।

हाथ में हरौती की पतली सी छड़ी, आँखों में सुरमा, मुँह में पान, मेंहदी लगी हुई लाल दाढ़ी, जिसकी सफेद जड़ें दिखलाई पड़ रही थीं, कुब्बेदार टोपी, छकलिया अँगरखा और साथ में लेसदार परतलेवाले दो सिपाही। कोई मौलवी साहब हैं। नन्हकू हँस पड़ा। नन्हकू की ओर बिना देखे ही मौलवी ने एक सिपाही से कहा—''जाओ' दुलारी से कह दो कि आज रेजिडेण्ट साहब की कोठी पर मुजरा करना होगा, अभी चलें। देखो, तब तक हम जानअली से कुछ इत्र ले रहे हैं।''

सिपाही ऊपर चढ़ रहा था और मौलवी दूसरी ओर चले थे कि नन्हकू ने ललकारकर कहा—''दुलारी! हम कब तक यहाँ बैठे रहें? क्या अभी सारंगिया नहीं आया?''

दुलारी ने कहा—''वाह बाबू साहब? आप ही के लिए तो मैं यहाँ आ बैठी हूँ। सुनिए न। आप तो कभी ऊपर....'' मौलवी जल उठा। उसने कड़ककर कहा—''चोबदार! अभी वह सुअर की बच्ची उतरी नहीं? जाओ, कोतवाल के पास मेरा नाम लेकर कहो कि मौलवी अलाउद्दीन कुबरा ने बुलाया है। आकर इसकी मरम्मत करें। देखता हूँ, जब से नवाबी गई, इन काफिरों की मस्ती बढ़ गई है।''

कुबरा मौलवी ! बाप रे—तमोली अपनी दूकान सँभालने लगा। पास ही एक दूकान पर बैठकर ऊँघता हुआ बजाज चौंककर सिर में चोट खा गया। इसी मौलवी ने तो महाराज चेतसिंह से साढ़े तीन सेर चींटी के सिर का तेल माँगा था। मौलवी अलाउद्दीन कुबरा। बाजार में हलचल मच गई। नन्हकूसिंह ने मन्नूसिंह से कहा—"क्यों चुपचाप बैठोगे नहीं ?" दुलारी से कहा—"वहीं से बाई जी ! इधर-उधर हिलने का काम नहीं। तुम गाओ। हमने ऐसे घसियारे बहुत से देखे हैं। अभी कल रमल के पाँसे फेंककर अधेला-अधेला माँगता था, आज चला है रोब गाँठने।"

अब कुबरा ने घूमकर उसकी ओर देखकर कहा—"कौन है यह पाजी ?"

"तुम्हारा चाचा बाबू नन्हकूसिंह !"—के साथ ही पूरा बनारसी झापड़ पड़ा। कुबरा का सिर घूम गया। लैस के परतले वाले सिपाही दूसरी ओर भाग चले और मौलवी सहाब चौंधियाकर जानअली की दूकान पर लड़खड़ाते, गिरते-पड़ते किसी तरह पहुँच गये।

जानअली ने मौलवी ने कहा—"मौलवी साहब ! भला आप भी उस गुण्डे के मुँह लगने लगे। यह कहिय कि उसने गँड़ासा नहीं तौल दिया।" कुबरा के मुंह से बोली नहीं निकल रही थी।—"····बिलमि विदेस रहे"····गाना पूरा हुआ, कोई आया-गया नहीं। तब नन्हकूसिंह धीरे-धीरे टहलता हुआ, दूसरी ओर चला गया। थोड़ी देर में एक डोली रेशमी कपड़े से ढकी हुई आयी। साथ में एक चोबदार था। उसने दुलारी को राजमाता की आज्ञा सुनायी।

दुलारी चुपचाप डोली पर जा बैठी। डोली धूल और संध्याकाल के धुएँ से भरी हुई बनारस की तंग गलियों से होकर शिवालय घाट की ओर चली।

२

श्रावण का अंतिम सोमवार था। राजमाता पन्ना शिवालय में बैठकर पूजन कर रही थीं। दुलारी बाहर बैठी, कुछ अन्य गानेवालियों के साथ भजन गा रही थी। आरती हो जाने पर, फूलों की अंजलि बिखेरकर पन्ना ने भक्ति-भाव से देवता के चरणों में प्रणाम किया। फिर प्रसाद लेकर बाहर आते ही उन्होंने दुलारी को देखा। उसने खड़ी होकर हाथ जोड़ते हुए कहा—"मैं पहले ही पहुँच जाती। क्या करूँ, वह कुबरा मौलवी निगोड़ा आकर रेजिडेण्ट की कोठी पर से

जाने लगा। घण्टों इसी झंझट में बीत गया सरकार !"

"कुबरा मौलवी। जहाँ सुनती हूँ, उसी का नाम सुना है कि उसने यहाँ भी आकर कुछ....."—फिर न जाने क्या सोचकर बात बदलते हुए पन्ना ने कहा—

"हाँ, तब फिर क्या हुआ ? तुम कैसे यहाँ आ सकीं ?"

"बाबू नन्हकूसिंह उधर से आ गये। मैंने कहा—सरकार की पूजा पर मुझे भजन गाने को जाना है और यह जाने नहीं दे रहा है। उन्होंने मौलवी को ऐसा झापड लगाया कि उसकी हेकड़ी भूल गई। और तब जाकर मुझे किसी तरह यहाँ आने की छुट्टी मिली।"

"कौन बाबू नन्हकूसिंह ?"

दुलारी ने सिर नीचा करके कहा—"अरे, क्या सरकार को नहीं मालूम ? बाबू निरंजनसिंह के लड़के। उस दिन जब मैं बहुत छोटी थी, आपकी बारी में झूला झूल रही थी। जब नवाब का हाथी बिगड़कर आ गया था, बाबू निरंजनसिंह के कुँवर ने ही तो उस दिन हम लोगों की रक्षा की थी।"

राजमाता का मुख उस प्राचीन घटना को स्मरण करके न जाने क्यों विवर्ण हो गया। फिर अपने को सँभालकर उन्होंने पूछा—"तो बाबू नन्हकूसिंह उधर कैसे आ गये।"

दुलारी ने मुस्कराकर सिर नीचा कर लिया। दुलारी राजमाता पन्ना के पिता की जमींदारी में रहनेवाली वेश्या की लड़की थी। उसके साथ ही कितनी बार झूले-हिंडोले अपने बचपन में पन्ना झूल चुकी थी। वह बचपन से ही गाने में सुरीली थी। सुन्दरी होने पर चंचल भी थी। पन्ना जब काशिराज की माता थी, तब दुलारी काशी की प्रसिद्ध गानेवाली थी। राजमहल से उसका गाना-बजाना हुआ ही करता। महाराज बलवन्तसिंह के समय से ही संगीत पन्ना के जीवन का आवश्यक अंश था। हाँ, तब प्रेम, दुःख और दर्द भरी विरह कल्पना के गीत की ओर अधिक रुचि थी। अब सात्त्विक भावपूर्ण भजन होता था। राजमाता पन्ना का वैधव्य से दीप्त शान्त मुख-मण्डल कुछ मलीन हो गया।

बड़ी रानी की सापत्न्य ज्वाला बलवन्तसिंह के मर जाने पर भी नहीं बुझी। अन्तःपुर कलह का रंगमंच बना रहता। इसी से प्रायः पन्ना काशी के राजमन्दिर में आकर पूजापाठ में अपना मन लगाती। रामनगर में उसको चैन नहीं मिलता। नई रानी के कारण बलवन्तसिंह की प्रेयसी होने का गौरव तो उसे था ही, साथ

में पुत्र उत्पन्न करने का सौभाग्य भी मिला, फिर भी असवर्णता का सामाजिक दोष उसके हृदय को व्यथित किया करता। उसे अपने ब्याह की आरंभिक चर्चा का स्मरण हो आया।

छोटे से मंच पर बैठी, गंगा की उमड़ती हुई धारा को पन्ना अन्यमनस्क होकर देखने लगी। उस बात को, जो अतीत में एक बार, हाथ से अनजान में खिसक जानेवाली वस्तु की तरह लुप्त हो गई हो, सोचने का कोई कारण नहीं। उससे कुछ बनता-बिगड़ता भी नहीं, परंतु मानव स्वभाव हिसाब रखने की प्रथानुसार कभी-कभी कह ही बैठता है, कि यदि वह बात हो गई होती तो ?'' ठीक उसी तरह पन्ना भी राजा बलवन्तसिंह द्वारा बलपूर्वक रानी बनाई जाने के पहले की एक सम्भावना को सोचने लगी थी, सो भी बाबू नन्हकूसिंह का नाम सुन लेने पर। गेंदा मुँहलगी दासी थी। वह पन्ना के साथ उसी दिन से है, जिस दिन से पन्ना बलवन्तसिंह की प्रेयसी हुई। राज्य भर का अनुसंधान उसी द्वारा मिला करता और उसे न जाने कितनी जानकारी भी थी। उसने दुलारी का रंग उखाड़ने के लिये कुछ कहना आवश्यक समझा।

''महारानी ! नन्हकूसिंह अपनी सब जमींदारी स्वाँग, भैंसों की लड़ाई, घुड़दौड़ और गाने-बजाने में उड़ाकर अब डाकू हो गया है। जितने खून होते हैं, सब में उसी का हाथ रहता है। जितनी....'' उसे रोककर दुलारी ने कहा—''यह झूठ है। बाबूसाहब के ऐसा धर्मात्मा तो कोई है ही नहीं। कितनी विधवाएँ उनकी दी हुई धोती से अपना तन ढकती हैं। कितनी लड़कियों की ब्याह-शादी होती है। कितने सताये हुए लोगों की उनके द्वारा रक्षा होती है।''

रानी पन्ना के हृदय में एक तरलता उद्वेलित हुई। उन्होंने हँसकर कहा—''दुलारी, वे तेरे यहाँ आते हैं न ? इसी से तू उनकी बड़ाई....''

''नहीं सरकार ! शपथ खाकर कह सकती हूँ, कि बाबू नन्हकूसिंह ने आज तक कभी मेरे कोठे पर पैर नहीं रखा।''

राजमाता ने जाने क्यों इस अद्भुत व्यक्ति को समझने के लिए चंचल हो उठी थीं। तब भी उसने दुलारी को आगे न कहने के लिए तीखी दृष्टि से देखा। वह चुप हो गई। पहले पहर की शहनाई बजने लगी। दुलारी छुट्टी माँगकर डोली पर बैठ गई। तब गेंदा ने कहा—''सरकार ! आजकल नगर की दशा बड़ी बुरी है। दिन-दहाड़े लोग लूट लिये जाते हैं। सैकड़ों जगह नाल पर जुए में लोग

अपना सर्वस्व गँवाते हैं। बच्चे फुसलाये जाते हैं। गलियों में लाठियाँ और छुरे चलने के लिए टेढ़ी भौंहें कारण बन जाती हैं। उधर रेजिडेण्ट साहब से महाराज की अनबन चल रही है।"

राजमाता चुप रहीं।

दूसरे दिन राजा चेतसिंह के पास रेजिडेण्ट मार्कहेम की चिट्ठी आई जिसमें नगर की दुर्व्यवस्था की कड़ी आलोचना थी। डाकुओं और गुण्डों को पकड़ने के लिए, उन पर कड़ा नियन्त्रण रखने की सम्मति भी थी। कुबरा मौलवी वाली घटना का उल्लेख था। उधर हेस्टिंग्स के आने की भी सूचना थी। शिवालय घाट और रामनगर में हलचल मच गई। कोतवाल हिम्मतसिंह पागल की तरह; जिसके हाथ में लाठी, लोहांगी, गड़ाँसा, बिछुआ और करौली देखते उसी को पकड़ने लगे।

एक दिन नन्हकूसिंह सुम्मा के नाले के संगम पर, ऊँचे टीले की घनी हरियाली में अपने चुने हुए साथियों के साथ दूधिया छान रहे थे। गंगा में उनकी पतली डोंगी बड़ की जटा से बँधी थी। कथकों का गाना हो रहा था। चार उलाँकी इक्के कसे कसाये खड़े थे।

नन्हकूसिंह ने अकस्मात् कहा—"मलूकी! गाना जमता नहीं है। उलाँकी पर बैठकर जाओ, दुलारी को बुला लाओ।" मलूकी वहाँ मजीरा बजा रहा था। दौड़कर इक्के पर जा बैठा। आज नन्हकूसिंह का मन उखड़ा था बूटी कई बार छानने पर भी नशा नहीं। एक घंटे में दुलारी सामने आ गई। उसने मुस्कराकर पूछा—"क्या हुक्म है बाबू साहब?"

"दुलारी! आज गाना सुनने का मन कर रहा है।"

"इस जंगल में क्यों?"—उसने सशंक हँसकर कुछ अभिमान से पूछा।

"तुम किसी तरह का खटका न करो"—नन्हकूसिंह ने हँसकर कहा।

"यह तो मैं उस दिन महारानी से भी कह आई।"

"क्या, किससे?"

"राजमाता पन्ना देवी से" —फिर उस दिन गाना नहीं जमा। दुलारी ने आश्चर्य से देखा कि तानों में नन्हकूसिंह की आँखें तर हो जाती हैं। गाना-बजाना समाप्त हो गया था। वर्षा की रात में झिल्लियों का स्वर उस झुरमुट में गूँज रहा था। मंदिर के समीप ही छोटे कमरे में नन्हकूसिंह चिन्ता में निमग्न बैठा था।

आँखों में नींद नहीं। और सब लोग तो सोने लगे थे। दुलारी जाग रही थी। वह भी कुछ सोच रही थी। आज, उसे अपने को रोकने के लिए कठिन प्रयत्न करना पड़ रहा था, किन्तु असफल होकर वह उठी और नन्हकूसिंह के समीप धीरे-धीरे चली आई। कुछ आहट पाते ही चौंककर नन्हकू के पास ही पड़ी हुई तलवार उठा ली। तब तक हँसकर दुलारी ने कहा—"बाबू साहब, यह क्या ? स्त्रियों पर भी तलवार चलाई जाती है ?"

छोटे से दीपक के प्रकाश में वासना-भरी रमणी का मुख देखकर नन्हकू हँस पड़ा। उसने कहा—"क्यों बाईजी ! क्या इसी समय जाने की पड़ी है ? मौलवी ने फिर बुलाया है क्या ?" दुलारी नन्हकू के पास बैठ गई। नन्हकू ने कहा—"क्या तुमको डर लग रहा है ?"

"नहीं, कुछ पूछने आयी हूँ।"

"क्या ?"

"क्या....यही कि....कभी तुम्हारे हृदय में....।"

उसे न पूछो दुलारी ! हृदय को मैं बेकार ही समझकर तो उसे हाथ में लिये फिर रहा हूँ। कोई कुछ कर देता—कुचलता—चीरता—उछालता मर जाने के लिए सब कुछ तो करता हूँ, पर मरने नहीं पाता।"

"मरने के लिए भी कहीं खोजने जाना पड़ता है ? आपको काशी का हाल क्या मालूम ! न मालूम घड़ी भर में क्या हो जाय, उलट-पुलट होने वाला है क्या, बनारस की गलियाँ जैसे काटने दौड़ती है।"

"कोई नई बात इधर हुई है क्या ?"

"कोई हेस्टिंग्स साहब आया है। सुना है कि उसने शिवालय घाट पर तिलंगों की कम्पनी का पहरा बैठा दिया है। राजा चेतसिंह और राजमाता पन्ना वहीं हैं। कोई-कोई कहता है कि उनको पकड़कर कलकत्ता भेजने...."

"क्या पन्ना भी....रनवास भी वहीं है।"—नन्हकू अधीर हो उठा था।

"क्यों बाबू साहब, आज रानी पन्ना का नाम सुनकर आपकी आँखों में आँसू क्यों आ गये ?"

सहसा नन्हकू का मुख भयानक हो उठा। उसने कहा—"चुप रहो, तुम उसको जानकर क्या करोगी ?" वह उठ खड़ा हुआ। उद्विग्न की तरह न जाने क्या सोचने लगा। फिर स्थिर होकर उसने कहा—"दुलारी ! जीवन में आज

यह पहला ही दिन है कि एकान्त रात में एक स्त्री मेरे पलंग पर आकर बैठ गई है। मैं त्रिरकुमार अपनी एक प्रतिज्ञा का निर्वाह करने के लिए सैकड़ों असत्य, अपराध करता फिर रहा हूँ। क्यों ? तुम जानते हो। मैं स्त्रियों का घोर विद्रोही हूँ। और पन्ना ।....किन्तु उसका क्या अपराध ? अत्याचारी बलवन्तसिंह के कलेजे में बिछुआ मैं न उतार सका। किन्तु पन्ना ! उसे पकड़कर गोरे कलकत्ते भेज देंगे वहीं....।"

नन्हकूसिंह उन्मत्त हो उठा था। दुलारी ने देखा, नन्हकू अन्धकार में ही वृक्ष के नीचे पहुँचा और गंगा की उमड़ती हुई धारा में डोंगी खोल दी—उसी घने अन्धकार में। दुलारी का हृदय काँप उठा।

३

१६ अगस्त, सन् १७८१ को काशी डाँवाडोल हो रही थी। शिवालय घाट में राजा चेतसिंह लेफ्टिनेन्ट इस्टाकर के पहरे में थे। नगर में आतंक था। दूकानें बन्द थीं। घरों में बच्चे अपनी माँ से पूछते थे—"माँ, आज हलुए वाला नहीं आया।" वह कहती—"चुप बेटे !"—सड़कें सूनी पड़ी थीं। तिलंगों की कंपनी के आगे-आगे कुबरा मौलवी कभी-कभीआता-जाता दिखाई पड़ता था। उस समय खुली हुई खिड़कियाँ भी बन्द हो जाती थीं। भय और सन्नाटे का राज्य था। चौक में चिथरूसिंह की हवेली अपने भीतर काशी की वीरता को बंदी किए कोतवाली का अभिनय कर रही थी। इसी समय किसी ने पुकारा--"हिम्मतसिंह !"

खिड़की में से सिर निकालकर हिम्मतसिंह ने पूछा—"कौन ?"

"बाबू नन्हकूसिंह !"

"अच्छा, तुम अब तक बाहर ही रहे ?"

"पागल ! राजा कैद हो गये हैं। छोड़ दो इन बहादुरों को ! हम एक बार इनको लेकर शिवालय घाट पर जायँ।"

"ठहरो"—कहकर हिम्मतसिंह ने कुछ आज्ञा दी। सिपाही बाहर निकले। नन्हकू की तलवार चमक उठी। सिपाही भीतर भागे। नन्हकू ने कहा—"नमकहरामो ! चूड़ियाँ पहन लो।" लोगों के देखते-देखते नन्हकूसिंह चला गया। कोतवाली के सामने फिर सन्नाटा हो गया।

नन्हकू उन्मत्त था। उसके थोड़े से साथी उसकी आज्ञा पर जान देने के लिए तुले थे। वह नहीं जानता था कि राजा चेतसिंह का क्या राजनैतिक अपराध

है ? उसने कुछ सोचकर अपने थोड़े से साथियों को फाटक पर गड़बड़ मचाने के लिए भेज दिया। इधर अपनी डोंगी लेकर शिवालय की खिड़की के नीचे धारा काटता हुआ पहुँचा। किसी तरह निकले हुए पत्थर में रस्सी अटकाकर उस चंचल डोंगी को उसने स्थिर किया और बन्दर की तरह उछलकर खिड़की के भीतर हो रहा। उस समय वहाँ राजमाता पन्ना और युवक राजा चेतसिंह से बाबू मनियार सिंह कह रहे थे—"आपके यहाँ रहने से, हम क्या करें, यह समझ में नहीं आता ? पूजा-पाठ समाप्त करके आप रामनगर चली गई होतीं, तो यह...."

तेजस्विनी पन्ना ने कहा—"अब मैं रामनगर कैसे चली जाऊँ ?"

मनियारसिंह दुःखी होकर बोले—कैसे बताऊँ ? मेरे सिपाही तो बन्दी हैं ?"

इतने में फाटक पर कोलाहल मचा। राज-परिवार अपनी मन्त्रणा में ऐसा डूबा हुआ था कि नन्हकूसिंह का आना उन्हें मालूम न हुआ। सामने के द्वार बन्द था नन्हकूसिंह ने एक बार गंगा की धार को देखा—उसमें एक नाव घाट पर लगने के लिये लहरों से लड़ रही थीं। वह प्रसन्न हो उठा। इसकी प्रतीक्षा में वह रुका था। उसने जैसे सबको सचेत करते हुए कहा—"महारानी कहाँ हैं ?"

सबसे घूमकर देखा—एक अपरिचित वीरमूर्ति। शस्त्रों से लदा हुआ पूरा देव !

चेतसिंह ने पूछा—"तुम कौन हो ?"

"राज-परिवार का एक बिना दाम का सेवक !"

पन्ना के मुँह से हलकी-सी एक साँस निकलकर रह गई। उसने पहचान लिया। इतने वर्षों के बाद ! वही नन्हकूसिंह।

मनियारसिंह ने पूछा—"तुम क्या कर सकते हो ?"

"मैं मर सकता हूँ। पहले महारानी को डोंगी पर बिठाइएं। नीचे दूसरी डोंगी पर अच्छे मल्लाह हैं। फिर बात कीजिए।" मनियारसिंह ने देखा, जनानी ड्योढ़ी का दरोगा राजा की एक डोंगी पर चार मल्लाहों के साथ खिड़की से नाव सटाकर प्रतीक्षा में है। उन्होंने पन्ना से कहा—"चलिए, मैं साथ चलता हूँ।"

"और...."—चेतसिंह को देखकर, पुत्र-वत्सला ने संकेत से एक प्रश्न किया। उसका उत्तर किसी के पास न था। मनियारसिंह ने कहा—"तब मैं यहीं ?" नन्हकू ने हँसकर कहा—"मेरे मालिक, आप नाव पर बैठें। जब तक राजा भी नाव पर न बैठ जायँगे, तब तक सत्रह गोली खाकर भी नन्हकूसिंह जीवित रहने की प्रतिज्ञा करता है।"

पन्ना ने नन्हकू को देखा। एक क्षण के लिए चारों आँखें मिलीं, जिनमें जन्म-जन्म का विश्वास ज्योति की तरह जल रहा था। फाटक बलपूर्वक खोला जा रहा था। नन्हकू ने उन्त्तम होकर कहा—"मालिक ! जल्दी कीजिए।"

दूसरे क्षण पन्ना डोंगी पर थी और नन्हकूसिंह फाटक पर इस्टाकर के साथ। चेतराम ने आकर एक चिट्ठी मनियारसिंह के हाथ में दी। लेफ्टिनेण्ट ने कहा—"आपके आदमी गड़बड़ मचा रहे हैं। अब मैं अपने सिपाहियों को गोली चलाने से नहीं रोक सकता।"

"मेरे सिपाही यहाँ कहाँ हैं साहब ?" मनियारसिंह ने हँसकर कहा।

बाहर कोलाहल बढ़ने लगा था।

चेतराम ने कहा—"पहले चेतसिंह को कैद कीजिए।"

"कौन ऐसीं हिम्मत करता है ?" कड़ककर कहते हुए बाबू मनियारसिंह ने तलवार खींच ली। अभी बात पूरी न हो सकी थी कि कुबरा मौलवी वहाँ पहुँचा। यहाँ मौलवी साहब की कलम नहीं चल सकती थी, और न ये बाहर ही जा सकते थे। उन्होंने कहा—"देखते क्या हो चेतराम !"

चेतराम ने राजा के ऊपर हाथ रखा ही था कि नन्हकू के सधे हुए हाथ ने उनकी भुजा उड़ा दी। इस्टाकर आगे बढ़े, मौलवी साहब चिल्लाने लगे। नन्हकू-सिंह ने देखते-देखते इस्टाकर और उसके कई साथियों को धराशायी किया। फिर मौलवी साहब कैसे बचते ?

नन्हकूसिंह ने कहा—"क्यों, उस दिन के झापड़ ने तुमको समझाया नहीं। ले पाजी !!" कहकर ऐसा साफ जनेवा मारा कि कुबरा ढेर हो गया। कुछ ही क्षणों में यह भीषण घटना हो गई, जिसके लिये अभी कोई प्रस्तुत न था।

नन्हकूसिंह ने ललकार कर चेतसिंह से कहा—"आप देखते क्या हैं ? उत-रिये डोंगी पर !" उसके घावों से रक्त के फुहारे छूट रहे थे। उधर फाटक से

तिलंगे भीतर आने लगे थे। चेतसिंह ने खिड़की से उतरते हुए देखा कि बीसों तिलंगों की संगीनों में वह अविचल खड़ा होकर तलवार चला रहा है। नन्हकू के चट्टान सदृश शरीर से गैरिक की तरह रक्त की धारा बह रही है। गुण्डे का एक-एक अंग कटकर वहीं गिरने लगा। वह काशी का गुण्डा था।

●

शरणागत वृन्दावनलाल वर्मा

१

रज्जब कसाई अपना रोज़गार करके ललितपुर लौट रहा था। साथ में स्त्री थी, और गाँठ में दो सौ-तीन सौ की बड़ी रक़म। मार्ग बीहड़ था, और सुनसान। ललितपुर काफ़ी दूर था, बसेरा कहीं न कहीं लेना ही था; इसलिए उसने मड़पुरा नामक गाँव में ठहर जाने का निश्चय किया। उसकी पत्नी को बुख़ार हो आया था, रक़म पास में थी, और बैलगाड़ी किराये पर करने में खर्च ज्यादा पड़ता, इसलिए रज्जब ने उस रात आराम कर लेना ही ठीक समझा।

परन्तु ठहरता कहाँ ? जात छिपाने से काम नहीं चल सकता था। उसकी पत्नी नाक और कानों में चाँदी की बालियाँ डाले थी, और पैजामा पहने थी। इसके सिवा गाँव के बहुत से लोग उसको पहचानते भी थे। वह उस गाँव के बहुत-से कर्मण्य और अकर्मण्य ढोर खरीदकर ले जा चुका था।

अपने व्यवहारियों से उसने रात भर के बसेरे के लायक स्थान की याचना की। किसी ने भी मंज़ूर न किया। उन लोगों ने अपने ढोर रज्जब को अलग-अलग और लुके-छुपे बेचे थे। ठहरने में तुरन्त ही तरह-तरह की खबरें फैलतीं, इसलिए सबों ने इन्कार कर दिया।

गाँव में एक ग़रीब ठाकुर रहता था। थोड़ी-सी ज़मीन थी, जिसको किसान जोते हुए थे। जिसका हल-बैल कुछ भी न था। लेकिन अपने किसानों से दो-तीन साल का पेशगी लगान वसूल कर लेने में ठाकुर को किसी विशेष बाधा का सामना नहीं करना पड़ता था। छोटा-सा मकान था, परन्तु उसके गाँव वाले गढ़ी के आदरव्यंजक शब्द से पुकारा करते, और ठाकुर को डरके मारे

'राजा' शब्द सम्बोधन करते थे।

शामत का मारा रज्जब इसी ठाकुर के दरवाजे पर अपनी ज्वरग्रस्त पत्नी को लेकर पहुँचा।

ठाकुर पौर में बैठा हुक्का पी रहा था। रज्जब ने बाहर से ही सलाम कर के कहा····'दाऊजू, एक बिनती है।'

ठाकुर ने बिना एक रत्ती-भर इधर-उधर हिले-डुले पूछा—"क्या ?"

रज्जब बोला—"दूर से आ रहा हूँ। बहुत थका हुआ हूँ। मेरी औरत को ज़ोर से बुख़ार आ गया है। जाड़े में बाहर रहने से न जाने इसकी क्या हालत हो जायगी, इसलिए रात भर के लिए कहीं दो हाथ जगह दे दी जाय।"

"कौन लोग हो ?" ठाकुर ने प्रश्न किया।

"हूँ तो कसाई।" रज्जब ने सीधा उत्तर दिया। चेहरे पर उसके बहुत गिड़गिड़ाहट थी।

ठाकुर की बड़ी-बड़ी आँखों में कठोरता छा गई। बोला—"जानता है, यह किसका घर है ? यहाँ तक आने की हिम्मत कैसे की तूने ?"

रज्जब ने आशा-भरे स्वर में कहा—"यह राजा का घर है, इसलिए शरण में आया हुआ है।"

तुरन्त ठाकुर की आँखों की कठोरता ग़ायब हो गई। ज़रा नरम स्वर में बोला—"किसी ने तुमको बसेरा नहीं दिया ?"

"नहीं महाराज," रज्जब ने उत्तर दिया—"बहुत कोशिश की, परन्तु मेरे खोटे पेशे के कारण कोई सीधा नहीं हुआ।" वह दरवाजे के बाहर ही एक कोने से चिपटकर बैठ गया। पीछे उसकी पत्नी कराहती, काँपती हुई गठरी-सी बनकर सिमट गई !

ठाकुर ने कहा—"तुम अपनी चिलम लिये हो ?"

"हाँ, सरकार !" रज्जब ने उत्तर दिया।

ठाकुर बोला—"तब भीतर आ जाओ, और तमाखू अपनी चिलम से पी लो। अपनी औरत को भीतर कर लो। हमारी पौर के एक कोने में पड़े रहना।

जब वे दोनों भीतर आ गये, तो ठाकुर ने पूछा—"तुम कब यहाँ से उठ कर चले जाओगे ?" जवाब मिला—"अँधेरे में ही महाराज ! खाने के लिए रोटियाँ बाँधे हूँ, इसलिए पकाने की जरूरत न पड़ेगी।"

"तुम्हारा नाम ?"

"रज्जब !"

२

थोड़ी देर बाद ठाकुर ने रज्जब से पूछा—"कहाँ से आ रहे हो ?" रज्जब ने स्थान का नाम बतलाया।

"वहाँ किसलिए गये थे ?"

"अपने रोजगार के लिए।"

"काम तुम्हारा बहुत बुरा है।"

"क्या करूँ, पेट के लिए करना ही पड़ता है। परमात्मा ने जिसके लिए जो रोज़गार नियत किया है, वहीं उसको करना पड़ता है।"

"क्या नफ़ा हुआ ?" प्रश्न करने में ठाकुर को जरा संकोच हुआ, और प्रश्न का उत्तर देने में रज्जब को उससे बढ़कर।

रज्जब ने जवाब दिया—"महाराज, पेट के लायक कुछ मिल गया है। यों ही।" ठाकुर ने इस पर कोई ज़िद नहीं की।

रज्जब एक क्षण बाद बोला—"बड़े भोर उठकर चला जाऊँगा। तब तक घर के लोगों की तबीयत भी अच्छी हो जायगी।"

इसके बाद दिन भर के थके हुए पति-पत्नी सो गये। काफी रात गये कुछ लोगों ने एक बंधे इशारे से ठाकुर को बाहर बुलाया। एक फटी-सी रजाई ओढ़े ठाकुर बाहर निकल आया।

आगन्तुकों में से एक ने धीरे से कहा—"दाऊजू, आज तो खाली हाथ लौटे हैं। कल सन्ध्या का सगुन बैठा है।"

ठाकुर ने कहा—"आज जरूरत थी। खैर, कल देखा जायगा। क्या कोई उपाय किया था ?"

"हाँ", आगन्तुक बोला—"एक कसाई रुपये की मोट बाँधे इसी ओर आया है। परन्तु हम लोग जरा देर में पहुँचे। वह खिसक गया। कल देखेंगे। जरा जल्दी।"

ठाकुर ने घृणा-सूचक स्वर में कहा—"कसाई का पैसा न छुएँगें।"

"क्यों ?"

"बुरी कमाई है।"

"उसके रुपये पर कसाई थोड़े ही लिखा है।"

"परन्तु उसके व्यवसाय से वह रुपया दूषित हो गया है।"

"रुपया तो दूसरों का ही है। कसाई के हाथ आने से रुपया कसाई नहीं हुआ।"

"मेरा मन नहीं मानता, वह अशुद्ध है।"

"हम अपनी तलवार से उसको शुद्ध कर लेंगे।"

ज्यादा बहस नहीं हुई। ठाकुर ने सोचकर अपने साथियों को बाहर का बाहर ही टाल दिया।

भीतर देखा। कसाई सो रहा था, और उसकी पत्नी भी।

ठाकुर भी सो गया।

३

सबेरा हो गया, परन्तु रज्जब न जा सका। उसकी पत्नी का बुखार तो हल्का हो गया था, परन्तु शरीर भर में पीड़ा थी, और वह एक कदम भी नहीं चल सकती थी।

ठाकुर उसे वहीं ठहरा हुआ देखकर कुपित हो गया। रज्जब से बोला—"मैंने खूब मेहमान इकट्ठे किए हैं। गाँव भर थोड़ी देर में तुम लोगों को मेरी पौर में टिका हुआ देखकर तरह-तरह की बकवास करेगा। तुम बाहर जाओ। इसी समय।"

रज्जब ने बहुत विनती की, परन्तु ठाकुर न माना। यद्यपि गाँव-भर उसके दबदबे को मानता था, परन्तु अव्यक्त लोकमत का दबदबा उसके भी मन पर था। इसलिए रज्जब गाँव के बाहर सपत्नीक, एक पेड़ के नीचे जा बैठा, और हिन्दू मात्र को मन-ही-मन कोसने लगा।

उसे आशा थी कि पहर आध-पहर में उसकी पत्नी की तबीयत इतनी स्वस्थ हो जायगी कि वह पैदल यात्रा कर सकेगी। परन्तु ऐसा न हुआ, तब उसने एक गाड़ी किराये पर कर लेने का निर्णय किया।

मुश्किल से एक चमार काफी किराया लेकर ललितपुर गाड़ी ले जाने के लिए राजी हुआ। इतने में दोपहर हो गई! उसकी पत्नी को जोर का बुखार

हो आया। वह जाड़े के मारे थर-थर काँप रही थीं, इतनी कि रज्जब की हिम्मत उसी समय ले जाने की न पड़ी। गाड़ी में अधिक हवा लगने के भय से रज्जब ने उस समय तक के लिए यात्रा को स्थगित कर दिया, जब तक कि उस बेचारी की कम से कम कँपकँपी बन्द न हो जाय।

घण्टे-डेढ़-घण्टे बाद उसकी कँपकँपी बन्द तो हो गई, परन्तु ज्वर बहुत तेज हो गया। रज्जब ने अपनी पत्नी को गाड़ी में डाल दिया और गाड़ीवान से जल्दी चलने को कहा।

गाड़ीवान बोला—"दिन भर तो यहीं लगा दिया। अब जल्दी चलने को कहते हो!"

रज्जब ने मिठास के स्वर में उससे फिर जल्दी करने के लिए कहा।

वह बोला—"इतने किराये में काम नहीं चलेगा, अपना रुपया वापस लो। मैं तो घर जाता हूँ।"

रज्जब ने दाँत पीसे। कुछ क्षण चुप रहा। सचेत होकर कहने लगा—"भाई आफत सबके ऊपर आती है। मनुष्य-मनुष्य को सहारा देता है, जानवर तो देते नहीं। तुम्हारे भी बाल-बच्चे हैं। कुछ दया से साथ काम लो।"

कसाई को दया पर व्याख्यान देते सुनकर गाड़ीवान को हँसी आ गई।

उसको टस से मस न होता देखकर रज्जब ने और पैसे दिये। तब उसने गाड़ी हाँकी।

पाँच-छः मील चलने के बाद संध्या हो गई। गाँव कोई पास में न था। रज्जब की गाड़ी धीरे-धीरे चली जा रही थी। उसकी पत्नी बुखार में बेहोश-सी थी। रज्जब ने अपनी कमर टटोली, रकम सुरक्षित बँधी पड़ी थी।

रज्जब को स्मरण हो आया कि पत्नी के बुखार के कारण अंटी का कुछ बोझ कम कर देना पडा है—और स्मरण हो आया गाड़ीवान का वह हठ, जिसके कारण उसको कुछ पैसे व्यर्थ ही दे देने पड़े थे। उसको गाड़ीवान पर क्रोध था परन्तु उसको प्रकट करने की उस समय उसके मन में इच्छा न थी।

बातचीत करके रास्ता काटने की कामना से उसने वार्तालाप आरम्भ किया—

"गाँव तो यहाँ से दूर मिलेगा।"

"बहुत दूर, वहीं ठहरेंगे।"

"किसके यहाँ ?"

"किसी के यहाँ भी नहीं। पेड़ के नीचे। कल सबेरे ललितपुर चलेंगे।"

"कल को फिर पैसा माँग उठना।"

"कैसे माँग उठूंगा ? किराया ले चुका हूँ। अब फिर कैसे माँगूंगा ?"

"जैसे आज गाँव में हठ करके माँगा था। बेटा, ललितपुर होता, तो बतला देता !"

"क्या बतला देते ? क्या सेंत-मेंत गाड़ी में बैठना चाहते थे ?"

"क्यों बे, क्या रुपया देकर भी सेंत-मेंत का बैठना कहाता है ? जानता है, मेरा नाम रज्जब है। अगर बीच में गड़बड़ करेगा, तो नालायक को यहीं छुरे से काटकर फेंक दूंगा और गाड़ी लेकर ललितपुर चल दूंगा।"

रज्जब क्रोध को प्रकट नहीं करना चाहता था, परन्तु शायद अकारण ही वह भली भाँति प्रकट हो गया।

गाड़ीवान ने इधर-उधर देखा। अँधेरा हो गया था। चारों ओर सुनसान था। आस-पास झाड़ी खड़ी थी। ऐसा जान पड़ता था, कहीं से कोई अब निकला और अब निकला। रज्जब की बात सुनकर उसकी हड्डी काँप गई। ऐसा जान पड़ा, मानों पसलियों को उसकी ठण्डी छुरी छू रही हो।

गाड़ीवान चुपचाप बैलों को हाँकने लगा। उसने सोचा—गाँव के आते ही गाड़ी छोड़कर नीचे खड़ा हो जाऊंगा, और हल्ला-गुल्ला करके गाँव वालों की मदद से अपना पीछा रज्जब से छुड़ाऊंगा। रुपये-पैसे भले ही वापस कर दूंगा, परन्तु और आगे न जाऊँगा। कहीं सचमुच मार्ग में मार डाले !

गाड़ी थोड़ी दूर और चली होगी कि बैल ठिठककर खड़े हो गये। रज्जब सामने न देख रहा था, इसलिए जरा कड़ककर गाड़ीवान से बोला—"क्यों बे बदमाश, सो गया क्या ?"

अधिक कड़क के साथ सामने रास्ते पर खड़ी हुई एक टुकड़ी में से किसी के कठोर कण्ठ से निकला, "खबरदार, जो आगे बढ़ा।"

रज्जब ने सामने देखा कि चार-पाँच आदमी बड़े-बड़े लठ बाँधकर न जाने कहाँ से आ गये हैं। उनमें तुरन्त ही एक ने बैलों की जुआरी पर एक लठ पटका और दो दायें-बायें आकर रज्जब पर आक्रमण करने को तैयार हो गये।

गाड़ीवान गाड़ी छोड़कर नीचे जा खड़ा हुआ। बोला—"मालिक, मैं तो गाड़ीवान हूँ। मुझसे कोई सरोकार नहीं।"

"यह कौन है ?" एक ने गरजकर पूछा।

गाड़ीवान की घिग्घी बँध गई। कोई उत्तर न दे सका।

रज्जव ने कमर की गाँठ को एक हाथ से सँभालते हुए बहुत ही नम्र स्वर में कहा—"मैं बहुत गरीब आदमी हूँ। मेरे पास कुछ नहीं है। मेरी औरत गाड़ी में बीमार पड़ी है। मुझे जाने दीजिए।"

उन लोगों में से एक ने रज्जब के सिर पर लाठी उबारी। गाड़ीवान खिसकना चाहता था कि दूसरे ने उसको पकड़ लिया।

अब उसका मुंह खुला। बोला—"महाराज, मुझको छोड़ दो। मैं तो किराये से गाड़ी लिये जा रहा हूँ। गाँठ में खाने के लिये तीन-चार आने पैसे ही हैं।"

"और यह कौन है ? बतला।" उन लोगों में से एक ने पूछा।

गाड़ीवान ने तुरन्त उत्तर दिया—"ललितपुर का एक कसाई।"

रज्जब के सिर पर जो लाठी उबारी गई थी, वह वहीं रह गई। लाठीवाले के मुंह से निकला—"तुम कसाई हो ? सच बताओ !"

"हाँ, महाराज !" रज्जब ने सहसा उत्तर दिया—"मैं बहुत गरीब हूँ। हाथ जोड़ता हूँ मुझको मत सताओ। मेरी औरत बहुत बीमार है।"

औरत जोर से कराही।

लाठीवाले उस आदमी ने अपने एक साथी से कान में कहा—"इसका नाम रज्जब है। छोड़ो। चलें यहाँ से।"

उसने न माना। बोला—"इसका खोपड़ा चकनाचूर करो दाऊजू, यदि वैसे न माने तो। असाई-कसाई हम कुछ नहीं मानते।"

"छोड़ना ही पड़ेगा," उसने कहा—"इस पर हाथ नहीं पसारेंगे और न इसका पैसा छुएँगे।"

दूसरा बोला—"क्या कसाई होने के डर से दाऊजू, आज तुम्हारी बुद्धि पर पत्थर पड़ गये हैं। मैं देखता हूँ !" और उसने तुरन्त लाठी का एक सिरा रज्जब की छाती में अड़ाकर तुरन्त रुपया-पैसा निकाल देने का हुक्म दिया। नीचे खड़े

उस व्यक्ति ने जरा तीव्र स्वर में कहा—"नीचे उतर आओ। उससे मत बोलो। उसकी औरत बीमार है।"

"हो, मेरी बला से", गाड़ी में चढ़े हुए लठैत ने उत्तर दिया—"मैं कसाइयों की दवा हूँ।" और उसने रज्जब को फिर धमकी दी।

नीचे खड़े हुए उस व्यक्ति ने कहा—"खबरदार, जो उसे छुआ। नीचे उतरो, नहीं तो तुम्हारा सिर चकनाचूर किये देता हूँ। वह मेरी शरण आया था।"

गाड़ीवाला लठैत झख-सी मारकर नीचे उतर आया।

नीचेवाले व्यक्ति ने कहा—"सब लोग अपने-अपने घर जाओ। राहगीरों को तंग मत करो।" फिर गाड़ीवान से बोला—"जा रे, हाँक ले जा गाड़ी। ठिकाने तक पहुँच आना, तब लौटना, नहीं तो अपनी खैर मत समझियो। और, तुम दोनों में से किसी ने भी कभी, इस बात की चर्चा कहीं की, तो भूसी की आग में जलाकर खाक कर दूँगा।"

गाड़ीवान गाड़ी लेकर बढ़ गया। उन लोगों में से जिस आदमी ने गाड़ी पर चढ़कर रज्जब के सिर पर लाठी तानी थी, उसने क्षुब्ध स्वर में कहा—"दाऊजू, आगे से कभी आपके साथ न आऊँगा।"

दाऊजू ने कहा—"न आना। मैं अकेले ही बहुत कर गुजरता हूँ। परन्तु बुन्देला शरणागत के साथ घात नहीं करता, इस बात को गाँठ बाँध लेना।"

•

कानों में कँगना

राजा राधिकारमण प्रसाद सिंह

१

"किरन ! तुम्हारे कानों में क्या है ?"

उसके कानों से चंचल लट को हटाकर कहा—"कँगना ।"

"अरे ! कानों में कँगना ?" सचमुच दो कंगन कानों को घेरकर बैठे थे ।

"हाँ, तब कहाँ पहनूं ?"

किरन अभी भोरी थी । दुनिया में जिसे भोरी कहते हैं, वैसी भोरी नहीं । उसे वन के फूलों भोलापन समझो । नवीन चमन के फूलों की भङ्गी नहीं; विविध खाद या रस से जिनकी जीविका है, निरन्तर काट-छाँट से जिनका सौन्दर्य है, जो दो घड़ी चंचल चिकने बाल की भूषा है—दो घड़ी तुम्हारे फूलदान की शोभा । वन के फूल ऐसे नहीं । प्रकृति के हाथों से लगे हैं । मेघों की धारा से बढ़े हैं । चटुल दृष्टि इन्हें पाती नहीं । जगद्वायु इन्हें छूती नहीं । यह सरल सुन्दर सौरभमय जीवन हैं । जब जीवित रहे, तब चारों तरफ अपने प्राणधन से हरे-भरे रहे, जब समय आया, तब अपनी माँ की गोद में झड़ पड़े ।

आकाश स्वच्छ था—नील, उदार, सुन्दर । पत्ते शान्त थे । सन्ध्या हो चली थी । सुनहरी किरनें सुदूर पर्वत की चूड़ा से देख रही थीं । वह पतली किरन अपनी मृत्यु-शैया से इस शून्य निविड़ कानन में क्या ढूंढ़ रही थी, कौन कहे ! किसे एकटक देखती थी, कौन जाने ! अपनी लीला-भूमि को स्नेह करना चाहती थी या हमारे बाद वहाँ क्या हो रहा है, इसे जोहती थी—मैं क्या बता सकूं ? जो हो, उसकी उस भङ्गी में आकांक्षा अवश्य थी । मैं तो खड़ा-खड़ा उन बड़ी आँखों की किरन लूटता था । आकाश में तारों को देखा या उन जगमग आँखों

को देखा, बात एक ही थी। हम दूर से तारों के सुन्दर शून्य झिकमिक को बार-बार देखते हैं, लेकिन वह सस्पन्द निश्चेष्ट ज्योति सचमुच भावहीन है या आप-ही-आप अपनी अन्तर-लहरी से मस्त है, इसे जानना आसान नहीं। हमारी ऐसी आँखें कहाँ कि उनके सहारे उस निगूढ़ अन्तर में डूबकर थाह लें।

मैं रसाल की डोली थामकर पास ही खड़ा था। वह बालों को हटाकर कंगन दिखाने की भङ्गी प्राणों में रह-रहकर उठती थी। जब माखन चुराने वाले ने गोपियों के सर के मटके को तोड़कर उनके भीतर किले को तोड़ डाला या नूर-जहाँ ने अंचल से कबूतर को उड़ाकर शाहनशाह के कठोर हृदय की धज्जियाँ उड़ा दीं, फिर नदी के किनारे बसन्त-बल्लभ रसाल पल्लवों की छाया में बैठी किसी अपरूप बालिका की यह सरल स्निग्ध भङ्गिमा एक मानव-अन्तर पर क्यों न दौड़े।

किरन इन आँखों के सामने प्रतिदिन आती ही जाती थी। कभी आम के टिकोरे से आँचल भर लाती, कभी मौलसिरी के फूलों की माला बना लाती, लेकिन कभी भी ऐसी बाल-सुलभ लीला आँखों से होकर हृदय तक नहीं उतरी। आज क्या था, कौन शुभ या अशुभ क्षण था कि अचानक वह बनैली लता मंदार-माला से भी कहीं मनोरम दीख पड़ी। कौन जानता था कि चाल से कुचाल जाने में—हाथों से कंगन भूलकर कानों में पहिनने में—इतनी माधुरी है। दो टके के कँगने में इतनी शक्ति है। गोपियों को कभी स्वप्न में भी नहीं झलका था कि बाँस की बाँसुरी में घूंघट खोलकर नचा देनेवाली शक्ति भरी है।

मैंने चटपट उसके कानों से कंगन उतार लिया। फिर धीरे-धीरे उसकी अंगु-लियों पर चढ़ाने लगा। न जाने उस घड़ी कैसी खलबली थी। मुँह से अचानक निकल आया—

"किरन! आज की यह घटना मुझे मरते दम तक न भूलेगी। यह भीतर तक पैठ गई।" उसकी बड़ी-बड़ी आँखें और भी बड़ी हो गईं। मुझे चोट-सी लगी। मैं तत्क्षण योगीश्वर की कुटी की तरफ चल दिया। प्राण भी उसी समय नहीं चल दिये, यही विस्मय था।

२

एक दिन था कि इसी दुनिया में दुनिया से दूर रहकर लोग दूसरी दुनिया का सुख उठाते थे। हरिचन्दन के पल्लवों की छाया भूलोक पर कहाँ मिले; लेकिन

किसी समय हमारे यहाँ भी ऐसे वन थे, जिनके वृक्षों के साये में घड़ी निवारने के लिए स्वर्ग से देवता भी उतर आते थे। जिस पंचवटी का अनन्त यौवन देखकर राम की आँखें भी खिल उठी थीं वहाँ के निवासियों ने कभी अमरतरु के फूलों की माला नहीं चाही, मन्दाकिनी के छींटों की शीतलता नहीं ढूंढ़ी। नन्दनोपवन का सानी कहीं वन भी था! कल्पवृक्ष की छाया में शान्ति अवश्य है; लेकिन कदम की छहियाँ कहाँ मिल सकती। हमारी-तुम्हारी आँखों ने कभी नन्दनोत्सव की लीला नहीं देखी; लेकिन इसी भूतल पर एक दिन ऐसा उत्सव हो चुका है, जिसको देख-देखकर प्रकृति तथा रजनी छः महीने तक ठगी रहीं, शत-शत देवांगनाओं ने पारिजात के फूलों की वर्षा से नन्दन कानन को उजाड़ डाला।

समय ने सब कुछ पलट दिया। अब ऐसे वन नहीं, जहाँ कृष्ण गोलोक से उतरकर दो घड़ी वंशी की टेर दें। ऐसे कुटीर नहीं जिसके दर्शन से रामचन्द्र का भी अन्तर प्रसन्न हो, या ऐसे मुनीश नहीं जो धर्मधुरन्धर धर्मराज को भी धर्म में शिक्षा दें। यदि एक-दो भूले-भटके हों भी, तब अभी तक उन पर दुनिया का परदा नहीं उठा—जगन्माया की माया नहीं लगी। लेकिन वे कब तक बचे रहेंगे? लोक अपने यहाँ अलौकिक बातें कब तक होने देगा! भवसागर की जल-तरंगों पर थिर होना कब सम्भव है?

हृषीकेश के पास एक सुन्दर वन है; सुन्दर नहीं अपरूप सुन्दर है। वह प्रमोदवन के विलास-निकुंजों जैसा सुन्दर नहीं, वरंच चित्रकूट या पंचवटी की महिमा से मण्डित है। वहाँ चिकनी चाँदनी में बैठकर कनक घुंघरू की इच्छा नहीं होती, वरंच प्राणों में एक ऐसी आवेश-धारा उठती है, जो कभी अनन्त साधना के कूल पर पहुँचाती है—कभी जीव-जगत् के एक-एक तत्त्व से दौड़ मिलती है। गंगा की अनन्त गरिमा—वन की निविड़ योग निद्रा वहीं देख पड़ेगी। कौन कहे, वहाँ जाकर यह चंचल चित्त क्या चाहता है—गम्भीर अलौकिक आनन्द या शान्त सुन्दर मरण।

इसी वन में एक कुटी बनाकर योगीश्वर रहते थे। योगीश्वर योगीश्वर ही थे। यद्यपि वह भूतल ही पर रहते थे, तथापि उन्हें इस लोक का जीव कहना यथार्थ नहीं था। उनकी चित्तवृत्ति सरस्वती के श्रीचरणों में थी या ब्रह्मलोक की अनन्त शान्ति में लिपटी थी। और वह बालिका—स्वर्ग से एक रश्मि उतरकर-उस घने जंगल में उजेला करती फिरती थी। वह लौकिक मायाबद्ध जीवन नहीं

था । इसे बन्धन-रहित बाधाहीन नाचती किरनों की लेखा कहिए—मानों निर्मुक्त चंचल मलय वायु फूल-फूल पर, डाली-डाली पर डोलती फिरती हो या कोई मूर्तिमान अमर संगीत बेरोकटोक हवा पर या जल की तरंग-भंग पर नाच रहा हो । मैं ही वहाँ इस लोक का प्रतिनिधि था । मैं ही उन्हें उनकी अलौकिक स्थिति से इस जटिल मर्त्य-राज्य-में खींच लाता था ।

कुछ साल से मैं योगीश्वर के यहाँ आता-जाता था । पिता की आज्ञा थी कि उनके यहाँ जाकर अपने धर्म के सब ग्रन्थ पढ़ डालो । योगीश्वर और बाबा लड़कपन के साथी थे । इसीलिए उनकी मुझ पर इतनी दया थी । किरन उनकी लड़की थी । उस कुटीर में एक वही दीपक थी । जिस दिन की घटना मैं लिख आया हूँ, उसी दिन सबेरे मेरे अध्ययन की पूर्णाहुति थी और बाबा के कहने पर एक जोड़ा पीताम्बर, पाँच स्वर्णमुद्राएँ तथा किरन के लिए दो कनक-कंगन आचार्य के निकट ले गया था । योगीश्वर ने सब लौटा दिये, केवल कंगन को किरन उठा ले गई ।

वह क्या समझकर चुप रह गये । समय का अद्‌भुत चक्र है । जिस दिन मैंने धर्मग्रन्थ से मुँह मोड़ा, उसी दिन कामदेव ने वहाँ जाकर उनकी किताब का पहला सफा उलटा ।

दूसरे दिन मैं योगीश्वर से मिलने गया । वह किरन को पास बिठा कर न जाने क्या पढ़ा रहे थे । उनकी आँखें गम्भीर थीं । मुझको देखते ही वह उठ पड़े और मेरे कन्धों पर हाथ रखकर गद्‌गद स्वर से बोले—"नरेन्द्र ! अब मैं चला, किरन तुम्हारे हवाले है ।" यह कहकर किसी की सुकोमल अँगुलियाँ मेरे हाथों में रख दीं । लोचनों के कोने पर दो बूंदें निकलकर झाँक पड़ीं । मैं सहम उठा । क्या उन पर सब बातें विदित थी ? क्या उनकी तीव्र दृष्टि मेरी अन्तर-लहरी तक डूब चुकी थी ? वह ठहरे नहीं, चल दिये । मैं काँपता रह गया, किरन देखती रह गई ।

सन्नाटा छा गया । वन-वायु भी चुप हो चली । हम दोनों भी चुप चल पड़े, किरन मेरे कन्धे पर थी । हठात् अन्तर से कोई अकड़कर कह उठा—"हाय नरेन्द्र ! यह क्या ! तुम इस वनफूल को किस चमन में ले चले ? इस बन्धन-विहीन स्वर्गीय जीवन को किस लोकजाल में बाँधने चले ?"

३

कंकड़ी जल में जाकर कोई स्थायी विवर नहीं फोड़ सकती। क्षण भर जल का समतल भले ही उलट-पुलट हो, लेकिन इधर-उधर से जलतरंग दौड़कर उस छिद्र का नाम-निशान भी नहीं रहने देती। जगत् की भी यही चाल है। यदि स्वर्ग से देवेन्द्र भी आकर इस लोक चलाचल में खड़े हों, फिर संसार देखते ही देखते उन्हें अपना बना लेगा। इस काली कोठरी में आकर इसकी कालिमा से बचे रहें, ऐसी शक्ति अब आकाश-कुसुम ही समझो। दो दिन में राम 'हाय जानकी, हाय जानकी' कहकर वन-वन डोलते फिरे। दो क्षण में यही विश्वामित्र को भी स्वर्ग से घसीट लाया।

किरन की भी यही अवस्था हुई। कहाँ प्रकृति की निर्मुक्त गोद, कहाँ जगत् का जटिल बन्धन-पाश। कहाँ से कहाँ आ पड़ी! वह अलौकिक भोलापन, वह निसर्ग उच्छ्वास—हाथोंहाथ लुट गये। उस वनफूल की विमल कान्ति लौकिक चमन की मायावी मनोहारिता में परिणत हुई। अब आँखें उठाकर आकाश से नीरव बातचीत करने का अवसर कहाँ से मिले? मलयवायु से मिलकर मलयाचल के फूलों की पूछताछ क्योंकर हो?

जब किशोरी नये साँचे में ढलकर उतरी, उसे पहचानना भी कठिन था। वह अब लाल चोली, हरी साड़ी पहनकर, सर पर सिन्दूर-रेखा सजती और हाथों के कंगन, कानों की बाली, गले की कण्ठी तथा कमर की करधनी—दिन-दिन उसके चित्त को नचाये मारती थी। जब कभी वह सजधजकर चाँदनी में कोठे पर उठती और वसन्तवायु उसके आँचल से मोतिया की लपट लाकर मेरे बरामदे में भर देता, फिर किसी मतवाली माधुरी या तीव्र मदिरा के नशे में मेरा मस्तिष्क घूम जाता और मैं चटपट अपना प्रेम चीत्कार फूलदार रंगीन चिट्ठी में भरकर जुही के हाथ ऊपर भेजवाता या बाजार से दौड़कर कटकी गहने वा विलायती चूड़ी खरीद लाता। लेकिन जो हो—अब भी कभी-कभी उसके प्रफुल्ल वदन पर उस अलोक-आलोक की छटा पूर्वजन्म की सुखस्मृतिवत् चली आती थी, और आँखें उसी जीवन्त सुन्दर झिकमिक का नाच दिखाती थीं। जब अन्तर प्रसन्न था, फिर बाहरी चेष्टा पर प्रतिबिम्ब क्यों न पड़े।

यों ही साल-दो-साल मुरादाबाद में कट गये। एक दिन मोहन के यहाँ नाच देखने गया वहीं किन्नरी से आँखें मिलीं, मिलीं क्या, लीन हो गईं। नवीन

यौवन, कोकिल कण्ठ, चतुर चंचल चेष्टा तथा मायावी चमक—अब चित्त को चलाने के लिए और क्या चाहिए। किन्नरी सचमुच किन्नरी ही थी नाचनेवाली नहीं, नचानेवाली थी। पहली बार देखकर उसे इस लोक की सुन्दरी समझना दुस्तर था। एक लपट जो लगती—किसी नशा-सी चढ़ जाती। यारों ने मुझे और भी चढ़ा दिया। आँखें मिलती-मिलती मिल गईं, हृदय को भी साथ-साथ घसीट ले गईं।

फिर क्या था—इतने दिनों की धर्मशिक्षा, शतवत्सर की पूज्य लक्ष्मी, बाप-दादों की कुल-प्रतिष्ठा, पत्नी से पवित्र-प्रेम एक-एक करके उस प्रदीप्त वासना-कुण्ड में भस्म होने लगे। अग्नि और भी बढ़ती गई। किन्नरी की चिकनी दृष्टि, चिकनी बातें घी बरसाती रहीं। घर-बार सब जल उठा। मैं भी निरन्तर जलने लगा, लेकिन ज्यों-ज्यों जलता गया—जलने की इच्छा जलाती रही।

पाँच महीने कट गये—नशा उतरा नहीं। बनारसी साड़ी, पारसी जैकेट, मोती का हार, कटकी कर्णफूल—सब कुछ लाकर उस मायाकारी के अलक्तक-रंजित चरणों पर रखे। किरन हेमन्त की मालती बनी थी, जिस पर एक फूल नहीं—एक पल्लव नहीं। घर की वधू क्या करती? जो अनन्त सूत्र से बँधा था, जो अनन्त जीवन का संगी था, वही हाथों-हाथ पराये के हाथ बिक गया—फिर ये तो दो दिन के चकमकी खिलौने थे, इन्हें शरीर बदलते क्या देर लगे। दिन भर बहानों की माला गूँथ-गूँथ किरन के गले में और शाम को मोती की माला उस नाचनेवाली के गले में सशंक निर्लज्ज डाल देना—यही मेरा जीवन-निर्वाह था। एक दिन सारी बातें खुल गईं, किरन पछाड़ खाकर भूमि पर जा पड़ी। उसकी आँखों में आँसू न थे, मेरी आँखों में दया न थी।

बरसात की रात थी। रिमझिम बूंदों की झड़ी थी। चाँदनी मेघों से आँख-मुंदौवल खेल रही थी। बिजली काले कपाट से बार-बार झाँकती थी। किसे चंचला देखती थी तथा बादल किस मरोड़ से रह-रहकर चिल्लाते थे—इन्हें सोचने का मुझे अवसर नहीं था। मैं तो किन्नरी के दरवाजे से हताश लौटा था; आँखों के ऊपर न चाँदनी थी, न बदली थी। त्रिशंकु ने स्वर्ग को जाते-जाते बीच में ही टँगकर किस दुख को उठाया—और मैं तो अपने स्वर्ग के दरवाजे पर सर रखकर निराश लौटा था—मेरी वेदना क्यों न बड़ी हो।

हाय ! मेरी अँगुलियों में एक अँगूठी भी रहती तो उसे नज़र कर उसके चरणों पर लोटता।

घर पर आते ही जुही को पुकार उठा—"जुही, किरन के पास कुछ भी बचा हो तब फौरन जाकर माँग लाओ।"

ऊपर से कोई आवाज़ नहीं आई, केवल सर के ऊपर से एक काला बादल कालान्त चीत्कार के चिल्ला उठा। मेरा मस्तिष्क घूम गया। मैं तत्क्षण कोठे पर दौड़ा।

सब, सन्दूक झाँके, जो कुछ मिला, सब तोड़ डाला; लेकिन मिला कुछ भी नहीं। आलमारी में केवल मकड़े का जाल था। श्रृङ्गार बक्स में एक छिपकली बैठी थीं। उसी दम किरन पर झपटा।

पास जाते ही सहम गया। वह एक तकिये के सहारे निःसहाय निस्पंद लेटी थी—केवल चाँद ने खिड़की से होकर उसे गोद में ले रखा था और वायु उस शरीर पर जल से भिगोया पंखा झल रही थी। मुख पर एक अपरूप छटा थी; कौन कहे, कहीं जीवन की शेष रश्मि क्षण-भर वहीं अटकी हो। आँखों में एक जीवन ज्योति थी। शायद प्राण शरीर से निकलकर किसी आसरे से वहाँ पैठ रहा था। मैं फिर पुकार उठा—किरन, किरन। तुम्हारे पास कोई गहना भी रहा है?"

"हाँ",—क्षीण कण्ठ की काकली थी।

"कहाँ हैं, अभी देखने दो।"

उसने धीरे से घूँघट सरका कर कहा—वही कानों का कँगना।

सर तकिये से ढल पड़ा—आँखें भी झिप गईं। वह जीवन्त रेखा कहाँ चली गई—क्या इतने ही के लिए अब तक ठहरी थी?

आँखें मुख पर जा पड़ीं—वहीं कंगन थे। वैसे ही कानों को घेरकर बैठे थे। मेरी स्मृति तड़िद्वेग से नाच उठी। दुष्यन्त ने अँगूठी पहचान ली। भूली शकुन्तला उस पल याद आ गई; लेकिन दुष्यन्त सौभाग्यशाली थे, चक्रवर्ती राजा थे—अपनी प्राणप्रिया को आकाश-पाताल छानकर ढूँढ़ निकाला। मेरी किरन तो इस भूतल पर न थी कि किसी तरह प्राण देकर भी पता पाता। परलोक से ढूँढ़ निकालूं—ऐसी शक्ति इस दीन-हीन मानव में कहाँ?

चढ़ा नशा उतर पड़ा। सारी बातें सूझ गईं—आँखों पर की पट्टी खुल पड़ी; लेकिन हाय ! खुली भी तो उसी समय जब जीवन में केवल अन्धकार ही रह गया।

ताई | विश्वम्भर शर्मा 'कौशिक

१

"ताऊजी, हमें लेलगाड़ी (रेलगाड़ी) ला दोगे ?" कहता हुआ एक पंच-वर्षीय बालक बाबू रामजीदास की ओर दौड़ा।

बाबू साहब ने दोनों बाँहें फैलाकर कहा—"हाँ बेटा, ला देंगे।" उनके इतना कहते-कहते बालक उनके निकट आ गया। उन्होंने बालक को गोद में उठा लिया और उसका मुख चूमकर बोले—"क्या करेगा रेलगाड़ी ?"

बालक बोला—"उसमें बैठकर बली दूल जायँगे। हम बी जायँगे, चुन्नी को बी ले जायँगे। बाबूजी को नहीं ले जायँगे। हमें लेलगाड़ी नहीं ला देते। ताऊजी तुम ला दोगे, तो तुम्हें ले जायँगे।"

बाबू—"और किसे ले जायगा ?"

बालक दम भर सोचकर बोला—"बछ औल किछी को नहीं ले जायँगे।"

पास ही बाबू रामजीदास की अर्द्धांगिनी बैठी थीं। बाबू साहब ने उनकी ओर इशारा करके कहा—"और अपनी ताई को नहीं ले जायेगा ?"

बालक कुछ देर तक अपनी ताई की ओर देखता रहा। ताईजी उस समय कुछ चिढ़ी हुई सी बैठी थीं। बालक को उनके मुख का वह भाव अच्छा न लगा। अतएव वह बोला—"ताई को नहीं ले जायँगे।"

ताई सुपारी काटती हुई बोलीं—"अपने ताऊजी ही को ले जा मेरे ऊपर दया रख !"

ताई ने यह बात बड़ी रुखाई के साथ कही। बालक ताई के शुष्क व्यवहार

को तुरन्त ताड़ गया। बाबू साहब ने फिर पूछा—"ताई को क्यों नहीं ले जायगा ?"

बालक—"ताई हमें प्याल (प्यार) नहीं कलतीं।"

बाबू—"जो प्यार करें तो ले जायगा ?"

बालक को इसमें कुछ सन्देह था। ताई के भाव को देखकर उसे यह आशा नहीं थी कि वह प्यार करेंगी। इससे बालक मौन रहा।

बाबू साहब ने फिर पूछा—"क्यों रे बोलता नहीं ? ताई प्यार करें तो रेल पर बिठाकर ले जायगा ?"

बालक ने ताऊजी को प्रसन्न करने के लिए केवल सिर हिलाकर स्वीकार कर लिया, परन्तु मुख से कुछ नहीं कहा।

बाबू साहब उसे अपनी अर्द्धांगिनी के पास ले जाकर उनसे बोले—"लो, इसे प्यार कर लो तो तुम्हें ले जायगा।" पर बच्चे की ताई श्रीमती रामेश्वरी को पति की यह चुहलबाजी अच्छी न लगी। वह तुनककर बोली—"तुम्हीं रेल पर बैठकर जाओ, मुझे नहीं जाना है।"

बाबू साहब ने रामेश्वरी की बात पर ध्यान नहीं दिया। बच्चे को उनकी गोद में बैठाने की चेष्टा करते हुए बोले—"प्यार नहीं करोगी, तो फिर रेल में नहीं बिठावेगा।—क्यों रे मनोहर ?"

मनोहर ने ताऊ की बात का उत्तर नहीं दिया। उधर ताई ने मनोहर को अपनी गोद से ढकेल दिया। मनोहर नीचे गिर पड़ा। शरीर में तो चोट नहीं लगी, पर हृदय में चोट लगी। बालक रो पड़ा।

बाबू साहब ने बालक को गोद में उठा लिया। चुमकार-पुचकार चुप किया और तत्पश्चात् उसे कुछ पैसा तथा रेलगाड़ी ला देने का वचन देकर छोड़ दिया। बालक मनोहर भयपूर्ण दृष्टि से अपनी ताई की ओर ताकता हुआ उस स्थान से चला गया।

मनोहर के चले जाने पर बाबू रामजीदास रामेश्वरी से बोले—"तुम्हारा यह कैसा व्यवहार है ? बच्चे को ढकेल दिया। जो उसके चोट लग जाती तो ?"

रामेश्वरी मुँह मटकाकर बोली—"लग जाती तो अच्छा होता। क्यों मेरी खोपड़ी पर लादे देते थे ? आप ही तो मेरे ऊपर डालते थे और आप ही अब ऐसी बातें करते हैं।"

बाबू साहब कुढ़कर बोले—"इसी को खोपड़ी पर लादना कहते हैं ?"

रामेश्वरी—"और नहीं किसे कहते हैं, तुम्हें तो अपने आगे और किसी का दुःख-सुख सूझता ही नहीं। न जाने कब किसका जी कैसा होता है। तुम्हें उन बातों की कोई परवाह ही नहीं, अपनी चुहल से काम है।"

बाबू—"बच्चों की प्यारी-प्यारी बातें सुनकर तो चाहे जैसा जी हो, प्रसन्न हो जाता है। मगर तुम्हारा हृदय न जाने किस धातु का बना हुआ है ?"

रामेश्वरी—"तुम्हारा हो जाता होगा। और होने को होता है, मगर वैसा बच्चा भी तो हो। पराये धन से भी कहीं घर भरता है ?"

बाबू साहब कुछ देर चुप रहकर बोले—"यदि अपना सगा भतीजा भी पराया धन कहा जा सकता है, तो फिर मैं नहीं समझता कि अपना धन किसे कहेंगे ?"

रामेश्वरी कुछ उत्तेजित होकर बोली—"बातें बनाना बहुत आता है। तुम्हारा भतीजा है, तुम चाहे जो समझो, पर मुझे ये बातें अच्छी नहीं लगतीं। हमारे भाग ही फूटे हैं, नहीं तो ये दिन काहे को देखने पड़ते। तुम्हारा चलन तो दुनिया से निराला है। आदमी सन्तान के लिए न जाने क्या-क्या करते हैं—पूजा-पाठ करते हैं, व्रत रखते हैं, पर तुम्हें इन बातों से क्या काम ? रात-दिन भाई-भतीजों में मगन रहते हो।"

बाबू साहब के मुख पर घृणा का भाव झलक आया। उन्होंने कहा—"पूजा-पाठ, व्रत, सब ढकोसला है। जो वस्तु भाग्य में नहीं, वह पूजा-पाठ से कभी प्राप्त नहीं हो सकती। मेरा तो यह अटल विश्वास है।"

श्रीमतीजी कुछ-कुछ रुँआसे स्वर में बोलीं—"इसी विश्वास ने सब चौपट कर रखा है। ऐसे ही विश्वास पर सब बैठ जायँ तो काम कैसे चले ? सब विश्वास पर ही न बैठे रहें, आदमी काहे को किसी बात के लिए चेष्टा करे।"

बाबू साहब ने सोचा कि मूर्ख स्त्री के मुँह लगना ठीक नहीं। अतएव वह स्त्री की बात का कुछ उत्तर न देकर वहाँ से टल गये।

३

बाबू रामजीदास धनी आदमी हैं। कपड़े की आढ़त का काम करते हैं। लेन-देन भी है। इनसे एक छोटा भाई है उसका नाम है कृष्णदास। दोनों भाइयों

का परिवार एक ही में है। बाबू रामजीदास की आयु ३५ वर्ष के लगभग है और छोटे भाई कृष्णदास की आयु २१ के लगभग। रामजीदास निस्संतान हैं। कृष्णदास के दो सन्तानें हैं। एक पुत्र—वही पुत्र, जिससे पाठक परिचित हो चुके हैं—और एक कन्या है। कन्या की वय दो वर्ष के लगभग है।

रामजीदास अपने छोटे भाई और उनकी सन्तान पर बड़ा स्नेह रखते हैं—ऐसा स्नेह कि उसके प्रभाव से उन्हें अपनी सन्तानहीनता कभी खटकती ही नहीं। छोटे भाई की सन्तान को अपनी सन्तान समझते हैं। दोनों बच्चे भी रामजीदास से इतने हिले हैं कि उन्हें अपने पिता से भी अधिक समझते हैं।

परन्तु रामजीदास की पत्नी रामेश्वरी को अपनी सन्तानहीनता का बड़ा दुःख है। वह दिन-रात सन्तान ही के सोच में घुला करती है। छोटे भाई की सन्तान पर पति का प्रेम उनकी आँखों में काँटे की तरह खटकता है।

रात के भोजन इत्यादि से निवृत्त होकर रामजीदास शैया पर लेटे शीतल और मन्द वायु का आनन्द ले रहे हैं। पास ही दूसरी शैया पर रामेश्वरी, हथेली पर सिर रखे, किसी चिन्ता में डूबी हुई थी। दोनों बच्चे अभी बाबू साहब के पास से उठकर अपनी माँ से पास गये थे।

बाबू साहब ने अपनी स्त्री की ओर करवट लेकर कहा—आज तुमने मनोहर को इस बुरी तरह ढकेला था कि मुझे अब तक उसका दुःख है। कभी-कभी तो तुम्हारा व्यवहार बिलकुल ही अमानुषिक हो उठता है।''

रामेश्वरी बोली—''तुम्हीं ने मुझे ऐसा बना रक्खा है। उस दिन उस पण्डित ने कहा कि हम दोनों के जन्म-पत्र में सन्तान का जोग है और उपाय करने से सन्तान भी हो सकती है। उसने उपाय भी बताये थे, पर तुमने उनमें से एक भी उपाय करके न देखा। बस, तुम तो इन्हीं दोनों में मगन हो। तुम्हारी इस बात से रात-दिन मेरा कलेजा सुलगता रहता है। आदमी उपाय तो करके देखता है। फिर होना न होना भगवान के अधीन है।''

बाबू साहब हँसकर बोले—''तुम्हारी जैसी सीधी स्त्री भी क्या कहूँ ? तुम इन ज्योतिषियों की बातों पर विश्वास करती हो, जो दुनिया भर के झूठे और धूर्त हैं। झूठ बोलने ही की रोटियाँ खाते हैं।''

रामेश्वरी तुनककर बोली—''तुम्हें तो सारा संसार झूठा ही दिखाई पड़ता है। ये पोथी-पुराण भी सब झूठे हैं ? पण्डित कुछ अपनी तरफ से बनाकर तो

कहते नहीं हैं। शास्त्र में जो लिखा है, वही वे भी कहते हैं, वह झूठा है तो वे भी झूठे हैं। अँगरेजी क्या पढ़ी, अपने आगे किसी को गिनते ही नहीं। जो बातें बाप-दादे के जमाने से चली आई हैं, उन्हें भी झूठा बताते हैं!"

बाबू साहब—"तुम बात तो समझती नहीं, अपनी ही ओटे जाती हो। मैं यह नहीं कह सकता कि ज्योतिष शास्त्र झूठा है। सम्भव है, वह सच्चा हो, परन्तु ज्योतिषियों में अधिकांश झूठे होते हैं। उन्हें ज्योतिष का पूर्ण ज्ञान तो होता नहीं, दो-एक छोटी-मोटी पुस्तकें पढ़कर ज्योतिषी बन बैठते हैं और लोगों को ठगते फिरते हैं। ऐसी दशा में उनकी बातों पर कैसे विश्वास किया जा सकता है?"

रामेश्वरी—"हूँ, सब झूठे ही हैं, तुम्हीं एक बड़े सच्चे हो। अच्छा, एक बात पूछती हूँ। भला तुम्हारे जी में सन्तान की इच्छा क्या कभी नहीं होती?"

इस बार रामेश्वरी ने बाबू साहब के हृदय का कोमल स्थान पकड़ा। वह कुछ देर चुप रहे। तत्पश्चात् एक लम्बी साँस लेकर बोले—"भला ऐसा कौन मनुष्य होगा, जिसके हृदय में सन्तान का मुख देखने की इच्छा न हो? परन्तु क्या किया जाए? जब नहीं है, और न होने की कोई आशा ही है, तब उसके लिए व्यर्थ चिन्ता करने से क्या लाभ? इसके सिवा जो बात अपनी सन्तान से होती, वही भाई की सन्तान से भी हो रही है। जितना स्नेह अपनी पर होता, उतना ही इन पर भी है जो आनन्द उसकी बाल क्रीड़ा से आया, वही इनकी क्रीड़ा से भी आ रहा है। फिर नहीं समझता कि चिन्ता क्यों की जाय।"

रामेश्वरी कुढ़कर बोली—"तुम्हारी समझ को मैं क्या कहूँ? इसी से तो रात-दिन जला करती हूँ, भला यह तो बताओ कि तुम्हारे पीछे क्या इन्हीं से तुम्हारा नाम चलेगा?"

बाबू साहब हँसकर बोले—"अरे, तुम भी कहाँ की क्षुद्र बातें लायीं! नाम सन्तान से नहीं चलता। नाम अपनी सुकृति से चलता है। तुलसीदास को देश का बच्चा-बच्चा जानता है। सूरदास को मरे कितने दिन हो चुके। इसी प्रकार जितने महात्मा हो गये हैं, उन सबका नाम क्या उनकी सन्तान की बदौलत चल रहा है? सच पूछो, तो सन्तान से जितनी नाम चलने की आशा रहती है, उतनी ही नाम डूब जाने की भी सम्भावना रहती है। परन्तु सुकृति एक ऐसी वस्तु है; जिससे नाम बढ़ने के सिवा घटने की आशंका रहती ही नहीं। हमारे शहर में राय गिरधारीलाल कितने नामी थे। उसके सन्तान कहाँ है। पर उनकी धर्म-

शाला और अनाथालय से उनका नाम अब तक चला आ रहा है, अभी न जाने कितने दिनों तक चला जायगा।''

रामेश्वरी—''शास्त्र में लिखा है जिसके पुत्र नहीं होता, उसकी मुक्ति नहीं होती ?''

बाबू—''मुक्ति पर मुझे विश्वास नहीं। मुक्ति है किस चिड़िया का नाम ? यदि मुक्ति होना भी मान लिया जाये, तो यह कैसे माना जा सकता है कि सब पुत्रवालों की मुक्ति हो हो जाती है ! मुक्ति का भी क्या सहज उपाय है ? ये जितने पुत्रवाले हैं, सभी की तो मुक्ति हो जाती होगी ?''

रामेश्वरी निरुत्तर होकर बोली—''अब तुमसे कौन बकवास करे ! तुम तो अपने सामने किसी को मानते ही नहीं।''

३

मनुष्य का हृदय बड़ा ममत्व-प्रेमी है। कैसी ही उपयोगी और कितनी ही सुन्दर वस्तु क्यों न हो, जब तक मनुष्य उसको पराई समझता है, तब तक उससे प्रेम नहीं करता। किन्तु भद्दी से भद्दी और बिल्कुल काम में न आनेवाली वस्तु को यदि मनुष्य अपनी समझता है, तो उससे प्रेम करता है। पराई वस्तु कितनी ही मूल्यवान क्यों न हो, कितनी ही उपयोगी क्यों न हो, कितनी ही सुन्दर क्यों न हो, उसके नष्ट होने पर मनुष्य कुछ भी दुःख का अनुभव नहीं करता, इसलिये कि वह वस्तु, उसकी नहीं, पराई है। अपनी वस्तु कितनी ही भद्दी हो, काम में न आनेवाली हो, नष्ट होने पर मनुष्य को दुःख होता है, इसलिये कि वह अपनी चीज है। कभी-कभी ऐसा भी होता है कि मनुष्य पराई चीज से प्रेम करने लगता है। ऐसी दशा में भी जब तक मनुष्य उस वस्तु को अपना बनाकर नहीं छोड़ता, अथवा अपने हृदय में यह विचार नहीं कर लेता कि वह वस्तु मेरी है, तब तक उसे संतोष नहीं होता। ममत्व से प्रेम उत्पन्न होता है, और प्रेम से ममत्व। इन दोनों का साथ चोलीदामन का-सा है। ये कभी पृथक् नहीं किए जा सकते।

यद्यपि रामेश्वरी को माता बनने का सौभाग्य प्राप्त नहीं हुआ था, तथापि उनका हृदय एक माता का हृदय बनने की पूरी योग्यता रखता था। उनके हृदय में वे गुण विद्यमान तथा अंतर्निहित थे, जो एक माता के हृदय में होते हैं, परन्तु

उसका विकास नहीं हुआ था। उसका हृदय उस भूमि की तरह था, जिसमें बीज तो पड़ा हुआ है, पर उसको सींचकर और इस प्रकार बीज को प्रस्फुटित करके भूमि के ऊपर लानेवाला कोई नहीं। इसीलिये उनका हृदय उन बच्चों की ओर खिचता तो था, परन्तु जब उन्हें ध्यान आता था कि ये बच्चे मेरे नहीं, दूसरे के हैं, तब उसके हृदय में उनके प्रति द्वेष उत्पन्न होता था, घृणा पैदा होती थी। विशेषकर उस समय उनके द्वेष की मात्रा और भी बढ़ जाती थी, जब वह यह देखती थी कि उनके पतिदेव उन बच्चों पर प्राण देते हैं, जो उनके (रामेश्वरी के) नहीं हैं।

शाम का समय था। रामेश्वरी खुली छत पर बैठी हवा खा रही थी। पास उनकी देवरानी भी बैठी थी। दोनों बच्चे छत पर दौड़-दौड़कर खेल रहे थे। रामेश्वरी उनके खेल को देख रही थीं। इस समय रामेश्वरी को उन बच्चों का खेलना-कूदना बड़ा भला मालूम हो रहा था। हवा में उड़ते हुए उनके बाल, कमल की तरह खिले उनके नन्हें-नन्हें मुख, उनकी प्यारी-प्यारी तोतली बातें, उनका चिल्लाना, भागना, लौट जाना इत्यादि क्रीड़ाएँ उनके हृदय को शीतल कर रही थीं। सहसा मनोहर अपनी बहिन को मारने दौड़ा। वह खिलखिलाती हुई दौड़कर रामेश्वरी की गोद में जा गिरी। उसके पीछे-पीछे मनोहर भी दौड़ता हुआ आया और वह भी उन्हीं की गोद में जा गिरा। रामेश्वरी उस समय सारा द्वेष भूल गईं। उन्होंने दोनों बच्चों को उसी प्रकार हृदय से लगा लिया, जिस प्रकार वह मनुष्य लगाता है, जो कि बच्चों के लिए तरस रहा हो। उन्होंने बड़ी सतृष्णता से दोनों को प्यार किया। उस समय यदि कोई अपरिचित मनुष्य उन्हें देखता, तो उसे यही विश्वास होता कि रामेश्वरी उन बच्चों की माता हैं।

दोनों बच्चे बड़ी देर तक उनकी गोद में खेलते रहे। सहसा उसी समय किसी के आने की आहट पाकर बच्चों की माता वहाँ से उठकर चली गयी।

"मनोहर, ले रेलगाड़ी।" कहते हुए बाबू रामजीदास छत पर आये। उनका स्वर सुनते ही दोनों बच्चे रामेश्वरी की गोद से तड़पकर निकल भागे। रामजीदास ने पहले दोनों को खूब प्यार किया, फिर बैठकर रेलगाड़ी दिखाने लगे।

इधर रामेश्वरी की नींद टूटी। पति को बच्चों में मगन होते देखकर उनकी

भौंहें तन गयीं। बच्चों के प्रति हृदय में फिर वही घृणा और द्वेष भाव जाग उठा।

बच्चों को रेलगाड़ी देकर बाबू साहब रामेश्वरी के पास आये, और मुस्कराकर बोले—"आज तो तुम बच्चों को बड़ा प्यार कर रही थीं। इससे मालूम होता है कि तुम्हारे हृदय में भी उनके प्रति कुछ प्रेम अवश्य है।"

रामेश्वरी को पति की यह बात बहुत बुरी लगी। उन्हें अपनी कमजोरी पर बड़ा दुःख हुआ। केवल दुःख ही नहीं, अपने ऊपर क्रोध भी आया। वह दुःख और क्रोध पति के उक्त वाक्य से और भी बढ़ गया। उनकी कमजोरी पति पर प्रकट हो गयी, यह बात उनके लिये असह्य हो उठी।

रामजीदास बोले—"इसीलिए मैं कहता हूँ कि अपनी सन्तान के लिये सोच करना वृथा है। यदि तुम इनसे प्रेम करने लगो, तो तुम्हें ये ही अपनी सन्तान प्रतीत होने लगेंगे। मुझे इस बात से प्रसन्नता है कि तुम इनसे स्नेह करना सीख रही हो।"

यह बात बाबू साहब ने नितान्त शुद्ध हृदय से कही थी, परन्तु रामेश्वरी को इसमें व्यंग की तीक्ष्ण गन्ध मालूम हुई। उन्होंने कुढ़कर मन में कहा—"इन्हें मौत भी नहीं आती। मर जायँ, पाप कटे! आठों पहर आँखों के सामने रहने से प्यार को जी ललचा उठता है। इनके मारे कलेजा और भी जला करता है।"

बाबू साहब ने पत्नी को मौन देखकर कहा—"अब झेंपने से क्या लाभ। अपने प्रेम को छिपाने की चेष्टा करना व्यर्थ है। छिपाने की आवश्यकता भी नहीं।"

रामेश्वरी जल-भुनकर बोली, "मुझे क्या पड़ी है, जो मैं प्रेम करूँगी? तुम्हीं को मुबारक रहे। निगोड़े आप ही आ-आ के घुसते हैं। एक घर में रहने में कभी-कभी हँसना बोलना पड़ता ही है। अभी परसों जरा यों ही ढकेल दिया, उस पर तुमने सैकड़ों बातें सुनाईं। संकट में प्राण हैं, न यों चैन, न वों चैन।"

बाबू साहब को पत्नी के वाक्य सुनकर बड़ा क्रोध आया। उन्होंने कर्कश स्वर में कहा—"न जाने कैसे हृदय की स्त्री है। अभी अच्छी-खासी बैठी बच्चों से प्यार कर रही थी। मेरे आते ही गिरगिट की तरह रँग बदलने लगी। अपनी इच्छा से चाहे जो करे, पर मेरे कहने से बल्लियों उछलती है। न जाने मेरी

बातों में कौन-सा विष घुला रहता है। यदि मेरा कहना ही बुरा मालूम होता है, तो न कहा करूँगा। पर इतना याद रखो कि अब जो कभी इनके विषय में निगोड़े-सिगोड़े इत्यादि अपशब्द निकाले, तो अच्छा न होगा। तुमसे मुझे ये बच्चे कहीं अधिक प्यारे हैं।''

रामेश्वरी ने इसका कोई उत्तर न दिया। अपने क्षोभ तथा क्रोध को वे आँखों द्वारा निकालने लगीं।

जैसे-ही-जैसे बाबू रामजीदास का स्नेह दोनों बच्चों पर बढ़ता जाता था, वैसे-ही-वैसे रामेश्वरी के द्वेष और घृणा की मात्रा भी बढ़ती जाती थी। प्रायः बच्चों के पीछे पति-पत्नी में कहा-सुनी हो जाती थी, और रामेश्वरी को पति के कटु वचन सुनने पड़ते थे। जब रामेश्वरी ने यह देखा कि बच्चों के कारण ही वह पति की नजर से गिरती जा रही है, तब उनके हृदय में बड़ा तूफ़ान उठा। उन्होंने यह सोचा—पराये बच्चों के पीछे यह मुझसे प्रेम कम करते जाते हैं, हर समय बुरा-भला कहा करते हैं, इनके लिए बच्चे ही सब कुछ हैं, मैं कुछ भी नहीं। दुनिया मरती जाती है, पर दोनों को मौत नहीं। ये पैदा होते ही क्यों न मर गये। न ये होते, न मुझे ये दिन देखने पड़ते। जिस दिन ये मरेंगे, उस दिन घी के दिये जलाऊँगी। इन्होंने ही मेरे घर का सत्यानाश कर रक्खा है।

४

इसी प्रकार कुछ दिन व्यतीत हुए। एक दिन नियमानुसार रामेश्वरी छत पर अकेली बैठी हुई थीं उनके हृदय में अनेक प्रकार के विचार आ रहे थे। विचार और कुछ नहीं, अपनी निज की सन्तान का अभाव, पति का भाई की सन्तान के प्रति अनुराग इत्यादि। कुछ देर बाद जब उनके विचार स्वयं उन्हीं को कष्टदायक प्रतीत होने लगे, तब वह अपना ध्यान दूसरी ओर लगाने के लिए टहलने लगीं।

वह टहल ही रही थीं कि मनोहर दौड़ता हुआ आया। मनोहर को देखकर उनकी भृकुटी चढ़ गयीं। और वह छत की चहारदीवारी पर हाथ रखकर खड़ी हो गयीं।

सन्ध्या का समय था। आकाश में रंग-बिरंगी पतंगें उड़ रही थीं। मनोहर कुछ देर तक खड़ा पतंगों को देखता और सोचता रहा कि कोई पतंग कटकर

उसकी छत पर गिरे, तो क्या आनन्द आवे ! देर तक गिरने की आशा करने के बाद दौड़कर रामेश्वरी के पास आया, और उनकी टाँगों में लिपटकर बोला—"ताई, हमें पतंग मँगा दो।" रामेश्वरी ने झिड़क कर कहा—"चल हट, अपने ताऊ से माँग जाकर।"

मनोहर कुछ अप्रतिभ-सा होकर फिर आकाश की ओर ताकने लगा। थोड़ी देर बाद उससे फिर न रहा गया। इस बार उसने बड़े लाड़ में आकर अत्यन्त करुण स्वर में कहा—"ताई मँगा दो, हम भी उड़ायँगे।"

इन बार उसकी भोली प्रार्थना से रामेश्वरी का कलेजा कुछ पसीज गया। वह कुछ देर तक उसकी ओर स्थिर दृष्टि से देखती रही। फिर उन्होंने एक लम्बी साँस लेकर मन ही मन कहा—यदि यह मेरा पुत्र होता तो, आज मुझसे बढ़कर भाग्यवान स्त्री संसार में दूसरी न होती। निगोड़ा-मरा कितना सुन्दर है, और कैसी प्यारी-प्यारी बातें करता है। यही जी चाहता है कि उठाकर छाती से लगा लें।

यह सोचकर वह उसके सिर पर हाथ फेरनेवाली थीं कि इतने में उन्हें मौन देखकर बोला—"तुम हमें पतंग नहीं मँगवा दोगी, तो ताऊ जी से कहकर तुम्हें पिटवायेंगे।"

यद्यपि बच्चे की इस भोली बात में भी मधुरता थी, तथापि रामेश्वरी का मुँह क्रोध के मारे लाल हो गया। वह उसे झिड़क कर बोली—"जा कह दे अपने ताऊजी से देखें, वह मेरा क्या कर लेंगे।"

मनोहर भयभीत होकर उनके पास से हट आया, और फिर सतृष्ण नेत्रों से आकाश में उड़ती हुई पतंगों को देखने लगा।

इधर रामेश्वरी ने सोचा—यह सब ताऊजी के दुलार का फल है कि बालिश्त भर का लड़का मुझे धमकाता है। ईश्वर करे, इस दुलार पर बिजली टूटे।

उसी समय आकाश से एक पतंग कटकर उसी छत की ओर आयी और रामेश्वरी के ऊपर से होती हुई छज्जे की ओर गयी। छत के चारों ओर चहारदीवारी थी। जहाँ रामेश्वरी खड़ी हुई थीं, केवल वहाँ पर एक द्वार था, जिससे छज्जे पर आ-जा सकते थे। रामेश्वरी उस द्वार से सटी हुई खड़ी थीं। मनोहर ने पतंग को छज्जे पर जाते देखा। पतंग पकड़ने के लिए वह दौड़कर छज्जे की

ओर चला। रामेश्वरी खड़ी देखती रहीं। मनोहर उनके पास से होकर छज्जे पर चला गया, और उनसे दो फीट की दूरी पर खड़ा होकर पतंग को देखने लगा। पतंग छज्जे पर से होती हुई नीचे घर के आँगन में जा गिरी। एक पैर छज्जे की मुंड़ेर पर रखकर मनोहर ने नीचे आँगन में झाँका और पतंग को आँगन में गिरते देख, वह प्रसन्नता के मारे फूला न समाया। वह नीचे जाने के लिए शीघ्रता से घूमा, परन्तु घूमते समय मुंड़ेर से उसका पैर फिसल गया। वह नीचे की ओर चला। नीचे जाते-जाते उसके दोनों हाथों में मुंड़ेर आ गयी। वह उसे पकड़कर लटक गया और रामेश्वरी की ओर देखकर चिल्लाया "ताई !"

रामेश्वरी ने धड़कते हुए हृदय से इस घटना को देखा। उसके मन में आया कि अच्छा है, मरने दो, सदा का पाप कट जायगा। यही सोचकर वह एक क्षण रुकी। इधर मनोहर के हाथ मुंड़ेर पर से फिसलने लगे। वह अत्यन्त भय तथा करुण नेत्रों से रामेश्वरी की ओर देखकर चिल्लाया—"अरी ताई !" रामेश्वरी की आँखें मनोहर की आँखों से जा मिलीं। मनोहर की वह करुण दृष्टि देखकर रामेश्वरी का कलेजा मुँह को आ गया। उन्होंने व्याकुल होकर मनोहर को पकड़ने के लिए अपना हाथ बढ़ाया। उनका हाथ मनोहर के हाथ तक पहुँचा ही था कि मनोहर के हाथ से मुंड़ेर छूट गयी। वह नीचे आ गिरा। रामेश्वरी चीख मारकर छज्जे पर गिर पड़ी।

रामेश्वरी एक सप्ताह तक बुखार से बेहोश पड़ी रहीं। कभी-कभी जोर से चिल्ला उठतीं, और कहतीं—"देखो-देखो, वह गिरा जा रहा है—उसे बचाओ, दौड़ो—मेरे मनोहर को बचा लो।" कभी वह कहतीं—"बेटा मनोहर, मैंने तुझे नहीं बचाया। हाँ, हाँ, मैं चाहती तो बचा सकती थी—देर कर दी।" इसी प्रकार वह प्रलाप किया करतीं।

मनोहर की टाँग उखड़ गयी थी, टाँग बिठा दी गयी। वह क्रमशः फिर अपनी असली हालत पर आने लगा।

एक सप्ताह बाद रामेश्वरी का ज्वर कम हुआ। अच्छी तरह होश आने पर उन्होंने पूछा—"मनोहर कैसा है ?"

रामजीदास ने उत्तर दिया—"अच्छा है।"

रामेश्वरी—"उसे पास लाओ।"

मनोहर रामेश्वरी के पास लाया गया। रामेश्वरी ने उसे बड़े प्यार से हृदय से लगाया। आँखों से आँसुओं की झड़ी लग गयी, हिचकियों से गला रुंध गया।

रामेश्वरी कुछ दिनों बाद पूर्ण स्वस्थ हो गयीं। अब वह मनोहर और उसकी बहिन चुन्नी से द्वेष नहीं करतीं। और मनोहर तो अब उनका प्राणाधार हो गया। उसके बिना उन्हें एक क्षण भी कल नहीं पड़ती।

●

दुखवा मैं कासे कहूँ मोरी सजनी

चतुरसेन शास्त्री

गर्मी के दिन थे। बादशाह ने उसी फाल्गुन में सलीमा से नई शादी की थी। सल्तनत के सब झंझटों से दूर रहकर नई दुलहिन के साथ प्रेम और आनन्द की कलोलें करने, वह सलीमा को लेकर काश्मीर के दौलतखाने में चले आये थे।

रात दूध में नहा रही थी। दूर के पहाड़ों की चोटियाँ बर्फ से सफेद होकर चाँदनी में बहार दिखा रही थीं। आरामबाग के महलों के नीचे पहाड़ी नदी बल खाकर बह रही थी।

मोतीमहल के एक कमरे में शमादान जल रहा था, और उसकी खुली खिड़की के पास बैठी सलीमा रात का सौन्दर्य निहार रही थी। खुले हुए बाल उसकी फ़िरोज़ी रंग की ओढ़नी पर खेल रहे थे। चिकन के काम से सजी और मोतियों से गुंथी हुई उस फिरोजी रंग की ओढ़नी पर, कसी हुई कमखाब की कुरती और पन्नों की कमर-पेटी पर, अंगूर के बराबर बड़े मोतियों की माला झूम रही थी। सलीमा का रंग भी मोती के समान था। उसकी देह की गठन निराली थी। संगमर्मर के समान पैरों में ज़री के काम के जूते पड़े थे, जिन पर दो हीरे धक्-धक् चमक रहे थे।

कमरे में एक कीमती ईरानी कालीन का फर्श बिछा था, जो पैर लगते ही हाथ भर धँस जाता था। सुगन्धित मसालों से बने हुए शमादान जल रहे थे। कमरे में चार पूरे कद के आईने लगे थे। संगमर्मर के आधारों पर सोने-चाँदी के फूलदानों में ताजे फूलों के गुलदस्ते रक्खे थे। दीवारों और दरवाज़ों पर चतुराई से गुंथी हुई नागकेसर और चम्पे की मालाएँ झूल रही थीं, जिनकी सुगन्ध से कमरा महक रहा था। कमरे में अनगिनत बहुमूल्य कारीगरों की देश-विदेश

की वस्तुएँ करीने से सजी हुई थीं।

बादशाह दो दिन से शिकार को गये थे। आज इतनी रात हो गई, अभी तक नहीं आये। सलीमा चाँदनी में दूर तक आँखें बिछाये सवारों की गर्द देखती रही। आखिर उससे न रहा गया, वह खिड़की से उठकर, अनमनी-सी होकर मसनद पर आ बैठी। उम्र और चिन्ता की गर्मी जब उससे सहन न हुई, तब उसने अपनी चिकन की ओढ़नी भी उतार फेंकी और आप ही आप झुंझलाकर बोली—"कुछ भी अच्छा नहीं लगता। अब क्या करूँ?" इसके बाद उसने पास रक्खी बीन उठा ली। दो-चार उँगली चलाईं, मगर स्वर न मिला। भुनभुनाकर कहा—"मर्दों की तरह यह भी मेरे वश में नहीं है।" सलीमा ने उकताकर उसे रखकर दस्तक दी। एक बाँदी दस्तबस्ता हाजिर हुई।

बाँदी अत्यन्त सुन्दरी और कमसिन थी। उसके सौन्दर्य में एक गहरे विषाद की रेखा और नेत्रों में नैराश्य-स्याही थी। उसे पास बैठने का हुक्म देकर सलीमा ने कहा—"साकी, तुझे बीन अच्छी लगती है या बाँसुरी?"

बाँदी ने नम्रता से कहा—हुजूर, जिसमें खुश हों।"

सलीमा ने कहा—"पर तू किसमें खुश है?"

बाँदी ने कंपित स्वर में कहा—"सरकार बाँदियों की खुशी ही क्या?"

क्षण भर सलीमा ने बाँदी के मुंह की तरफ़ देखा—वैसा ही विषाद, निराशा और व्याकुलता का मिश्रण हो रहा था।

सलीमा ने कहा—"मैं क्या तुझे बाँदी की नजर से देखती हूँ?"

"नहीं हजरत की तो लौंडी पर खास मेहरबानी है।"

"तब तू इतनी उदास, झिझकी हुई और एकान्त में क्यों रहती है? जब से तू नौकर हुई है, ऐसा ही देखती हूँ! अपनी तकलीफ़ मुझसे तो कह प्यारी साकी!"

इतना कहकर सलीमा ने उसके पास खिसक कर उसका हाथ पकड़ लिया।

बाँदी काँप गई, पर बोली नहीं।

सलीमा ने कहा—"कसमिया! तू अपना दर्द मुझसे कह! तू इतनी उदास क्यों रहती है?"

बाँदी ने कम्पित स्वर में कहा—"हुजूर, क्यों इतनी उदास रहती हैं?"

सलीमा ने कहा—"इधर जहाँपनाह कुछ कम आने लगे हैं। इससे तबीयत ज़रा उदास रहती है।"

"बाँदी—"संरकार, प्यारी चीज़ न मिलने से इंसान को उदासी आ ही जाती है, अमीर और ग़रीब, सभी का दिल ही है।"

सलीम हँसी। उसने कहा—"समझी, अब तू किसी को चाहती है। मुझे उसका नाम बता, उसके साथ तेरी शादी करा दूँगी।"

साकी का सिर घूम गया। एकाएक उसने बेगम की आँखों से आँख मिलाकर कहा—"मैं आपको चाहती हूँ।"

सलीमा हँसते-हँसते लोट गई। उस मदमाती हँसी के वेग में उसने बाँदी का कम्पन नहीं देखा। बाँदी ने वंशी लेकर कहा—"क्या सुनाऊँ ?"

बेगम ने कहा—"ठहर, कमरा बहुत गर्म मालूम होता है। इसके तमाम दरवाजे और खिड़कियाँ खोल दे। चिरागों को बुझा दे, चटखती चाँदनी का लुत्फ़ उठाने दे और फूल मालाएँ मेरे पास रख दे।"

बाँदी उठी। सलीमा बोली—"सुन, पहले एक ग्लास शरबत दे, बहुत प्यासी हूँ।"

बाँदी ने सोने के ग्लास में खुशबूदार शरबत बेसम के सामने ला धरा। बेगम ने कहा—उफ़ ! यह तो बहुत गर्म है। क्या इसमें गुलाब नहीं दिया ?"

बाँदी ने नम्रता से कहा—"दिया तो है सरकार ?"

"अच्छा, इसमें थोड़ा सा इस्तम्बोल और मिला।"

साक़ी ग्लास लेकर दूसरे कमरे में चली गई। इस्तम्बोल मिलाया और भी एक चीज़ मिलाई। फिर वह सुवासित मदिरा का पात्र बेगम से सामने ला धरा।

एक ही साँस में उसे पीकर बेगम ने कहा—"अच्छा, अब सुना। तूने कहा कि मुझे प्यार करती है, सुना, कोई प्यार का गाना सुना।"

इतना कह और ग्लास को गलीचे पर लुढ़का कर मदमाती सलीमा उस कोमल मखमली मसनद पर खुद लुढ़क गई, और रसभरे नेत्रों से साक़ी की ओर देखने लगी। साक़ी ने वंशी का सुर मिलाकर गाना शुरू किया—

"दुखवा मैं कासे कहूँ मोरी सजनी····

वक्त देर तक साक़ी की वंशी और कण्ठ-ध्वनि कमरे में घूम-घूमकर रोती

रही । धीरे-धीरे साकी खुद रोने लगी । सलीमा मदिरा और यौवन के नशे में होकर झूमने लगी ।

गीत खतम करके साकी ने देखा, सलीमा बेसुध पड़ी है । शराब की तेजी से उसके गाल एकदम सुर्ख हो गये हैं और ताम्बूल-राग-रंजित ह्लोंठ रह-रहकर फड़क रहे हैं । साँस की सुगन्ध से कमरा महक रहा है । जैसे मंद पवन से कोमल पत्ती काँपने लगती है, उसी प्रकार सलीमा का वक्षस्थल धीरे-धीरे काँप रहा है । प्रस्वेद की बूंदें ललाट पर दीपक के उज्ज्वल प्रकाश में मोतियों की तरह चमक रही है ।

वंशी रखकर साकी क्षण भर बेगम के पास आकर खड़ी हुई । उसका शरीर काँपा, आँखें जलने लगीं, कण्ठ सूख गया । वह घुटने के बल बैठकर बहुत धीरे-धीरे अपने आँचल से बेगम के मुख का पसीना पोंछने लगी । इसके बाद उसने झुककर बेगम का मुँह चूम लिया ।

इसके बाद ज्योंही उसने अचानक आँख उठाकर देखा, खुद दीन-दुनियाँ के मालिक शाहजहाँ खड़े उसकी यह करतूत अचरज और क्रोध से देख रहे हैं ।

साक़ी को साँप डंस गया । वह हतबुद्धि की तरह बादशाह का मुँह ताकने लगी । बादशाह ने कहा—"तू कौन है, और यह क्या कर रही थी ?"

साक़ी चुप खड़ी रही । बादशाह ने कहा—"जवाब दे !"

साक़ी ने धीमे स्वर में कहा—"जहाँपनाह ! कनीज़ अगर कुछ जवाब न दे तो ?"

बादशाह सन्नाटे में आ गये । बाँदी की इतनी स्पर्धा !

उन्होंने कहा—"मेरी बात का जवाब नहीं ? अच्छा, तुझे नंगी करके कोड़े लगाये जायँगे !"

साक़ी ने कम्पित स्वर में कहा—"मैं मर्द हूँ !"

बादशाह की आँखों में सरसों फूल उठी, उन्होंने अग्निमय नेत्रों से सलीमा की ओर देखा । वह बेसुध पड़ी सो रही थी । उसी तरह उसका भरा यौवन खुला पड़ा था । उसके मुँह से निकला, "उफ़ फाहशा ।" और तत्काल उनका हाथ तलवार की मूठ पर गया । फिर नीचे को उन्होंने घूमकर कहा—"दोज़ख के कुत्ते ! तेरी यह मजाल !"

फिर कठोर स्वर से पुकारा—"मादूम !"

क्षण भर में एक भयंकर रूपवाली तातारी औरत बादशाह के सामने अदब से आ खड़ी हुई। बादशाह ने हुक्म दिया—"इस मर्दूद को तहखाने में डाल दे, ताकि बिना खाये-पिये मर जाये।"

मादूम ने अपने कर्कश हाथों में युवक का हाथ पकड़ा और ले चली। थोड़ी देर में दोनों लोहे के एक मज़बूत दरवाजे के पास आ खड़े हुए। तातारी बाँदी ने चाबी निकालकर दरवाज़ा खोला और क़ैदी को भीतर ढकेल दिया। कोठरी की गच कैदी का बोझा ऊपर पड़ते ही काँपती हुई नीचे को धसकने लगी।

प्रभात हुआ। सलीमा की बेहोशी दूर हुई। चौंक कर उठ बैठी। बाल सँवारे, ओढ़नी ठीक की और चोली के बटन कसने को आईने के सामने जा खड़ी हुई। खिड़कियाँ बन्द थीं। सलीमा ने पुकारा—"साक़ी! प्यारी साक़ी! बड़ी गर्मी है, ज़रा खिड़की तो खोल दें। निगोड़ी नींद ने तो आज ग़ज़ब ढा दिया। शराब कुछ तेज़ थी।"

किसी ने सलीमा की बात न सुनी। सलीमा ने ज़रा ज़ोर से पुकारा—"साक़ी!"

जवाब न पाकर सलीमा हैरान हुई। वह खुद खिड़कियाँ खोलने लगी, मगर खिड़कियाँ बाहर से बन्द थीं। सलीमा ने विस्मय से मन ही मन कहा—"क्या बात है? लौंड़ियाँ सब क्या हुईं?"

वह द्वार की तरफ़ चली। देखा, एक तातारी बाँदी नंगी तलवार लिये पहरे पर मुस्तैद खड़ी है। बेगम को देखते ही उसने सिर झुका लिया।

सलीमा ने क्रोध से कहा—"तुम लोग यहाँ क्यों हो?"

"बादशाह के हुक्म से।"

"क्या बादशाह आ गये?"

"जी, हाँ।"

"मुझे इत्तला क्यों नहीं की?"

"हुक्म नहीं था।"

"बादशाह कहाँ हैं?"

"ज़ीनतमहल के दौलतखाने पर।"

सलीमा के मन में अभिमान हुआ। उसने कहा—"ठीक है, ख़ूबसूरती की

हाट में जिनका कारोबार है, मुहब्बत को क्या समझें ? तो अब ज़ीनतमहल की किस्मत खुली ?"

तातारी स्त्री चुपचाप खड़ी रही। सलीमा फिर बोली—

"मेरी साक़ी कहाँ है ?"

"क़ैद में।"

"क्यों ?"

"जहाँपनाह का हुक्म था।"

"उसका क़सूर क्या था ?"

"मैं अर्ज़ नहीं कर सकती।"

"क़ैदखाने की चाबी मुझे दे, मैं अभी उसे छुड़ाती हूँ।"

"आपको अपने कमरे से बाहर आने का हुक्म नहीं है।"

"तब क्या मैं भी क़ैद हूँ ?"

"जी हाँ।"

सलीमा की आँखों में आँसू भर आये। वह लौटकर मसनद पर पड़ गई और फूट-फूटकर रोने लगी। कुछ ठहरकर उसने एक खत लिखा—"हुज़ूर ! मेरा कसूर माफ फ़र्मावें। दिन-भर की थकी होने से ऐसी बेसुध सो गई कि हुज़ूर के इस्तक़बाल में हाज़िर न रह सकी। और मेरी उस प्यारी लौंडी को भी जाँबख्शी की जाय। उसने हुज़ूर के दौलतखाने में लौट आने की इत्तला मुझे वाजबी तौर पर न देकर बेशक भारी कसूर किया है, मगर वह नई, कमसिन गरीब और दुखिया है।

कनीज

सलीमा।'

चिट्ठी बादशाह के पास भेज दी गई। बादशाह की तबीयत बहुत नासाज़ थी। तमाम हिन्दुस्तान के बादशाह की औरत फाहशा निकले। बादशाह अपनी आँखों से परपुरुष को उसका मुँह चूमते देख चुके थे। वह गुस्से से तलमला रहे थे। और ग़म ग़लत करने को अन्धाधुन्ध शराब पी रहे थे। जीनतमहल मौका देखकर सौतियाडाह का बुखार निकाल रही थी। तातारी बाँदी को देखकर बादशाह ने आगबबूला होकर कहा—"क्या लाई हो ?"

बाँदी ने दस्तबस्ता अर्ज की—"खुदावन्द ! सलीमा बीबी की अर्जी है।

बादशाह ने गुस्से से होंठ चबाकर कहा—"उससे कह दे कि मर जाय।" इसके बाद खत में एक ठोकर मारकर उन्होंने उधर से मुँह फेर लिया। बाँदी लौट आई। बादशाह का जवाब सुनकर सलीमा धरती पर बैठ गई। उसने बाँदी को बाहर जाने का हुक्म दिया और दरवाजा बन्द करके फूट-फूटकर रोई। घण्टों बीत गये, दिन छिपने लगा, सलीमा ने कहा—"हाय! बादशाहों की बेगम होना भी बदनसीबी है! इन्तजारी करते-करते आँख फूट जाय, मिन्नतें करते-करते जबान घिस जाय, अदब करते-करते जिस्म के टुकड़े-टुकड़े हो जायँ, फिर भी इतनी-सी बात पर कि मैं जरा सो गई, उनके आने पर जाग न सकी, इतनी सजा? इतनी बेइज्जती?"

"तब मैं बेगम क्या हुई? जीनत और बाँदियाँ सुनेंगी तो क्या कहेंगी? इस बेइज्जती के बाद मुँह दिखाने लायक कहाँ रही? अब तो मरना ही ठीक है। अफसोस, मैं किसी गरीब को औरत क्यों न हुई!"

धीरे-धीरे स्त्रीत्व का तेज उसकी आत्मा में उदय हुआ। गर्व और दृढ़ प्रतिज्ञा के चिह्न उसके नेत्रों में छा गये। वह साँपनी की तरह चपेट खाकर उठ खड़ी हुई। उसने एक और खत लिखा—

"दुनिया के मालिक! आपकी बीबी और कनीज होने की वजह से आपके हुक्म को मानकर मरती हूँ, इतनी बेइज्जती पाकर एक मलिका का मरना ही मुनासिब है, मगर इतने बड़े बादशाह को औरतों को इस कदर नाचीज तो न समझना चाहिए कि अदना-सी बेवकूफी की इतनी बड़ी सजा दी जाय। मेरा कुसूर तो इतना ही था कि मैं बेखबर सो गई थी। खैर, फिर एक बार हुजूर को देखने की ख्वाहिश लेकर मरती हूँ। मैं उस पाक परवरदिगार के पास जाकर अर्ज करूँगी कि वह मेरे शौहर को सलामत रखें।

सलीमा"

खत को इत्र से सुवासित करके ताजे फूलों के एक गुलदस्ते में इस तरह रख दिया, जिससे किसी की उस पर नजर पड़ जाय। इसके बाद उसने जवाहर की पेटी से एक बहुमूल्य अँगूठी निकाली और कुछ देर तक आँख गड़ा-गड़ाकर उसे देखती रही। फिर उसे चाट गई।

बादशाह शाम की हवाखोरी को नजर-बाग में टहल रहे थे। दो-तीन खो

घबराये हुए आये और चिट्ठी पेश करके अर्ज की—"हुज़ूर गजब हो गया। सलीमा बीबी ने जहर खा लिया और वह मर रहो हैं।"

क्षण भर में बादशाह ने खत पढ़ लिया। झपटे हुए महल में पहुँचे। प्यारी दुलहिन सलीमा जमीन पर पड़ी है। आँखें ललाट पर चढ़ गई हैं। रंग कोयले के समान हो गया है। बादशाह से रहा न गया। उन्होंने घबराकर कहा—"हकीम, हकीम को बुलाओ!" कई आदमी दौड़े।

बादशाह का शब्द सुनकर सलीमा ने उनकी तरफ देखा, और धीमे स्वर में कहा—"जहे किस्मत।"

बादशाह ने नजदीक बैठकर कहा—"सलीमा, बादशाह की बेगम होकर तुम्हें यही लाजिम था?"

सलीमा ने कष्ट से कहा—"हुज़ूर मेरा कुसूर मामूली था।"

बादशाह ने कड़े स्वर में कहा—"बदनसीब! शाही जनानखाने में मर्द को भेष बदलकर रखना मामूली कुसूर समझती है? कानों पर यकोन कभी न करता, मगर आँखों देखी को झूठ मान लूं?"

जैसे हजारों बिच्छुओं के एक साथ डंक मारने से आदमी तड़पता है, उसी तरह तड़पकर सलीमा ने कहा—"क्या?"

बादशाह डरकर पीछे हट गये। उन्होंने कहा—"सच कहो, इस वक्त तुम खुदा की राह पर हो, यह जवान कौन था।"

सलीमा ने अचकचा कर पूछा—"कौन जवान?"

बादशाह ने गुस्से से कहा—"जिसे तुमने साकी बनाकर अपने पास रक्खा था?"

सलीमा ने घबराकर कहा—"हैं! क्या वह मर्द है?"

बादशाह—"तो क्या, तुम सचमुच यह बात नहीं जानतीं?"

सलीमा के मुँह से निकला—"या खुदा?"

फिर उसके नेत्रों में आँसू बहने लगे। वह सब मामला समझ गई। कुछ देर बाद बोली—"खाविन्द! तब तो कुछ शिकायत ही नहीं; इस क़ुसूर की तो यही सजा मुनासिब थी। मेरी बदगुमानी-माफ़ फ़र्माई जाय। मैं अल्लाह के नाम पर पड़ी कहती हूँ, मुझे इस बात का कुछ भी पता नहीं है।"

बादशाह का गला भर आया। उन्होंने कहा—"तो प्यारी सलीमा, तुम बेक़सूर ही चलीं?" बादशाह रोने लगे।

सलीमा ने उनका हाथ पकड़कर अपनी छाती पर रखकर कहा—"मालिक मेरे! जिसकी उम्मीद न थी, मरते वक्त वह मजा मिल गया। कहा-सुना माफ़ हो, एक अर्ज लौंडी की मंजूर हो।"

बादशाह ने कहा,—"जल्दी कहो सलीमा?"

सलीमा ने साहस से कहा—"उस जवान को माफ़ कर देना।"

इसके बाद सलीमा की आँखों से आँसू बह चले और थोड़ी ही देर में ठण्डी हो गई।

बादशाह ने घुटनों के बल बैठकर उसका ललाट चूमा और फिर बालक की तरह रोने लगा।

ग़ज़ब के अँधेरे और सर्दी में युवक भूखा-प्यासा पड़ा था, एकाएक घोर चीत्कार करके किवाड़ खुले। प्रकाश के साथ ही एक गम्भीर शब्द तहखाने में भर गया—"बदनसीब नौजवान क्या होश-हवास में है?"

युवक ने तीव्र स्वर से पूछा—"कौन?"

जवाब मिला—"बादशाह।"

युवक ने कुछ भी अदब किए बिना कहा—"यह जगह बादशाहों के लायक नहीं है—क्यों तशरीफ लाये हैं?"

"तुम्हारी कैफियत नहीं सुनी थी, उसे सुनने आया हूँ।"

कुछ देर चुप रहकर युवक ने कहा—"सिर्फ सलीमा को झूठी बदनामी से बचाने के लिए कैफियत देता हूँ, सुनिए सलीमा जब बच्ची थी, मैं उसके बाप का नौकर था। तभी से मैं उसे प्यार करता था। सलीमा भी प्यार करती थी; पर वह बचपन का प्यार था। उम्र होने पर सलीमा परदे में रहने लगी और फिर वह शाहंशाह की बेगम हुई, मगर मैं उसे भूल न सका। पाँच साल तक पागल की तरह भटकता रहा। अन्त में भेष बदलकर बाँदी की नौकरी कर ली। सिर्फ उसे देखते रहने और ख़िदमत करके दिन गुजार देने का इरादा था। उस दिन उज्ज्वल चाँदनी, सुगन्धित पुष्प-राशि, शराब की उत्तेजना और एकान्त ने मुझे बेबस कर दिया। उसके बाद मैंने आँचल से उसके मुख का पसीना पोंछा और

मुँह चूम लिया। मैं इतना ही खतावार हूँ। सलीमा इसकी बाबत कुछ भी नहीं जानती।"

बादशाह कुछ देर चुपचाप खड़े रहे। उसके बाद वह दरवाजे बन्द किये बिना ही धीरे-धीरे चले गये।

सलीमा की मृत्यु को दस दिन बीत गये। बादशाह सलीमा के कमरे में ही दिन-रात रहते हैं। सामने नदी के उस पार, पेड़ों के झुरमुट में सलीमा की सफेद कब्र बनी है। जिस खिड़की के पास सलीमा बैठी उस दिन, रात को बादशाह की प्रतीक्षा कर रही थी, उसी खिड़की में, उसी चौकी पर बैठे हुए बादशाह उसी तरह सलीमा की क़ब्र दिन-रात देखा करते हैं। किसी को पास आने का हुक्म नहीं। जब आधी रात हो जाती है, तो उस गंभीर रात्रि के सन्नाटे में एक मर्म-भेदिनी गीत-ध्वनि उठ खड़ी होती है। बादशाह साफ़-साफ़ सुनते हैं, कोई करुण-कोमल स्वर में गा रहा है—

'दुखवा मैं कासे कहूँ मोरी सजनी !"

●

काकी | सियारामशरण गुप्त

उस दिन बड़े सबेरे जब श्यामू की नींद खुली तब उसने देखा—घर भर में कुहराम मचा हुआ है। उसकी काकी—उमा—एक कम्बल पर नीचे से ऊपर तक एक कपड़ा ओढ़े हुए भूमि-शयन कर रही हैं, और घर के सब लोग उसे घेरकर बड़े करुण स्वर में विलाप कर रहे हैं।

लोग जब उमा को श्मशान ले जाने के लिये उठाने लगे तब श्यामू ने बड़ा उपद्रव मचाया। लोगों के हाथों से छूटकर वह उमा के ऊपर जा गिरा। बोला—"काकी सो रही हैं, उन्हें इस तरह उठाकर कहाँ लिये जा रहे हो? मैं न जाने दूं।"

लोग बड़ी कठिनता से उसे हटा पाये। काकी के अग्नि-संस्कार में भी वह न जा सका। एक दासी राम-राम करके उसे घर पर ही सँभाले रही।

यद्यपि बुद्धिमान गुरुजनों ने उन्हें विश्वास दिलाया कि उसकी काकी उसके मामा के यहाँ गई है, परन्तु असत्य के आवरण में सत्य बहुत समय तक छिपा न रह सका। आस-पास के अन्य अबोध बालकों के मुँह से ही वह प्रकट हो गया। यह बात उससे छिपी न रह सकी कि काकी और कहीं नहीं, ऊपर राम के यहाँ गई है। काकी के लिए कई दिन तक लगातार रोते-रोते उसका रुदन तो क्रमशः शांत हो गया, परन्तु शोक शांत न हो सका। वर्षा के अनन्तर एक ही दो दिन में पृथ्वी के ऊपर का पानी अगोचर हो जाता है, परन्तु भीतर ही भीतर उसकी आर्द्रता जैसे बहुत दिन तक बनी रहती है, वैसे ही उसके अन्तस्तल में वह शोक जाकर बस गया था। वह प्रायः अकेला बैठा-बैठा, शून्य मन से आकाश की ओर ताका करता।

एक दिन उसने ऊपर एक पतंग उड़ती देखी। न जाने क्या सोचकर उसका हृदय एकदम खिल उठा। विश्वेश्वर के पास जाकर बोला—"काका मुझे पतंग मँगा दो।"

पत्नी की मृत्यु के बाद से विश्वेश्वर अन्यमनस्क रहा करते थे। "अच्छा मँगा दूंगा।" कहकर वे उदास भाव से और कहीं चले गये।

श्यामू पतंग के लिए बहुत उत्कण्ठित था। वह अपनी इच्छा किसी तरह रोक न सका। एक जगह खूंटी पर विश्वेश्वर का कोट टँगा हुआ था। इधर-उधर देखकर उसने उसके पास स्टूल सरकाकर रक्खा और ऊपर चढ़कर कोट की जेबें टटोलीं। उनमें से एक चवन्नी का आविष्कार करके वह तुरन्त वहाँ से भाग गया।

सुखिया दासी का लड़का—भोला—श्यामू का समवयस्क साथी था। श्यामू ने उसे चवन्नी देकर कहा—"अपनी जीजी से कहकर गुपचुप एक पतग और डोर मँगा दो। देखो, खूब अकेले में लाना, कोई जान न पावे।"

पतंग आई। एक अँधेरे घर में उसमें डोर बाँधी जाने लगी। श्यामू ने धीरे से कहा, "भोला, किसी से न कहो तो एक बात कहूँ।"

भोला ने सिर हिलाकर कहा—"नहीं, किसी से नहीं कहूँगा।"

श्यामू ने रहस्य खोला। कहा—"मैं यह पतंग ऊपर राम के यहाँ भेजूंगा। इसे पकड़कर काकी नीचे उतरेंगी। मैं लिखना नहीं जानता, नहीं तो इस पर उनका नाम लिख देता।"

भोला श्यामू से अधिक समझदार था। उसने कहा—"बात तो बड़ी अच्छी सोची, परन्तु एक कठिनता है। यह डोर पतली है। इसे पकड़कर काकी उतर नहीं सकतीं। इसके टूट जाने का डर है। पतंग में मोटी रस्सी हो, तो सब ठीक हो जाय।"

श्यामू गम्भीर हो गया। मतलब यह,—बात लाख रुपये की सुझाई गई है। परन्तु कठिनता यह थी कि मोटी रस्सी कैसे मँगाई जाय। पास में दाम है नहीं और घर के जो आदमी उसकी काकी को बिना दया-मया के जला आये हैं, वे उसे इस काम के लिए कुछ नहीं देंगे। उस दिन श्यामू को चिन्ता के मारे बड़ी रात तक नींद नहीं आई।

पहले दिन की तरकीब से दूसरे दिन उसने विश्वेश्वर के कोट से एक रुपया

निकाला। ले जाकर भोला को दिया और बोला—'देख भोला, किसी को मालूम न होने पाये। अच्छी-अच्छी दो रस्सियाँ मँगा दे। एक रस्सी ओछी पड़ेगी। जवाहिर भैया से मैं एक कागज पर 'काकी' लिखवा रक्खूंगा। नाम की चिट रहेगी, तो पतंग ठीक उन्हीं के पास पहुँच जायगी।''

दो घण्टे बाद प्रफुल्ल मन से श्यामू और भोला अँधेरी कोठरी में बैठे-बैठे पतंग में रस्सी बाँध रहे थे। अकस्मात् शुभ कार्य में विघ्न की तरह उग्ररूप धारण किये विश्वेश्वर वहाँ आ घुसे। भोला और श्यामू को धमकाकर बोले—"तुमने हमारे कोट से रुपया निकाला है ?''

भोला सकपकाकर एक ही डाँट में मुखबिर हो गया। बोला—"श्यामू भैया ने रस्सी और पतंग मँगाने के लिए निकाला था।''—विश्वेश्वर ने श्यामू को दो तमाचे जड़कर कहा—"चोरी सीखकर जेल जायगा ? अच्छा, तुझे आज अच्छी तरह समझाता हूँ।'' कहकर फिर तमाचे जड़े और कान मलने के बाद पतंग फाड़ डाला। अब रस्सियों की ओर देखकर पूछा—"ये किसने मँगाई ?''

भोला ने कहा—"इन्होंने मँगाई थी। कहते थे, इससे पतंग तानकर काकी को राम के यहाँ से नीचे उतारेंगे।''

विश्वेश्वर हतबुद्धि होकर वहीं खड़े रह गये। उन्होंने फटी हुई पतंग उठाकर देखी। उस पर चिपके हुए कागज पर लिखा हुआ था—"काकी।''

●

सच का सौदा | सुदर्शन

१

विद्यार्थी-परीक्षा में फेल होकर रोते हैं, सर्वदयाल पास होकर रोये। जब तक पढ़ते थे, तब तक कोई चिन्ता न थी; खाते थे, दूध पीते थे। अच्छे-अच्छे कपड़े पहनते, तड़क-भड़क से रहते थे। उनके माता-पिता इस योग्य न थे कि कालेज के खर्च सह सकें, परन्तु उनके मामा एक ऊँचे पद पर नियुक्त थे। उन्होंने चार वर्ष का खर्च देना स्वीकार किया, परन्तु यह भी साथ ही कह दिया—"देखो, रुपया लहू बहाकर मिलता है। मैं वृद्ध हूँ, जान मारकर चार पैसे कमाता हूँ। लाहौर जा रहे हो; वहाँ पग-पग पर व्याधियाँ हैं, कोई चिमट न जाये। व्यसनों से बढ़कर डिग्री लेने का यत्न करो। यदि मुझे कोई ऐसा-वैसा समाचार मिला, तो खर्च भेजना बन्द कर दूंगा।"

सर्वदयाल ने वृद्ध मामा की बात का पूरा-पूरा ध्यान रक्खा, और अपने आचार-विचार से न केवल उनको शिकायत का ही अवसर नहीं दिया, बल्कि उनकी आँख की पुतली बन गये। परिणाम यह हुआ कि मामा ने सुशील भानजे को आवश्यकता से अधिक रुपये भेजने शुरू कर दिये, और लिख दिया—"तुम्हारे खान-पान पर मुझे आपत्ति नहीं, हाँ! इतना ध्यान रखना कि कोई बात मर्यादा के विरुद्ध न होने पाये। मैं अकेला आदमी, रुपया क्या साथ ले जाऊँगा! तुम मेरे सम्बन्धी हो, यदि किसी योग्य बन जाओ, तो इससे अधिक प्रसन्नता की बात क्या होगी?"

इससे सर्वदयाल का उत्साह बढ़ा। पहले सात पैसे की जुराबे पहनते थे, अब पाँच आने की पहनने लगे। पहले मलमल के रूमाल रखते थे, अब एटोनिया के

के रखने लगे। दिन को पढ़ने और रात को जागने से सिर में कभी-कभी पीड़ा होने लगती थी, कारण यह कि दूध के लिए पैसे न थे। परन्तु अब जब मामा ने खर्च की डोरी ढीली छोड़ दी, तो घी-दूध दोनों की तंगी न रही। परन्तु इन सबके होते हुए भी सर्वदयाल उन व्यसनों से बचे रहे, जो शहर के विद्यार्थियों में प्रायः पाये जाते हैं।

इसी प्रकार चार वर्ष बीत गये, और इस बीच में उनके माता की मृत्यु हो गई। इधर सर्वदयाल बी० ए० की डिग्री लेकर घर को चले। जब तक पढ़ते थे, सैकड़ों नौकरियाँ दिखाई देती थीं। परन्तु पास हुए, तो कोई ठिकाना न देख पड़ा। वह घबरा गये, जिस प्रकार यात्री दिन-रात चल-चलाकर स्टेशन पर पहुँचे, परन्तु गाड़ी में स्थान न हो। उस समय उसकी जो दुर्दशा होती है, ठीक वही सर्वदयाल की थी।

उनके पिता पण्डित शंकरदत्त पुराने जमाने के आदमी थे। उनका विचार था कि बेटा अँगरेज़ी बोलता है, पतलून पहनता है, नेकटाई लगाता है, तार तक पढ़ लेता है, इसे नौकरी न मिलेगी, तो और किसे मिलेगी ? परन्तु जब बहुत दिन गुजर गये और सर्वदयाल के लिए कोई आजीविका न बनी, तो उनका धीरज छूट गया। बेटे से बोले—"अब तू कुछ नौकरी भी करेगा या नहीं ? मिडिल पास लौंडे रुपयों से घर भर देते हैं। एक तू है कि पढ़ते-पढ़ते बाल सफेद हो गये, परन्तु कोई नौकरी ही नहीं मिलती।"

सर्वदयाल के कलेजे में मानो किसी ने तीर-सा मार दिया। सिर झुका कर बोले—"नौकरियाँ तो बहुत मिलती हैं, परन्तु थोड़ा वेतन देते हैं, इसलिए देख रहा हूँ कि कोई अच्छा अवसर हाथ आ जाय, तो करूँ।"

शंकरदत्त ने उत्तर दिया—"यह तो ठीक है, परन्तु जब तक अच्छी न मिले, मामूली ही कर लो। जब फिर अच्छी मिले, इसे छोड़ देना। तुम आप पढ़े लिखे हो, सोचो, निकम्मा बैठे रहने से कोई कुछ दे थोड़ा ही जाता हूँ।"

सर्वदयाल चुप हो गए, वे उत्तर न दे सके। शंकरदत्त, पूजापाठ करने वाले आदमी, इस बात को क्या समझें कि ग्रेजुएट साधारण नौकरी नहीं कर सकता।

२

दोपहर का समय था, सर्वदयाल अखबार में 'वान्टेड' (Wanted) देख रहे थे। एकाएक एक विज्ञापन देखकर उनका हृदय धड़कने लगा। अम्बाले के प्रसिद्ध

रईस रायबहादुर हनुमन्तराय सिंह एक मासिक पत्र 'रफ़ीक हिन्द' के नाम से निकालने वाले थे। उनको उसके लिए एक सम्पादक की आवश्यकता थी, उच्च श्रेणी का शिक्षित और नवयुवक हो, तथा लिखने में अच्छा अभ्यास रखता हो, और जातीय-सेवा का प्रेमी हो। वेतन पाँच सौ रुपये मासिक। सर्वदयाल बैठे थे, खड़े हो गये और सोचने लगे—"यदि यह नौकरी मिल जाये तो दरिद्रता कट जाये। मैं हर प्रकार से इसके योग्य हूँ।" जब पढ़ते थे, उन दिनों साहित्य परिषद् (लिटरेरी क्लब) में उनकी प्रभावशाली वक्तृताओं और लेखों की धूम थी। बोलते समय उनके मुख से फूल झड़ते थे, और श्रोताओं के मस्तिष्क को अपनी सूक्तियों से सुवासित कर देते थे। उनके मित्र उनको गोद में उठा लेते और कहते—"तेरी वाणी में मोहिनी है। इसके सिवाय उनके लेख बड़े-बड़े प्रसिद्ध पत्रों में निकलते रहे। सर्वदयाल ने कई बार इस शौक को कोसा था, आज पता लगा कि संसार में इस दुर्लभ पदार्थ का भी कोई ग्राहक है। कम्पित कर से प्रार्थना-पत्र लिखा और रजिस्ट्री करा दिया। परन्तु बाद में सोचा—व्यर्थ खर्च किया। मैं साधारण ग्रेजुएट हूँ, मुझे कौन पूछेगा? पाँच सौ रुपया तनखाह है, सैकड़ों उम्मीदवार होंगे और एक से एक बढ़कर। कई वकील और बैरिस्टर जाने को तैयार होंगे। मैंने बड़ी मूर्खता की, जो पाँच सौ रुपया देखकर रीझ गया। परन्तु फिर ख्याल आया—जो इस नौकरी को पायेगा, वह भी तो मनुष्य होगा। योग्यता सबमें प्रायः एक सी होती है। हाँ, जब तक कार्य में हाथ न डाला जाये, तब तक मनुष्य झिझकता है। परन्तु काम का उत्तरदायित्व सब कुछ सिखा देता है।

इन्हीं विचारों में कुछ दिन बीत गये। कभी आशा कल्पनाओं की झड़ी बाँध देती थी, कभी निराशा हृदय में अन्धकार भर देती थी। सर्वदयाल चाहते थे कि इस विचार को मस्तिष्क से बाहर निकाल दें, और किसी दूसरी ओर ध्यान दें, किन्तु वे ऐसा न कर सके। स्वप्न में भी यही विचार सताने लगे। पन्द्रह दिन बीत गये, परन्तु कोई उत्तर न आया।

निराशा ने कहा अब चैन से बैठो, कोई आशा नहीं। परन्तु आशा बोली, अभी से निराशा का क्या कारण? पाँच सौ रुपये की नौकरी है, सैकड़ों प्रार्थना पत्र गये होंगे। उनको देखने के लिए कुछ समय चाहिए। सर्वदयाल ने निश्चय किया कि अभी एक अठवाड़ा और देखना चाहिए। उनको न खाने की चिन्ता

थी, न पीने की। दरवाजे पर खड़े डाकिये की बाट देखते रहते थे। उसे आने में देर हो जाती, तो टहलते-टहलते बाजार तक चले जाते। परन्तु अपनी इस अवस्था को डाकिये पर प्रकट न करते, और पास पहुँचकर देखते-देखते आगे निकल जाते। फिर मुड़कर देखने लगते कि डाकिया बुला तो नहीं रहा। फिर सोचते—कौन जाने, उसने देखा भी है या नहीं। इस विचार से ढाढस बँध जाती, तुरन्त चक्कर काट कर डाकिये से पहले दरवाजे पर पहुँच जाते, और बेपरवा होकर पूछते—"कहो भाई हमारा भी पत्र है या नहीं ?" डाकिया सिर हिलाता और आगे चला जाता। सर्वदयाल हताश होकर बैठ जाते। यह उनका नित का नियम हो गया था।

जब तीसरा अठवाड़ा भी बीत गया और कोई उत्तर न आया तो सर्वदयाल निराश हो गये, और समझ गये कि यह मेरी भूल थी। ऐसी जगह सिफ़ारिश से मिलती है, खाली डिग्रियों को कौन पूछता ? इतने ही में तार के चपरासी ने पुकारा। सर्वदयाल का दिल उछलने लगा। जीवन के भविष्य में आशा की लता लहलहाती दिखाई दी। लपके-लपके दरवाजे पर गये, और तार देखकर उछल पड़े। लिखा था—"स्वीकार है, आ जाओ।"

३

वे सायंकाल की गाड़ी में बैठे, तो हृदय आनन्द से गद् द हो रहा था और मन में सैकड़ों विचार उठ रहे थे। पत्र-सम्पादन उनके लिए जातीय सेवा का उपयुक्त साधन था। सोचते थे—"यह मेरा सौभाग्य है, जो ऐसा सुअवसर मिला। जो कहीं क्लर्क भर्ती हो जाता, तो जीवन काटना दूभर हो जाता।" बैग से कागज और पेन्सिल निकालकर पत्र की व्यवस्था ठीक करने लगे। पहले पृष्ठ पर क्या हो ? दूसरे पर क्या हो ? सम्पादकीय वक्तव्य कहाँ दिये जायँ ? सार और सूचना के लिए कौन-सा स्थान उपयुक्त होगा ? 'टाईटिल' का स्वरूप कैसा हो ? सम्पादक का नाम कहाँ रहे ? इन सब बातों को सोच-सोचकर लिखते गये। एकाएक विचार आया—कविता के लिए कोई स्थान न रक्खा, और कविता ही एक ऐसी वस्तु है, जिससे पत्र की शोभा बढ़ जाती है। जिस प्रकार भोजन के साथ चटनी एक विशेष स्वाद देती है, उसी प्रकार विद्वत्ता-पूर्ण लेख और गम्भीर विचारों के साथ कविता एक आवश्यक वस्तु है। उसे

लोग रुचि से पढ़ते हैं। उस समय उन्हें अपने कई सुहृद मित्र याद आ गये, जो उस पत्र को बिना पढ़े फेंक देते थे, जिसमें कविता व पद्य न हों। सर्वदयाल को निश्चय हो गया कि इसके बिना पत्र को सफलता न होगी। सहसा एक मनोरंजक विचार से वे चौंक उठे।

रात का समय था गाड़ी पूरे वेग से चली जा रही थी। सर्वदयाल जिस कमरे में सफर कर रहे थे, उसमें उनके अतिरिक्त केवल एक यात्री और था, जो अपनी जगह पड़ा सो रहा था। सर्वदयाल बैठे थे। खड़े हो गये, और पत्र के तैयार किये हुए नोट गद्दे में रखकर इधर-उधर टहलने लगे। फिर बैठकर कागज पर सुन्दर अक्षरों में लिखा—

पंडित सर्वदयाल बी० ए०, एडीटर 'रफ़ीक हिन्द', अम्बाला

परन्तु लिखते समय हाथ काँप रहे थे, मानो कोई अपराध कर रहे हों। यद्यपि कोई देखनेवाला पास न था, तथापि उस कागज के टुकड़े को, जिससे ओछापन और बालकपन छलकता था, बार-बार छिपाने का यत्न करते थे। जिस प्रकार अनजान बालक अपनी छाया से डर जाता हो। परन्तु धीरे-धीरे यह भय का भाव दूर हो गया, और वे स्वाद ले-लेकर उस पंक्ति को बारम्बार पढ़ने लगे—

पण्डित सर्वदयाल बी० ए०, एडीटर 'रफ़ीक हिन्दा' अम्बाला

वे सम्पादन के स्वप्न देखा करते थे। अब राम-राम करके आशा की हरी-हरी भूमि सामने आयी, तो उनके कानों में वही शब्द, जो उस कागज पर लिखे थे :—

पण्डित सर्वदयाल बी० ए०, एडीटर 'रफ़ीक हिन्द' अम्बाला

देर तक इसी धुन और आनन्द में मग्न रहने के पश्चात् पता नहीं कितने बजे उन्हें नींद आयी, परन्तु आँखें खुलीं, तो दिन चढ़ चुका था, और गाड़ी अम्बाला स्टेशन पर पहुँच चुकी थी। जागकर पहली वस्तु, जिसका उन्हें ध्यान आया, वह वही कागज का टुकड़ा। पर अब उसका कहीं पता न था। सर्वदयाल का रंग उड़ गया, आँख उठाकर देखा, तो सामने का यात्री जा चुका था। सर्वदयाल की छाती में किसी ने मुक्का मारा, मानो उनकी कोई आवश्यक वस्तु खो गई। ख्याल आया—"यह यात्री कहीं ठाकुर हनुमन्तराय सिंह न हो। यदि वही हुआ और उसने मेरा ओछापन देख लिया, तो क्या कहेगा ?"

इतने में गाड़ी ठहर गई। सर्वदयाल बैग लिये हुए नीचे उतरे और स्टेशन से बाहर निकले। इतने में एक नवयुवक ने पास आकर पूछा—"क्या आप रावलपिंडी से आ रहे हैं ?"

"हाँ" मैं वहीं से आ रहा हूँ। तुम किसे पूछते हो ?"

"ठाकुर साहब ने गाड़ी भेजी है।"

सर्वदयाल का हृदय कमल की नाईं खिल गया। आज तक कभी बग्घी में न बैठे थे। उचक कर सवार हो गए और आस-पास देखने लगे। गाड़ी चली और एक आलीशान कोठी के हाते में जाकर रुक गई। सर्वदयाल का हृदय धड़कने लगा। कोचवान ने दरवाजा खोला और आदर से एक तरफ खड़ा हो गया। सर्वदयाल रूमाल से मुंह पोंछते हुए नीचे उतरे और बोले—"ठाकुर साहब किधर हैं ?"

कोचवान ने उत्तर में एक मुंशी को पुकारकर बुलाया और कहा, "बाबू साहब रावलपिण्डी से आये हैं। ठाकुर साहब के पास ले जाओ।"

'रफ़ीक हिन्द' के खर्च का ब्यौरा इसी मुंशी ने तैयार किया था, इसलिए तुरन्त समझ गया कि यह पंडित सर्वदयाल हैं, जो 'रफ़ीक हिन्द' के सम्पादन के लिए चुने गये हैं। आदर से बोला—"आइए साहब !"

पंडित सर्वदयाल मुंशी के पीछे चले। मुंशी एक कमरे के आगे रुक गया और रेशमी पर्दा उठाकर बोला—"चलिए, ठाकुर साहब बैठे हैं !"

४

सर्वदयाल का दिल धड़कने लगा। जो अवस्था निर्बल विद्यार्थी की परीक्षा के अवसर पर होती है, वही अवस्था इस समय सर्वदयाल की थी। शंका हुई कि ठाकुर साहब मेरे विषय में जो सम्मति रखते हैं, वह मेरी बातचीत से बदल न जाये। फिर भी साहस करके अन्दर चले गये। ठाकुर हनुमन्तराय सिंह तीस-बत्तीस वर्ष के सुन्दर नवयुवक थे। मुस्कराते हुए आगे बढ़े और बड़े आदर से सर्वदयाल से हाथ मिलाकर बोले—"आप आ गये। कहिए, राह में कोई कष्ट तो नहीं हुआ।"

सर्वदयाल ने धड़कते हुए हृदय से उत्तर दिया, "जी नहीं।"

"मैं आपके लेख बहुत समय से देख रहा हूँ। ईश्वर की बड़ी कृपा है, जो

आज दर्शन भी हुए। निस्सन्देह आपकी लेखनी में आश्चर्यमयी शक्ति है।"

सर्वदयाल पानी-पानी हो गए। अपनी प्रशंसा सुनकर उनके हर्ष का वारा-पार न रहा। तो भी संभलकर बोले—"यह आपकी कृपा है ?"

ठाकुर साहब ने गम्भीरता से कहा—"यह नम्रता आपकी योग्यता के अनुकूल हैं। परन्तु मेरी सम्मति में आप सरीखा लेखक पंजाब भर में नहीं। आप मानें या न मानें, समाज को आप पर गर्व है। 'रफ़ीक हिन्द' का सौभाग्य है कि आप-सा सम्पादक उसे प्राप्त हुआ।"

सर्वदयाल के हृदय में जो आशंका हो रही थी, वह दूर हो गई। समझे, मैदान मार लिया। वे बात का रुख बदलने को बोले—"पत्रिका कब से निकलेगी ?"

ठाकुर साहब ने हँसकर उत्तर दिया—"यह प्रश्न मुझे आपसे करना चाहिए था।"

उस दिन १५ फरवरी थी। सर्वदयाल कुछ देर सोचकर बोले—"पहला अंक पहली अप्रैल को निकल जाय ?"

"अच्छी बात है, परन्तु इतने थोड़े समय में लेख मिल जायँगे या नहीं, इस बात का विचार आप कर लीजिएगा।"

"इसकी चिन्ता न कीजिए, मैं आज ही से काम आरम्भ किये देता हूँ। परमात्मा ने चाहा, तो आप पहले ही अंक को देखकर प्रसन्न हो जायेंगे।"

एकाएक ठाकुर साहब चौंककर बोले—"कदाचित् यह सुनकर आपको आश्चर्य होगा कि इस विज्ञापन के उत्तर में लगभग दो हज़ार दरख्वास्तें आई थीं। उनमें से बहुत-सी ऐसी थीं, जो साहित्य और लालित्य के मोतियों से भरी हुई थीं। परन्तु आपका पत्र सचाई से भरपूर था। किसी ने लिखा था—मैं इस समय दुकान करता हूँ, और चार-पाँच सौ रुपये मासिक पैदा कर लेता हूँ। परन्तु जातीय सेवा के लिये सब छोड़ने को तैयार हूँ। किसी ने लिखा था—मेरे पास खाने-पीने की कमी नहीं, परन्तु स्वदेश-प्रेम हृदय में उत्साह उत्पन्न कर रहा है। किसी ने लिखा था—मैं बैरिस्टरी के लिए विलायत जाने की तैयारियाँ कर रहा हूँ। परन्तु यदि आप यह काम मुझे दे सकें, तो विचार को छोड़ा जा सकता है। अर्थात् हर एक प्रार्थना-पत्र से यही प्रकट होता था कि प्रार्थी को वेतन की आवश्यकता नहीं, और कदाचित् वह नौकरी करना अपमान

भी समझता है, परन्तु यह सब कुछ देश-प्रेम के लिए करने को तैयार है। मानो यह नौकरी करके मुझ पर कोई उपकार कर रहा है। केवल आपका पत्र है, जिसमें सच से काम लिया गया है। और यह वह गुण है, जिसके सामने मैं सब कुछ तुच्छ समझता हूँ।"

५

अप्रैल की पहली तारीख को 'रफ़ीक़ हिन्द' का प्रथम अंक निकला, तो पंजाब के पढ़े-लिखे लोगों में शोर मच गया और पण्डित सर्वदयाल के नाम की जहाँ-तहाँ चर्चा होने लगी। उनके लेख लोगों ने पहले भी पढ़े थे, परन्तु 'रफ़ीक़ हिन्द' के प्रथम अंक ने तो उनको देश के प्रथम श्रेणी के सम्पादकों की पंक्ति में ला बिठाया। पत्र क्या था, सुन्दर और सुगन्धित फूलों का गुच्छा था, जिसकी एक-एक कुसुम-कलिका चटक-चटककर अपनी मोहिनी वासना से पाठकों के मनों को मुग्ध कर रही थी। एक समाचार-पत्र ने समालोचना करते हुए लिखा—

"'रफ़ीक़ हिन्द' का प्रथम अंक प्रकाशित हो गया है, और ऐसी सान से कि देखकर चित्त प्रसन्न हो जाता है। पण्डित सर्वदयाल को इस समय तक हम केवल एक लेखक ही जानते थे, परन्तु अब जान पड़ा कि पत्र-सम्पादक के काम में भी इनकी योग्यता पराकाष्ठा तक पहुँची हुई है। अच्छे लेख लिख देना और बात है, और अच्छे लेख प्राप्त करके उन्हें ऐसे क्रम और विधि से रखना कि किसी की दृष्टि में खटकने न पाये, और बात है। पण्डित सर्वदयाल की प्रभावशाली लेखनी में किसी को सन्देह न था, परन्तु 'रफ़ीक़ हिन्द' ने इस बात को पुष्ट कर दिया है कि आप सम्पादक के काम में भी पूर्णतया योग्य हैं। हमारी सम्मति में 'रफ़ीक़ हिन्द' से वंचित रहना जातीयभाव से अथवा साहित्य व सदाचार के भाव से दुर्भाग्य ही नहीं वरन् महान् अपराध है।"

एक और पत्र की सम्मति थी—"यदि हमारी भाषा में कोई ऐसी मासिक पत्रिका है, जिसे यूरोप और अमरीका के पत्रों के सामने रखा जा सकता है, तो वह 'रफ़ीक़ हिन्द' है, जो सब प्रकार के गुणों से सुसज्जित है। उसके गुणों को परखने के लिए उसे एक बार देख लेना ही पर्याप्त है। निस्सन्देह पण्डित सर्वदयाल ने हमारे साहित्य का सिर ऊँचा कर दिया है।"

ठाकुर हनुमन्तराय सिंह ने ये समालोचनाएँ देखीं, तो हर्ष से उछल पड़े।

वह मोटर में बैठकर 'रफ़ीक हिन्द' के कार्यालय में गये और पण्डित सर्वदयाल को बधाई देकर बोले—"मुझे यह आशा न थी कि हमें इतनी सफलता हो सकेगी।"

पं० सर्वदयाल ने उत्तर दिया—"मेरे विचार में यह कोई बड़ी सफलता नहीं।"

ठाकुर साहब ने कहा—"आप कहें, परन्तु स्मरण रखिए, वह दिन दूर नहीं जब अखबारी दुनिया आपको पंजाब का शिरोमणि स्वीकार करेगी।"

६

इसी प्रकार एक वर्ष बीत गया 'रफ़ीक़ हिन्द' की कीर्ति देश भर में फैल गई, और पण्डित सर्वदयाल की गिनती बड़े आदमियों में होने लगी। कंगाली के दिन बीत चुके थे, अब ऐश्वर्य और ख्याति का युग था। उन्हें जीवन एक आनन्द-मय यात्रा प्रतीत होता था, जो फूलों की छाया में तय हो, और जिसे आम्र-पल्लवों में बैठकर गाने वाली श्यामा और कली-कली का रस चूसनेवाला भौंरा भी प्यासे नेत्रों से देखता हो, कि इतने में भाग्य ने पाँसा पलट दिया।

अम्बाला की म्युनिस्पैलिटी के मेम्बर चुनने का समय समीप आया, तो ठाकुर हनुमन्तराय सिंह भी एक पक्ष की ओर से मेम्बरी के लिए प्रयत्न करने लगे। अमीर पुरुष थे, रुपया-पैसा पानी की तरह बहाने को उद्यत हो गये। उनके मुकाबिले में लाला हशमतराय खड़े हुए। हाईस्कूल के हेडमास्टर, वेतन थोड़ा लेते थे, कपड़ा साधारण पहनते थे। कोठी में नहीं, वरन् नगर की एक गली में उनका आवास था। परन्तु जाति की सेवा के लिए हर समय उद्यत रहते थे। उनसे पंडित सर्वदयाल की बड़ी मित्रता थी। उनकी इच्छा न थी कि इस झंझट में पड़ें, परन्तु सुहृदय मित्रों ने जोर देकर उन्हें खड़ा कर दिया। पंडित सर्वदयाल ने सहायता का वचन दिया।

ठाकुर हनुमन्तराय सिंह, जातीय सेवा के अभिलाषी तो थे, परन्तु उनके वचन और कर्म में बड़ा अन्तर था। उनकी जातीय सेवा व्याख्यान झाड़ने, लेख लिखने और प्रस्ताव पास कर देने तक ही सीमित थी। इससे परे जाना वे अनावश्यक ही न समझते, बल्कि स्वार्थ सिद्ध होता, तो अपने वचन के विरुद्ध भी कार्य करने से न झिझकते थे। इस बात से पण्डित सर्वदयाल भलीभाँति

परिचित थे। इसलिए उन्होंने अपने मन में निश्चय कर लिया कि परिणाम चाहे कैसा ही बुरा क्यों न हो, ठाकुर साहब को मेम्बर न बनने दूंगा। इस पद के लिये वे लाला हशमतराय ही को उपयुक्त समझते थे।

रविवार का दिन था। पण्डित सर्वदयाल का भाषण सुनने के लिए सहस्रों लोग एकत्र हो रहे थे। विज्ञापन में व्याख्यान का विषय 'म्युनिसिपल इलेक्शन' था। पण्डित सर्वदयाल क्या कहते हैं, यह जानने के लिए लोग अधीर हो रहे थे। लोगों की आँखें इस ताक में थीं कि देखें पण्डितजी सत्य को अपनाते हैं, या झूठ की ओर झुकते हैं ? न्याय का पक्ष लेते हैं, या रुपये पैसे का ? इतने में पण्डित जी प्लेटफार्म पर आये। हाथों ने तालियों से स्वागत किया। कान प्लेटफार्म की ओर लगकर सुनने लगे। पण्डितजी ने कहा—

"मैं यह नहीं कहता कि आप अमुक मनुष्य को अपना वोट दें। किन्तु इतना अवश्य कहता हूँ कि जो कुछ करें, समझ-सोचकर करें। यह कोई साधारण बात नहीं कि आप बेपरवाई से काम लें, और चाय की प्यालियों पर, बिस्कुट की तश्तरियों पर और ताँगें की सैर पर वोट दे दें। अथवा जाति-बिरादरी व साहूकारे-ठाठ-बाट पर लट्टू हो जायँ, प्रत्युत इस वोट का अधिकारी वह मनुष्य है, जिसके हृदय में करुणा तथा देश और जाति की सहानुभूति हो, जो जाति के साधारण और छोटे लोगों में घूमता हो, और जाति को ऊँचा उठाने में दिन-रात मग्न रहता हो। जो प्लेग और हैजे के दिनों में रोगियों की सेवा-शुश्रूषा करता हो, और अकाल के समय कंगालों को सान्त्वना देता हो। जो सच्चे अर्थों में देश का हितैषी हो, और लोगों के हार्दिक विचारों को स्पष्टतया प्रकट करने और उनके समर्थन करने में निर्भय और पक्षपात-रहित हो। ऐसा मनुष्य निर्धन होने पर भी चुनाव का अधिकारी है, क्योंकि ये ही भाव उसके भविष्य में उपयोगी सिद्ध होने के प्रमाण हैं।"

ठाकुर हनुमन्तराय सिंह को पूरा-पूरा विश्वास था कि पण्डितजी उनके पक्ष में बोलेंगे, परन्तु व्याख्यान सुनकर उनके तन में आग लग गई। कुछ मनुष्य ऐसे भी थे, जो पण्डितजी की लोकप्रियता देखकर उनसे जलते थे। उनको मौका मिल गया, ठाकुर साहब के पास जाकर बोले—"यह बात क्या है, जो वह आपका अन्न खाकर आप ही के विरुद्ध बोलने लग गया ?"

ठाकुर साहब ने उत्तर दिया—"मैंने उसके साथ कोई बुरा व्यवहार नहीं

किया। जाने उसके मन में क्या समाई है ?"

एक आदमी ने कहा—"कुछ घमण्डी है।"

ठाकुर साहब ने जोश में आकर कहा—"मैं उसका घमंड तोड़ दूंगा।"

कुछ देर बाद पण्डित सर्वदयाल बुलाये गये। वे इसके लिए पहले ही से तैयार थे। उसके आने पर ठाकुर साहब ने कहा—"क्यों पण्डितजी! मैंने क्या अपराध किया है ?"

पण्डित सर्वदयाल का हृदय धड़कने लगा, परन्तु साहस से बोले—"मैंने कब कहा है कि आपने कोई अपराध किया है ?"

"तो इस भाषण का क्या मतलब था ?"

"यह प्रश्न सिद्धान्त का है।"

"तो मेरे विरुद्ध व्याख्यान देंगे आप ?"

पण्डित सर्वदयाल ने भूमि की ओर देखते हुए उत्तर दिया—"मैं आपकी अपेक्षा लाला हशमतराय को मेम्बरी के लिए अधिक उपयुक्त समझता हूँ।"

"यह सौदा आपको बहुत महँगा पड़ेगा।

पण्डित सर्वदयाल ने सिर ऊँचा उठाकर उत्तर दिया—"मैं इसके लिए सब कुछ देने को तैयार हूँ।"

ठाकुर साहब इस साहस को देखकर दंग रह गए और बोले—"नौकरी और प्रतिष्ठा भी ?"

"हाँ, नौकरी औरं प्रतिष्ठा भी।"

"उस तुच्छ, उद्धत, कल के छोकरे हशमतराय से लिए ?"

"नहीं, सच्चाई के लिए।"

ठाकुर साहब को ख्याल न था कि बात बढ़ जायगी, न उनका यह विचार था कि इस विषय को इतनी दूर ले लायँ। परन्तु जब बात बढ़ गई तो पीछे न हट सके, गरजकर बोले—"यह सच्चाई यहाँ न निभेगी।"

पण्डित सर्वदयाल को कदाचित् कोमल शब्दों में कहा जाता, तो सम्भव है, हठ को छोड़ देते। परन्तु इस अनुचित दबाव को सहन न कर सके। धमकी के उत्तर में उन्होंने ऐंठकर कहा—"ऐसी निभेगी कि आप देखेंगे।"

"क्या कर लोगे ? क्या तुम समझते हो कि इन भाषणों से मैं मेम्बर न बन सकूंगा ?"

"नहीं, यह बात तो नहीं समझता।"

"तो फिर तुम अकड़ते किस बात पर हो?"

"यह मेरा कर्तव्य है। उसे पूरा करना मेरा धर्म है। फल परमेश्वर के हाथ में है।"

ठाकुर साहब ने मुंह मोड़ लिया। पण्डित सर्वदयाल ताँगे पर जा बैठे और कोचवान से बोले—"चलो।"

इसके दूसरे दिन पण्डित सर्वदयाल ने त्यागपत्र भेज दिया।

संसार की गति विचित्र है। जिस सच्चाई ने उन्हें एक दिन सुख-सम्पति के दिन दिखाये थे, उसी सच्चाई के कारण नौकरी से जवाब मिला। नौकरी करते समय पण्डित सर्वदयाल प्रसन्न हुए थे। छोड़ते समय उससे भी प्रसन्न हुए।

परन्तु लाला हशमतराम ने यह समाचार सुना तो अवाक् रह गए।

वह भागे-भागे पण्डित सर्वदयाल के पास जाकर बोले—"भाई, मैंने मेम्बरी छोड़ी, तुम अपना त्यागपत्र लौटा लो।"

पण्डित सर्वदयाल के मुख-मण्डल पर एक अपूर्व तेज की आभा दमकने लगी, जो इस मायावी संसार में कहीं-कहीं ही देख पड़ती है। उन्होंने धैर्य और दृढ़ता से उत्तर दिया—"यह असम्भव है।"

"क्या मेरी मेम्बरी का इतना ही खयाल है?"

"नहीं, यह सिद्धान्त का प्रश्न है।"

लाला हशमतराय निरुत्तर होकर चुप हो गए। सहसा उन्हें विचार आया कि "रफीक हिन्द' पण्डितजी को अत्यन्त प्रिय है, मानो वह उनका प्यारा बेटा है! धीर भाव से बोले—"रफ़ीक हिन्द को छोड़ दोगे?"

"हाँ, छोड़ दूंगा।"

"फिर क्या करोगे?"

"कोई और काम कर लूंगा, परन्तु सचाई को न छोड़ूंगा।"

"पण्डितजी! भूल रहे हो, अपना सब कुछ गँवा बैठोगे।"

"परन्तु सच तो बचा रहेगा, मैं यही चाहता हूँ।"

लाला हशमतराय ने देखा कि अब और कहना निष्फल है। चुप होकर बैठ गए। इतने में ठाकुर हनुमन्तराय के एक नौकर ने आकर पण्डित सर्वदयाल के

हाथ में लिफ़ाफ़ा रख दिया। उन्होंने खोलकर पढ़ा और कहा—"मुझे पहले ही आशा थी।"

लाला हशमतराय ने पूछा—"क्या है ? देखूँ।"

"त्यागपत्र स्वीकार हो गया।"

७

ठाकुर हनुमन्तराय सिंह ने सोचा, यदि अब भी सफलता न हुई, तो नाक कट जायगी। धनवान पुरुष थे, थैली का मुँह खोल दिया। सुहृद् मित्र और लोलुप खुशामदियों की सम्मति से कारीगर हलवाई बुलवाये गए और चूल्हे गर्म होने लगे। ताँगे दौड़ने लगे और वोटों पर रुपये निछावर होने लगे। अब तक ठाकुर साहब का घमण्डी सिर किसी बूढ़े के आगे भी न झुका था। परन्तु इलेक्शन क्या आया, उनकी प्रकृति ही बदल गई। अब कंगाल से कंगाल आदमी भी मिलता, तो मोटर रोक लेते और हाथ छोड़कर नम्रता से कहते—"कोई सेवा हो, तो आज्ञा दीजिए, मैं दास हूँ।" कदाचित् ठाकुर साहब का विचार था कि लोग इस प्रकार वश में हो जायँगे। परन्तु यह उनकी भूल थी। हाँ, जो लालची थे, वे दिन-रात ठाकुर साहब के घर मिठाइयाँ उड़ाते थे और मन में प्रार्थना करते थे कि काश, गवर्नमेण्ट नियम बदल दे और इलेक्शन हर तीसरे महीने हुआ करे।

परन्तु लाला हशमतराय की ओर से न तो ताँगा दौड़ता था, न लड्डू बंटते थे। हाँ दो चार सभाएँ अवश्य हुईं, जिनमें पंडित सर्वदयाल ने धारा-प्रवाह व्याख्यान दिये, और प्रत्येक रूप से यह सिद्ध करने का यत्न किया कि लाला हशमतराय से बढ़कर मेम्बरी के लिए और कोई आदमी योग्य नहीं।

इलेक्शन का दिन आ पहुँचा। ठाकुर हनुमन्तराय सिंह और लाला हशमत-राय दोनों के हृदय धड़कने लगे, जिस प्रकार परीक्षा का परिणाम निकलते समय विद्यार्थी अधीर हो जाते हैं। दोपहर का समय था, पर्चियों की गिनती हो रही थी। ठाकुर हनुमन्तराय के आदमी फूलों की मालाएँ, विक्टोरिया बैण्ड और आतशबाजी के गोले लेकर आये थे। उनको पूरा-पूरा विश्वास था कि ठाकुर साहब मेम्बर बन जायँगे और विश्वास का कारण भी था, क्योंकि ठाकुर साहब का पच्चीस हजार उठ चुका था। परन्तु परिणाम निकला, तो उनकी तैयारियाँ

धरी-धराई रह गईं। लाला हशमतराय के वोट अधिक थे।

इसके पन्द्रहवें दिन पण्डित सर्वदयाल रावलपिण्डी को रवाना हुए। रात्रि का समय था, आकाश तारों से जगमगा रहा था। इसी प्रकार की रात्रि थी, जब वे रावलपिण्डी से अम्बाले को आ रहे थे। किन्तु इस रात्रि और उस रात्रि में कितना अन्तर था ! तब हर्ष से उनका चेहरा लाल था, आज नेत्रों से उदासी टपक रही थी। भाग्य की बात, आज सूट भी वही पहना हुआ था, जो उस दिन था। उसी प्रकार कमरा खाली था, और एक मुसाफिर एक कोने में पड़ा सो रहा था।

पण्डित सर्वदयाल ने शीत से बचने के लिए हाथ जेब में डाला, तो काग़ज का एक टुकड़ा निकल आया। देखा तो वही कागज था, जिसे एक वर्ष पहले उन्होंने बड़े चाव से लिखा था—

पण्डित सर्वदयाल बी० ए०, एडीटर 'रफीक़ हिन्द', अम्बाला

उस समय इसे देखकर आनन्द की तरंगें उठी थीं, आज शोक आ गया। उन्होंने इसके टुकड़े-टुकड़े कर दिये और कम्बल ओढ़कर लेट गए, परन्तु नींद न आयी।

८

कैसी शोकजनक और हृदयद्रावी घटना है कि जिसकी योग्यता पर समाचार पत्रों के लेख निकलते हों, जिसकी वक्तृताओं पर वाग्मिता निछावर होती हो, जिसका सत्य स्वभाव अटल हो, उसको आजीविका चलाने के लिए केवल पाँच सौ रुपये की पूंजी से दुकान करनी पड़े। निस्सन्देह यह सभ्य समाज का दुर्भाग्य है !

पण्डित सर्वदयाल को दफ्तर की नौकरी से घृणा थी। और अब तो वे एक वर्ष एडीटर की कुर्सी पर बैठ चुके थे—"हम और हमारी सम्मति" का स्वाद चख चुके थे, इसलिए किसी नौकरी को मन न मानता था। कई समाचार पत्रों में प्रार्थना-पत्र भेजे, परन्तु काम न मिला। विवश होकर उन्होंने दूकान खोली, परन्तु दूकान चलाने के लिये जो चालें चली जाती हैं, जो झूठ बोले जाते हैं, जो अधिक से अधिक मूल्य बताकर उसको कम से कम कहा जाता है, इससे पण्डित सर्वदयाल को घृणा थी। उनको मान इस बात का था कि मेरे

यहाँ सच का सौदा है। परन्तु संसार में इस सौदे के ग्राहक कितने हैं ! उनके पिता उनसे लड़ते थे, झगड़ते थे, गालियाँ देते थे। पण्डित सर्वदयाल यह सब कुछ सहन करते थे और चुपचाप जीवन के दिन गुजारते जाते थे। उनकी आय इतनी न थी कि पहले की तरह तड़क-भड़क से रह सकें। इसलिए न कालर-नेकटाई लगाते थे, न पतलून पहनते थे। बालों में तेल डाले महीनों बीत जाते थे, परन्तु उन्हें कोई चिन्ता न थी। घर में गाय रखी हुई थी, उसके लिए चारा काटते थे, सानी बनाते थे। कहार रखने की शक्ति न थी, अतः कुएँ से पानी भी आप लाते थे। उनकी स्त्री चर्खा कातती थी, कपड़े सीती थी, और घर के अन्य काम-काज करती थी। ओर कभी-कभी लड़ने भी लगती थी। परन्तु सर्वदयाल चुप रहते थे।

प्रातःकाल का समय था। पण्डित सर्वदयाल अपनी दूकान पर बैठे 'रफ़ीक़ हिन्द' का नवीन अंक देख रहे थे। जैसे एक माली सिरतोड़ परिश्रम से फूलों की क्यारियाँ तैयार करे, और उनको कोई दूसरा माली नष्ट कर दे।

इतने में उनकी दूकान के सामने एक मोटरकार आकर रुकी और उसमें से ठाकुर हनुमन्तराय सिंह उतरे। पण्डित सर्वदयाल चौंक पड़े। ख्याल आया—"आँखें कैसे मिलाऊँगा। एक दिन वह या कि इनमें प्रेम का वास था, परन्तु आज उसी स्थान पर लज्जा का निवास है।"

ठाकुर हनुमन्तराय ने पास आकर कहा—"अहा ! पण्डितजी बैठे हैं। बहुत देर के बाद दर्शन हुए। कहिए क्या हाल है ?"

पण्डित सर्वदयाल ने धीरज से उत्तर दिया—"अच्छा है। परमात्मा की कृपा है।"

"यह दुकान अपनी है क्या ?"

"जी हाँ।"

"कब खोली ?।'

"आठ मास के लगभग हुए हैं।"

ठाकुर साहब ने उनको चुभती हुई दृष्टि से देखा और कहा—"यह काम आपकी योग्यता के अनुकूल नहीं है।"

पण्डित सर्वदयाल ने बेपरवाई से उत्तर किया—"संसार में बहुत से मनुष्य

ऐसे हैं, जिनको वह करना पड़ता है, जो उनके योग्य नहीं होता। मैं भी उनमें से एक हूँ।"

"आमदनी अच्छी हो जाती है ?"

पण्डित सर्वदयाल उत्तर न दे सके। सोचने लगे, क्या कहूँ। वास्तव में बात यह थी कि आमदनी बहुत ही थोड़ी थी परन्तु इस सच्चाई को ठाकुर साहब के सम्मुख प्रकट करना उचित न समझा। जिसके सामने एक दिन गर्व से सिर ऊँचा किया था और मान-प्रतिष्ठा को पाँव से ठुकरा दिया था। मानो मिट्टी तुच्छ ढेला हो, उसके सामने पश्चात्ताप न कर सके और यह कहना उचित न जान पड़ा कि हालत खराब है। सहसा उन्होंने सिर ऊँचा किया और धीर भाव से उत्तर दिया—"निर्वाह हो रहा है।"

ठाकुर साहब दूसरे के हृदय को भाँप लेने में बड़े चतुर थे। इन शब्दों से बहुत कुछ समझ गये। सोचने लगे, कैसा सूरमा है, जो जीवन के अन्धकारमय क्षणों में भी सुमार्ग से इधर-उधर नहीं हटता। चोट पर चोट पड़ती है, परन्तु हृदय सच के सौदे को नहीं छोड़ता। ऐसे ही पुरुष हैं, जो विपत्ति की तेज नदी में सिंह की नाईं सीधे तैरते हैं, और अपनी आन पर धन और प्राण दोनों को निछावर कर देते हैं। ठाकुर साहब ने जोश से कहा—"आप धन्य हैं!"

पण्डित सर्वदयाल अभी तक यही समझे हुए थे कि ठाकुर साहब मुझे जलाने के लिए आये हैं, परन्तु इन शब्दों से उनकी शंका दूर हो गई। अन्धकार-आवृत्त आकाश में किरण चमक उठी। उन्होंने ठाकुर साहब के मुख की ओर देखा। वहाँ धीरता, प्रेम और लज्जा तथा पश्चात्ताप का रंग झलकता था। आशा ने निश्चय का स्थान लिया। सकुचाते हुए बोले—"यह आपकी कृपा है! मैं तो ऐसा नहीं समझता।"

ठाकुर साहब अब न रह सके। उन्होंने पंडित सर्वदयाल को गले से लगा लिया और कहा—"मैंने तुम पर बहुत अन्याय किया है। मुझे क्षमा कर दो। 'रफ़ीक हिन्द' को संभालो, आज से मैं तुम्हें छोटा भाई समझता हूँ। परमात्मा करे तुम पहले की तरह सच्चे, विश्वासी, न्यायप्रिय और दृढ़ बने रहो, मेरी यही कामना है।"

पंडित सर्वदयाल अवाक् रह गये। वे समझ न सके कि ये सच है। सचमुच ही भाग्य ने फिर पल्टा खाया है। आश्चर्य से ठाकुर साहब की ओर देखने लगे।

ठाकुर साहब ने अपने कथन को जारी रखते हुए कहा—"मैंने हजारों मनुष्य देखे हैं, जो कर्त्तव्य और धर्म पर दिन-रात लेक्चर देते नहीं थकते, परन्तु जब परीक्षा का समय आता है, तो सब कुछ भूल जाते हैं। एक तुम हो, जिसने इस जादू पर विजय प्राप्त की है। उस दिन तुमने मेरी बात रद्द कर दी, लेकिन आज यह न होगा। तुम्हारी दूकान पर बैठा हूँ, जब तक हाँ न कहोगे, तब तक यहाँ से न हिलूंगा।"

पण्डित सर्वदयाल की आँखों में आँसू झलकने लगे। गर्व ने गर्दन झुका दी। तब ठाकुर साहब ने सौ-सौ के दस नोट बटुए में से निकाल कर उनके हाथ में दिये और कहा—"यह तुम्हारे साहस का पुरस्कार है। तुम्हें इसे स्वीकार करना होगा।"

पण्डित सर्वदयाल अस्वीकार न कर सके।

ठाकुर हनुमन्तराय जब मोटर में बैठे, तो पुलकित नेत्रों में आनन्द का नीर झलकता था, मानो कोई निधि हाथ लग गई हो। उनके साथ एक अंग्रेज मित्र बैठा था, उसने पूछा—"वेल, ठाकुर साहब। इस दुकान में क्या ठा टुम डेर खड़ा माँगटा।"

"वह चीज जो किसी भी दूकान पर नहीं।"

"कौन-सा ?"

"सच का सौदा !"

परन्तु अंग्रेज इससे कुछ न समझ सका।

मोटर चलने लगी।

मिठाईवाला | भगवतीप्रसाद वाजपेयी

१

बहुत ही मीठे स्वरों के साथ वह गलियों में घूमता हुआ कहता—"बच्चों को बहलानेवाला, खिलौने वाला।"

इस अधूरे वाक्य को वह ऐसें विचित्र, किन्तु मादक-मधुर ढंग से गाकर कहता कि सुननेवाले एक बार अस्थिर हो उठते। उनके स्नेहाभिषिक्त कंठ से फूटा हुआ उपयुक्त गान सुनकर निकट के मकानों में हलचल मच जाती। छोटे-छोटे बच्चों को अपनी गोद में लिए युवतियाँ चिकों को उठाकर छज्जों पर नीचे झाँकने लगतीं। गलियों और उनके अन्तर्व्यापी छोटे-छोटे उद्यानों में खेलते और इठलाते हुए बच्चों का झुंड उसे घेर लेता और तब वह खिलौने वाला वहीं बैठकर खिलौने की पेटी खोल देता।

बच्चे खिलौने देखकर पुलकित हो उठते। वे पैसे लाकर खिलौने का मोल-भाव करने लगे। पूछते—"इछका दाम क्या है, औल इछका ? औल इछका ? खिलौनेवाला बच्चों को देखता, और उनकी नन्हीं-नन्हीं उँगलियों से पैसे ले लेता, और बच्चों की इच्छानुसार उन्हें खिलौने दे देता। खिलौने लेकर फिर बच्चे उछलने-कूदने लगते और तब फिर खिलौनेवाला उसी प्रकार गाकर कहता—"बच्चों को बहलानेवाला, खिलौनेवाला।" सागर की हिलोर की भाँति उसका यह मादक गान गली भर के मकानों में इस ओर से उस ओर तक, लहराता हुआ पहुँचा, और खिलौनेवाला आगे बढ़ जाता।

राय विजयबहादुर के बच्चे भी एक दिन खिलौने लेकर घर आये। वे दो बच्चे थे—चुन्नू और मुन्नू ! चुन्नू जब खिलौने ले आया, तो बोला—"मेला घोला

कैछा छुन्दल ऐ ?"

मुन्नू बोला—"औल देखो, मेला कैछा छुन्दल ऐ ?"

दोनों अपने हाथी-घोड़े लेकर घर भर में उछलने लगे। इन बच्चों की माँ रोहिणी कुछ देर तक खड़े-खड़े उनका खेल निरखती रही। अन्त में दोनों बच्चों को बुलाकर उसने पूछा—"अरे ओ चुन्नू-मुन्नू, ये खिलौने तुमने कितने में लिये हैं ?"

मुन्नू बोला—"दो पैछे में। खिलौनेवाला दे गया ऐ।"

रोहिणी सोचने लगी—इतने सस्ते कैसे दे गया है ? कैसे दे गया है, यह तो वही जाने। लेकिन दे तो गया ही है, इतना तो निश्चय है !

एक जरा सी बात ठहरी। रोहिणी अपने काम में लग गई। फिर कभी उसे इस पर विचार करने की आवश्यकता भी भला क्यों पड़ती।

२

छः महीने बाद।

नगर भर में दो-चार दिनों से एक मुरलीवाले के आने का समाचार फैल गया। लोग कहने लगे—"भाई वाह ! मुरली बजाने में वह एक ही उस्ताद है। मुरली बजाकर, गाना सुनाकर वह मुरली बेचता भी है सो भी दो-दो पैसे। भला, इसमें उसे क्या मिलता होगा। मेहनत भी तो न आती होगी !"

एक व्यक्ति ने पूछ लिया—"कैसा है वह मुरलीवाला, मैंने तो उसे नहीं देखा !"

उत्तर मिला—"उम्र तो उसकी अभी अधिक न होगी, यही तीस-बत्तीस का होगा। दुबला-पतला गोरा युवक है, बीकानेरी रंगीन साफ़ा बाँधता है।"

"वही तो नहीं, जो पहले खिलौने बेचा करता था ?"

"क्या वह पहले खिलौने भी बेचा करता था ?"

"हाँ जो आकार प्रकार तुमने बतलाया, उसी प्रकार का वह भी था।"

"तो वही होगा। पर भई, है वह एक उस्ताद।"

प्रतिदिन इसी प्रकार उस मुरलीवाले की चर्चा होती। प्रतिदिन नगर की प्रत्येक गली में उसका मादक, मृदुल स्वर सुनाई पड़ता—"बच्चों को बहलानेवाला, मुरलियावाला।"

रोहिणी ने भी मुरलीवाले का यह स्वर सुना। तुरन्त ही उसे खिलौनेवाले का स्मरण हो आया। उसने मन ही मन कहा—"खिलौनेवाला भी इसी तरह गा-गाकर खिलौने बेचा करता था।"

रोहिणी उठकर अपने पति विजय बाबू के पास गयी—"जरा उस मुरली-वाले को बुलाओ तो, चुन्नू-मुन्नू के लिए ले लूं। क्या पता यह फिर इधर आये, न आये। वे भी, जान पड़ता है, पार्क में खेलने निकल गये हैं।"

विजय बाबू एक समाचार-पत्र पढ़ रहे थे। उसी तरह उसे लिये हुए वे दरवाजे पर आकर मुरलीवाले से बोले—क्यों भई, किस तरह देते हो मुरली?"

किसी की टोपी गली में गिर पड़ी। किसी का जूता पार्क में ही छूट गया, और किसी की सोथनी (पाजामा) ही ढीली होकर लटक आई है। इस तरह दौड़ते-हाँफते हुए बच्चों का झुण्ड आ पहुँचा। एक स्वर से सब बोल उठे—"अम वी लेंदे मुल्ली, और अम वी लेंदे मुल्ली।"

मुरलीवाला हर्ष-गद्गद हो उठा। बोला—"सबको देंगे भैया! लेकिन ज़रा रुको, ठहरो, एक-एक को देने दो। अभी इतनी जल्दी हम कहीं लौट थोड़े ही जायेंगे। बेचने तो आये ही हैं, और हैं भी इस समय मेरे पास एक-दो नहीं, पूरी सत्तावन।... हाँ, बाबूजी, क्या पूछा था आपने, कितने में दीं!....दी तो वैसे तीन-तीन पैसे के हिसाब से है, पर आपको दो-दो पैसे में ही दे दूंगा।"

विजय बाबू भीतर-बाहर दोनों रूपों में मुस्करा दिये। मन ही मन कहने लगे—कैसा है। देता तो सबको इसी भाव से है, पर मुझ पर उलटा एहसान लाद रहा है। फिर बोले—"तुम लोगों की झूठ बोलने की आदत होती है। देते होंगे सभी को दो-दो पैसे में, पर एहसान का बोझा मेरे ही ऊपर लाद रहे हो।"

मुरलीवाला एकदम अप्रतिभ हो उठा। बोला—"आपको क्या पता बाबू जी कि इनकी असली लागत क्या है। यह तो ग्राहकों का दस्तूर होता है कि दुकानदार चाहे हानि उठाकर चीज क्यों न बेचे, पर ग्राहक यही समझते हैं—दूकानदार मुझे लूट रहा है। आप भला काहे को विश्वास करेंगे? लेकिन सच पूछिए तो बाबूजी, असली दाम दो ही पैसा है। आप कहीं से दो पैसे में ये मुरलियाँ नहीं पा सकते। मैंने तो पूरी एक हजार बनवाई थीं, तब मुझे इस भाव पड़ी हैं।"

विजय बाबू बोले—"अच्छा, मुझे ज्यादा वक्त नहीं, जल्दी से दो ठो निकाल दो।"

दो मुरलियाँ लेकर विजय बाबू फिर मकान के भीतर पहुँच गये। मुरलीवाला देर तक उन बच्चों के झुण्ड में मुरलियाँ बेचता रहा! उसके पास कई रंग की मुरलियाँ थीं। बच्चे जो रंग पसन्द करते, मुरलीवाला उसी रंग की मुरली निकाल देता।

"यह बड़ी अच्छी मुरली है। तुम यही ले लो बाबू, राजा बाबू तुम्हारे लायक तो बस यह है। हाँ भैये, तुमको वही देंगे। ये लो।....तुमको वैसी न चाहिए, यह नारंगी रंग की, अच्छा, वही लो।....ले आये पैसे? अच्छा, ये लो तुम्हारे लिए मैंने पहले ही से यह निकाल रखी थी....! तुमको पैसे नहीं मिले। तुमने अम्मा से ठीक तरह माँगे न होंगे। धोती पकड़कर पैरों में लिपटकर, अम्मा से पैसे माँगे जाते हैं बाबू! हाँ, फिर जाओ। अबकी बार मिल जायँगे....। दुअन्नी है? तो क्या हुआ, ये लो पैसे वापस लो। ठीक हो गया न हिसाब? ....मिल गये पैसे? देखो, मैंने तरकीब बताई! अच्छा अब तो किसी को नहीं लेना है? सब ले चुके? तुम्हारी माँ के पैसे नहीं हैं? अच्छा, तुम भी यह लो। अच्छा, तो अब मैं चलता हूँ।"

इस तरह मुरलीवाला फिर आगे बढ़ गया।

३

आज अपने मकान में बैठी हुई रोहिणी मुरलीवाले की सारी बातें सुनती रही। आज भी उसने अनुभव किया, बच्चों के साथ इतने प्यार से बातें करने वाला फेरीवाला पहले कभी नहीं आया। फिर वह सौदा भी कैसा सस्ता बेचता है! भला आदमी जान पड़ता है। समय की बात है, जो बेचारा इस तरह मारा-मारा फिरता है। पेट जो न कराये, सो थोड़ा!

इसी समय मुरलीवाले का क्षीण स्वर दूसरी निकट की गली से सुनाई पड़ा—"बच्चों को बहलानेवाला, मुरलियावाला!"

रोहिणी इसे सुनकर मन ही मन कहने लगी—और स्वर कैसा मीठा है इसका!

बहुत दिनों तक रोहिणी को मुरलीवाले का वह मीठा स्वर और उसकी

बच्चों के प्रति वे स्नेहसिक्त बातें याद आती रहीं। महीने के महीने आये और चले गये। फिर मुरलीवाला न आया। धीरे-धीरे उसकी स्मृति भी क्षीण हो गई।

४

आठ मास बाद—

सर्दी के दिन थे। रोहिणी स्नान करके मकान की छत पर चढ़कर आजानुलंबित केश-राशि सुखा रही थी। इसी समय नीचे की गली में सुनाई पड़ा—"बच्चों को बहलानेवाला, मिठाईवाला।"

मिठाईवाले का स्वर उसके लिए परिचित था, झट से रोहिणी नीचे उतर आयी। उस समय उसके पति मकान में नहीं थे। हाँ, उनकी वृद्धा दादी थीं। रोहिणी उनके निकट आकर बोली—"दादी, चुन्नू-मुन्नू के लिए मिठाई लेनी है। जरा कमरे में चलकर ठहराओ। मैं उधर कैसे जाऊँ, कोई आता न हो। जरा हटकर मैं भी चिक की ओट में बैठी रहूँगी।"

दादी उठकर कमरे में आकर बोलीं—"ए मिठाईवाले, इधर आना।"

मिठाईवाला निकट आ गया। बोला—"कितनी मिठाई दूं माँ? ये नये तरह की मिठाइयाँ हैं—रंग-बिरंगी, कुछ-कुछ खट्टी, कुछ-कुछ मीठी, जायकेदार, बड़ी देर तक मुँह में टिकती हैं। जल्दी नहीं घुलतीं। बच्चे बड़े चाव से चूसते हैं। इन गुणों के सिवा ये खाँसी भी दूर करती हैं! कितनी दूं? चपटी, गोल, पहलदार गोलियाँ हैं। पैसे की सोलह देता हूँ।"

दादी बोलीं—"सोलह तो बहुत कम होती हैं, भला पचीस तो देते।" मिठाईवाला—"नहीं दादी,—अधिक नहीं दे सकता। इतना भी देता हूँ, यह अब मैं तुम्हें क्या····खैर, मैं अधिक न दे सकूंगा।"

रोहिणी दादी के पास ही थी। बोली—"दादी, फिर भी काफी सस्ता दे रहा है। चार पैसे की ले लो। यह पैसे रहे।

मिठाईवाला मिठाइयाँ गिनने लगा।

"तो चार की दे दो। अच्छा, पच्चीस नहीं सही, बीस ही दो। अरे हाँ, मैं बूढ़ी हुई मोल-भाव अब मुझे ज्यादा करना आता भी नहीं।"

कहते हुए दादी के पोपले मुंह से जरा-सी मुस्कराहट फूट निकली।

रोहिणी ने दादी से कहा—"दादी, इससे पूछो, तुम इस शहर में और भी कभी आये थे या पहली बार आये हो ? यहाँ के निवासी तो तुम हो नहीं।"

दादी ने इस कथन को दोहराने की चेष्टा की ही थी कि मिठाईवाले ने उत्तर दिया —"पहली बार नहीं और भी कई बार आ चुका हूँ।"

रोहिणी चिक की आड़ ही से बोली—"पहले यहीं मिठाई बेचते हुए आये थे, या और कोई चीज लेकर ?"

मिठाईवाला हर्ष, संशय और विस्मयादि भावों में डूबकर बोला—"इससे पहले मुरली लेकर आया था, और उससे भी पहले खिलौने लेकर।"

रोहिणी का अनुमान ठीक निकला। अब तो वह उससे और भी कुछ बातें पूछने के लिए अस्थिर हो उठी। वह बोली—"इन व्यवसायों में भला तुम्हें क्या मिलता होगा ?"

वह बोला—"मिलता भला क्या है ! यही खाने भर को मिल जाता है। कभी नहीं भी मिलता है। पर हाँ; सन्तोष, धीरज और कभी-कभी असीम सुख जरूर मिलता है और यही मैं चाहता भी हूँ।"

"सो कैसे ? वह भी बताओ।"

"अब व्यर्थ उन बातों की क्यों चर्चा करूँ ? उन्हें आप जाने ही दें। उन बातों को सुनकर आपको दुःख ही होगा।"

"जब इतना बताया है, तब और भी बता दो। मैं बहुत उत्सुक हूँ। तुम्हारा हर्जा न होगा। मिठाई मैं और भी कुछ ले लूंगी।"

अतिशय गम्भीरता के साथ मिठाईवाले ने कहा—"मैं भी अपने नगर का एक प्रतिष्ठित आदमी था। मकान, व्यवसाय, गाड़ी-घोड़े, नौकर-चाकर सभी कुछ था। स्त्री थी, छोटे-छोटे दो बच्चे भी थे। मेरा वह सोने का संसार था। बाहर संपत्ति का वैभव था, भीतर सांसारिक सुख था। स्त्री सुन्दरी थी, मेरी प्राण थी। बच्चे ऐसे सुन्दर थे, जैसे सोने के सजीव खिलौने। उनकी अठखेलियाँ के मारे घर में कोलाहल मचा रहता था। समय की गति ! विधाता की लीला। अब कोई नहीं है। दादी, प्राण निकाले नहीं निकले। इसलिए अपने उन बच्चों की खोज में निकला हूँ। वे सब अन्त में होंगे, तो यहीं कहीं। आखिर, कहीं न जन्मे ही होंगे। उस तरह रहता, घुल-घुल कर मरता। इस तरह सुख-संतोष के साथ मरूँगा। इस तरह के जीवन में कभी-कभी अपने उन बच्चों की एक

झलक-सी मिल जाती है। ऐसा जान पड़ता है, जैसे वे इन्हीं में उछल-उछलकर हँस-खेल रहे हैं। पैसों की कमी थोड़े ही हैं, आपकी दया से पैसे तो काफी हैं। जो नहीं है, इस तरह उसी को पा जाता हूँ।"

रोहिणी ने अब मिठाईवाले की ओर देखा—उसकी आँखें आँसुओं से तर हैं।

इसी समय चुन्नू-मुन्नू आ गये। रोहिणी से लिपटकर, उसका आँचल पकड़ कर बोले—"अम्माँ, मिठाई !"

"मुझसे लो।" यह कहकर, तत्काल कागज की दो पुड़ियाँ, मिठाइयों से भरी, मिठाईवाले ने चुन्नू-मुन्नू को दे दीं।

रोहिणी ने भीतर से पैसे फेंक दिये।

मिठाईवाले ने पेटी उठाई, और कहा—"अब इस बार ये पैसे न लूंगा।"

दादी बोली—"अरे-अरे, न न अपने पैसे लिये जा भाई !"

तब तक आगे फिर सुनाई पड़ा उसी प्रकार मादक-मृदुल स्वर में—"बच्चों को बहलानेवाला मिठाईवाला।"

●

खुदाराम | पाण्डेय बेचन शर्मा 'उग्र'

१

हमारे कस्बे के इनायत अली कल तक नौमुसलिम थे। उनका परिवार केवल सात वर्षों से खुदा के आगे घुटने टेक रहा था। इसके पहले उनके सिर पर भी चोटी थी, माथे पर तिलक था और घर में ठाकुरजी थे। हमारे समाज ने उनके निरपराध परिवार को जबर्दस्ती मन्दिर से ढकेलकर मसजिद में भेज दिया था।

बात यों थी : इनायत अली के बाप उल्फत अली जब हिन्दू थे, देवनन्दन प्रसाद थे, तब उनसे अनजाने में एक अपराध बन पड़ा था। एक दिन एक दुखिया गरीब युवती ने उनके घर आश्रय माँगा। पता-ठिकाना पूछने पर उसने एक गाँव का नाम ले लिया। कहा—

"मैं बिलकुल अनाथ हूँ। मेरे मालिक को गुजरे छः महीने से ऊपर हो गये। जब तक वह थे, मुझे कोई फिक्र न थी। जमींदार की नौकरी से चार पैसे पैदा करके, वही हमारी दुनिया चलाते थे। उनके वक्त गरीब होने पर भी मैं किसी की चाकरी नहीं करती थी। अब उनके बाद, उसी गाँव में पेट के लिए परदा छोड़ते मुझे शर्म मालूम होने लगी। इसलिए उस गाँव को छोड़, इस शहर में नौकरी तलाश रही हूँ। मुझे और कुछ नहीं, चार रोटियाँ और चार गज कपड़े की जरूरत है। आपको भगवान ने चार पैसे दिये हैं। मेरी हालत पर रहम कीजिए। मुझे अपने घर के एक कोने में रहने और बाकी जिन्दगी ईश्वर का नाम लेने में बिताने दीजिए। आपका भला होगा।"

जात पूछने पर उसने अपने को अहीरिन बताया। देवनन्दन प्रसाद जी सरल

हृदय थे। स्त्री की हालत पर दया आ गई। उनकी स्त्री ने भी अहीरिन की मदद ही की। कहा—

"रख लो न। चौका-बर्तन किया करेगी, पानी भरेगी, दो रोटी खायगी और पड़ी रहेगी।"

अहीरिन रख ली गई। दो महीनों तक वह घर का काम-काज सँभालती रही। इसके बाद एक दिन एकाएक वज्रपात हुआ। न जाने कहाँ से ढूँढ़ता-ढूँढ़ता एक आदमी देवनन्दन जी के यहाँ आया। पूछने लगा—

"बाबूजी, आपने कोई नई मजदूरिन रखी है?"

"क्यों भाई? तुम्हारे इस सवाल का क्या मतलब है?"

"बाबूजी, दो महीनों से मेरी औरत लापता है। मैं उसी की तलाश में चारों ओर की खाक छान रहा हूँ। जरा-सी बात पर लड़कर भाग खड़ी हुई। औरत की जात, अपने हठ के आगे मर्द की इज्जत को कुछ समझती ही नहीं।"

इसी समय हाथ में घड़ा और रस्सी लिये वह अहीरिन घर से बाहर निकली। उसे देखते ही वह पुरुष झपटकर उसके पास पहुँचा।

"अरे, फिरोजी! यह क्या? किसके लिये पानी भरने जा रही है?"

"इधर आओ जी।" जरा कड़े होकर देवनन्दन जी ने कहा—

"यह कैसा पागलपन है? तुम किसे फ़िरोजी कह रहे हो? वह हमारी मजदूरिन है। हमारे लिये पानी लेने जा रही है। उसका नाम फ़िरोजी नहीं रुकमिनियाँ है। किसी गैर औरत का इस तरह अपमान करते तुम्हें शर्म नहीं आती?"

जोश में देवनन्दन जी इतना कह तो गये, मगर, रुकमिनियाँ के चेहरे पर नजर पड़ते ही उनके चेहरे पर हवाइयाँ उड़ने लगीं। उस पुरुष को देखते ही अहीरिन रुकमिनियाँ का मुँह काला पड़ गया। वह काठमारी सी जहाँ की तहाँ खड़ी रह गई।

रुकमिनियाँ को फ़िरोजी कहने वाले ने देवनन्दन की ओर देखकर कहा—

"बाबूजी, आपने धोखा खाया। यह हिन्दू नहीं मुसलमान है। रुकमिनियाँ नहीं, मेरी भागी हुई बीबी फ़िरोजा है।"

देवनन्दन के काटो तो खून नहीं।

२

शाम को, घर के सरदारों के घूमने-फिरने, मिलने-जुलने के लिए निकल जाने के बाद मुहल्ले की बूढ़ी औरतें और जवान लड़कियाँ अपने-अपने दरवाजों पर बैठकर जोर-जोर से देवनन्दन और फ़िरोजी की चर्चा करने लगीं।

"बाबा रे बाबा! एक बूढ़ी ने राग अलापा—औरत का ऐसा दीदा! मर्द को छोड़कर दूसरे देश और दूसरे के घर पर चली आयी!"

"मुँहझौंसी थी तो तुर्किन, बन गयी अहोरिन! मुसलमान औरतों में लाज नहीं होती, माँ! वह तो इस तरह अपने मालिक को छोड़कर दूसरों के यहाँ चली आयी, मुझे तो घर के बाहर भी जाने में डर मालूम होता है। निगोड़ी और क्या थी, पतुरिया थी।" एक विवाहित लड़की ने कहा।

सामने के दरवाजे पर से दूसरी अधेड़ औरत ने कहा—

"अब देखो रघुनन्दन के बाप का क्या होता है! दो महीनों तक तुर्किन के हाथ का पानी पीकर और उससे चौका-बर्तन कराकर उन्होंने अपना धरम खो दिया है। हमारे····तो कह रहे थे कि अब उनके घर से कोई नाता न रखा जायगा!"

"नाता कैसे रखा जा सकता है!" पहली बूढ़ी ने कहा, "धरम तो कच्चा सूत होता है। जरा-सा इधर-उधर होते ही टूट जाता है। फिर हमारा हिन्दू का धरम! राम-राम! जिसको छूना मना है, सुबह जिसका मुँह देखना पाप है, उनके हाथ से देवनन्दन ने जल ग्रहण किया। डूब गया··· देवनन्दन का खान्दान डूब गया। अब उससे खान-पान का नाता रख कौन अपना लोक-परलोक बिगाड़ेगा!"

विवाहिता लड़की बोली—

"यह बात शहर भर में फैल गई होगी। दो-चार आदमी जानते होते तो छिपाते भी। सुबह उस तुर्किन का आदमी चोटी पकड़कर धों-धों पीटता हुआ उसे ले जा रहा था। सबने देखा, सब जान गए।"

बस। दूसरे दिन मुहल्ले के मुखिया ने देवनन्दन को बुलाकर कहा—"देखो भाई, अब तुम अपने लिए किसी दूसरे कुएँ से पानी मँगाया करो।"

"क्यों?"

"तुम अब हिन्दू नहीं, मुसलमान हो। दो महीने तक मुसलमान से पानी भराने और चौका-बर्तन कराने के बाद भी क्या तुम्हारा हिन्दू रहना संभव है?"

"मैंने कुछ जान-बूझकर तो मुसलमानिन के हाथ का पानी पिया नहीं। उसने मुझे धोखा दिया। इसमें मेरा क्या अपराध हो सकता है ?"

"भैया मेरे, हम हिन्दू हैं। कोई जान-बूझकर गो-हत्या करने के लिये गाय के गले में रस्सा नहीं बाँधता। फिर भी, बँधी हुई गाय के मरने पर बाँधने वाले को हत्या लगती है। प्रायश्चित करना पड़ता है।"

"यह ठीक है। उसके जाने के बाद ही मैंने तमाम मकान साफ कराया—लिपाया-पोताया है। मिट्टी के बर्तन बदलवा दिये हैं। धातु के बर्तन को आग से शुद्ध कर लिया है। इस पर भी जो कुछ प्रायश्चित्त कराना हो, करा लो। मैं कहीं भागा तो नहीं जा रहा हूँ।"

प्रायश्चित्त-चर्चा चलने पर व्यवस्था के लिये पुरोहित और पण्डितों की पुकार हुई। बस ब्राह्मणों ने चारों वेद, छः शास्त्र, छत्तीसों स्मृति और अठारहों पुराण का मत लेकर यह व्यवस्था दी कि "अब देवनन्दन पूरे म्लेच्छ हो गए। यह किसी तरह भी हिन्दू नहीं हो सकते।"

उधर देवनन्दन की दुर्दशा का हाल सुनकर मुसलमानों ने बड़ी प्रसन्नता से अपनी छाती खोल दो। कस्बे के सभी प्रतिष्ठित और अप्रतिष्ठित मुसलमानों ने देवनन्दन को अपनी ओर बड़े प्रेम, बड़े आदर से खींचा।

"चले आओ! हम जात-पाँत नहीं, केवल हक़ को मानते हैं। इसलाम में मुहब्बत भरी हुई है। खुदा गरीबपरवर है। हिन्दुओं की ठोकर खाने से अच्छा है कि हमारी पलकों पर बैठो····मुसलमान हो जाओ।"

लाचार, समाज से अपमानित, परित्यक्त, पतित देवनन्दन सपरिवार अल्ला मियाँ की शरण में चले। वह और करते ही क्या! मनुष्य स्वभाव से ही समाज चाहता है, सहानुभूति चाहता है, प्रेम चाहता है। हिन्दू समाज ने इन सब दरवाजों को देवनन्दन के लिये बन्द कर दिया। इतना हो जाने पर उनके लिये मुसलमान होने के सिवा दूसरा कोई पथ ही नहीं था। देवनन्दन, उल्फ़त अली बन गये और उनका पुत्र रघुनन्दन, इनायत अली।

देवनन्दन की छाती पर समाज ने ऐसा क्रूर धक्का मारा कि धर्म-परिवर्तन के नौ महीने बाद ही वे इस दुनिया से कूच कर गये।

३

जिन दिनों की घटना ऊपर लिखी गई है, उन्हें भूत के गर्भ में गये सात वर्ष

हो गए। तब से हमारे क़स्बे की हालत अब बहुत कुछ बदल सी गई है। पहले हमारे यहाँ सामाजिक या राजनीतिक जीवन बिलकुल नहीं था। सभी पेट के धन्धे की धुन में व्यस्त थे। उन दिनों हमारी दस हज़ार की बस्ती में, क्लब या सोसायटी के नाते तहसील का अहाता मात्र था, जहाँ नित्य सायंकाल नगर के दस-पाँच चापलूस धनी तहसीलदार से हें-हें करने के लिये या टेनिस खेलने के लिये एकत्र हुआ करते थे। आर्य-समाज का बदनाम नाम तो घर-घर था, मगर सच्चा आर्य-समाजी एक भी न था। एक सज्जन आगरे के 'आर्यमित्र' के ग्राहक थे। वह स्वामी दयानन्द का नाम लेकर कभी-कभी नवयुवकों के विनोद के साधन बना करते थे। वह बनते तो थे आर्य-समाजी, मगर बिलकुल मौखिक। हमें ठीक याद है; वह पुराने समाज को सभी प्रथा या कुप्रथाओं को मानते थे। एक बार उनकी स्त्री ने उनसे सत्यनारायण की कथा सुनने का आग्रह किया और उन्होंने अस्वीकार कर दिया। बस, इसी बात पर आर्य-समाजी पति के मुख पर सनातनी चण्डी झाड़ू फेरने, कालिख लगाने और चूना करने को तैयार हो गई। तीन दिनों तक मुहल्लेवालों की नींद हराम हो गई। विवश होकर 'महाशयजी' को स्त्री के आगे झुकना पड़ा।

मगर, अब क़स्बे का वातावरण बिलकुल परिवर्तित हो गया। गत असहयोग सहयोग आन्दोलन के प्रसाद से हमारा क़स्बा भी बहुत कुछ जीवित हो उठा है। अब हमारे यहाँ बाक़ायदा आर्य-समाज भवन है, और हैं उनके मन्त्री तथा सभापति। एक पुस्तकालय भी है और उसके सभी मन्त्री-सभापति हैं। हिन्दी के अनेक पत्र, अंग्रेजी के दो-तीन दैनिक आते हैं। सैकड़ों बालक, युवक और वृद्ध अखबारी-जीवी बन गये हैं। ऐसे अखबार-जीवियों की संख्या प्रतिदिन बढ़ती ही जा रही है।

उस दिन आर्य-समाज के मन्त्री पण्डित वासुदेव शर्मा समाज-भवन में ही बैठे कोई उर्दू अखबार पढ़ रहे थे। भवन के बाहर—बरामदे में दो पंजाबी 'महाशय' पायजामा और कमीज पहने सायं-सन्ध्या कर रहे थे। उसी समय एक दुबला-पतला लम्बा-सा पुरुष भवन में आया। उसकी आहट पा शर्माजी ने चश्माच्छादित आँखों से उसकी ओर देखा। पहचान गए—

"कहो मियाँ इनायत अली, आज इधर कैसे ?"

"आप ही की सेवा में कुछ निवेदन करने आया हूँ।"

शर्माजी ने चश्मा उतार लिया। उसे कुरते के कोने से साफ करने के बाद पुनः नाक पर चढ़ाते-चढ़ाते बोले—

"भाई, इनायत, बड़ी शुद्ध हिन्दी बोलते हो?"

"जी हाँ, शर्माजी, मैं बहुत शुद्ध हिन्दी बोल सकता हूँ। इसका कारण यही है कि मेरी नसों में बहुत शुद्ध हिन्दू रक्त बह रहा है। समाज ने जबर्दस्ती मेरे पिता को मुसलमान होने के लिए विवश किया, नहीं तो आज मैं भी उतना ही हिन्दू होता, जितने आप या कोई भी दूसरा हिन्दुत्व का अभिमानी। खैर, मुझे आपसे कुछ कहना है····।"

"कहिए, क्या आज्ञा है?"

"मैं पुनः हिन्दू होना चाहता है।"

"हिन्दू होना?" आश्चर्य से मुख विस्फारित कर शर्माजी ने पूछा।

"जी हाँ! अब मुसलमान रहने में लोक-परलोक दोनों का नाश दिखाई पड़ता है। इसलिए नहीं कि उस धर्म में कोई विशेषता नहीं है, बल्कि इसलिये कि मेरा और मेरे परिवार का हृदय मुसलमान धर्म के योग्य नहीं। अनन्त काल का हिन्दू-हृदय—हिन्दू सभ्यता का पक्षपाती शान्त हृदय--मुसलमानी रीति-नीति और सभ्यता का उपयोग करने में बिलकुल अयोग्य साबित हुआ है। मेरी स्त्री नित्य प्रातःकाल खुदा-खुदा नहीं राम-राम जपती हैं। मैं मुसलमान रहकर क्या करूँगा? मेरी माता गंगा-स्नान और बदरिकाश्रम यात्रा के लिये तड़पा करती हैं। मेरा हृदय न तो उन्हें मक्का-मदीना का भक्त बनाने की धृष्टता कर सकता है और न वह बन सकती हैं। मैं मुसलमान रहकर क्या करूँगा? मैं स्वयं मसजिद में जाकर हृदय के मालिक को याद नहीं कर सकता। मेरा हिन्दू हृदय मसजिद के द्वार पर पहुँचते ही एक विचित्र स्पन्दन करने लगता है। उस स्पंदन का अर्थ खुदा और मसजिदवाले के प्रति अनुराग नहीं हो सकता, घृणा भी नहीं हो सकती। वह स्पन्दन घृणा और अनुराग के मध्य का निवासी है। इन्हीं सब कारणों से बहुत सोच-समझकर अब मैंने शुद्ध होकर हिन्दू होने का निश्चय किया है।"

पंजाबी महाशय भी सन्ध्या समाप्त कर ओऽम्-ओऽम् करते हुए भीतर आ गये। शर्माजी ने इनायत अली उर्फ रघुनन्दन का परिचय देते हुए उनके प्रस्ताव पर उन दोनों महाशयों की सम्मति माँगी।

"धन्य हो महाशय जी !" एक महाशय बोले—"ऋषि दयानन्द की किरपा होगी तो हमारे वे सब बिछड़े भाई एक न एक दिन फिर अपने आर्य धरम में चले आयेंगे। इन्हें जरूर शुद्ध कीजिए।"

४

हिन्दू-मुस्लिम वैमनस्य का बाजार गर्म होने के एक महीना पूर्व एक विचित्र पुरुष हमारे कस्बे में आये। उनकी अवस्था पचास वर्षों से अधिक जान पड़ती थी। वह वस्त्र के नाम पर केवल लँगोटी धारण किया करते थे। वही उसकी सारी गृहस्थी और सम्पत्ति थी। उनका मुख तो रोबीला नहीं था, पर उस पर विचित्र आकर्षण दिखाई देता था। दाढ़ी फुट भर लम्बी थी। सर के बाल भी बड़े-बड़े थे।

उनमें एक ऐसा चमत्कार था, जिससे कस्बे के छोटे-छोटे लड़के उन पर जान दिया करते थे। हाँ, उनका नाम बताना तो भूल ही गया। वह अपने को 'खुदा राम' कहा करते थे। खुदाराम गली में आये हैं, यह सुनते ही लड़कों की मंडली जान छोड़कर उनकी ओर झपट पड़ती—"खुदाराम, पैसे दो ! खुदाराम, पैसे दो !" की आवाज से गली गूंज उठती थी। पहले तो खुदाराम दो-चार बार लड़कों को मुँह बिगाड़-बिगाड़कर डराने की कोशिश करते, फिर दो-तीन बच्चों को पीठ पर चढ़ाकर बगल में दबाकर या कन्धों पर उठाकर भाग खड़े होते "भागो ! भागो ! हो हो हो ? लेनाजी ?" आदि कहते हुए अन्य लड़के खुदा-राम को रगेद लेते। अन्त में लाचार हो वह खड़े हो जाते, बच्चों को पीठ या कन्धे के नीचे उतार देते और पूछने लगते—

"बन्दरो ! क्या चाहिए ?"

"पैसे खुदाराम, पैसे !"

खुदाराम बड़े जोर से हँसते-हँसते खाली मुट्ठी को बन्द कर इधर-उधर हाथ चलाने लगते। चारों ओर झन्न-झन्न की आवाज गूंज उठती। लड़के प्रसन्न होकर पैसे लूटने लगते—और खुदाराम नौ दो ग्यारह हो जाते।

खुदाराम को सबसे अधिक इन लड़कों ने मशहूर किया।

इसके बाद एक घटना और हुई, जिससे उनकी शोहरत चौगुनी बढ़ गई। किसी गरीब चमार के पाँच वर्ष के पुत्र को हैजा हो गया था। उसके पास वैद्य,

हकीम या डाक्टर बाबू के लिए पैसे नहीं थे। कई जगह जाने पर भी किसी ने उस अभागे की सुध न ली। बेचारा लड़का उपचार के अभाव पर मरने लगा।

उसी समय उधर से खुदाराम लड़कों की मण्डली के साथ गुजरे। चमार की स्त्री को दरवाजे पर बैठकर रोते देख, वह उसके सामने जाकर खडे हो गये। पूछने लगे—

"क्यों रो रही है ?"

स्त्री ने उत्तर तो कुछ न दिया, हाँ, स्वर को 'पंचम' से 'निषाद' कर दिया।

"क्यों रोती है ? बोलती ही नहीं, तुझे भी पैसे चाहिए ?"

"पैसे नहीं", स्त्री ने इस बार हिचकते-हिचकते उत्तर दिया, "दवा चाहिये। मेरा लाल हैजे से मर रहा है!"

"तेरे बच्चे को हैजा हो गया है ? पगली कहीं की। इतना खाना क्यों खिला दिया ? मुझे तो कभी कुछ खिलाती नहीं। कुछ खिला तो तेरा बच्चा अभी चंगा हो जाय।"

"बाबा मेरे घर में तुम्हारे खाने लायक है ही क्या ? कहो तो चने खिलाऊँ।"

"ला, ला। जो कुछ भी हो, दौड़कर ले आ। तेरा बच्चा अभी अच्छा हो जायगा।"

स्त्री अपने मकान में गयी और एक छोटी-सी पोटली में पाव-डेढ़-पाव भुने चने ले आयी। खुदाराम ने पोटली लेकर बालक-मण्डली को चने दान करना आरम्भ किया। देखते-देखते पोटली साफ हो गई। केवल चार-पाँच चने बच रहे। स्त्री के हाथ में देते हुए उन्होंने कहा--

"इन चनों को पीस कर बच्चे को पिला दे। यह उसका हिस्सा है। ले जा!"

दूसरे दिन उसी चमारिन ने क़स्बे भर में यह बात मशहूर कर दी कि खुदाराम पागल नहीं, होशियार हैं। मामूली आदमी नहीं, फ़क़ीर हैं, देवता हैं।

फिर तो हिन्दू-मुसलमान दोनों जाति के लोगों ने—विशेषत: स्त्रियों ने खुदाराम को न जाने क्या-क्या बना डाला। कितनों के बच्चे उनकी ऊट-पटाँग औषधियों से अच्छे हो गए। कितनों को खुदाराम की कृपा से नौकरी मिल गई। कितने मुकदमे जीत गए। क़स्बा का क़स्बा उन्हें पूछने लगा।

मगर, खुदाराम ज्यों के त्यों रहे। उनका दिन-रात का चारों ओर लड़कों

की मण्डली के साथ घूमना न रुका। अच्छे से अच्छे धनी भी उन्हें कपड़े न पहना सके। किसी के आग्रह करने पर वह कपड़े-धोती, कुरता-टोपी—पहन तो लेते, मगर उसके घर से आगे बढ़ते ही टोपी किसी लड़के के मस्तक पर होती, धोती किसी गरीब के झोंपड़े पर और कुर्ता किसी भिखमंगे के तन पर। किसी-किसी दिन तो दो-दो बजे रात को किसी गली में खुदाराम को कण्ठ-ध्वनि सुनायी पड़ती—

तू है मेरा खुदा, मैं हूँ तेरा खुदा,
तू खुदा मैं खुदा, फिर जुदाई कहाँ ?

५

सात आदमी आपस में बात करते हुए समाज-भवन की ओर जा रहे थे। उनमें एक तो समाज के मन्त्री महाशय थे, दो हमारे परिचित पंजाबी और चार बाहर से आये हुए दूसरे आर्य-समाजी थे। बातें इस प्रकार हो रही थीं—

"मुसलमान लोग भरसक इनायत अली को हिन्दू न होने देंगे।"

"यों न होने देंगे ? अजी अब वह जमाना लद गया। यहाँ के सभी हिन्दू हमारे साथ हैं।"

"लड़ाई हो जाने का भय है।"

"अगर इस बात को लेकर कोई लड़े तो लड़े। बेवकूफी का भार लड़ाई छेड़ने वाले पर होगा।"

"अच्छा, हम लोग इनायत के परिवार को केवल शुद्ध करें—वेद भगवान की सवारी निकालने से लाभ ?"

एक साथ कह उठे—"वाह ! वेद भगवान की सवारी क्यों न निकालें। हम अपने बिछुड़े भाई को पायेंगे। ऐसे मौके पर आनन्द-मंगल मनाने से डरें क्यों ?"

"सवारी पर", पहले महाशय ने कहा—"मुसलमानों ने आक्रमण करने का निश्चय कर लिया है। यह मैं सच्ची खबर सुना रहा हूँ।"

"देखो भाई, इस तरह दबने से काम न चलेगा। हम किसी के धार्मिक कृत्यों में बाधा नहीं देते, तो कोई हमारे पथ में रोड़े क्यों डालेगा ? फिर, अगर उन्होंने छेड़ा, तो देखा जायगा। भय के नाम पर धर्म कभी न छोड़ा जायगा।"

इसी समय बगल की एक गली से लँगोटी लगाये खुदाराम निकले। वह वही गुनगुना रहे थे—

तू है मेरा खुदा, मैं हूँ तेरा खुदा,
तू खुदा, मैं खुदा, फिर जुदाई कहाँ?

मन्त्री महाशय ने पुकारा—

"खुदाराम!"

"चुप रहो!" खुदाराम ने कहा—"मैं कोई युक्ति सोच रहा हूँ।"

"कैसी युक्ति सोच रहे हो, खुदाराम? हमें भी तो बताओ।"

"सोच रहा हूँ कि क्या उपाय करूँ कि खुदा-खुदा में लड़ाई न हो। तुम लोग लड़ोगे?"

"नहीं, लड़ने का विचार नहीं है, पर, सवारी जरूर निकलेगी।"

"खाना नहीं खाऊँगा, पर मुँह में कौर जरूर डालूँगा। हा हा हा हा! यही मतलब है न?"

"लाचारी है, खुदाराम।"

"तो धर्म के नाम पर खून की नदी बहेगी? हा हा हा हा। तुम लोग इन्सान क्यों हुए? तुम्हें तो भालू होना चाहिए था। शेर होना चाहिए था, भेड़िया होना चाहिए था। वैसी अवस्था में तुम्हारी रक्त-पिपासा मजे में शान्त होती। धर्म के नाम पर लड़ने वाले इन्सान क्यों होते हैं?"

अपरिचित आगन्तुक आर्यों ने शर्माजी से पूछा—

"क्या यह पागल है?"

"हाँ-हाँ", खुदाराम ने कहा—"क़ुरान नहीं पढ़ा है, इसलिए पागल है, सत्यार्थ प्रकाश नहीं देखा है, इसलिए पागल है, धर्म के नाम खुँरेजी नहीं पसन्द करता, इसलिए पागल है, खद्दर का कुर्त्ता नहीं पहनता, इसलिए पागल है, लेक्चर नहीं दे सकता, इसलिए खुदाराम जरूर पागल है। हा हा हा हा! खुदाराम पागल है। मुसलमान कहते हैं—"तू पागल है, इस बीच में न पड़" हिन्दू भी यही कहते हैं। अच्छी बात है—लड़ो! अगर होशियारी का नाम लड़ना ही है तो—लड़ो।"

तू भी इन्सान है, मैं भी इन्सान हूँ,
गर सलामत हैं हम, तो खुदाई कहाँ।

तू है मेरा खुदा, मैं हूँ तेरा खुदा,
तू खुदा, मैं खुदा, फिर जुदाई कहाँ ?

खुदाराम नाचना-कूदता 'हो हो हो' करता अपने रास्ते लगा।

६

क़स्बे के हजारों हिन्दू मर्द समाज-मन्दिर की ओर वेद भगवान के जुलूस में शामिल होने के लिए चले गये। मुसलमान पुरुष भी, पुराने पीर की मस्जिद में, जुलूस में बाधा डालने के लिए सशस्त्र एकत्र हो गए। हिन्दू और मुसलमान दोनों घरों पर या तो बूढ़े बचे थे या बच्चे और स्त्रियाँ। घर-घर का दरवाजा भीतर से बन्द था।

एक मुसलमान के दरवाजे पर किसी ने आवाज दी—

"माँ !"

"कौन है ?"

"ज़रा बाहर आओ, मैं हूँ खुदाराम।"

दरवाज़ा खोलकर बूढ़ी बाहर निकली।

"क्या है खुदाराम ? खाना चाहिए ?"

"नहीं माँ, आज एक भीख माँगने आया हूँ—देगी न ?"

"क्या है फ़कीर ? तुम्हें क्या कमी है ? माँगो, तुमने मेरी बेटी की जान बचायी है। हम हमेशा तुम्हारे गुलाम रहेंगे। माँगो क्या लोगे ?"

"पहले कसम खा—देगी न ?"

"क़सस पाक परवरदिगार की। खुदाराम, तुम्हारी चीज़ अगर मेरे इमकान में होगी, तो जरूर दूंगी।"

"तो, चलो मेरे साथ ! हम लोग हिन्दू-मुसलमानों का झगड़ा रोकें। बच्चों को भी ले लो। मैं मुहल्ले भर की—क़सबे भर की—औरतों बच्चों की पलटन लेकर दोनों जातियों के पुरुषों पर आक्रमण करूँगा, उन्हें खुदा या धर्म के नाम पर लड़ने से रोकूँगा।"

मुसलमान जननी अवाक्-सी खड़ी रह गई ! खुदाराम कहता क्या है ?

"चुप क्यों हो गई, माँ ? तूने मुझे भीख देने की कसम खायी है। मैं तेरे हित की बात कहता हूँ ! इस रक्तपात में पुरुषों के नहीं, स्त्रियों के कलेजे का खून

बहाया जाता है। स्त्रियाँ विधवा होती हैं, माताएँ अपने बच्चे खोती हैं, बहिनें अपमानित होती हैं। पुरुषों की यह ज्यादती तुम्हीं लोगों के रोके से रुकेगी। चलो ! उन पत्थरों के आगे रोओ और उन्हें लड़ने से रोको। उन्हें बताओ कि तुम्हारे शरीर तुम्हारी माताओं की धरोहर हैं। उनकी इच्छा के विरुद्ध उनका नाश करनेवाले तुम कौन हो ? देर न करो, नहीं तो सब चौपट हो जायगा।''

एक ओर उत्तेजित मुसलमान खुदा के नाम पर ईंट और डंडे चलाने पर उतारू थे, दूसरी ओर हिन्दू वेद भगवान का जुलूस, शुद्ध (इनायत अली) रघुनंन्दन प्रसाद के परिवार के साथ और हजारों हिन्दुओं के साथ मसजिद के पास डटा था। युद्ध छिड़ने ही वाला था कि गंगा की कल-कल धारा की तरह हजारों स्त्रियों की कण्ठ-ध्वनि मुसलमान-दल के पीछे सुनाई पड़ी। पहले खुदाराम गाते और उनके बाद स्त्रियाँ उसी पद को दुहराती थीं।—

तू है मेरा खुदा, मैं हूँ तेरा खुदा,
तू खुदा मैं खुदा, फिर जुदाई कहाँ ?

छोटे-छोटे बच्चों के कण्ठ की उस कोमलता के आगे, माताओं के कण्ठ की करुण धारा के आगे, उत्तेजित युवकों के हृदय की राक्षसता मुग्ध होकर, पुलकित होकर और नतमस्तक होकर खड़ी हो गई ! मुसलमान-दल ने स्त्रियों के इस जलूस के लिए चुपचाप रास्ता दे दिया। हिन्दू दलवाले आँखें फाड़-फाड़कर खुदाराम और उसकी स्वर्गीय सेना की ओर देखने लगे। उस सेना में हरेक हिन्दू और प्रत्येक मुसलमान के घर की माताएँ और बहिनें, बेटे और बेटियाँ थीं।

''तुम लोग क्यों यहाँ आयीं ?'' मुसलमानों ने भी पूछा।

''तुम लोग क्यों यहाँ आयीं ?'' हिन्दुओं ने भी प्रतिध्वनि की तरह मुसलमानों के प्रश्नों को दुहराया। एक मुसलमान बूढ़ी आगे बढ़ी—''हम आयी हैं तुम्हें मरने से बचाने के लिए। तुम हमारे बेटे—वे बेटे, जिन्हें हमने रात-रात भर जागकर, भूखों रहकर, दुआएँ माँगकर अपनी आँखों को खुश रखने के लिए, दिल को शांत रखने के लिए इतना बड़ा किया है। तुम्हारे लिए हम खुदा की इबादत करती हैं—तुम्हीं हमारे खुदा हो।''

''यह क्या हो रहा है ? धर्म के नाम पर खून बहाने की क्या जरूरत है ? तुम्हें यह शरारत किस शैतान ने सिखायी है ? बच्चों, तुम्हारो माँएँ तुम्हें खोकर अन्धी हो जायेंगी। उनकी जिन्दगी खराब हो जायगी। बहिश्त पाने पर भी

तुम्हें चैन न मिल सकेगा ! लड़ो मत ! खून से पाजी शैतान भले ही खुश हो जाय, पर खुदा कभी नहीं खुश हो सकता। खुदा अगर खून पसन्द करता, तो, हमारे वज़ू करने के लिए पानी न बनाकर खून ही बनाता। गंगा खूनी गंगा होती, समन्दर खून का समन्दर होता। खून के फेर में न पड़ो, मेरे कलेजे। खुदा खून नहीं पसन्द करता।"

"वेद के पगलो।" खुदाराम ने हिन्दुओं को ललकारा -"चलो, ले जाओ अपना जुलूस ? माताएँ तुम्हें रास्ता देती हैं।"

मुसलमानों के हाथ के शस्त्र नीचे झुक गए। बाजा बजाने वाले बाजा बजाना भूल गए। माताओं ने रास्ता बनाया और वेद भगवान की सवारी—हजारों मंत्र-मुग्ध हिन्दुओं के साथ निकल गयी।

सावन के बादल की तरह मधुर ध्वनि से खुदाराम पुनः गरजे, माता वसुन्धरा की तरह माताओं के हृदय से पुनः प्रतिध्वनि हुई—

तूने मन्दिर बनाया, तू भगवान है,
मैंने मसजिद उठायी, मैं रहमान हूँ।
तू भी भगवान है, मैं भी भगवान हूँ
तू खुदा, मैं खुदा फिर जुदाई कहाँ ?

इस पवित्र जुलूस के नेता थे खुदाराम, उनके पीछे हिन्दू-मुसलमान बच्चे, बच्चों के पीछे दोनों जाति की माताएँ और सबके पीछे मुसलमान पुरुष—जुलूस के सशस्त्र रक्षकों की तरह चल रहे थे। प्रकृति पुलकित कलेवरा थी, तारिकाएँ खिलखिला रही थीं, चन्द्रमा हँस रहा था। वह दृश्य पृथ्वी का स्वर्ग था।

●

रेल की रात | इलाचंद्र जोशी

गाड़ी आने के समय से बहुत पहले ही महेन्द्र स्टेशन पर जा पहुँचा था। गाड़ी के पहुँचने का ठीक समय मालूम न हो, यह बात नहीं कही जा सकती। जिस छोटे शहर में वह आया हुआ था, वहाँ से जल्दी भागने के लिए वह ऐसा उत्सुक हो उठा था कि जान-बूझकर भी अज्ञात मन से शायद किसी अबोध बालक की तरह वह समझा था कि उसके जल्दी स्टेशन पर पहुँचने से संभवतः गाड़ी भी नियत समय से पहले ही आ जायगी।

होल्डाल में बँधे हुए बिस्तरे और चमड़े के एक पुराने सूटकेस को प्लेटफार्म के एक कोने पर रखवाकर वह चिंतित तथा अस्थिर-सा अन्यमनस्क भाव से टहलते हुए टिकट-घर की खिड़की के खुलने का इंतजार करने लगा।

महेन्द्र की आयु बत्तीस-तैंतीस वर्ष के लगभग होगी। उसके कद की ऊँचाई साढ़े पाँच फीट से कम नहीं मालूम होती थी। उसके शरीर का गठन देखने से उसे दुबला तो नहीं कहा जा सकता, तथापि मोटा वह नाम का भी न था। रंग उसका गेहुआँ था, कपोल कुछ चौड़ा, भौंहें कुछ मोटी किन्तु तनी हुईं, आँखें छोटों पर लंबी, काली मूँछें घनी पर पतली और दोनों सिरों पर कुछ ऊपर को उठी थीं। वह खद्दर का एक लंबा कुरता और खद्दर की धोती पहने था। सर पर टोपी नहीं थी। पाँवों में घड़ियाल के चमड़े के बने हुए चप्पल थे। उसके व्यक्तित्व में आकर्षण अवश्य था, पर वह आकर्षण सब समय सब व्यक्तियों की दृष्टि को अपनी ओर नहीं खींचता था।

सूरज बहुत पहले डूब चुका था और शुक्ल पक्ष का अपूर्ण गोलाकार चन्द्रमा अपने किरण-जाल से दिग्-दिगंत को स्निग्ध आलोक-छटा से विभासित करने

लगा था। स्टेशन पर अधिक भीड़ न थी। प्लेटफार्म पर टहलते-टहलते पूर्व की ओर क़दम निकल जाने पर ऐसा मालूम होने लगता था कि चाँदनी दीर्घ-विस्तृत समतल भूमि पर अलस क्लांति की तरह पड़ी हुई है। झिल्ली-झनकार का एकांतिक मर्मर स्वर इस अलसता की वेदना को निर्मम भाव से जगा रहा था, जिससे महेन्द्र के हृदय की सुप्त व्याकुलता तिलमिला उठती थी।

सिगनल डाऊन हो गया था। टिकट-घर खुल गया था। थर्ड क्लास का टिकट खरीदकर महेन्द्र गाड़ी का इन्तज़ार करने लगा। थोड़ी देर में दूर ही से सर्चलाइट के प्रखर प्रकाश से तिमिर-विदारण करती हुई गाड़ी दिखाई दी और झक्-झक् करती हुई स्टेशन पर आ खड़ी हुई।

सामने के कम्पार्टमेंट में केवल दो व्यक्ति बैठे थे और वे भी उतरने की तैयारी कर रहे थे। महेन्द्र एक हाथ में बिस्तर की गठरी और दूसरे हाथ से सूटकेस पकड़कर उसी में जा घुसा। जो दो व्यक्ति कम्पार्टमेंट में थे, उनके उतरते ही एक चश्माधारी सज्जन ने दो महिलाओं के साथ भीतर प्रवेश किया। कुली ने आकर नवागंतुक महाशय का सामान भीतर रख दिया और मजूरी के सम्बन्ध में काफ़ी हुज्जत करने के बाद पैसे लेकर चला गया। चश्माधारी सज्जन महिलाओं के साथ महेन्द्र के सामने वाले बेंच पर बड़े आराम से बैठ गए। मालूम होता था कि वह बड़ी हड़बड़ी के साथ गाड़ी के आने के कुछ ही समय पहले स्टेशन पहुँचे थे और घबराहट में थे, कि महिलाओं को साथ लेकर यदि किसी कम्पार्टमेंट में जगह न मिली, तो क्या हाल होगा। वह अभी तक हाँफ रहे थे, जिससे उनकी अब तक की परेशानी स्पष्ट व्यक्त होती थी। अब जब आराम से बैठने को खाली जगह मिल गई, तो एक लम्बी साँस लेकर चश्मा उतारकर रूमाल से मुंह का पसीसा पोंछने लगे। पसीना पोंछते-पोंछते महेन्द्र की ओर देखकर उन्होंने प्रश्न किया, "शिकोहाबाद कै बजे गाड़ी पहुँचेगी, आप बता सकते हैं?"

महेन्द्र ने उत्तर दिया, "जहाँ तक मेरा ख्याल है, बारह बजे के करीब पहुँचेगी।"

महेन्द्र कनखियों से महिलाओं की ओर देख रहा था। महिलाएँ उसके एकदम सामने बैठी थीं और यदि यह दृष्टि सीधी करके स्वाभाविक रूप से उन्हें देखता रहता, तो भी शायद न तो चश्माधारी सज्जन को और न महिलाओं को कोई आपत्ति होती, पर उसे अपनी स्वाभाविक संकोचशीलता के कारण उनकी

ओर स्थिर दृष्टि से देखने का साहस नहीं होता था। दोनों महिलाएँ बेपर्दा बैठी थीं। उनमें एक की अवस्था प्रायः पैंतीस वर्ष की होगी, वह एक सफेद चादर ओढ़े खड़ी थी; दूसरी बाईस-तेईस वर्ष की जान पड़ती थी; वह एक गुलाबी रंग की सुन्दर, सुरुचिपूर्ण साड़ी पहने थी। दोनों यथेष्ट सभ्य और सुशील जान पड़ती थीं। ज्येष्ठा को देखने से ऐसा अनुमान लगाया जा सकता था कि किसी समय वह सुन्दर रही होगी, पर अब अस्वस्थता के कारण उसका मुखमंडल बिलकुल निस्तेज जान पड़ता था। कनिष्ठा यद्यपि सौंदर्य-कला की दृष्टि से सुन्दरी नहीं थी, तथापि उसके मुख की व्यंजना में एक ऐसी सरल मधुरिमा वर्तमान थो, जो बरबस आँखों को आकर्षित कर लेती थी।

आज कई कारणों से महेन्द्र का जी दिन भर अच्छा नहीं रहा। गाड़ी में बैठने तक वह चिन्तित, अन्यमनस्क तथा उदास था। पर गाड़ी में बैठते ही शिष्ट, सुशील तथा सुन्दरी महिलाओं के साहचर्य से उसके खिन्न मन में एक सुखद सरलता छा गई। यद्यपि वह संकोच के कारण कुछ कम घबराया हुआ न था, तथापि चश्माधारी सज्जन की भोली आकृति तथा सरल भाव-भंगिमाओं से और महिलाओं की शालीनता से उसे इस बात पर धीरे-धीरे विश्वास होने लगा था कि उनके बीच किसी प्रकार का संकोच अनावश्यक ही नहीं बल्कि अशोभन भी है।

चश्माधारी सज्जन ने चश्मा उतारकर एक रूमाल से उसे पोंछते हुए पूछा, "आप क्या शिकोहाबाद जा रहे हैं?"

"जी नहीं, मैं दिल्ली जा रहा हूँ। क्या आप शिकोहाबाद में ही रहते हैं?"

"जी नहीं, मुझे टूंडला जाना है। मैं वहाँ कोर्ट में प्रैक्टिस करता हूँ। इधर कुछ दिनों के लिए घर आया हुआ' था। अब अपनी 'वाइफ़' को और 'सिस्टर' को लेकर वापस जा रहा हूँ। 'सिस्टर' की तबीयत ठीक नहीं रहती, इसलिये उसे हवा-बदली के लिए ले जा रहा हूँ।"

एक साधारण से प्रश्न के उत्तर में इतनी बातों से परिचित होने पर महेन्द्र को नवपरिचित सज्जन की बेतकल्लुफ़ी पर आश्चर्य हुआ और वह मन ही मन मुस्कराने लगा। उसने अनुमान लगाया कि ज्येष्ठा महिला 'सिस्टर' होगी और कनिष्ठा 'वाइफ़'।

थोड़ी देर में गाड़ी चलने लगी। कोई दूसरा यात्री उस डिब्बे में न आया।

चश्माधारी महाशय गाड़ी चलने के कुछ ही देर बाद ऊँघने लगे। वे रह न सके और बँधे हुए बिस्तर को तकिया बनाकर एक दूसरे बेञ्च पर लेट गये और लेटते ही खर्राटे लेने लगे। न जाने क्यों, महेन्द्र के मन में यह विश्वास जम गया कि इन नवपरिचित महाशय का जीवन बड़ा सुखी है। उनकी बेतकल्लुफ़ी तथा उनके मुख का आत्म-संतोषपूर्ण भाव देखकर उनके मन में यह विश्वास जमने लगा था और जब उसने उन्हें निश्चित सोते हुए तथा खर्राटे भरते देखा, तो उसकी यह धारणा दृढ़ हो गई।

ज्येष्ठा महिला ने भी थोड़ी देर में ऊँघना शुरू कर दिया। वह ऊँघती जाती थी और बीच-बीच में जब जबर्दस्त हिचकोला खाती थी तो जाग पड़ती थी। केवल कनिष्ठा महिला पूर्णतः सजग थी। वह कभी खिड़की के बाहर झाँक कर चाँदनी के उज्ज्वल आलोक में शायद 'पलपल परिवर्तित' प्राकृतिक दृश्यों का आनन्द लेती थी, कभी ऊँघनेवाली महिला की ओर देखती थी, कभी खर्राटे भरने वाले महाशय, शायद अपने पति को एक बार सरसरी निगाह से देख लेती थी और कभी महेन्द्र को स्निग्ध किन्तु विस्मय की उत्सुकता से पूर्ण आँखों से देखने लगती थी। उन आँखों की स्थिर दृष्टि जब महेन्द्र पर आकर पड़ती थी तो, उसे ऐसा मालूम होने लगता कि मोहाविष्ट हुआ जा रहा है और उसकी सारी आत्मा, यहाँ तक कि सारा शरीर भी अपना रूप बदल रहा है और यह किसी अव्यक्त तथा अतीन्द्रिय मायावी स्पर्श से कुछ का कुछ हुआ जा रहा है। वह उस स्थिर दृष्टि का तेज सहन न कर सकने के कारण आँखें फिरा लेता था।

गाड़ी टटर-टट्ट-टटर-टट्ट शब्द से चली जा रही थी। जाग्रत महिला की गुलाबी साड़ी का अंचल हवा के झोंके से नीचे खिसक कर उसके लहराते हुए घनकुंचित काले केशों की बहार दिखा रहा था। गुलाबी साड़ी भी हवा के जोर से फर-फर फहरा रही थी। महेन्द्र पूर्ण जाग्रत अवस्था में स्वप्न देखने लगा। उसे यह भी भ्रम होने लगा कि यह महिला, जो इसके पहले उसके लिये एकदम अज्ञात थी और निश्चय ही सदा अज्ञात रहेगी, न जाने किस चिदानन्दमय लोक से अकस्मात् आविर्भूत होकर उसके पास आ बैठी है और गुलाबी रंग की पताका फहराकर विश्व-विजय को निकली है और वह उसका सारथी बनकर उस अनंतगामी रेल रूपी रथ पर चला जा रहा है। सारा विश्व, समस्त मानवी तथा मानसी सृष्टि उसके लिए उस कम्पार्टमेंट के भीतर समा गई थी, जिसमें ऊँघने-

वाली महिला तथा सोये हुए सज्जन का कोई अस्तित्व नहीं था, और उसके बाहर क्षण-क्षण में परिवर्तित होने वाले अस्थिर माया जगत् का चिर चंचल रूप एक-दम असत्य सत्ताहीन सा लगता था।

महेन्द्र सोचने लगा कि उसने जीवन में कितनी ही स्त्रियों को विभिन्न रूपों तथा विचित्र परिस्थितियों में देखा है, पर आज का यह बिल्कुल साधारण सा अनुभव उसे क्यों ऐसा अपूर्व तथा अनुपम लग रहा है। वह सोच ही रहा था कि फिर उस विश्व-विजयिनी ने अपनी सुन्दर विस्मित आँखों की रहस्यमयी उत्सुकता से [illegible] स्थिर दृष्टि से उसकी ओर देखा। वह मन ही मन संबोधित करते हुए कहने लगा, चिर अज्ञाता, चिर अपरिचिता देवी ! तुम मुझसे क्या चाहती हो। तुम्हारी इस मर्मभेदिनी दृष्टि का क्या अर्थ है ? दैवयोग से महाकाल के इस नगण्यतम क्षण में, जिसकी सत्ता महासागर में एक क्षुद्रतम बुदबुदे के बराबर भी नहीं है, हम दोनों का आकस्मिक मिलन घटित हुआ है, और महासागर में बुदबुदे की तरह यह क्षण सदा के लिए विलीन हो जायगा। तथापि इतने ही अर्से में क्या तुम हम दोनों के जन्मांतर के सम्बन्ध से परिचित हो गई अथवा यह सब कुछ नहीं है ? तुम्हारी आँखों की उत्सुकता का कोई मूल्य नहीं है, मेरी विह्वल भावुकता का कोई महत्त्व नहीं है। महत्त्वपूर्ण जो कुछ है, वह है तुम्हारे पास लेटे हुए व्यक्ति का खर्राटे भरना।

शिकोहाबाद पहुँचने पर चश्माधारी सज्जन की नींद न टूटी और ज्येष्ठा महिला ऊँघती रही। पर महेन्द्र की विश्व-विजयिनी की आँखों में एक क्षण के लिए भी निद्रा-रसावेश का लेश नहीं दिखाई दिया। वह बीच-बीच में अपनी मर्म-भेदिनी दृष्टि की प्रखर उत्सुकता से उसके हृदय को अकारण निर्मम रूप से बिद्ध करती चली जाती थी। फलस्वरूप महेन्द्र की गुलाबी मोहकता भी शिकोहा-बाद पहुँचने तक अखंड बनी रही।

शिकोहाबाद पहुँचने पर विश्व-विजयिनी ने चश्माधारी सज्जन के किंचित् स्थूल शरीर को हाथ से हिलाते हुए जगाया। ऊँघती हुई महिला भी सँभलकर बैठ गई। कुलियों से सामान उतरवाकर चारों व्यक्ति उतर पड़े। दिल्लीवाली गाड़ी जिस प्लेटफार्म पर लगनेवाली थी, वहाँ को जाने के लिए पुल पार करना पड़ा। पुल पार करके वे लोग जिस प्लेटफार्म पर आये, वहाँ कहीं एक भी बत्ती जली हुई नहीं थी। पर चूंकि सर्वत्र निर्मल चाँदनी छिटक रही थी, इसलिए बत्ती

की कोई आवश्यकता न जान पड़ी। गाड़ी के आने में अभी डेढ़ घन्टे की देर थी। चश्माधारी महाशय एक बेंच पर बिस्तर फैलाकर लेट गए। दोनों महिलाएँ भी नीचे रखे हुए सामान के ऊपर बैठ गईं।

चश्माधारी सज्जन ने महेन्द्र से कहा, "आप भी किसी बेंच पर बिस्तर बिछाकर लेट जाइए।"

पर कोई बेंच खाली नहीं थी और न महेन्द्र सोने के लिए ही उत्सुक था। आज की रेलवे यात्रा की चन्द्रोज्ज्वल रात्रि उसे चिरजाग्रत तथा चिरजीवित स्वप्न-लोक में विचरण का अवसर दे रही थी। वह प्लेटफार्म पर टहलते हुए अपने अन्तर्मन में नवोद्घाटित जीवन-वैचित्र्य की चहल-पहल देखकर विस्मित हो रहा था। उसे ऐसा अनुभव हो रहा था कि वह जीवन की मधुरिमा से आज प्रथम बार परिचित हो रहा था। रेलवे लाइन के उस पार दिगन्त विस्तृत ज्योत्स्ना-राशि अपने आवेश में स्वयं पुलकित हो रही थी और सामने काफी दूर पर दो रक्तरंजित गोलाकार प्रकाश-चिह्न आकाश-दीप की तरह मानो आनन्दोज्ज्वल रंगीन जीवन का मार्ग उसके लिए इंगित कर रहे थे। रेलगाड़ी में होकर वह अनेक बार आया था और गया था और कितनी ही बार उसे रात के समय स्टेशनों पर गाड़ी के इन्तज़ार में ठहरना पड़ा था, पर आज की ऐन्द्रजालिक उल्लासपूर्ण अनुभूति उसके लिए एकदम नयी थी। इस बार इन्द्रजाल के उद्घाटन का श्रेय जिसको था, वह मायाविनी इस समय टीन की छत के नीचे की छाया में बैठी हुई थी और अंधकार में उसकी आँखों के जादू का चलना बन्द हो गया था। पर वहाँ पर केवल मात्र उसका अस्तित्व ही महेन्द्र की आत्मा में मायालोक की मोहकता का सृजन करने के लिये पर्याप्त था।

वह टहलते-टहलते न मालूम किन निरुद्देश्य स्वप्नों की माया के फेर में पड़ा हुआ था कि अचानक चश्माधारी महाशय ने बेंच पर से पुकारते हुए कहा, "जरे जनाब, कब तक टहलियेगा। अगर लेटना नहीं चाहते, तो यहाँ पर बैठ तो जाइये। नींद तो अब आवेगी नहीं। इसलिए गाड़ी के आने तक गप-शप ही रहे।" महाशयजी पहले ही काफी सो चुके थे इसलिए अब नींद नहीं आ रही थी। महेन्द्र मुस्कराता हुआ उनके पास अपने सूटकेस के ऊपर बैठ गया।

महाशयजी ने कहा, "आप दिल्ली में कहीं मुलाज़िम हैं ?"

"जी नहीं।"

"तब आप क्या करते हैं, आप खद्दर पहने हैं, क्या आप राजनीतिज्ञ हैं ?"

"पहले था, अब नहीं के बराबर हूँ।"

"वह कैसे ?"

इस प्रश्न के उत्तर में महेन्द्र ने परम क्लान्ति का भाव दिखाते हुए कहा, "अरे साहब, सुन के क्या कीजिएगा। व्यर्थ में आपके संस्कारों को आघात पहुँचेगा। इस चर्चा को हटाइए और किसी अच्छे विषय की चर्चा चलाइए।"

स्वभावतः चश्माधारी का कौतूहल बढ़ा। उन्होंने आग्रह के साथ कहा, "फिर भी जरा सुनें तो सही। आखिर कौन-सी ऐसी बात हो गई।"

महेन्द्र की सुप्त स्मृतियाँ तिलमिला उठी थीं। कनखियों से उसने देखा, प्रायः अन्धकार में बैठी हुई मायाविनी महिला का ध्यान उसी की ओर था। पल में उसके मानसिक चक्षुओं के आगे उसके सारे विगत जीवन के व्यर्थता के दुःखद संस्मरणों की झाँकी चित्रपट पर क्रम से परिवर्तित होनेवाले चित्रों की तरह भासमान होने लगी। भाव के आवेश में आकर उसने कहा, "अच्छा तो सुनिए। ग्यारह वर्ष से लेकर तीस वर्ष तक की अवस्था तक गान्धी के सिद्धान्तों के पीछे पागल होकर, भूखों रहकर, पग-पग ठोकरें खाकर, समाज तथा परिवार की फटकारें सहकर, जीवन के सब सुखों को अपने ध्येय के लिए तिलांजलि देकर, राष्ट्रीय आदर्श को ब्रह्मतत्त्व से भी अधिक महत्त्व देकर सच्ची लगन से अपनी सारी आत्मा को निमज्जित करके देश का काम किया। तीन बार काफ़ी अवधि के लिये जेल में सड़ता रहा, बार-बार पुलिस के डण्डे सर पर पड़ते रहे। जमीन-जायदाद कुर्क हो गई, माता-पिता अपनी कपूत संतान के कारण तबाह होकर मानसिक और शारीरिक पीड़ा की पराकाष्ठा भोग कर चल बसे, पत्नी तड़प-तड़पकर अपने भाग्य को कोसती हुई मर गई। फिर भी मैं राष्ट्र से कल्याण के परम ध्येय को स्त्री, परिबार, आत्मा और परमात्मा से बहुत ऊँचा मानता हुआ सच्ची लगन से काम करता रहा। जब अन्तिम बार जेलखाने में बन्दी मियाद पूरी करने के बाद थकामाँदा मन तथा शरीर से क्लिष्ट और क्लान्त होकर मैं बाहर आया, तब एक-एक करके उन स्नेही जनों की स्मृतियाँ मेरे मन में उदित हो-होकर व्यक्त करने लगीं, जिनकी मैं सदा अवज्ञा करता आया था। अपनी पत्नी से मैंने जीवन में शायद दो दिन भी घनिष्ठता से बातें न की होंगी। जब मैं बाहर रहता था, तो उसके पत्र बराबर मेरे पास

आते रहते थे और मैं सरसरी दृष्टि से पढ़कर अवज्ञा से फाड़कर फेंक देता था। एक या दो बार से अधिक मैंने उसके पत्रों का उत्तर नहीं दिया और दो बार जो उत्तर दिया था, वह भी चार पंक्तियों में बिल्कुल रूखे-सूखे ढंग से। अब जब मैं अपने को सारे संसार में अकेला, स्नेह तथा संवेदना से वंचित, असहाय तथा निरुपाय अनुभव करने लगा तो उसकी भोली-भाली, सकरुण, स्नेह की वेदना से भरी सहज सलोनी मूर्ति प्रतिपल मेरी आँखों के आगे भासित होने लगी। उसके पत्रों में सरल शब्दों में वर्णित कातर व्याकुलता के हाहाकार की पुकार मानो मेरी स्मृति के अतुल गह्वर में दीर्घ सुप्ति की घोर जड़ता के बाद अकस्मात् जागरित होकर मेरे हृदय पर जलते हुए अंगारों के गोलों से आघात करने लगी। अपने जीवन में कभी किसी बात पर नहीं रोया था। माता-पिता तथा पत्नी, किसी की मृत्यु पर आँसू की एक बूंद मेरी आँखों से न निकली थी। अब रह-रहकर उन लोगों की याद में बिलख-बिलखकर मैं बार-बार रो पड़ता। मेरी स्नेहशीलता पतिपरायण पत्नी की करुण पुण्यछवि उज्ज्वल नक्षत्र की तरह मेरी आँखों के आगे स्पष्ट भासमान होने लगी। रह-रहकर मेरा जी विकल हो उठता था और मुझे ऐसा प्रतीत होने लगता, जैसे मेरे हृदय में किसी के निष्कलंक सुकुमार प्राणों की पैशाचिक हत्या का अपराध पाषाण-भार की तरह पड़ा हो। बहुत दिनों तक इस नृशंस अपराध की भयंकर अनुभूति का भूत मेरी आत्मा को अत्यन्त निष्ठुरता से दबाता रहा। अब भी यह भौतिक आतंक कभी-कभी मेरे मन में जागरित हो उठता है। फिर भी अब मैंने अपने मन को बहुत समझा लिया है और जीवन की एक नयी दृष्टि से नये रूप में देखने लगा हूँ और साधारण से साधारण घटना भी कभी-कभी मेरे मन में एक अलौकिक आनन्द का आश्चर्य उत्पन्न करने लगती है। किसी स्त्री को देखते ही अब मेरे हृदय में एक श्रद्धा-पूर्ण उत्सुकता का भाव जाग पड़ता है। ऐसा मालूम होने लगता है, जैसे अपने जीवन में पहले स्त्री को देखा भी न हो, अब पहली बार इस आनन्ददायिनी रहस्यमयी जाति के अस्तित्व का अनुभव मुझे हुआ हो।"

महेन्द्र का लम्बा लेक्चर समाप्त होते ही चश्माधारी सज्जन 'हाः हाः' करके ठठाकर हंसते हुए बोले, "आप भी बड़े मजे के आदमी हैं। खूब!" यह कहकर वह बेंच पर आराम से लेट गए और उन्होंने आँखें बन्द कर लीं। थोड़ी देर

बाद वह जोरों से खर्राटे लेने लगे।

एक लम्बी साँस लेते हुए महेन्द्र ने प्रायः अंधकार में अस्पष्ट झलकती हुई गुलाबी साड़ी की ओर देखा। दो आँखों की मार्मिक दृष्टि से तीव्र मोहकता उस अर्द्ध अन्धकार में भी विस्मित वेदना की उत्सुक उज्ज्वल रेखाओं को विकीरित कर रही थी। महेन्द्र पुलक-विह्वल होकर मन्त्र-मुग्ध सा बैठा रहा।

घंटी बजी, दिल्ली को जानेवाली गाड़ी के आने की सूचना देते हुए सिगनल डाउन हुआ। सामने रक्त आकाश-द्वीप के बदले हरे रंग का प्रकाश जल उठा। यह हरित आलोक महेन्द्र के मानस-पट में साड़ी के गुलाबी रंग के साथ मिलकर एक स्निग्ध-शुचि सौन्दर्य-लोक का सृजन करने लगा।

थोड़ी देर में दूर ही से गाड़ी का सर्चलाइट दिखायी दिया। चश्माधारी महाशय महेन्द्र के जगाने पर फड़फड़ाते हुए उठे। कुलियों ने सामान संभाल लिया। भक-भक करती हुई गाड़ो प्लेटफ़ार्म पर आ लगी। बड़ी भीड़ थी। चश्माधारी सज्जन को महिलाओं के साथ कुली लोग इंजन को उल्टी ओर बहुत दूर तक ले गये। कहीं स्थान न पाकर अन्त में एक डिब्बे में जबर्दस्ती घुस गये। महेन्द्र भी उन लोगों के साथ-साथ जा रहा था पर जिस डिब्बे में वे लोग घुसे, उस डिब्बे में स्थान का निपट अभाव देखकर वह विवश होकर एक दूसरे डिब्बे में चला गया। वहाँ भी काफ़ी भीड़ थी। किसी प्रकार उसने अपने बैठने के लिए थोड़ा-सा स्थान बनाया।

गार्ड ने सीटी दी। गाड़ी चल पड़ी। महेन्द्र के मस्तिष्क में नाना अस्पष्ट भावनाएँ चक्कर काटने लगीं। दो दिन उसे नींद नहीं आयी थी। आज भो वह अभी तक सो नहीं पाया। इसलिए सोचते-सोचते वह ऊँघने लगा। ऊँघते हुए उसने देखा कि गुलाबी रङ्ग की साड़ी द्रौपदी के चीर की तरह फैलती हुई अकारण सारे आकाश में छा गई है। सहसा दो स्थानों पर वह गगनव्यापी साड़ी फटी और उन दो छिद्रों से होकर दो वेदनाशील, तीक्ष्ण, उज्ज्वल आँखें तीर की तरह प्रखर वेग से उसकी ओर धावित होकर एक रूप में मिलकर एक बड़ी आँख के आकार में परिणत हो गईं। वह बड़ी आँखें उसके शरीर को छेद-कर उसके हृत्पिण्ड को छूकर फिर ऊपर आकाश की ओर तीर की तरह छूटी और आकाश में फैली हुई गुलाजी साड़ी में जा लगी और फटकर फिर से दो सुन्दर, किन्तु करुणा-विकल आँखों के आकार में विभक्त हो गईं।

टूंडला स्टेशन पर गाड़ी ठहरने पर महेन्द्र पूर्णतः सचेत होकर बैठ गया। चश्माधारी महाशय दोनों महिलाओं को साथ लेकर कम्पार्टमेंट से बाहर उतरे और सामान को कुलियों के हवाले करके उनके साथ बाहर फाटक की ओर चले। महेन्द्र ने अपने कम्पार्टमेंट में अपनी विश्वविजयिनी को देखा। वह इस उत्सुकता में था कि एक बार अन्तिम समय के लिए दोनों की आँखें चार हो जावें, पर न हुईं और गुलाबी साड़ी से आवृत्त सजीव प्रतिभा व्यस्त विह्वल सी आगे को निकल गई।

टूंडला से गाड़ी छूटने पर महेन्द्र के कानों में चश्माधारी सज्जन के ठठाकर हँसने का शब्द गूंजने लगा। उसके अदृष्ट की चिर व्यंग पुकार मानो बार-बार कहती थी—हाः हाः ! आप भी बड़े मजे के आदमी हैं : खूब !

•

इन्स्टालमेंट | भगवतीचरण वर्मा

चाय का प्याला मैंने होंठों से लगाया ही था कि मुझे मोटर का हार्न सुनाई पड़ा। बरामदे में निकल कर मैंने देखा, चौधरी विश्वम्भरसहाय अपनी नई शेवरले सिक्स पर बैठे हुए बड़ी निर्दयता से एलेक्ट्रिक हार्न बजा रहे हैं। मुझे देखते ही वह "हालो, गुड ईवनिंग, सुरेश!"—कहकर कार से उतर पड़े।

"गुड ईवनिंग, चौधरी साहब! अभी चाय पीने बैठा ही था। बड़े मौके से आये।"

चौधरी विश्वभरसहाय गठे बठन के लम्बे से युवक थे। उम्र करीब पच्चीस वर्ष की थी। रंग साँवला, चेहरा लम्बा और मुख की बनावट बहुत सुन्दर। बाल बीच से खिंचे हुए, कलम कान के नीचे तक और दाढ़ी-मूंछ साफ। चेहरे पर पाउडर और क्रीम की एक हलकी सी अस्पष्ट तह। वह धारीदार सिल्क की शेरवानी पहने थे और उनकी टोपी, जिसे वह हाथ में लिये थे, उसी कपड़े की थी। गरारेदार पाजामा; पैर से मोजा नदारद, लेकिन पेटेण्ट लेदर का ग्रीशियन पम्प।

चौधरी विश्वभरसहाय के पिता चौधरी हरसहाय अवध के एक छोटे-मोटे ताल्लुकेदार थे। विश्वभरसहाय अपने पिता की एकमात्र सन्तान थे, लेकिन लड़ कर प्रयाग चले आये थे। पिता और पुत्र के स्वभाव में काफी समता होते हुए भी हलकी-हलकी बातों में आपस में गहरा मतभेद रहता था। चौधरी हरसहाय और चौधरी विश्वम्भरसहाय शराब में बराबर रुपया खर्च करते, लेकिन जहाँ पिता महुए के ठर्रे की सवा बोतल पी जाते थे, वहाँ पुत्र ह्विस्की के दो पेगों से सन्तुष्ट हो जाया करते थे। न पिता वेश्यागामी थे, न पुत्र। केवल, पिता रिया-

सत की कुछ जवान बारिनों और चमारिनों पर दस-पन्द्रह रुपया महीना खर्च कर दिया करते थे, तो पुत्र नगर में 'सोसायटी गर्ल्स' की दावत पर तथा उनकी खेल-तमाशे दिखलाने में दस-पन्द्रह रुपया महीना खर्च कर दिया करते थे। पिता और पुत्र दोनों को ही राजनीति से रुचि थी, लेकिन जहाँ पिता अमन-सभा के सभापति थे, वहाँ पुत्र कभी-कभी खद्दर पहन कर काँग्रेस-मंच से व्याख्यान दिया करते थे।

परिणाम स्पष्ट था ! एक दिन पुत्र ने पिता को बाग में भूसा भरने वाली कोठरी में बन्द कर दिया और गाँव में फिर वापस न आने की कसम खाकर शहर की राह पकड़ी। बारह घण्टे तक गुम रहने के कारण काफी छान-बीन करने के बाद चौधरी हरसहाय उस भूसेवाली कोठरी से बरामद किये गये।

अपने पुत्र की नालायकी पर चौधरी हरसहाय बहुत क्रोधित हुए और उन्होंने अपना पिस्तौल निकाला। पति का यह उग्र रूप देखकर चौधराइन साहिबा, अर्थात् चौधरी हरसहाय की पत्नी या चौधरी विश्वम्भर सहाय की माता ने स्वरों के साथ रोना आरम्भ किया। शायद पत्नी का अकेले रोना चौधरी साहब को बुरा लगा, इसलिए उन्होंने भी अपनी पत्नी के स्वर में अपना स्वर मिलाया। उसके बाद दोनों गले मिले।

प्रयाग आकर चौधरी विश्वभरसहाय ने सिविल लाइन्स में एक काटेज किराये पर ली। घर से चलते समय वह काफी रुपये साथ ले आये थे, फिर उनकी माता भी किसी न किसी प्रकार घर का खर्च काट-कूटकर दो-तीन सौ रुपया पुत्र को भेज दिया करती थी।

"यार सुरेश तीन सौ रुपये आज शाम तक चाहिए। आज दिन भर शहर की गली-गली छान डाली, लेकिन कहीं इन्तजाम न हो सका। आखिर में हार कर तुम्हारा दरवाजा देखना पड़ा।"

मैं मुसकराया—"बस, इतनी सी बात है ! अभी लो !"—चाय का प्याला चौधरी साहब के सामने बढ़ाते हुए मैंने कहा। कुछ रुककर मैंने फिर पूछा—"आखिर ऐसी क्या जरूरत आ पड़ी ?"

"यार यह न पूछो !"

"क्या कहीं से कुछ फरमाइश तो नहीं हुई है—?" मैंने भेदभरी दृष्टि डालते हुए पूछा।

"नहीं, फरमाइश नहीं हुई है, इसका मैं तुम्हें यकीन दिलाता हूँ।"—सकपकाते हुए चौधरी साहब ने कहा।

मैं ताड़ गया कि दाल में काला है।—"देखो चौधरी साहब, गनो मत, ठीक-ठीक बतला दो। रुपया मुझसे ही लेंना है।"—हँसते हुए मैंने कहा।

"भाई' कल कार का 'इन्स्टालमेंट' देना है, बस इतनी-सी बात है।"

"आखिर तुम्हें यह क्या सूझी जो कार खरीद बैठे, जब तुम्हारे रोज के खर्च ही मुश्किल से चलाये चलते हैं ?"—मैंने पूछा।

"यार उस दिन फँस ही गये—अब क्या किया जाय।"

"किस दिन ?"

"अच्छा, तो जो बात अभी तक किसी को नहीं बतलाई, वह तुम्हें बतलानी ही पड़ गई। तो सुनो ! अभी तीन महीने की बात है। भुवन के बड़े भाई आये थे, उनसे मिलने के लिए मैं सुबह उनके बँगले पर पहुँचा। ताँगा मैंने बँगले पर पहुँचते ही छोड़ दिया, क्योंकि काफी लोग इकट्ठा थे और मेरा ख्याल था कि जल्दी छुट्टी न मिलेगी। मेरा अनुमान गलत भी न था। खा-पीकर करीब बारह बजे फ़ुर्सत मिली !

"मुझे एक काम से चौक जाना था। मैंने भुवन से ताँगा मँगवाने को कहा तो मालूम हुआ कि नौकर बीमार है। यह सोचकर कि बाहर निकल कर कोई सवारी ले लूंगा, मैं भुवन के बँगले से चल पड़ा। भाई सुरेश जानते ही हो कि बरसात की धूप कितनी कड़ी होती है। ठीक दोपहर—जमीन जल रही थी और खोपड़ी चटकी जा रही थी। फाटक के बाहर आकर मैं एक पेड़ की छाया में खड़ा हो गया और सवारी की प्रतीक्षा करने लगा।

"मैं करीब आध घण्टे वहाँ खड़ा रहा, लेकिन कोई खाली ताँगा न निकला। तबीयत परेशान हो गई। मेरा बँगला वहाँ से करीब दो मील की दूरी पर था। पैदल चलने के ख्याल से ही आँखों के आगे अँधेरा छा जाता था। कुछ समझ में न आ रहा था कि क्या करूँ। अन्त में मैंने यह तय किया कि यदि दस मिनट में कोई सवारी नहीं आती, तो जान पर खेलकर घर तक का रास्ता पैदल ही नापूँगा।

"दस मिनट भी हो गये; पर सवारी का पता नहीं। अब मैंने चलने के लिए कमर बाँधी। पैर उठाया ही था कि इक्के की घड़घड़ाहट मुझे सुनाई दी। पीछे

मुड़कर देखा, तो एक खाली इक्का चला आ रहा था।

मैं रुक गया। सुरेश सच कहता हूँ कि उस इक्के को देखकर जान में जान आयी। लेकिन उस इक्के की बाबत यहाँ कुछ बतला देना आवश्यक होगा। मेरा यह ख्याल है कि वह इक्का गदर के पहले बना होगा, क्योंकि इतनी पुरानी लकड़ी की चीज मैंने कभी न देखी थी। पहिये छोटे-छोटे, जिन पर लोहे का हाल चढ़ा हुआ था, धुरे से निकलने की लगातार कोशिश कर रहे थे, लेकिन निकल न पाते थे; क्योंकि लोहे की एक-एक कील उनको रोक रही थी। इसलिए शायद उन कीलों से लड़ने के समय कभी-कभी एक कर्कश आवाज कर देते थे। इक्के की छत बेर-बेर चारों तरफ हिल-डुलकर अपने बुढ़ापे को प्रकट कर रही थी। छत के तीन डण्डे तो मौजूद थे, लेकिन चौथे के जवाब दे देने के कारण बाँस का डण्डा लगाया गया था। बाकी तीन डण्डों में भी काफी मरहम-पट्टी हो चुकी थी। उस इक्के पर एक गद्दा बिछा था, जिसके ऊपर का कपड़ा फट गया था और रुई हवा में उड़कर दुनिया में घूमने-फिरने की सोच रही थी।

"उस इक्के में जो घोड़ी जुती हुई थी, वह करीब साढ़े तीन फीट ऊँची, पाँच फीट लम्बी, एक फीट चौड़ी होगी। उसकी एक-एक हड्डी गिनी जा सकती थी। वह कभी-कभी रुककर सुस्ताने का प्रयत्न भी कर लेती थी। इक्केवान करीब सत्तर वर्ष के बुजुर्गवार थे, जिनकी दाढ़ी काफी लम्बी थी और सन की तरह सफेद। कमर झुकी हुई और दाँत नदारद। उनके एक हाथ में चाबुक था और एक हाथ में घोड़ी की रास। वह उस समय शायद अफीम की पिनक में ऊँघ रहे थे।

"सुरेश ! तबीयत तो न हुई कि उस पर बैठूं, लेकिन मरता क्या न करता ! मैं चलते इक्के पर ही उचककर बैठ गया। घोड़ी ने अन्दाज लिया कि इक्के पर बोझ अधिक हो गया और वह विरोध-रूप में खड़ी हो गई। इक्के के खड़े होने के साथ ही जो झटका लगा, तो बड़े मियाँ ने आँखें खोल दीं। एक ही साँस में घोड़ी को माँ-बहिन की गालियाँ देते हुए चार-पाँच चाबुक फटकार गए। घोड़ी को चलना पड़ा। इसके बाद उन्होंने मुझे देखा।

"बाबूजी सलाम !—कहाँ चलना होगा !"

"बस सीधे चलो"—मैंने कहा, क्योंकि मेरा बँगला उसी सड़क पर था।

"थोड़ी दूर चलने के बाद एक ताँगा मेरी दाहिनी ओर से आगे बढ़ा। मैंने

देखा कि उस ताँगे पर दो स्त्रियाँ बैठी थीं। उन दोनों को तुम भी जानते हो—प्रभा और कमला। ये दोनों जब मैं युनिवर्सिटी में था, मेरे साथ पढ़ती थीं। इधर इन दिनों इन दोनों से मेरी दोस्ती कुछ थोड़ी सी गहरी हो रही थी। सुरेश, क्या कहूँ, इनको देखते ही मेरा चेहरा पीला पड़ गया, कलेजा धक् से हो गया। अगर इन्होंने मुझे इस इक्के पर देख लिया तो ?····एकदम मैंने अपना मुंह उधर से फेर लिया।

"लेकिन बदकिस्मती से मैं ही अकेला उस इक्के पर था। अगर और सवारियाँ होतीं, तो शायद मैं छिप भी जाता। ताँगा तेजी के साथ बढ़ा जा रहा था, लेकिन एकाएक धीमा हो गया। मैं उस समय पीछे देख रहा था। मैंने सोचा कि ताँगा चाहे लाख धीमा किया जाय, मेरे इक्के को नहीं पा सकता। यह सोचकर मैंने संतोष की गहरी साँस ली। लेकिन एकाएक ताँगा रुक गया और प्रभा तथा कमला दोनों ही ज़ोर से खिलखिलाकर हँस पड़ीं।

"सुरेश तुम नहीं जान सकते, उस वक्त मेरी क्या हालत थी। लज्जा और क्रोध से मेरे मुख का रंग बेर-बेर बदल रहा था। दिल में तरह-तरह के ख्याल आ रहे थे, कभी तबीयत होती थी कि इस इक्केवाले की जान ले लूं, कभी अपनी ही जान लेने की सोचता था। फिर कभी उन दोनों का गला घोंट देने की तबीयत होती थी। लेकिन मैंने अपना मुंह सामने न किया, न किया। मैंने भी इक्केवाले से कहा—इक्का रोक दो। लेकिन काफ़ी देर तक ताँगे ने चलने का नाम न लिया, तो मुझे मजबूरन इक्केवाले से कहना पड़ा—'इक्का मोड़ लो।' और मैं जहाँ से चला था, वहीं लौट आया।

"इतना अपमानित मैं जीवन में कभी न हुआ था। मैंने तय कर लिया कि मैं इन दोनों को दिखला दूंगा कि मेरे पास कार है और इस प्रकार मैं अपने आत्म-सम्मान पर लगे हुए धब्बे को धो दूंगा। उसी दिन शाम को मैंने यह कार ले ली। पास में रुपया न था, इसलिए, 'इन्स्टालमेंट सिस्टम' पर यह कार लेनी पड़ी।"

मैं हँस पड़ा—"अच्छा ! इस तरह से कार आयी। खैर, कार तो आ गई।"

"चौधरी विश्वम्भर सहाय ने चाय का दूसरा प्याला बनाते हुए कहा—"यार सुरेश ! यह कार मैं नहीं रख सकता ! अपना खर्च चलाना ही मुश्किल पड़ रहा

पड़ रहा है, कार तो एक बला पीछे लगी। लेकिन क्या करूँ, मजबूर हूँ। जिस दिन से कार ली है, उस दिन से उन दोनों की शकल ही नहीं दिखलाई दी। आज दो महीने से दिन-रात कार पर चक्कर लगा रहा हूँ। शहर की हर एक सड़क छान डाली और उनके मकान के तो न जाने कितने चक्कर लगा डाले, सिर्फ इसलिए कि वे मुझे कार पर कहीं देख लें लेकिन न जाने कहाँ गायब हो गईं कि उनका पता ही नहीं लगता। जिस दिन उन्होंने यह कार देखी, उसके दो-चार दिन बाद ही मैं यह कार बेच दूंगा। बाबा, मैं कार से बाज़ आया। अच्छा, अब 'इन्स्टालमेण्ट' के लिए रुपया तो निकालो।"

●

मक्रील | यशपाल

गर्मी का मौसम था। 'मक्रील' की सुहावनी पहाड़ी। आबोहवा में छुट्टी के दिन बिताने के लिये आयी सम्पूर्ण भद्र जनता खिचकर मोटरों के अड्डे पर, जहाँ पंजाब से आनेवाली सड़क की गाड़ियाँ ठहरती हैं—एकत्र हो रही थी। सूर्य पश्चिम की ओर देवदारों से छाई पहाड़ी की चोटी के पीछे सरक गया था। सूर्य का अवशिष्ट प्रकाश चोटी पर उगे देवदारों से ढकी आक की दीवार के समान जान पड़ता था।

ऊपर आकाश में मोर-पूंछ के आकार में दूर-दूर तक सिन्दूर फैल रहा था। उस गहरे अर्गवनी रंग के पर्दे पर ऊँची, काली चोटियाँ निश्चल, शान्त और गंभीर खड़ी थीं। संध्या के झीने अँधेरे में पहाड़ियों के पार्श्व के वनों से पक्षियों का कलरव तुमुल परिमाण में उठ रहा था। वायु में चीड़ की तीखी गन्ध भर रही थी। सभी ओर उत्साह उमंग और चहल-पहल थी। भद्र महिलाओं और पुरुषों के समूह राष्ट्र के मुकुट को उज्ज्वल करने वाले कवि के सम्मान के लिए उतावले हो रहे थे।

यूरोप और अमरीका ने जिसकी प्रतिभा का लोहा मान लिया, जो देश के इतने अभिमान की सम्पत्ति है, वही कवि 'मक्रील' में कुछ दिन स्वास्थ्य सुधारने के लिए आ रहा है। मक्रील में जमी राष्ट्र-अभिमानी जनता पलकों के पाँवड़े डाल, उसकी अगवानी के लिए आतुर हो रही थी।

पहाड़ियों की छाती पर खिची धूसर लकीर-सी सड़क पर दूर धूल का एक बादल-सा दिखलाई दिया। जनता की उत्सुक नजरें और उँगलियाँ उस ओर उठ गईं। क्षण भर में धूर के बादल को फाड़ती हुई काले रंग की एक गतिमान

वस्तु दिखाई दी। वह एक मोटर थी। आनन्द की हिलोर से जनता का समूह लहरा उठा। देखते-ही-देखते मोटर आ पहुँची।

जनता की उन्मत्तता के कारण मोटर को दस कदम पीछे ही रुक जाना पड़ा—'देश के सिरताज की जय !', 'सरस्वती के वरद पुत्र की जय !' 'राष्ट्र के मुकुट-मणि की जय !', के नारों से पहाड़ियाँ गूंज उठीं।

मोटर फूलों से भर गई। बड़ी चहल-पहल के बाद जनता से घिरा हुआ, गजरों के बोझ से गर्दन झुकाए, शनैः शनै कदम रखता हुआ मक़ील का अतिथि मोटर के अड्डे से चला।

उत्साह से बावली जनता विजयनाद करती हुई आगे-पीछे चल रही थी। जिन्होंने कवि का चेहरा देख पाया वे भाग्यशाली विरले ही थे। 'धवलगिरि' होटल में दूसरी मंजिल पर कवि को टिकाने की व्यवस्था की गई थी। वहाँ उसे पहुँचा, बहुत देर तक उसके आराम में व्याघात कर, जनता अपने स्थान को लौट आई।

क्वार की त्रयोदशी का चन्द्रमा पार्वत्य प्रदेश के निर्मल आकाश में ऊँचा उठ, अपनी शीतल आभा से आकाश और पृथ्वी को स्तम्भित किए था। उस दूध की बौछार से 'धवलगिरि' की हिमधवल दोमंजिली इमारत चाँदी की दीवार-सी चमक रही थी। होटल के आँगन की फुलवारी में खूब चाँदनी थीं, परन्तु उत्तर-पूर्व के भाग में इमारत के बाज़ू की छाया पड़ने से अँधेरा था। बिजली के प्रकाश से चमकती खिड़कियों के शीशों और पर्दों के पीछे से आनेवाली मर्मर-ध्वनि तथा नौकरों के चलने-फिरने की आवाज़ के अतिरिक्त सब शान्त था।

उस समय इस अँधेरे बाज़ू के नीचे के कमरे में रहनेवाली एक युवती फुल वारी के अन्धकारमय भाग में एक सरो के पेड़ के समीप खड़ी दूसरी मंज़िल की पुष्प-तोरणों से सजी उन उज्ज्वल खिड़कियों की ओर दृष्टि लगाए थी, जिनमें सम्मानित कवि को ठहराया गया था।

वह युवती भी उस आवेगमय स्वागत में सम्मिलित थी। पुलकित हो उसने भी 'कवि' पर फूल फेंके थे। जयनाद भी किया था। उस घमासान भीड़ में समीप पहुँच, एक आँख कवि को देख लेने का अवसर उसे न मिला था। इसी साध को मन में लिये उस खिड़की की ओर टकटकी लगाये खड़ी थी। काँच पर कवि के शरीर की छाया उसे जब-तब दिखाई पड़ जाती।

स्फूर्तिप्रद भोजन के पश्चात् कवि ने बरामदे में आ काले पहाड़ों के ऊपर चन्द्रमा के मोहक प्रकाश को देखा। सामने सँकरी-धुंधली घाटी में बिजली की लपक की तरह फैली हुई मक्रील की धारा की ओर उसकी नजर गई। नदी के प्रवाह की घरघराहट को सुन, वह सिहर उठा। कितने ही क्षण मुँह उठाए वह मुग्ध-भाव से खड़ा रहा। मक्रील नदी के उद्दाम प्रवाह को उस उज्ज्वल चाँदनी में देखने की इच्छा से कवि की आत्मा व्याकुल हो उठी। आवेश और उन्मेष का वह पुतला सौन्दर्य के इस आह्वान की उपेक्षा न कर सका।

सरो वृक्ष के समीप खड़ी युवती पुलकित भाव से देश-कीर्ति के उस उज्ज्वल नक्षत्र को प्यासी आँखों से देख रही थी। चाँद के धुंधले प्रकाश में इतनी दूर से उसने जो भी देख पाया, उसी से सन्तोष की साँस ले, उसने श्रद्धा से सिर नवा दिया। इसे ही अपना सौभाग्य समझ वह चलने को थी कि लम्बा ओवरकोट पहने छड़ी हाथ में लिये, दाईं ओर के जीने से कवि नीचे आता दिखाई पड़ा। पल भर में कवि फुलवारी में आ पहुँचा।

फुलवारी में पहुँचने पर कवि को स्मरण हुआ, ख्यातनामा मक्रील नदो का मार्ग तो वह जानता ही नहीं। इस अज्ञान की अनुभूति से कवि ने दायें-बायें सहायता की आशा से देखा। समीप खड़ी एक युवती को देख, भद्रता से टोपी छूते हुए उसने पूछा, "आप भी इसी होटल में ठहरी हैं !"

सम्मान से सिर झुकाकर युवती ने उत्तर दिया—"जी हाँ !"

झिझकते हुए कवि ने पूछा—"मक्रील नदी समीप ही किस ओर है, यह शायद आप जानती होंगी !"

उत्साह से कदम बढ़ाते हुए युवती बोली—"जी हाँ, यही सौ कदम पर पुल है।" और मार्ग दिखाने के लिये वह प्रस्तुत हो गई।

युवती के खुले मुख पर चन्द्रमा का प्रकाश पड़ रहा था। पतली भँवों के नीचे बड़ी-बड़ी आँखों में मक्रील की उज्ज्वलता झलक रही थी।

कवि ने संकोच से कहा—"न न आपको व्यर्थ कष्ट होगा।"

गौरव से युवती बोली—"कुछ भी नहीं—यही तो है, सामने !"

....उजली चाँदनी रात में....संगमरमर की सुघड़, सुन्दर, सजीव मूर्ति-सा युवती....साहसमयी, विश्वासमयी मार्ग दिखाने चली....सुन्दरता के याचक कवि को। कवि की कविता वीणा के सूक्ष्म तार स्पन्दित हो उठे....सुन्दरता स्वयं

अपना परिचय देने चली है··· सृष्टि सौन्दर्य के सरोवर की लहर उसे दूसरी लहर में मिलाने ले जा रही है—कवि ने सोचा !

सौ क़दम पर मक़ील का पुल था। दो पहाड़ियों के तंग दर्रे में से उद्दाम वेग और घनघोर शब्द से बहते हुए जल से ऊपर तारों के रस्सों में झूलता हल्का-सा पुल लटक रहा था। वे दोनों पुल के ऊपर जा खड़े हुए। नीचे तीव्र वेग से लाखों-करोड़ों पिघले हुए चाँद बहते चले जा रहे थे, पार्श्व की चट्टानों से टकराकर वे फेनिल हो उठते। फेनराशि से दृष्टि न हटा, कवि ने कहा—"सौन्दर्य उन्मत्त हो उठा है।" युवती को जान पड़ा, मानो प्रकृति मुखरित हो उठी है।

कुछ क्षण पश्चात् कवि बोला—"आवेग में ही सौन्दर्य का चरम विकास है। आवेग निकल जाने पर केवल कीचड़ रह जाता है।

युवती तन्मयता से उन शब्दों को पी रही थी। कवि ने कहा "अपने जन्म-स्थान पर मक़ील न इतनी वेगवती होगी, न इतनी उद्दाम। शिशु की लटपट चाल से वह चलती होगी, समुद्र में पहुँच वह प्रौढ़ता की शिथिल गम्भीरता धारण कर लेगी।"

"अरी मक़ील ! तेरा समय यही है। फूल न खिल जाने से पहले इतना सुन्दर होता है और न तब जब उसकी पंखुड़ियाँ लटक जायें। उसका असली समय वही है, जब वह स्फुटोन्मुख हो। मधुमाखी उसी समय उस पर निछावर होने के लिए मतवाली हो उठती है !" एक दीर्घ निःश्वास छोड़, आँखें झुका, कवि चुप हो गया।

मिनट पर मिनट गुजरने लगे। सर्द पहाड़ी हवा के झोंके से कवि के वृद्ध शरीर को समय का ध्यान आया। उसने देखा, मक़ील की फेनिल श्वेतता युवती की सुघड़ता पर विराज रही है। एक क्षण के लिये कवि 'घोर शब्दमयी प्रवाहमयी' युवती को भूल, मूक युवती का सौन्दर्य निहारने लगा। हवा के दूसरे झोंके से सिहरकर कर बोला, "समय अधिक हो गया है, चलना चाहिए।"

लौटते समय मार्ग में कवि ने कहा—"आज त्रयोदशी के दिन यह शोभा है। कल और भी अधिक प्रकाश होगा। यदि असुविधा न हो, तो क्या कल भी मार्ग दिखाने आओगी ?" और स्वयं ही संकोच के चाबुक की चोट खाकर वह हँस पड़ा।

युवती ने दृढ़तापूर्वक उत्तर दिया—"अवश्य।"

सर्द हवा से कवि का शरीर ठिठुर गया था। कमरे की सुखद उष्णता से उसकी जान में जान आयी, भारी कपड़े उतारने के लिए वह परिधान की मेज के सामने गया। सिर से टोपी उतार उसने ज्योंही नौकर के हाथ में दी, बिजली की तेज रोशनी से सामने आईने में दिखाई पड़ा, मानों उसके सिर के बालों पर राज ने चूने से भरी कूची का एक पोत दे दिया हो और धूप में सुखाए फल के समान झुर्रियों से भरा चेहरा।

नौकर को हाथ के संकेत से चले जाने को कह, वह दोनों हाथों से मुँह ढंक कुर्सी पर गिर-सा पड़ा। मुंदी हुई पलकों में से उसे दिखाई दिया—चाँदनी में संगमर्मर की उज्ज्वल मूर्ति का सुघड़ चेहरा, जिस पर यौवन की पूर्णता छा रही थी, मक्रील का उन्माद भरा प्रवाह! कवि की आत्मा चीख उठी—यौवन! यौवन!!

ग्लानि की राख के नीचे बुझती चिनगारियों को उमंग के पंखे से सजग कर, चतुर्दशी की चाँदनी में मक्रील का नृत्य देखने के लिए कवि तत्पर हुआ। घोषमयी मक्रील को कवि के यौवन से कुछ मतलब न था, और 'मूक मक्रील' ने पूजा के धूप-दीप के धूम्रावरण में कवि के नख-शिख को देखा ही न था। इसलिये वह दिन के समय संसार की दृष्टि से बचकर अपने कमरे में ही पड़ा रहा। चाँदनी खूब गहरी हो जाने पर मक्रील के पुल पर जाने के लिए वह शंकित हृदय से फुलवारी में आया। युवती प्रतीक्षा में खड़ी थी।

कवि ने धड़कते हुए हृदय से उसकी ओर देखा—आज शाल के बदले वह शुतरी रंग का ओवरकोट पहने थी, परन्तु उस गौर, सुघड़ नख-शिख को पहचानने में भूल हो सकती थी!

कवि ने गद्गद स्वर में कहा—"ओहो! आपने अपनी बात रख ली परन्तु इस सर्दी में कुसमय! शायद उसके न रखने में ही अधिक बुद्धिमानी होती। व्यर्थ कष्ट क्यों कीजिएगा?····आप विश्राम कीजिए।"

युवती ने सिर झुका उत्तर दिया—"मेरा अहोभाग्य है, आपका सत्संग पा रही हूँ।"

कंटकित स्वर से कवि बोला—"सो कुछ नहीं, सो कुछ नहीं।"

पुल के समीप पहुँच कवि ने कहा—"आपकी कृपा है, आप मेरा साथ दे रही हैं।····संसार में साथी बड़ी चीज है।" मक्रील की ओर संकेत कर, "यह

देखिए, इसका कोई साथी नही, इसलिये हाहाकार करती साथी की खोज में दौड़ती चली जा रही है।"

स्वयं अपने कथन की तीव्रता के अनुभव से संकुचित हो हंसने का असफल प्रयत्न कर, अप्रतिभ हो, वह प्रवाह की ओर दृष्टि गड़ाए खड़ा रहा। आँखें बिना ऊपर उठाये ही उसने धीरे-धीरे कहा—"पृथ्वी की परिक्रमा कर आया हूँ....कल्पना में सुख की सृष्टि कर जब मैं गाता हूँ, संसार पुलकित हो उठता है। काल्पनिक वेदना के मेरे आर्तनाद को सुन संसार रोने लगता है। परन्तु मेरे वैयक्तिक सुख-दुःख से संसार का कोई सम्बन्ध नहीं। मैं अकेला हूँ। मेरे सुख को बाँटनेवाला कहीं कोई नहीं, इसलिए वह विकास न पा, तीव्र दाह बन जाता है। मेरे दुःख का दुर्दम वेग असह्य हो जब उछल पड़ता है, तब भी संसार उसे विनोद का ही साधन समझ बैठता है। मैं पिंजरे में बन्द बुलबुल हूँ। मेरा चहकना संसार सुनना चाहता है। मैं सुख से पुलकित हो गाता हूँ, या दुःख से रोता हूँ, इसकी चिंता किसी को नहीं....

"काश जीवन में मेरे सुख-दुःख का कोई अवलम्ब होता। मेरा कोई साथी होता! मैं अपने सुख-दुःख का एक भाग उसे दे, उसकी अनुभूति का भाग ग्रहण कर सकता। मैं अपने इस निस्सार यश को दूर फेंक संसार का जीव बन जाता।"

कवि चुप हो गया। मिनट पर मिनट बीतने लगे। ठंडी हवा से जब कवि का बूढ़ा शरीर सिहरने लगा, दीर्घ निःश्वास ले उसने कहा—"अच्छा, चलें।"

द्रुत वेग से चली जाती जलराशि की ओर दृष्टि किये युवती कम्पित स्वर में बोली—"मुझे अपना साथी बना लीजिये।"

मक्रील के गम्भीर गर्जन में विडम्बना की हँसी का स्वर मिलाते हुए कवि बोला—"तुम्हें?" और चुप रह गया।

शरीर काँप उठने के कारण पुल के रेलिंग का आश्रय ले, युवती ने लज्जा-विजड़ित स्वर में कहा—"मैं यद्यपि तुच्छ हूँ...."

"न-न-न, यह बात नहीं"—कवि सहसा रुककर बोला, "उलटी बात.... हाँ, अब चलें।"

फुलवारी में पहुँच कवि ने कहा, "कल...." परन्तु बात पूरी कहे बिना ही वह चला गया।

× ×

अपने कमरे में पहुँचकर सामने आइने की ओर दृष्टि न करने का वह जितना ही यत्न करने लगा, उतना ही स्पष्ट अपने मुख का प्रतिबिम्ब उसके सम्मुख आ उपस्थित होता। बड़ी बेचैनी में कवि का दिन बीता। उसने सुबह हो एक तौलिया आईने पर डाल दिया और दिन भर कहीं बाहर न निकला।

दिन भर सोच और जाने क्या निश्चय कर सन्ध्या समय कवि पुनः तैयार हो फुलवारी में गया। शुतरी रंग के कोट में संगमर्मर की वह सुघड़ मूर्ति सामने खड़ी थो। कवि के हृदय की तमाम उलझन क्षण भर में लोप हो गई। कवि ने हँसकर कहा—"इस सर्दी में....? देश-काल पात्र देखकर ही वचन का भी पालन किया जाता है।" पूर्णिमा के प्रकाश में कवि ने देखा, उसकी बात के उत्तर में युवतो के मुख पर सन्तोष और आत्मविश्वास की मुस्कराहट फिर गई। पुल पर पहुँच हँसते हुए कवि बोला, "तो साथ देने की बात सचमुच ठीक थो ?"

युवती ने उत्तर दिया—"उसने परिहास की तो कोई बात नहीं।"

कवि ने युवती की ओर देख, साहस कर पूछा—"तो जरूर साथ दोगी ?"

"हाँ।"—युवती ने हामी भरी, बिना सिर उठाए ही।

"सब अवस्था में, सदा ?"

सिर झुकाकर युवती ने दृढ़ता से उत्तर दिया—"हाँ।"

कवि अविश्वास से हँस पड़ा—"तो आओ", उसने कहा—"यहीं साथ दो मक्रील के गर्भ में ?"

"हाँ यहीं सही।" युवतो ने निर्भीक भाव से नेत्र उठाकर कहा।

हँसी रोककर कवि ने कहा—"अच्छा, तो तैयार हो जाओ—एक, दो, तीन।" हँसकर कवि अपना हाथ युवती के कन्धे पर रखना चाहता था। उसने देखा, पुल के रेलिंग के ऊपर से युवती का शरीर नीचे मक्रील के उद्दाम प्रवाह की ओर चला गया।

भय से उसकी आँखों के सामने अँधेरा छा गया। हाथ फैलाकर उसे पकड़ने के विफल प्रयत्न में बड़ी कठिनता से यह अपने आपको सम्हाल सका।

मक्रील के घोर गर्जन में एक दफे सुनाई दिया—'छप' और फिर केवल नदी का गम्भीर गर्जन।

कवि को ऐसा जान पड़ा, मानो मक्रील की लहरें निरन्तर उसे 'आओ !' 'आओ !' कहकर बुला रही हैं। वह सचेत ज्ञान-शून्य पुल का रेलिंग पकड़े खड़ा

रहा । जब पीठ पीछे से चलकर चन्द्रमा का प्रकाश उसके मुंह पर पड़ने लगा, उन्मत्त की भांति लड़खड़ाता वह अपने कमरे की ओर चला ।

कितनी देर तक वह निश्चल आईने के सामने खड़ा रहा । फिर हाथ की लकड़ी को दोनों हाथों से थाम उसने पड़ापड़ आईने पर कितनी ही चोटें लगाईं और तब सांस चढ़ आने के कारण वह हांफता हुआ आईने के सामने ही कुर्सी पर धम से गिर पड़ा ।

* * *

प्रातः हजामत के लिए गरम पानी लानेवाले नौकर ने जब देखा—कवि आईने के सामने कुर्सी पर निश्चल बैठा है, परन्तु आईना टुकड़े-टुकड़े हो गया और उसके बीच का भाग गायब है । चौखट में फंसे आईने के लम्बे-लम्बे भाले के से टुकड़े मानो दांत निकालकर कवि के निर्जीव शरीर को डरा रहे हैं ।

कवि का मुख कागज की भांति पीला और शरीर काठ की भांति जड़ था । उसकी आंखें अब खुली थीं, उनमें से जीवन नहीं, मृत्यु झांक रही थी । बाद में मालूम हुआ, रात के पिछले पहर कवि के कमरे से अनेक बार—'आता हूं, आता हूं' की पुकार सुनाई दी थी ।

●

तत्सत् | जैनेन्द्रकुमार

एक गहन वन में दो शिकारी पहुँचे। वे पुराने शिकारी थे। शिकार की टोह में दूर-दूर घूम रहे थे, लेकिन ऐसा घना जंगल उन्हें नहीं मिला था। देखते जी में दहशत होती थी। वहाँ एक बड़े पेड़ की छाँह में उन्होंने वास किया और आपस में बातें करने लगे।

एक ने कहा, "आह, कैसा भयानक जंगल है।"

दूसरे ने कहा, "और कितना घना!"

इसी तरह कुछ देर बात करके और विश्राम करके वे शिकारी आगे बढ़ गये।

उनके चले जाने पर पास के शीशम के पेड़ ने बड़ से कहा, "बड़ दादा, अभी तुम्हारी छाँह में ये कौन थे? वे गये?"

बड़ ने कहा, "हाँ गये। तुम उन्हें नहीं जानते हो?"

शीशम ने कहा, "नहीं, वे बड़े अजब मालूम होते थे। कौन थे, दादा?"

दादा ने कहा, "जब छोटा था, तब इन्हें देखा था। इन्हें आदमी कहते हैं। इनमें पत्ते नहीं होते, तना ही तना है। देखा, वे चलते कैसे हैं? अपने तने की दो शाखों पर ही चलते चले जाते हैं।"

शीशम—"ये लोग इतने ही ओछे रहते हैं, ऊँचे नहीं उठते, क्यों दादा?"

बड़ दादा ने कहा, "हमारी-तुम्हारी तरह इनमें जड़ें नहीं होतीं। बढ़ें तो काहे पर? इससे वे इधर-उधर चलते रहते हैं, ऊपर की ओर बढ़ना उन्हें नहीं आता। बिना जड़, न जाने वे जीते किस तरह हैं!"

इतने में बबूल, जिसमें हवा साफ़ छनकर निकल जाती थी, रुकती नहीं थी

और जिसके तन पर काँटे थे, बोला, "दादा, ओ दादा, तुमने बहुत दिन देखे हैं। बताओ कि किसी वन को भी देखा है? ये आदमी किसी भयानक वन की बात कर रहे थे। तुमने उस भयावने वन को देखा है?"

शीशम ने कहा, "दादा, हाँ, सुना तो मैंने भी था। वह वन क्या होता है?"

बड़ दादा ने कहा, "सच पूछो तो भाई, इतनी उमर हुई, उस भयावने वन को तो मैंने भी नहीं देखा। सभी जानवर मैंने देखे हैं। शेर, चीता, भालू, हाथी, भेड़िया। पर वन नाम के जानवर को मैंने अब तक नहीं देखा।"

एक ने कहा, "मालूम होता है, वह शेर-चीतों से भी डरावना होता है।"

दादा ने कहा, "डरावना जाने तुम किसे कहते हो? हमारी तो सबसे प्रीति है।"

बबूल ने कहा, "दादा, प्रीत की बात नहीं है। मैं तो अपने पास काँटे रखता हूँ। पर वे आदमी वन को भयावना बताते थे। जरूर वह शेर-चीतों से बढ़कर होगा।"

दादा, "सो तो होता ही होगा। आदमी एक टूटी-सी टहनी से आग की लपट छोड़कर शेर चीतों को मार देता है। उन्हें ऐसे करते अपने सामने हमने देखा है। पर वन की लाश हमने नहीं देखी। वह जरूर कोई बड़ा खौफनाक जीव होगा।"

इसी तरह उनमें बातें होने लगीं। वन को उनमें में कोई नहीं जानता था। आस-पास के और पेड़ साल, सेंमर, सिरस उस बात-चीत में हिस्सा लेने लगे। वन को कोई मानना नहीं चाहता था। किसी को उसका कुछ पता नहीं था। पर अज्ञात भाव से उसका डर सबको था। इतने में पास ही जो बाँस खड़ा था और जो ज़रा हवा चलने पर खड़-खड़ सन्-सन् करने लगता था, उसने अपनी जगह से ही सीटी-सी आवाज देकर कहा; "मुझे बताओ, मुझे बताओ, क्या बात है। मैं पोला हूँ। मैं बहुत जानता हूँ।"

बड़ दादा ने गम्भीर वाणी से कहा, "तुम तीखा बोलते हो। बात यह है कि बताओ तुमने वन देखा है? हम लोग सब उसको जानना चाहते हैं।"

बाँस ने रीती आवाज से कहा, "मालूम होता है, हवा मेरे भीतर के रिक्त में वन-वन-वन ही कहती हुई घूमती रहती है। पर ठहरती नहीं। हर घड़ी

सुनता हूँ, वन है, वन है। पर मैं उसे जानता नहीं हूँ। क्या वह किसी को दीखा है ?"

बड़ दादा ने कहा, "बिना जाने फिर तुम इतना तेज क्यों बोलते हो ?"

बाँस ने सन्-सन् की ध्वनि में कहा, "मेरे अन्दर हवा इधर से उधर बहती रहती है, मैं खोखला जो हूँ। मैं बोलता नहीं, बजता हूँ। वही मुझमें बोलती है ?"

बड़ ने कहा, "वंश बाबू, तुम घने नहीं हो, सीधे ही सीधे हो। कुछ भरे होते तो झुकना जानते। लम्बाई में सब कुछ नहीं है।"

वंश बाबू ने तीव्रता से खड़-खड़ सन्-सन् किया कि ऐसा अपमान वह नहीं सहेंगे। देखो, वह कितने ऊँचे हैं !

बड़ दादा ने उधर से आँख हटाकर फिर और लोगों से कहा कि हम सब को घास से इस विषय में पूछना चाहिए। उसकी पहुँच सब कहीं है। वह कितनी व्याप्त है। और ऐसी बिछी रहती है कि किसी को उससे शिकायत नहीं होगी।

तब सबने घास से पूछा, "घास री घास, तू वन को जानती है ?"

घास ने कहा, "नहीं तो दादा, मैं उन्हें नहीं जानती। लोगों की जड़ों को ही मैं जानती हूँ। उनके फल मुझसे ऊँचे रहते हैं। पदतल के स्पर्श से सबका परिचय मुझे मिलता है। जब मेरे सिर पर चोट ज्यादा पड़ती है, समझती हूँ यह ताकत का प्रमाण है। धीमे कदम से मालूम होता है, यह कोई दुखियारा जा रहा है।

"दुःख से मेरी बहुत बनती है, दादा ! मैं उसी को चाहती हुई यहाँ के वहाँ तक बिछी रहती हूँ। सभी कुछ मेरे ऊपर से निकलता है। पर वन को मैंने अलग करके कभी नहीं पहचाना।"

दादा ने कहा, "तुम कुछ नहीं बतला सकतीं ?"

घास ने कहा, "मैं बेचारी क्या बतला सकती हूँ, दादा !"

तब बड़ी कठिनाई हुई। बुद्धिमती घास ने जवाब दे दिया। वाग्मी वंश बाबू भी कुछ न बता सके। और बड़ दादा स्वयं अत्यन्त जिज्ञासु थे। किसी के समझ में नहीं आया कि वन नाम के भयानक जन्तु को कहाँ से कैसे जाना जाय।

इतने में पशुराज सिंह वहाँ आये। पैने दाँत थे, बालों से गर्दन शोभित थी,

पूँछ उठी थी : धीमी गर्वीली गति से वह वहाँ आये और किलक-किलककर बहते जाते हुए निकट एक चश्मे में से पानी पीने लगे।

बड़ दादा ने पुकार कर कहा, "ओ सिंह भाई, तुम बड़े पराक्रमी हो जाने कहाँ-कहाँ छापा मारते हो। एक बात तो बताओ, भाई ?"

शेर ने पानी पीकर गर्व से ऊपर को देखा। दहाड़कर कहा, "कहो, क्या कहते हो ?"

बड़ दादा ने कहा, "हमने सुना है कि कोई वन होता है, जो यहाँ आस-पास है और बड़ा भयानक है। हम तो समझते थे कि तुम सबको जीत चुके हो। उस वन से कभी तुम्हारा मुकाबिला हुआ है ? बताओ वह कैसा होता है ?"

शेर ने दहाड़कर कहा, "लाओ सामने वह वन, जो अभी मैं उसे फ़ाड़-चीर-कर न रख दूं। मेरे सामने वह भला क्या हो सकता है !"

बड़ दादा ने कहा, "तो वन से कभी तुम्हारा सामना नहीं हुआ ?"

शेर ने कहा, "सामना होता, तो क्या वह जीता बच सकता था। मैं अभी दहाड़ देता हूँ। हो अगर कोई वन, तो आये वह सामने। खुली चुनौती है। या वह है या मैं हूँ।"

ऐसा कहकर उस वीर सिंह ने वह तुमुल घोर गर्जन किया कि दिशाएँ काँपने लगीं। बड़ दादा के देह के पत्र खड़-खड़ करने लगे। उनके शरीर के कोटर में वास करते हुए शावक चीं चीं कर उठे। चहुँओर जैसे आतंक भर गया पर वह गर्जन गूंजकर रह गई। हुङ्कार का उत्तर कोई नहीं आया।

सिंह ने उस समय गर्व से कहा, "तुमने यह कैसे जाना कि कोई वन है और वह आस-पास रहता है। जब मैं हूँ आप सब निर्भय रहिए कि वन कोई नहीं है, कहीं नहीं है। मैं हूँ, तब किसी और का खटका आपको नहीं रखना चाहिए।"

बड़ दादा ने कहा, "आपकी बात सही है। मुझे यहाँ सदियाँ हो गई हैं। वन होता तो दीखता अवश्य। फिर आप हो, तब कोई और क्या होगा। पर वे दो शाखा पर चलनेवाले जीव जो आदमी होते हैं, वे ही यहाँ मेरी छाँह में बैठ-कर उस वन की बात कर रहे थे। ऐसा मालूम होता है कि ये बे-जड़ के आदमी हमसे ज्यादा जानते हैं।"

सिंह ने कहा, "आदमी को मैं खूब जानता हूँ। मैं उसे खाना पसन्द करता

हूँ। उसका मांस मुलायम होता है; लेकिन वह चालाक जीव है। उसको मुँह मारकर खा डालो, तब तो वह अच्छा है, नहीं तो उसका भरोसा नहीं करना चाहिए। उसकी बात-बात में धोखा है।''

बड़ दादा तो चुप रहे, लेकिन औरों ने कहा कि सिंहराज; तुम्हारे भय से बहुत से जन्तु छिपकर रहते हैं। वे मुँह नहीं दिखाते। वन भी शायद छिपकर रहता हो। तुम्हारा दबदबा कोई कम तो नहीं है। इससे जो साँप धरती में मुँह गाड़कर रहते हैं, ऐसी भेद की बातें उनसे पूछनी चाहिए। रहस्य कोई जानता होगा, तो अँधेरे में मुँह गाड़कर रहने वाला साँप जैसा जानवर ही जानता होगा। हम पेड़ तो उजाले में सिर उठाये खड़े रहते हैं। इसलिए हम बेचारे क्या जानें।

शेर ने कहा कि जो मैं कहता हूँ, वही सच है। उसमें शक करने की हिम्मत ठीक नहीं है। जब तक मैं हूँ, कोई डर न करो। कैसा साँप और जैसा कुछ और। क्या कोई मुझसे ज्यादा जानता है?

बड़ दादा यह सुनते हुए अपनी दाढ़ी की जटाएँ नीचे लटकाए बैठे रह गए, कुछ नहीं बोले। औरों ने भी कुछ नहीं कहा। बबूल के काँटे जरूर उस वक्त तनकर कुछ उठ आये थे। लेकिन फिर भी बबूल ने धीरज नहीं छोड़ा और मुँह नहीं खोला।

अन्त में जम्हाई लेकर मंथर गति से सिंह वहाँ से चले गये।

भाग्य की बात कि साँझ का झुटपुटा होते-होते चुप-चुप घास में से जाते हुए दीख गए चमकीली देह के नागराज। बबूल की निगाह तीखी थी। झट से बोला, ''दादा! ओ बड़ दादा, वह जा रहे हैं सर्पराज। ज्ञानी जीव हैं। मेरा तो मुँह उनके सामने कैसे खुल सकता है। आप पूछो तो जरा कि वन का ठौर-ठिकाना क्या उन्होंने देखा है?''

बड़ दादा शाम से ही मौन हो रहते हैं। वह उनकी पुरानी आदत है। बोले, ''संध्या आ रही है। इस समय वाचालता नहीं चाहिए।''

बबूल झक्की ठहरे। बोले, ''बड़ दादा, साँप धरती से इतना चिपककर रहते हैं कि सौभाग्य से हमारी आँखें उन पर पड़ती हैं। और यह सर्प अतिशय श्याम है, इससे उतने ही ज्ञानी होंगे। वर्ण देखिए न, कैसा चमकता है। अवसर खोना नहीं चाहिए। इनसे कुछ रहस्य पा लेना चाहिए।''

बड़ दादा ने तब गम्भीर वाणी से साँप को रोककर पूछा कि हे नाग, हमें

बताओ कि वन का वास कहाँ है और वह स्वयं क्या है ?

साँप ने साश्चर्य कहा, "किसका वास ? वह कौन जन्तु है ? ओर उसका वास पाताल तक तो कहीं है नहीं।"

बड़ दादा ने कहा कि हम कोई उसके सम्बन्ध में कुछ नहीं जानते। तुमसे जानने की आशा रखते हैं। जहाँ जरा छिद्र हो, वहाँ तुम्हारा प्रवेश है। कोई टेढ़ा-मेढ़ापन तुमसे बाहर नहीं है। इससे तुमसे पूछा है।

साँप ने कहा, "मैं धरती के सारे गर्त जानता हूँ भीतर दूर तक पैठकर उसी के अन्तर्भेद को पहचानने में लगा रहा हूँ। वहाँ ज्ञान की खान है। तुमको अब क्या बताऊँ। तुम नहीं समझोगे। तुम्हारा वन, लेकिन कोई गहराई की सचाई नहीं जान पड़ती। वह कोई बनावटी सतह की चीज है। मेरा वैसा ऊपरी और उथली बातों से वास्ता नहीं रहता।"

बड़ दादा ने कहना चाहा कि तो वह—

साँप ने कहा, "वह फर्जी है।" यह कहकर वह आगे बढ़ गये।

मतलब यह है कि सब जीव-जन्तु और पेड़-पौधे आपस में मिले और पूछ-ताछ करने लगे कि वन को कौन जानता है और वह कहाँ है, क्या है ? उनमें सबको ही अपना-अपना ज्ञान था। अज्ञानी, कोई नहीं था। पर उस वन का जानकार कोई नहीं था। एक नहीं जाने, दो नहीं जाने, दस-बीस नहीं जानें, लेकिन जिसको कोई नहीं जानता, ऐसी भी भला कोई चीज कभी हुई है या हो सकती है ? इसलिए उन जंगली जन्तुओं में और वनस्पतियों में खूब चर्चा हुई, खूब चर्चा हुई। दूपर-दूर तक उनकी तू-तू मैं-मैं सुनाई देती थी। ऐसी चर्चा हुई, ऐसी चर्चा हुई कि विद्याओं पर विद्याएँ उसमें से प्रस्तुत हो गईं। अन्त में तय पाया कि दो टाँगोंवाला आदमी ईमानदार जोव नहीं है। उसने तभी वन की बात बनाकर कह दी है। वन बन गया है। सच में वह नहीं है।

उस निश्चय के समय बड़ दादा ने कहा कि भाइयो, उन आदमियों को फिर आने दो। इस बार साफ़-साफ उनसे पूछना है कि बतायें, वन क्या है। बतायें तो बतायें, नहीं तो खामखाह झूठ बोलना छोड़ दें। लेकिन उनसे पूछने से पहले उस वन से दुश्मनी ठानना हमारे लिए ठीक नहीं है। वह भयावना बताते हैं। जाने वह और क्या हो ?

लेकिन बड़ दादा की वहाँ विशेष चली नहीं। जवानों ने कहा कि ये बूढ़े

हैं, इनके मन में तो डर बैठा है। और जंगल के न होने का फैसला पास हो गया।

एक रोज आफत के मारे फिर वे शिकारी उस जगह आये। उनका आना था कि जंगल जाग उठा। बहुत से जीव-जन्तु, झाड़ी पेड़ तरह-तरह की बोली बोलकर अपना विरोध दरसाने लगे। वे मानो उन आदमियों की भर्त्सना कर रहे थे। आदमी विचारों को अपनी जान का संकट मालूम होने लगा। उन्होंने अपनी बन्दूकें सँभालीं। इस टूटी-सी टहनी को, जो आग उगलती है, वह बड़ दादा पहचानते थे। उन्होंने बीच में पड़कर कहा, "अरे तुम लोग अधीर क्यों होते हो? इन आदमियों के खतम हो जाने से हमारा-तुम्हारा फैसला निर्भ्रम कहलायेगा। जरा तो ठहरो। गुस्से से कहीं ज्ञान हासिल होता है? ठहरो इन आदमियों से उस सवाल पर मैं खुद निपटारा किये लेता हूँ।" यह कहकर बड़ दादा आदमियों से मुखातिब करके बोले, "भाई आदमियो, तुम भी पोली चीजों का नीचा मुँह करके रखो जिनमें तुम आग भर कर लाते हो। डरो मत। अब यह बताओ कि वह जंगल क्या है, जिसकी तुम बात किया करते हो? बताओ, वह कहाँ है?"

आदमियों ने अभय पाकर अपनी बन्दूकें नीची कर लीं और कहा, "यह जंगल ही तो है, जहाँ हम सब हैं।"

उनका इतना कहना था कि चींचीं-कींकीं, सवाल पर सवाल होने लगे।

"जंगल यहाँ कहाँ है! कहीं नहीं है।"

"तुम हो। मैं हूँ। यह है। वह है। जंगल फिर हो कहाँ सकता है?"

"तुम झूठे हो।"

"धोखेबाज।"

"स्वार्थी!"

"खतम करो इनको।"

आदमी यह देखकर डर गये। बन्दूकें सँभालना चाहते थे कि बड़ दादा ने मामला सँभाला और पूछा, "सुनो आदमियो, तुम झूठे साबित होगे, तभी तुम्हें मारा जायगा। क्या यह आगफेंकनी लिये फिरते हो। तुम्हारी बोटी का पता न मिलेगा। और अगर झूठे नहीं हो, तो बताओ जंगल कहाँ है?"

उन दोनों आदमियों में से प्रमुख ने विस्मय से और भय से कहा, "हम सब जहाँ हैं, वही तो जंगल है।"

बबूल ने अपने काँटे खड़े करके कहा, "बको मत, वह सेमर है, वह सिरस है, साल है, वह घास है। वह हमारे सिंहराज हैं। वह पानी है। वह धरती है। तुम जिनकी छाँह में हो, वह हमारे बड़ दादा हैं। तब तुम्हारा जंगल कहाँ है; दिखाते क्यों नहीं? तुम हमको धोखा नही दे सकते।"

प्रमुख पुरुष ने कहा, "यह सब कुछ ही जंगल है।"

इस पर गुस्से से भरे हुए कई वनचरों ने कहा, "बात से बचो नहीं। ठीक बताओ, नहीं तो तुम्हारी खैर नहीं है।"

अब आदमी क्या कहें, परिस्थिति देखकर वे बेचारे जान से निराश होने लगे। अपनी मानवी बोली में अब तक प्राकृतिक बोली में बोल रहे थे। एक ने कहा, "यार, यह क्यों नहीं कह देते कि जंगल नहीं है। देखते नहीं, किन से पाला पड़ा है!"

दूसरे ने कहा, "मुझसे तो कहा नहीं जायगा।"

"तो क्या मरोगे?"

"सदा कौन जिया है? इससे इन भोले प्राणियों को भुलावे में कैसे रखूं?"

यह कहकर प्रमुख पुरुष ने सबसे कहा, "भाइयो, जंगल कहीं दूर या बाहर नहीं है। आप लोग सभी वह हो।"

इस पर फिर गोलियों-से सवालों की बौछार उन पर पड़ने लगी।

"क्या कहा? मैं जगल हूँ? तब बबूल कौन है?"

"झूठ! क्या मैं यह मानूँ कि मैं बाँस नहीं जंगल हूँ। मेरा रोम-रोम कहता है, मैं बाँस हूँ।"

"और मैं घास।"

"और मैं शेर।"

"और मैं साँप।"

इस भाँति ऐसा शोर मचा कि उन बेचारे आदमियों की अकल गुम होने को आ गई। बड़ दादा न हों, तो आदमियों का काम वहाँ तमाम था।

उस ममय आदमी और बड़ दादा में कुछ ऐसी धीमी-धीमी बातचीत हुइ कि वह कोई सुन नहीं सका। बातचीत के बाद वह पुरुष उस विशाल बड़ के वृक्ष

के ऊपर चढ़ता दिखाई दिया। चढ़ते-चढ़ते वह उसकी सबसे ऊपर की फुनगी तक पहुँच गया। वहाँ दो नये-नये पत्तों की जोड़ी खुले आसमान की तरफ मुस्कराती हुई देख रही थी। आदमी ने उन दोनों को बड़े प्रेम से पुचकारा। पुचकारते समय ऐसा मालूम हुआ, जैसे मंत्ररूप में उन्हें कुछ संदेश भी दिया है।

वन के प्राणी यह सब-कुछ स्तब्ध भाव से देख रहे थे। उन्हें कुछ समझ में न आ रहा था।

देखते-देखते पत्तों की वह जोड़ी उद्ग्रीव हुई। मानों उसमें चैतन्य भर आया। उन्होंने अपने आस-पास और नीचे देखा। जाने उन्हें क्या दिखा कि वे काँपने लगे। उनके तन में लालिमा व्याप गई। कुछ क्षण बाद मानो वे एक चमक से चमक आये। जैसे उन्होंने खण्ड को कुल में देख लिया। देख लिया कि कुल है, खंड कहाँ है।

वह आदमी अब नीचे उतर आया था और अन्य वनचरों के समकक्ष खड़ा था। बड़ दादा ऐसे स्थिर-शांत थे, मानो योगमग्न हों कि सहसा उनकी समाधि टूटी। वे जागे। मानो उन्हें अपने चरमशीर्ष से, अभ्यन्तराभ्यन्तर में से, तभी कोई अनुभूति प्राप्त हुई हो।

उस समय सब ओर सप्रश्न मौन व्याप्त था। उसे भंग करते हुए बड़ दादा ने कहा—

"वह है।"

कहकर वह चुप हो गए। साथियों ने दादा को सम्बोधित करते हुए कहा, "दादा, दादा!"

दादा ने इतना ही कहा—

"वह है, वह है?"

"कहाँ है? कहाँ है?"

"सब कहीं है। सब कहीं है।

"और हम?"

"हम नहीं, वह है।"

●

हूक | चन्द्रगुप्त विद्यालंकार

जब तक गाड़ी नहीं चली थी, बलराज जैसे नशे में था। यह शोरगुल से भरी दुनिया उसे एक निरर्थक तमाशे के समान जान पड़ती थी। प्रकृति उस दिन उग्र रूप धारण किए हुए थी। लाहौर का स्टेशन। रात के साढ़े नौ बजे। करांची एक्सप्रेस जिस प्लेटफार्म पर खड़ा था, वहाँ हजारों मनुष्य जमा थे। ये सब लोग बलराज और उसके साथियों के प्रति, जो जान-बूझकर जेल जा रहे थे, अपना हार्दिक सम्मान प्रकट करने आये थे। प्लेटफार्म पर छाई हुई टीन की छतों पर वर्षा को बौछारें पड़ रही थीं। धू-धू कर गोली और भारी हवा इतनी तेजी से चल रही कि मालूम होता था, वह इन सब सम्पूर्ण मानवीय निर्माणों को उलट-पुलट कर देगी; तोड़-मोड़ डालेगी। प्रकृति के इस महान् उत्पात के साथ-साथ जोश में आये हुए उन हजारों छोटे-छोटे निर्बल से देहधारियों का जोशीला कण्ठस्वर, जिन्हें 'मनुष्य' कहा जाता है।

बलराज राजनीतिक पुरुष नहीं है। मुल्क की बातों से या कांग्रेस से कोई सरोकार नहीं है। वह एक निठल्ला कलाकार है। माँ-बाप के पास काफी पैसा है। बलराज पर कोई बोझ नहीं। यूनिवर्सिटी से एम० ए० का इम्तहान इज्जत के साथ पास कर वह लाहौर में ही रहता है। लिखता-पढ़ता है, कविता करता है, तस्वीरें बनाता है और बेफिक्री से घूम-फिर लेता है। विद्यार्थियों में वह बहुत लोकप्रिय है। माँ-बाप मुफस्सिल में रहते हैं, और बलराज को उन्होंने सभी तरह की आजादी दे रखी है।

ऐसा निठल्ला बलराज कभी कांग्रेस-आन्दोलन में सम्मिलित होकर जेल आने की कोशिश करेगा, इसकी उम्मीद किसी को नहीं थी। किसी को मालूम

नहीं कि कब और क्यों उसने यह अनहोनी बात करने का निश्चय कर लिया। लोगों को इतना ही मालूम है कि बारह बजे के लगभग विदेशी कपड़े की किसी दुकान के सामने जाकर उसने दो-एक नारे लगाये, चिल्लाकर कहा कि विदेशी वस्त्र पहनना पाप है, और दो-एक भले मानसों से प्रार्थना की कि वे विलायती माल न खरीदें। नतीजा यह हुआ कि वह गिरफ्तार कर लिया गया। उसी वक्त उसका मामला अदालत में पेश हुआ और उसे छः महीने की सादी सजा सुना दी गई। बलराज के मित्रों को यह समाचार तब मालूम हुआ, जब एक बन्द गाड़ी में बैठकर उसे मिण्टगुमरी जेल में भेजने के लिए स्टेशन की ओर रवाना कर दिया गया था।

लोग—विशेषकर कालेजों के विद्यार्थी—बलराज के जयजयकारों से आसमान गुंजा रहे थे, परन्तु वह जैसे जागते हुए भी सो रहा था। चारों ओर का विक्षुब्ध वातावरण, आसमान से गाड़ी की छत पर अनन्त वर्षा की बौछार और हजारों कण्ठों का कोलाहल—बलराज के लिए जैसे यह सब निरर्थक था। उसकी आँखों में गहरी निराशा की छाया थी, उसके मुंह पर विषादभरी गहरी गंभीरता अंकित थी और उसके होंठ जैसे किसी ने सी दिये थे। उसके दोस्त उससे पूछते थे कि आखिर क्या सोचकर वह जेल जा रहा है। परन्तु वह जैसे बहरा था, गूंगा था, न कुछ सुनता था, न कुछ बोलता था।

कांग्रेस के उन पंद्रह-बीस स्वयंसेवकों में से बलराज एक को भी नहीं जानता था, और न उसके कपड़े खद्दर के थे। परन्तु उन सब वालंटियरों में एक भी व्यक्ति उसके समान पढ़ा-लिखा, प्रतिभाशाली और सम्पन्न घराने का नहीं था। इससे वे सब लोग बलराज को इज्जत की निगाह से देख रहे थे। गाड़ी चली तो उन सबसे मिलकर कोई गीत गाना शुरू किया और बलराज अपनी जगह से उठकर दरवाजे के सामने आ खड़ा हुआ। डिब्बे की सभी खिड़कियाँ बन्द थीं। बलराज ने दरवाजे पर की खिड़की खोल डाली। एक ही क्षण में वर्षा के थपेड़ों से उसका सम्पूर्ण मुँह भीग गया, बाल बिखर गये, मगर बलराज ने इसकी परवा नहीं की। खिड़की खोले वह उसी तरह खड़े रहकर बाहर के घने अंधकार की ओर देखने लगा, जैसे इस सघन अंधकार में बलराज के लिये कोई गहरी मतलब की बात छिपी हुई हो।

एक स्वयंसेवक ने बड़ी इज्जत के साथ बलराज से कहा, "आप बुरी तरह

भीग रहे हैं। इच्छा हो तो इधर आकर लेट जाइए।"

बलराज ने इस बात का कोई जवाब नहीं दिया। परन्तु जिस निगाह से उसने उस स्वयंसेवक की ओर देखा, उससे फिर किसी को यह हिम्मत नहीं हुई कि वह उससे कोई और अनुरोध कर सके।

खिड़की में से सिर बाहर निकाल कर बलराज देख रहा है। उस घने अंधकार में, न जाने किस-किस दिशा में आ-आकर वर्षा की तीखी-तीखी बूंदें उसके शरीर पर पड़ रही हैं। न जाने किधर सनसनाती हुई हवा उसके बालों को झटके दे-देकर कभी इधर और कभी उधर हिला रही है।

इस घने अन्धकार में, जैसे बिना किसी बाधा के, बलराज ने एक गहरी साँस ली। उसकी इस बाधा-विहीन ठंडी साँस ने जैसे उसकी आँखों के द्वार भी खोल दिये। बलराज की आँखों में आँसू भर आये और प्रकृतिमाता के आँचल का पानी मानो तत्परता के साथ उसके आँसुओं को धोने लगा।

इसके बाद बलराज को कुछ जान नहीं पड़ा कि किसने, कब और किस तरह धीरे से उसे एक सीट पर लिटा दिया। किसी तरह की बाधा दिये बिना वह लेट गया, और उसी क्षण उसने आँख मूंद लीं।

२

चार साल पहले की बात।

पहाड़ पर आये बलराज को अधिक दिन नहीं हुए। वह अकेला ही यहाँ चल आया था। अपने होटल में दोपहर का भोजन कर, रात की पोशाक पहन, वह अभ लेटा ही था कि उसे दरवाजे पर थपथपाहट की आवाज सुनाई दी। बलरा चौंककर उठा और उसने दरवाजा खोल दिया। उसका ख़याल था कि शाय होटल का मैनेजर किसी जरूरी काम से आया होगा, अथवा कोई डाक-वा होगी। मगर नहीं, दरवाजे पर एक महिला खड़ी थी—बलराज की रिश्ते व बहन। वह यहाँ मौजूद है, यह तो बलराज को मालूम था, परन्तु उसे बलरा का पता कैसे ज्ञात हो गया, इस सम्बन्ध में वह अभी कुछ भी सोच नहीं पा था कि उसकी निगाह एक और लड़की पर पड़ी, जो उसकी बहिन के साथ थी बलराज खुली तबीयत का युवक नहीं है, फिर भी उस लड़की के चेहरे पर उ एक ऐसी पवित्र मुस्कान-सी दिखाई दी, जो मानो पारदर्शक थी। इस मुस्कर

हट की ओट में जो हृदय था, उसकी झलक साफ़-साफ़ देखी जा सकती थी। बलराज ने अनुभव किया, जैसे इस लड़की को देखकर चित्त आह्लाद से भर गया है।

उसी वक्त आग्रह के साथ वह उन दोनों को अन्दर ले गया। कुशलक्षेम की प्रारम्भिक बातों के बाद बलराज की बहिन ने उस लड़की का परिचय दिया, "यह कुमारी उषा हैं। अभी कालेज के द्वितीय वर्ष में पढ़ रही हैं।"

बलराज की बहिन करीब एक घण्टे तक वहाँ रही। सभी तरह की बातें उसने बलराज से की, परन्तु उषा ने इस सम्पूर्ण बातचीत में ज़रा भी हिस्सा नहीं लिया। अपनी आँखें नीची कर अपने मुँह को कोहनी पर टेककर वह लगातार मुस्कराती रही, बेबात में हँसती रही और मानो फूल बिखेरती रही।

तीसरे दर्जे की लकड़ी की सीट पर लेटे-लेटे बलराज अर्धचेतना में देख रहा है, चार साल पहले के एक स्वच्छ दिन की दोपहरिया। होटल में सन्नाटा है। कमरे में तीन जन हैं। बलराज है। उसकी बहिन है, और सेकेण्ड ईयर में पढ़नेवाली सत्रह बरस की उषा है। बलराज अपने पलंग पर एक चादर ओढ़े बैठा है, उसकी बहिन बातें कर रही है, उषा मुस्करा रही है। सिर्फ मुस्करा रही है, परन्तु लगातार मुस्कराये जा रही है।

कुछ ही दिन बाद की बात है। उषा की माँ ने बलराज और उसकी बहिन को अपने यहाँ चाय के लिए निमंत्रित किया। बलराज ने तब उषा को अधिक नजदीक से देखा। उसकी बहिन उसे उषा के कमरे में ले गई। तीसरी मंजिल के बीचों-बीच साफ़-सुथरा छोटा-सा एक कमरा था, एक तरफ सितार, वायलिन आदि कुछ वाद्य यन्त्र रखे हुए थे। दूसरी ओर एक तिपाई पर कुछ किताबें अस्त-व्यस्त दशा में पड़ी थीं। इस तिपाई के पास एक कुर्सी रखी थी। बलराज को इस कुर्सी पर बैठाकर उसकी बहिन और उषा पलंग पर बैठ गईं।

चाय में अभी देर थी और उषा की अम्मा रसोईघर में थी। इधर बलराज की बहिन ने पढ़ाई-लिखाई के सम्बन्ध में उषा से अनेक तरह के सवाल करने शुरू किए, उधर बलराज की निगाह तिपाई पर पड़ी हुई एक कापी पर गई। कापी खुली पड़ी थी। गणित के गलत या सही सवाल इन पन्नों पर हल किए गए थे। इन सवालों के आस-पास जो खाली जगह थी, उस पर स्याही से बनाये गये अनेक चेहरे बलराज को नजर आये---कहीं सिर्फ आँख थी, कहीं नाक और कहीं

मुंह। जैसे आकृति-चित्रण का अभ्यास किया जा रहा है। बलराज ने यह सब एक उड़ती नज़र से देखा, और यह देखकर उसे सचमुच आश्चर्य हुआ कि सत्रह बरस की उषा आकृति-चित्रण में इतनी कुशल है।

हिम्मत कर बलराज ने कापी का पृष्ठ पलट दिया। दूसरे ही पृष्ठ पर एक ऐसा पोपला चेहरा अंकित था, जिसके सारे दाँत गायब थे। चित्र सचमुच बहुत अच्छा बना था। उसके नीचे सुडौल अक्षरों में लिखा था—'गणितज्ञ'। बलराज के चेहरे पर सहसा मुस्कराहट घूम गई। इसी समय उषा की भी निगाह बलराज पर पड़ी। उसी क्षण वह सभी कुछ समझ गई। बातचीत की ओर से उसका ध्यान हट गया और लज्जा से उसका मुंह नीचे की ओर झुक गया।

तभी बलराज की बहिन ने अपने भाई से कहा, "उषा को लिखने का शौक भी है। तुमने भी उसकी कोई चीज पढ़ी है?"

बलराज ने उत्सुकतापूर्वक कहा, "कहाँ ? जरा मुझे भी तो दिखाइए।"

उषा अभी तक इसी बात का कोई जवाब दे नहीं पाई थी कि बलराज ने किताबों के ढेर में से एक कापी और खींच निकाली। यह कापी अँगरेजी अनुवाद की थी। इस अनुवाद में भी खाली जगह का प्रयोग हाथ, नाक, कान, मुँह आदि बनाने में किया गया था। बलराज पृष्ठ पलटता गया। एक जगह उसने देखा कि 'मेरा घर' शीर्षक एक सुन्दर गद्य-कविता उषा ने लिखी है। बलराज ने उसे एक ही निगाह में पढ़ लिया। पढ़कर उसने सन्तोष की एक साँस ली। प्रशंसा के दो-एक वाक्य कहे और इसी सम्बन्ध में अनेक प्रश्न उषा से कर डाले।

पन्द्रह-बीस मिनट इसी प्रकार निकल गये। उसके बाद किसी काम से उषा को नीचे चले जाना पड़ा। बलराज ने तब एक और छोटी सी नोटबुक उस ढेर से खोज निकाली। इस नोटबुक के पहले पृष्ठ पर लिखा था 'निजी और व्यक्तिगत।' मगर बलराज इस कापी को देख डालने के लोभ का संवरण न कर सका। कापी के सफे उसने पलटे। देखा; एक जगह बिना किसी शीर्षक के लिखा था—

"ओ मेरे देवता !"

"तुम कौन हो, कैसे हो, कहाँ हो—मैं यह सब कुछ भी नहीं जानती, मगर फिर भी मेरा दिल कहता है कि सिर्फ तुम्हीं मेरे हो, और मेरा कोई भी नहीं।

"रात बढ़ गई है। मैंने अपनी खिड़की खोल डाली है। चारों ओर गहरा सन्नाटा है। सामने की ऊँची पहाड़ी की बर्फीली चोटियाँ चाँदनी में चमक रही हैं। घर के सब लोग सो गये हैं। सारा नगर सो गया है, मगर मैं जाग रही हूँ अकेली मैं। पढ़ना चाहती थी, मगर और नहीं पढ़ूँगी। पढ़ नहीं सकूँगी। सो भी नहीं। क्यों? क्योंकि उन बर्फीली चोटियों पर से तुम मुझे पुकार रहे हो। मैंने तो तुम्हारी पुकार सुन ली है, परन्तु मन ही मन तुम्हारी उस पुकार का मैं जो जवाब दूँगी, उसे क्या तुम भी सुन सकोगे, ओ मेरे देवता?"

वह पृष्ठ समाप्त हो गया। बलराज अगला पृष्ठ पलट ही रहा था कि उषा कमरे में आ पहुँची। बलराज के हाथों में वह कापी देखकर वह तड़प-सी उठी, सहसा बलराज के बहुत निकट आकर और अपना हाथ बढ़ाकर उसने कहा, "माफ कीजिए। यह कापी मैं किसी को नहीं दिखाती। यह मुझे दे दीजिए।"

बलराज पर मानो घड़ों पानी पड़ गया, और स्तब्ध-सी दशा में उसने वह कापी उषा के हाथों में दे दी।

अपनी उद्विग्नता पर मानो उषा अब लज्जित-सी हो उठी। उसने वह कापी बलराज की ओर बढ़ाकर जरा नरमी से कहा, "अच्छा, आप देख लीजिए, पढ़ लीजिए। मैं आपको नहीं रोकूंगी।" अब यह कह नोटबुक उसने बलराज के सामने रख दी। मगर बलराज अब उस कापी को हाथ लगाने की भी हिम्मत नहीं कर सका।

उसके बाद बलराज ही के अनुरोध पर उषा ने गाकर भी सुना दिया। अनेक चुटकुले सुनाये। वह जी खोलकर हँसती भी रही, मगर सत्रह बरस की इस छोटी-सी बालिका के प्रति ऊपर की घटना से, बलराज के हृदय में सम्मान-पूर्ण दशहत का जो भाव पैदा हो गया था, वह हटाए न हट सका।

× × ×

वर्षा की बौछार के कुछ छींटे सोये हुए बलराज के नंगे पैरों पर पड़े। शायद उसे कुछ सर्दी-सी प्रतीत हुई। वह देखने लगा—सबसे ऊँची मंज़िल पर ठीक बीचोंबीच एक कमरा है। कमरे के मध्य में एक खिड़की है। इस खिड़की में से बलराज सामने की ओर देख रहा है। चाँदनी रात है। मकान में सड़क पर, नगर में सभी जगह सन्नाटा है। सामने की पहाड़ी की बर्फीली चोटी चाँदनी में चमक रही है। रह-रहकर ठंडी हवा के झोंके खिड़की की राह से कमरे से आते

हैं और बलराज के शरीर भर में एक सिहरन-सी उत्पन्न कर जाते हैं। सहसा दूर पर वीणा की मधुर ध्वनि सुनाई पड़ने लगी। बलराज ने देखा, चमकती हुई बर्फीली चोटी पर एक अस्पष्ट-सा चेहरा दिखाई देने लगा। यह चेहरा तो उसका देखा-भला हुआ है। बलराज ने पहचाना—ओह, यह तो उषा है। आज की नहीं, आज से चार साल पहले की। वीणा की ध्वनि क्रमशः और भी अधिक करुण हो उठी। वह मानो पुकार-पुकारकर कहने लगी—'ओ मेरे देवता! ओ मेरे देवता!'

४

दूसरे ही दिन बलराज की बहिन ने उसे सिनेमा देखने के लिए निमन्त्रित किया। उषा भी साथ ही थी। भयानक रस का चित्र था। बोरिस कारलोफका फ्रैंकस्टाइन। बलराज मध्य में बैठा। उसकी बहिन एक ओर, और उषा दूसरी ओर। खेल शुरू होने में अभी कुछ देर थी। बातचीत में बलराज को ज्ञात हुआ कि उषा ने अभी तक अधिक फिल्म नहीं देखे हैं और न उसे सिनेमा देखने का कोई विशेष चाव ही है।

खेल शुरू हुआ। सचमुच डरानेवाला। श्मशान से मुर्दा खोलकर लाया जाना, प्रयोगशाला में सूखे हुए शव की मौजूदगी, अकस्मात मुर्दे का जी उठना यह सभी कुछ डरानेवाला था। बालिका उषा का किशोर हृदय धक्-धक् करने लगा और क्रमशः वह अधिकाधिक बलराज के निकट होती चली गई।

आखिरकार एक जगह वह भय से सिहर-सी उठी और बहुत अधिक विचलित होकर उसने बलराज का हाथ पकड़ लिया। फ्रैंकन्स्टाइन ने बड़ी निर्दयता से एक अबोध बालिका का खून कर दिया था। उषा के काँपते हुए हाथ के स्पर्श से बलराज को ऐसा अनुभव हुआ, जैसे उसके शरीर भर में प्राणदायिनी बिजली-सी घूम गई हो। उसने बालिका के हाथ को बड़ी नरमी के साथ थोड़ा-सा दबाया। उषा ने उसी क्षण अपना हाथ वापस खींच लिया।

खेल समाप्त हुआ। बलराज ने जैसे इस खेल में बहुत कुछ पा लिया हो, परंतु प्रकाश में आकर जब उसने उषा का मुँह देखा, तो उसे साफ दिखाई दिया कि बालिका के चेहरे पर हल्की-सी सफेदी आ जाने के अतिरिक्त और कोई भी अन्तर नहीं आया। उसकी आँख उतनी ही पवित्र उजली और अबोध थी, जितना खेल शुरू होने से पहले। उत्सुकता को छोड़कर और किसी का भाव उसके चेहरे

पर लेश मात्र भी चिह्न नहीं था। बलराज ने यह देखा और देखकर जैसे वह कुछ लज्जित-सा हो गया।

× × ×

गाड़ी एक स्टेशन पर आकर खड़ी हो गई। बलराज कुछ उनींदा-सा हो गया। उसकी आँखें जरा-जरा खुली हुई थीं। सामने की सीट पर एक दढ़ियल सिपाही अजीब ढंग से मुँह बनाकर उबासियाँ ले रहा था। बलराज को ऐसा प्रतीत हुआ, जैसे फ्रैंकन्स्टाइन का भूत सामने से चला आ रहा है। लैम्प के निकट से एक छोटी-सी तितली उड़ी और बलराज के हाथ को छूती हुई नीचे गिर पड़ी। बलराज को अनुभव हुआ, मानो उषा ने उसका हाथ पकड़ा है। बहुत दूर से इंजन की सीटी सुनाई दी। बलराज को ऐसा जान पड़ा, जैसे उषा चीख उठी हो। उसके शरीर भर में एक कम्पन-सा दौड़ गया। मुमकिन था कि बलराज की नींद उचट जाती, परन्तु इसी समय गाड़ी चलने लगी और उसके हल्के-हल्के झूलों ने उसके उनींदेपन को दूर कर दिया।

५

शर्मीली तबीयत का होते हुए भी बलराज काफ़ी सामाजिक है। अपरिचित या अल्प परिचित लोगों से मिलना-जुलना और उन पर अच्छा प्रभाव डाल सकना उसे आता है, परन्तु न जाने क्या कारण है कि उषा के सामने आकर वही बलराज कुछ भीगी बिल्ली-सा बन जाता है। उषा अब लाहौर के ही एक कालेज में एम० ए० में पढ़ रही है। अब वह सुसंस्कृत, सभ्य और सामाजिक नवयुवती बन गई है। बलराज अब किसी कालेज में नहीं पढ़ता, फिर भी स्थानीय कालेजों के विद्यार्थियों में अत्यधिक लोकप्रिय है और विद्यार्थियों का नेता है, सभा-सोसाइटियों में खूब हिस्सा लेता है, बहुत अच्छा भाषण दे सकता है। वह कवि है, लेखक है, चित्रकार है और उषा भी जानती है कि वह भी कुछ है। इसी कारण वह बलराज को विशेष इज्जत की निगाह से देखती है। परन्तु बलराज जब उषा के सामने पहुँचता है, तब वह बड़ी निराशा के साथ अनुभव करता है कि उसकी वह सम्पूर्ण प्रतिभा, ख्याति और वाक्शक्ति न जाने कहाँ जाकर छिप गई है।

सूरज डूब चुका था और बलराज लारेन्स बाग की सैर कर रहा था। अँधेरा

बढ़ने लगा और सड़कों की बत्तियाँ एक साथ जगमगा उठीं। बाग में एक कृत्रिम पहाड़ी है। इस पहाड़ी के पीछे की सड़क पर अधिक आवागमन नहीं रहता। बलराज आज कुछ उदास और दुःखी-सा था। वह धीरे-धीरे इसी सड़क पर बढ़ा चला जा रहा था।

इसी समय उसके नजदीक से एक ताँगा गुजरा। बलराज ने उड़ती निगाह से देखा, ताँगे पर दो युवतियाँ सवार हैं। अगले ही क्षण एक लड़की ने प्रणाम किया। बलराज के शरीर भर में आह्लाद की लहर-सी घूम गई। ओह, यह तो उषा है। बलराज ने उषा के प्रणाम का कुछ इस तरह जवाब दिया, जिसने समझ लिया कि जैसे वह उसे ठहरने का इशारा कर रहा है। ताँगा कुछ दूर निकल गया था, उषा ने ताँगा ठहरवा लिया और स्वयं उतरकर बलराज के निकट चली आई। आते ही बड़े सहज भाव से उसने पूछा, "कहिए, क्या बात है ?"

बलराज को कुछ भी नहीं सूझा। उसने ताँगा ठहरने का इशारा बिलकुल नहीं किया था, परन्तु यह बात वह इस वक्त किस तरह कह सकता था ! नतीजा यह हुआ कि बलराज उषा के चेहरे की ओर ताकता ही रह गया।

उषा कुछ हतप्रभ-सी हो गई। फिर भी, बात चलाने की गरज से उसने कहा, "आपकी 'सराय पर' शीर्षक कविता मैंने कल पढ़ी थी। आपने कमाल कर दिया है।"

बलराज ने यों ही पूछ लिया, "आपको वह पसन्द आयी ?"

"खूब।"

इसके बाद बलराज फिर चुप हो गया। जिस तरह तंग गले की बोतल ऊपर तक भर दी जाने के बाद, अपनी आन्तरिक प्रचुरता के कारण ही, उलटा देने पर भी खाली नहीं हो पाती, उसी तरह बलराज के हार्दिक भावों की घनता ही उसे मूक बनाए हुए थी।

उषा प्रणाम करके लौटने ही लगी कि बहुत धीरे से बलराज ने पुकारा "उषा !"

उषा घूमकर खड़ी हो गई। मुंह से उसने कुछ भी नहीं कहा, परन्तु उसकी आँखों में एक बड़ा-सा प्रश्नवाचक चिह्न साफ़ तौर से पढ़ा जा सकता था।

बलराज ने बड़ी शिथिल आवाज में कहा, "आपको देखकर न जाने मुझे क्या हो जाता है !"

उषा यह सुनने के लिये तैयार नहीं थी। फिर भी वह चुपचाप खड़ी रही।

क्षण भर रुककर बलराज ने कहा, "आप सोचती होंगी, यह अजब बेहूदा आदमी है। न हँसना जानता है, न बोलना जानता है, मगर सच मानिये...."

बीच ही में बाधा देकर उषा ने कहा, "मैं आपके बारे में कभी कुछ नहीं सोचती। मगर आपको यह होता क्या जा रहा है ?"

बलराज के चेहरे पर हवाइयाँ-सी उड़ने लगीं। उसे उषा के स्वर में कुछ कठोरता-सी प्रतीत हुई। तो भी बड़े साहस के साथ उसने कहा, "मैं अपने आन्तरिक भाव व्यक्त नहीं कर सकता।"

उषा ने चाहा कि वह इस गंभीरतम बात को हँसकर उड़ा दे, मगर कोशिश करने पर भी वह हँस नहीं सकी। कुछ भयभीत-सी हो गई। उसने कहा, "मैं जाती हूँ।"

और घूमकर चल दी।

बलराज एक कदम आगे बढ़ा। उसके जी में आया कि वह आगे बढ़ कर उषा का हाथ पकड़ ले, परन्तु वह ऐसा कर नहीं सका।

एक क़दम आगे बढ़कर वह पीछे की ओर घूम गया। उसी वक्त ताँगे पर से एक नारी-कंठ सुनाई दिया, "उषा ! उषा !"

६

अभी परसों की ही बात है।

गर्मियों की इन छुट्टियों में लाहौर से विद्यार्थियों की दो टोलियाँ सैर के लिए चलनेवाली थी—एक सीमा-प्रान्त की ओर और दूसरी कुल्लू से शिमला के लिए। इस दूसरी टोली का संगठन बलराज ने किया था और वही इस टोली का मुखिया भी था।

उषा के दिल में अभी तक बलराज के लिए आदर और सहानुभूति के भाव थे। बलराज के मानसिक अस्वाध्य को देखकर उसे सचमुच दुःख होता था। वह अपने स्वाभाविक सहज व्यवहार द्वारा बलराज के इस मानसिक अस्वास्थ्य की चिकित्सा कर डालना चाहती थी। और सम्भवतः यही कारण था कि वह

उसके साथ, अन्य दो-तीन लड़कियों समेत, कुल्लू यात्रा पर जाने को भी तैयार हो गई थी।

परन्तु अभी परसों की ही बात है। शाम के समय बलराज ने अपनी पार्टी के सभी सदस्यों को चाय पर निमन्त्रित किया। घंटे दो घंटे के लिये बलराज के यहाँ अच्छी चहल-पहल रही। हँसी-मज़ाक हुआ, गाना-बजाना हुआ और पर्वत-यात्रा के विस्तृत प्रोग्राम पर भी विचार होता रहा।

चाय के बाद, जब सभी लोग चले गये, बलराज उषा को उसके निवास-स्थान तक पहुँचाने के लिये साथ चल दिया। उषा ने इस बात पर कोई आपत्ति नहीं की।

माल रोड पर पहुँचकर बलराज ने प्रस्ताव किया कि ताँगा छोड़ दिया जाय और पैदल ही लारेन्स बाग का चक्कर लगाकर घर जाया जाय। उषा ने यह प्रस्ताव भी बिना किसी बाधा के स्वीकार कर लिया।

दोनों जने ताँगे से उतरकर पैदल चलने लगे। उषा ने अनेक बार यह प्रयत्न किया कि कोई बात शुरू की जाय। बलराज भी आज अपेक्षाकृत कम उद्विग्न प्रतीत हो रहा था। फिर भी कोई भी बात मानो चली नहीं, पनप ही नहीं पाई।

क्रमशः वे दोनों नकली पहाड़ी के पीछे की सड़क पर जा पहुँचे। इस समय तक साँझ डूब चुकी थी, और सड़कों पर की बत्तियाँ जगमगाने लगी थीं।

इस निस्तब्धता में दोनों जने चुपचाप चले जा रहे थे कि मौलश्री के एक घने पेड़ के नीचे पहुँचकर बलराज सहसा रुक गया।

उषा ने भी खड़े होकर पूछा, "आप रुक क्यों गये?"

बलराज ने कहा, "उस दिन की बात याद है?"

उसका स्वर भारी होकर लड़खड़ाने लगा था। उषा कुछ घबरा-सी गई। बात टाल देने की गरज से उसने कहा, "चलिये, वापस लौट चला जाय। देर हो गई है।"

मगर बलराज अपनी जगह से नहीं हिला। मालूम होता था कि उसके दिल में कोई चीज़ इतनी जोर से समा गई कि वह उसका दम घोंटने लगी है। बलराज के चेहरे पर पसीने की बूंदें चमकने लगीं। काँपते हुए स्वर में उसने कहा, "उषा! अगर तुम जानतीं कि मैं दिन-रात क्या सोचता रहता हूँ।"

उषा अब भी चुप थी। उसके हृदय में विद्रोह की आग भभक उठी, मगर फिर भी वह चुपचाप खड़ी सहन करती रही।

बलराज ने फिर से कहा, "उषा! तुम मुझ पर तरस खाओ। मुझ पर नाराज मत होओ।"

उषा ने कठोर और दृढ़ स्वर में कहा, "नहीं मालूम आपको क्या हो गया है। अगर आपने एक भी बात इस तरह की और कही, तो मैं आपसे कभी नहीं बोलूंगी।"

बलराज यह सुनकर भी सम्हल नहीं सका। उसकी आँखों में आँसू भर आये और अनुनय के साथ उसने उषा का हाथ पकड़ लिया।

उषा ने तड़पकर अपना हाथ छुड़ा लिया और शीघ्रता से एक तरफ को बढ़ चली। चलते हुए, बहुत ही निश्चयपूर्ण स्वर में वह कहती गई, "मैं आपके साथ कुल्लू नहीं जाऊँगी।"

कुछ ही दूरी पर उषा को एक खाली ताँगा मिला। उस पर सवार होकर वह अपने घर की ओर चली गई।

अगले दिन सुबह बलराज ने अपनी पार्टी के सभी सदस्यों के नाम इस बात की सूचना भेज दी कि वह कुल्लू नहीं जा सकेगा। किसी को मालूम भी नहीं हो पाया कि माजरा क्या है और सम्पूर्ण पार्टी बर्खास्त हो गई।

सीमा प्रान्त की ओर जानेवाली पार्टी सुबह की गाड़ी से ही पेशावर के लिये रवाना हुई है। अब से सिर्फ चौदह घण्टे पहले। इस पार्टी को विदा देने के लिये बलराज भी स्टेशन पर पहुँचा था। उषा भी इस पार्टी के साथ गयी है। अपने माँ-बाप से यात्रा पर जाने की अनुमति प्राप्त कर कहीं भी न जाना उसे उचित प्रतीत नहीं हुआ। आज सुबह लाहौर स्टेशन पर ही बलराज ने इस पार्टी को कई तरह की नसीहतें दी थीं। किसी को उसके आचरण में जरा भी असाधारणता प्रतीत नहीं हुई थी। परन्तु गाड़ी चलने से पहले ही, चुपचाप सबसे पृथक होकर वह तीसरे दर्जे के मुसाफिरों की भीड़ में जा मिला था।

बलराज स्टेशन से बाहर आया, तो दुनिया जैसे उसके लिये अन्धकार पूर्ण हो गई थी। आसमान में सूरज बिना किसी बाधा के चमक रहा था। सड़कों पर लोग सदा की तरह आ-जा रहे थे। दुनिया के सभी कारोबार उसी तरह जारी थे, परन्तु बलराज के लिये जैसे सभी ओर सूनापन व्याप्त हो गया था। कहीं कुछ

भी आकर्षण बाकी न रहा था। सभी कुछ नीरस, फीका, बिलकुल फीका हो गया था।

सड़क के किनारे फुटपाथ पर बलराज धीरे-धीरे बिलकुल निरुद्देश्य भाव से चला जा रहा था। हजारों, लाखों मनुष्यों से भरी यह नगरी बलराज के लिये जैसे बिलकुल निर्जन और सुनसान बन गई है। रह-रहकर जो इतने लोग उसके निकट से निकल जाते हैं, उसकी निगाह में जैसे बिलकुल व्यर्थ और निर्जीव हैं, चलती-फिरती पुतलियों से बढ़कर और कुछ भी नहीं।

एक खाली ताँगा बड़ी धीमी रफ्तार से चला आ रहा था। उसका कोचवान बड़ी मस्त और करुण-सी आवाज में गाता चला आता था—

"दो पतर अनाराँ दे।
फट मिल जाँदे, बोल न जाँदे माराँ दे!
दो पतर अनाराँ दे,
सड़ गई जिंदड़ी, लय गये ढेर अँगाराँ दे।"[१]

बलराज ने यह सुना और उसके दिल में एक गहरी हूक-सी उठ खड़ी हुई। निष्प्रयोजन वह धीरे-धीरे आगे बढ़ता चला गया, और अन्त में अनायास ही उसने अपने को विदेशी कपड़ों की एक दूकान के सामने पाया, जहाँ काँग्रेस के कुछ स्वयंसेवक पिकेटिंग कर रहे थे।

गाड़ी उड़ी चली जा रही है, और बलराज सपना देख रहा है। दुनिया के किसी एक कोने में मौलश्री का एक बहुत बड़ा पेड़ है। अकेला—बिलकुल अकेला। चारों ओर सघन अन्धकार है। सिर्फ इसी वृक्ष के ऊपर नीचे, आस-पास उजाला है। चारों तरफ़ क्या है, कुछ है भी या नहीं—कुछ नहीं मालूम। ठंडी, सनसनाती हुई हवा चल रही है। पेड़ के पत्ते ऊँची आवाज में इस तरह साँय-साँय कर रहे हैं, जैसे रेलगाड़ी भागी जा रही हो। इस पेड़ के नीचे सिर्फ दो ही व्यक्ति हैं—उषा और बलराज। उषा बलराज से बहुत दूर हटकर बैठना चाहती है, परन्तु बलराज उसका पीछा करता है। वह जिधर जाती है, धीरे-

---

१. "अनार के दो पत्ते? शारीरिक घाव भर जाते हैं, पर मित्र के ताने का घाव कभी नहीं भरता। अनार के दो पत्ते! मेरा जीवन जल गया है और उससे अंगारों के ढेर लग गये हैं!"

धीरे उसी की ओर बढ़ने लगता है। उषा कहती हैं, "मेरे निकट मत आओ !" परन्तु बलराज नहीं सुनता। वह बढ़ता चला जाता है, और अन्त में लपककर उषा को पकड़ लेता है। उषा उससे बहुत नाराज हो गई। वह कहती है, मैं तुम्हें अकेला छोड़ जाऊँगी। सदा के लिये, अनन्त काल के लिए। फिर कभी तुम्हारे पास न आऊँगी। बलराज उससे माफी माँगता है, गिड़गिड़ाता है, परंतु वह नहीं सुनती। चल देती है एक तरफ़ को। गहरे अन्धकार में विलीन होती जा रही है।

गाड़ी की रफ्तार बहुत धीमी हो गई है। उनींदी-सी दशा में बलराज बड़े ही कातर स्वर से धीरे से पुकार उठा—"उषा ! उषा ! तुम लौट आओ, उषा !"

इसी वक्त एक सिपाही ने चिल्लाकर कहा…."उठो। मिण्टगुमरी का स्टेशन आ गया !"

बलराज चौंककर उठ बैठा। उसने देखा, रात के दो बजे हैं और उसके हाथों में हथकड़ियाँ पड़ी हुई हैं।

"इन्क्लाब जिन्दाबाद !" और 'महात्मा गांधी की जय !' के नारों से मिण्टगुमरी के रेलवे स्टेशन का प्लेटफ़ार्म रात के गहरे सन्नाटे में भी सहसा गूंज उठा।

डाची | उपेन्द्रनाथ अश्क

काट[१] 'पी सिकन्दर' के मुसलमान जाट बाक़र को अपने माल की ओर लालचभरी निगाहों से तकते देखकर चौधरी नन्दू वृक्ष की छाँह में बैठे-बैठे अपनी ऊँची घरघराती आवाज में ललकार उठा, "रे-रे अठे के करे है।"[२] और उस की छः फुट लम्बी सुगठित देह, जो वृक्ष के तने के साथ आराम कर रही थी, तन गई और बटन टूटे होने के कारण, मोटी खादी के कुर्ते से उसका विशाल वक्षःस्थल और उसकी बलिष्ठ भुजाएँ दृष्टिगोचर हो उठीं।

बाक़र तनिक समीप आ गया। गर्द से भरी हुई छोटी-नुकीली दाढ़ी और शरअई मूँछों के ऊपर गढ़ों में धँसी हुई दो आँखों में निमिष मात्र के लिए चमक पैदा हुई और जरा मुस्कराकर उसने कहा, "डाची[३] देख रहा था चौधरी, कैसी ख़ूबसूरत और जवान है, देखकर आँखों की भूख मिटती है।"

अपने माल की प्रशंसा सुनकर चौधरी नन्दू का तनाव कुछ कम हुआ; प्रसन्न होकर बोला, "किसी साँड ?"[४]

"वह, परली तरफ़ से चौथी।" बाक़र ने संकेत करते हुए कहा।

ओकाँह[५] के एक घने पेड़ की छाया में आठ-दस ऊँट बँधे थे, उन्हीं में एक

---

१. काट = दस-बीस सिरकियों के खेमों का छोटा-सा गाँव।

२. अरे तू यहाँ क्या कर रहा है ?

३. डाची = साँड़नी।

४. कौन-सी डाची ?

५. एक वृक्ष-विशेष।

जवान साँड़नी अपनी लम्बी, सुन्दर और सुडौल गर्दन बढ़ाये घने पत्तों में मुँह मार रही थी माल-मंडी में, दूर जहाँ तक नजर जाती थी बड़े-बड़े ऊँचे ऊँटों, सुन्दर साँड़नियों, काली-मोटी बेडौल भैंसों, सुन्दर नगौरी सींगोंवाले बैलों और गायों के सिवा कुछ न दिखाई देता था। गधे भी थे, पर न होने के बराबर अधिकांश तो ऊँट ही थे। बहावल नगर के मरुस्थल में होनेवाली माल मंडी में उनका आधिक्य था भी स्वाभाविक। ऊँट रेगिस्तान का जानवर है। इस रेतीले इलाके में आमदरफ्त खेती-बाड़ी और बारबरदारी का काम उसी से होता है। पुराने समय में गायें दस-दस और बैल पन्द्रह-पन्द्रह रुपये में मिल जाते थे, तब भी अच्छा ऊँट पचास से कम में हाथ न आता था और अब भी जब इस इलाके में नहर आ गई है, पानी की इतनी किल्लत नहीं रही, ऊँट का महत्त्व कम नहीं हुआ, बल्कि बढ़ा ही है। सवारी के ऊँट दो-दो सौ से तीन-तीन सौ तक में पाये जाते हैं और बाही तथा बारबरदारी के भी अस्सी सौ से कम में हाथ नहीं आते।

तनिक और आगे बढ़कर बाक़र ने कहा, "सच कहता हूँ चौधरी, इस जैसी सुन्दरी साँड़नी मुझे सारी मंडी में दिखाई नहीं दी।"

हर्ष से नन्दू का सीना दुगना हो गया बोला, "आ एक ही के, इह तो सगली फूटरी हैं। हूँ तो इन्हें चारा फलूंसी निरिया करूँ।"[१]

धीरे से बाक़र ने पूछा, "बेचोगे इसे?"

नन्दू ने कहा, "इठई बेचने लई तो लाया हूँ।"

"तो फिर बताओ, कितने की दोगे?"

नन्दू ने नख से शिख तक बाक़र पर एक दृष्टि डाली और हँसते हुए बोला, "तन्ने चाही जै का तेरे धनी बेई मोल लेसो?"[२]

"मुझे चाहिए।" बाक़र ने दृढ़ता से कहा।

नन्दू ने उपेक्षा से सिर हिलाया। इस मजदूर की यह बिसात कि ऐसी सुन्दर साँड़नी मोल ले। बोला, "तूं की लेसी?"

---

१. यह एक ही क्या, यह तो सब ही सुन्दर है, मै इन्हें चारा और फलूंसी (ज्वार और मोठ) देता हूँ।

२. तुझे चाहिये, या तू अपने मालिक के लिए मोल ले रहा है?

बाक़र की जेब में पड़े डेढ़ सौ के नोट जैसे बाहर उछल पड़ने के लिए व्यग्र हो उठे। तनिक जोश के साथ उसने कहा, "तुम्हें इससे क्या, कोई ले, तुम्हें तो अपनी कीमत से गरज है, तुम मोल बताओ ?"

नन्दू ने उसके जीर्ण-शीर्ण कपड़ों, घुटनों से उठे हुए तहमद और जैसे नूह के वक्त से भी पुराने जूते को देखते हुए टालने के विचार से कहा, "जा जा, तू इशी-विशी ले आयी, इगो मोल तो आठ बीसी सूं घाट के नहीं।"[१]

एक निमिष के लिए बाक़र के थके हुए, व्यथित चेहरे पर आह्लाद की रेखा झलक उठी उसे डर था कि चौधरी कहीं ऐसा मोल न बता दे, जो उसकी बिसात से ही बाहर हो; पर जब अपनी जबान से ही उसने १६०) जो बताये, तो उसकी खुशी का ठिकाना न रहा। १५०) तो उसके पास थे ही। यदि इतने पर भी चौधरी न माना, तो दस रुपये वह उधार कर लेगा। भाव-ताव तो उसे करना आता न था। झट से उसने डेढ़ सौ के नोट निकाले और नन्दू के आगे फेंक दिये। बोला—"गिन लो, इनसे अधिक मेरे पास नहीं, अब आगे तुम्हारी मर्जी।"

नन्दू ने अन्यमनस्कता से नोट गिनने आरम्भ कर दिये। पर गिनती खत्म करते ही उसकी आँखें चमक उठीं। उसने तो बाक़र को टालने के लिए ही मूल्य १६०) बता दिया था, नहीं मंडी में अच्छी से अच्छी डाची डेढ़ सौ में मिल जाती। और इसके तो १४०) पाने की भी कल्पना उसने स्वप्न में न थी। पर शीघ्र ही मन के भावों को छिपाकर और जैसे बाक़र पर अहसान का बोझ लादते हुए नन्दू बोला, "साँड़ तो मेरी दो सौ की है, पण जा सग्गी मोल मिया तन्ने दस छाँड़िया।"[२] और यह कहते-कहते उठकर उसने साँड़नी की रस्सी बाक़र के हाथ में दे दी।

क्षण भर के लिए उस कठोर व्यक्ति का जी भर आया। यह साँड़नी उसके यहाँ ही पैदा हुई और पली थी। आज पाल-पोसकर उसे दूसरे के हाथ में सौंपते

---

१. जा, जा, तू कोई ऐसी-वैसी साँड़नी खरीद ले, इसका मूल्य तो १६०) से कम नहीं।

२. साँड़नी तो मेरी २००) की है, पर जा, सारी कीमत में से तुम्हें दस रुपये छोड़ दिये।

हुए उसके मन की कुछ ऐसी दशा हुई, जो लड़की को ससुराल भेजते समय पिता की होती है। जरा काँपती आवाज में, स्वर को तनिक नर्म करते हुए, उसने कहा, "आ साँड़ सोरी रहेड़ी तूं इन्हें रेहड़ में गेर दई।"[1] ऐसे ही, जैसे ससुर दामाद से कह रहा हो—'मेरी लड़की लाड़ो पलो है, देखना इसे कष्ट न देना।'

आह्लाद के पंख पर उड़ते हुए बाक़र ने कहा, "तुम जरा भी चिंता न करो, जान देकर पालूंगा।"

नन्दू ने नोट अंटी में सँभालते हुए, जैसे सूखे हुए गले को जरा तर करने के लिये, घड़े से मिट्टी का प्याला भरा। मंडी में चारों ओर धूल उड़ रही थी। शहरों की माल-मंडियों में भी—जहाँ बीसियों अस्थायी नल लग जाते हैं और सारा-सारा दिन छिड़काव होता रहता है धूल की कमी नहीं होती, फिर रेगिस्तान की मंडी पर तो धूल ही का साम्राज्य था। गन्नेवाले की गड़ेरियों पर, हलवाई के हलवे और जलेबियों पर और खोंचेवाले के दही-बड़े पर, सब जगह धूल का पूर्णाधिकार था। घड़े का पानी टाँचियों द्वारा नहर से लाया गया था, पर यहाँ आते-आते वह कीचड़ जैसा गँदला हो जाता था। नन्दू का ख्याल था कि निथरने पर पियेगा, पर गला कुछ सूख रहा था। एक ही घूंट में प्याले को खत्म करके नन्दू ने बाक़र से भी पानी पीने के लिये कहा। बाक़र आया था, तो उसे गजब की प्यास लगी हुई थी, पर अब उसे पानी पीने की फ़ुर्सत कहाँ? वह रात होने से पहले-पहले गाँव पहुँचना चाहता था। डाची की रस्सी पकड़े हुए वह धूल को चीरता हुआ-सा चल पड़ा।

बाक़र के दिल में बड़ी देर से एक सुन्दर और युवा डाची खरीदने की लालसा थी। जाति से वह कमीन था। उसके पूर्वज कुम्हारों का काम करते थे, किन्तु उसके पिता ने अपना पैतृक काम छोड़कर मजदूरी करना ही शुरू कर दिया था। उसके बाद बाक़र भी इसी से अपना और अपने छोटे से कुटुम्ब का पेट पालता आ रहा था। वह काम अधिक करता हो, यह बात न थी। काम से उसने सदैव जी चुराया था। चुराता भी क्यों न, जब उसकी पत्नी उससे

---

१. यह साँड़नी अच्छी तरह रखी गई है, तू इसे यों ही मिट्टी में न रोल लेना।

दुगुना काम करके उसके भार को बँटाने और उसे आराम पहुँचाने के लिये मौजूद थी। कुटुम्ब बड़ा न था—वह एक, एक उसकी पत्नी और एक नन्हीं-सी बच्ची। फिर किसलिये वह जी हलकान करता! पर क्रूर और 'बेपीर' विधाता—उसने उसे उस विस्मृति से, सुख की उस नींद से जगाकर अपना उत्तरदायित्व समझने पर बाधित कर दिया। उसे बता दिया कि जीवन में सुख ही नहीं, आराम ही नहीं, दुःख भी है, परिश्रम भी है।

पाँच वर्ष हुए उसकी वही आराम देने वाली प्यारी पत्नी सुन्दर गुड़िया-सी लड़की को छोड़कर परलोक सिधार गई थी। मरते समय, अपनी सारी करुणा को अपनी फीकी और श्रीहीन आँखों में बटोरकर उसने बाक़र से कहा था, "मेरी रजिया अब तुम्हारे हवाले है, इसे कष्ट न होने देना!" इसी एक वाक्य ने बाक़र के समस्त जीवन के रुख को पलट दिया था। उसकी मृत्यु के बाद ही वह अपनी विधवा बहिन को उसके गाँव से ले आया था और अपने आलस्य तथा प्रमाद को छोड़कर अपनी मृत पत्नी की अन्तिम अभिलाषा को पूरा करने में संलग्न हो गया था।

वह दिन-रात काम करता था बल्कि अपनी मृत पत्नी की उस धरोहर को, अपनी उस नन्हीं-सी गुड़िया को, भाँति-भाँति की चीजें लाकर प्रसन्न रख सके। जब भी कभी वह मंडी को आता, तो नन्हीं-सी रजिया उसकी टाँगों से लिपट जाती और अपनी बड़ी-बड़ी आँखें उसके गर्द से अटे हुए चेहरे पर जमाकर पूछती, "अब्बा, मेरे लिये क्या लाये हो ?" तो वह उसे अपनी गोद में ले लेता और कभी मिठाई और कभी खिलौनों से उसकी झोली भर देता। तब रजिया उसकी गोद से उतर जाती और अपनी सहेलियों को अपने खिलौने या मिठाई दिखाने के लिए भाग जाती। यही गुड़िया जब आठ वर्ष की हुई, तो एक दिन मचलकर अपने अब्बा से कहने लगी, "अब्बा, हम तो डाची लेंगे; अब्बा हमें डाची ले दो।" भोली-भाली निरीह बालिका! उसे क्या मालूम कि वह एक विपन्न साधनहीन मजदूर की बेटी है, जिसके लिए डाची खरीदना तो दूर रहा, डाची की कल्पना करना भी पाप है। रूखी हँसी हँसकर बाक़र ने उसे अपनी गोद में लिया और बोला, "रज्जो, तू तो खुद डाची है।" पर रजिया न मानी। उस दिन मशीरमाल अपनी साँड़नी पर चढ़कर अपनी छोटी लड़की को अपने आगे बैठाये दो-चार मजदूर लेने के लिए अपनी इसी काट में आये थे।

तभी रजिया के नन्हें-से मन में डाची पर सवार होने की प्रबल आकांक्षा पैदा हो उठी थी, और उसी दिन से बाक़र की रही-सही अकर्मण्यता भी दूर हो गई थी।

उसने रजिया को टाल तो दिया था, पर मन ही मन उसने प्रतिज्ञा कर ली थी कि वह अवश्य रजिया के लिये एक सुन्दर-सी डाची मोल लेगा। उसी इलाके में जहाँ उसकी आय की औसत साल भर में तीन आने रोजाना भी न होती थी, अब आठ-दस आने हो गई। दूर-दूर से गाँवों से अब वह मजदूरी करता। कटाई के दिनों में दिन-रात काम करता—फ़सल काटता; दाने निकालता; खलिहानों में अनाज भरता; नीरा डालकर भूसे के कुप्र बनाता। बिजाई के दिनों में हल चलाता; क्यारियाँ बनाता; बिजाई करता। उन दिनों उसे पाँच आने से लेकर आठ आने रोज़ाना तक मज़दूरी मिल जाती। जब कोई काम न होता तो प्रातः उठकर, आठ कोस की मंजिल मारकर मंडी जा पहुँचता और आठ-दस आने की मजदूरी करके ही घर लौटता। उन दिनों में वह रोज छः आने बचाता आ रहा था। इस नियम में उसने किसी तरह की ढील न होने दी थी। उसे जैसे उन्माद-सा हो गया था। बहिन कहती—"बाक़र, अब तो तुम बिलकुल ही बदल गये हो। पहले तो तुमने कभी ऐसी जी तोड़कर मेहनत न की थी।"

बाक़र हँसता और कहता—"तुम चाहती हो, मैं आयु भर निठल्ला रहूँ?"

बहन कहती—"निकम्मा बैठने को तो मैं नहीं कहती, पर सेहत गँवा कर रुपया जमा करने की सलाह भी नहीं दे सकती।"

ऐसे अवसर पर सदैव बाक़र के सामने उसकी मृत पत्नी का चित्र खिंच जाता, उसकी अन्तिम अभिलाषा उसके कानों में गूँज जाती। वह आँगन में खेलती हुई रजिया पर एक स्नेहभरी दृष्टि डालता और विषाद से मुस्कराकर फिर अपने काम में लग जाता था। और आज—डेढ़ वर्ष से कड़े परिश्रम के बाद वह अपनी चिर-संचित अभिलाषा पूरी कर सका था। उसके एक हाथ में साँड़नी की रस्सी थी और नहर के किनारे-किनारे वह चला जा रहा था।

साँझ की बेला थी। पश्चिम की ओर डूबते सूरज की किरणें धरती को सोने का अन्तिम दान कर रही थीं। वायु में ठंडक आ गई थी, और कहीं दूर खेतों में टटिहरी टीहूँ-टीहूँ करती उड़ रही थी। बाक़र के मन में अतीत की सब बातें

एक-एक करके आ रही थीं। इधर-उधर कभी-कभी कोई किसान अपने ऊँट पर सवार जैसे फुदकता हुआ निकल जाता था और कभी-कभी खेतों से वापस आने वाले किसानों के लड़के बैलगाड़ी में रखे हुए घास पट्ठे के गट्ठों पर बैठे, बैलों को पुचकारते, किसी गीत का एक-आध बन्द गाते, या बैलगाड़ी के पीछे बँधे हुए चुपचाप चले आने वाले ऊँटों को थूथनियों से खेलते चले जाते थे।

बाक़र ने, जैसे स्वप्न से जागते हुए, पश्चिम की ओर अस्त होते हुए अंशुमाली की ओर देखा, फिर सामने की ओर शून्य में नजर दौड़ायी। उसका गाँव अभी बड़ी दूर था। पीछे की ओर हर्ष से देखकर और मौन रूप से चली आने वाली साँड़नी को प्यार से पुचकारकर वह और भी तेजी से चलने लगा—कहीं उसके पहुँचने से पहले रजिया सो न जाय, इसी विचार से।

मशीरमाल की काट नजर आने लगी। यहाँ से उसका गाँव समीप ही था। यही कोई दो कोस। बाक़र की चाल धीमी हो गई और इसके साथ ही कल्पना की देवी अपनी रंग-बिरंगी तूलिका से उसके मस्तिष्क के चित्रपट पर तरह-तरह की तस्वीरें बनाने लगी। बाक़र ने देखा, उसके घर पहुँचते ही नन्हीं रजिया आह्लाद से नाचकर उसकी टाँगों से लिपट गई है और फिर डाची को देखकर उसकी बड़ी-बड़ी आँखें आश्चर्य और उल्लास से भर गई हैं। फिर उसने देखा, वह रजिया को आगे बैठाये सरकारी खाले (नहर) के किनारे-किनारे डाची पर भागा जा रहा है। शाम का वक्त है, ठण्डी-ठण्डी हवा चल रही है और कभी-कभी कोई पहाड़ी कौवा अपने बड़े-बड़े पंख फैला और अपनी मोटी आवाज से दो-एक बार काँव-काँव करके ऊपर से उड़ता चला जाता है। रजिया की खुशी का वारापार नहीं। वह जैसे हवाई-जहाज में उड़ी जा रही है; फिर उसके सामने आया कि वह रजिया को लिये बहावलनगर की मंडी में खड़ा है। नन्हीं रजिया मानो भौंचक्की-सी है। हैरान और आश्चर्यान्वित सी चारों ओर अनाज के इन बड़े-बड़े ढेरों, अनगिनत छकड़ों और हैरान कर देनेवाली चीजों को देख रही है। बाक़र साह्लाद उसे सबकी कैफ़ियत दे रहा है। एक दूकान पर ग्रामोफोन बजने लगता है। बाक़र रजिया को वहाँ ले जाता है। लकड़ी के इस डिब्बे से किस तरह गाना निकल रहा है, कौन इसमें छिपा गा रहा है—यह सब बातें रजिया की समझ में नहीं आतीं, और यह सब जानने के लिये उसके मन में जो कुतूहल और जिज्ञासा है, वह उसकी आँखों से टपकी पड़ती है।

वह अपनी कल्पना में मस्त काट के पास से गुजरा जा रहा था कि सहसा कुछ विचार आ जाने से रुका और काट में दाखिल हुआ।

मशीरमाल की काट भी कोई बड़ा गाँव न था। इधर के सब गाँव ऐसे ही हैं। ज्यादा हुए तो तीस छप्पर हो गये। कड़ियों को छत का या पक्की ईंटों का मकान इस इलाके में अभी नहीं। खुद बाक़र की काट में पन्द्रह घर थे, घर क्या झुग्गियाँ थीं! सिरकियों के खेमे—जिन्हें झोपड़ियों का नाम भी न दिया जा सकता था। मशीरमाल की काट भी ऐसे ही बीस-पच्चीस झुग्गियों की बस्ती थी, केवल मशीरमाल का निवास-स्थान कच्ची ईंटों से बना था; पर छत उस पर भी छप्पर की ही थी। बाक़र नानक बढ़ई की झुग्गी के सामने रुका। मंडी जाने से पहले वह यहाँ डाची का गदरा[1] (पलान) बनाने के लिये दे गया था। उसे ख्याल आया कि यदि रजिया ने साँड़नी पर चढ़ने की जिद की, तो वह उसे कैसे टाल सकेगा, इसी विचार से वह पीछे मुड़ आया था। उसने नानक को दो-एक आवाजें दीं। अन्दर से शायद उसकी पत्नी ने उत्तर दिया—"घर में नहीं हैं, मंडी गये हैं।"

बाक़र का दिल बैठ गया। वह क्या करे, यह न सोच सका। नानक यदि मंडी गया है, तो गदरा क्या खाक बनाकर गया होगा! फिर उसने सोचा, शायद बनाकर रख गया हो। इससे उसे कुछ सांत्वना मिली। उसने फिर पूछा —"मैं साँड़नी का पलान बनाने के लिये दे गया था, वह बना या नहीं।"

जवाब मिला—"हमें मालूम नहीं।"

बाक़र का आधा उल्लास जाता रहा। बिना गदरे के वह डाची को क्या लेकर जाय। नानक होता तो उसका गदरा चाहे न बना सकता, कोई दूसरा ही उससे माँगकर ले जाता। यह विचार आते ही उसने सोचा—'चलो मशीरमाल से माँग लें। उनके तो इतने ऊँट रहते हैं, कोई न कोई पुराना पलान होगा ही। अभी उसी से काम चला लेंगे। तब तक नानक नया गदरा तैयार कर देगा।' यह सोचकर वह मशीरमाल के घर की ओर चल पड़ा।

अपनी मुलाजमात के दिनों में मशीरमाल साहब ने पर्याप्त धनोपार्जन किया था। जब इधर नहर निकली, तो उन्होंने अपने पद और प्रभाव के बल पर रिया-

---

१. गदरा—ऊँट पर बैठने की गद्दी।

सत में कौड़ियों के मोल कई मुरब्बे जमीन ले ली थी। अब नौकरी से अवकाश ग्रहण कर यहीं आ रहे थे। राहक[1] रखे हुए थे, आय खूब थी और मजे से जीवन व्यतीत हो रहा था। अपनी चौपाल में एक तख्त पोश पर बैठे वे हुक्का पी रहे थे—सिर पर श्वेत साफ़ा, गले में श्वेत कमीज, उस पर श्वेत जाकेट और कमर में दूध जैसे रँग का तहमद। गर्द से अटे हुए बाक़र को साँड़नी की रस्सी पकड़े आते देखकर उन्होंने पूछा—"कहो बाक़र, किधर से आ रहे हो ?"

बाक़र ने झुककर सलाम करते हुए कहा—"मडी से आ रहा हूँ, मालिक।"

"यह डाची किसकी है ?"

"मेरी ही है मालिक, अभी मंडी से ला रहा हूँ।"

"कितने की लाये हो ?"

बाक़र ने चाहा, कह दे आठ बीसी की लाया हूँ। उसके ख्याल में ऐसी सुन्दर डाची २००) में भी सस्ती थी, पर मन न माना बोला—"हुज़ूर, माँगता तो १६०) था; पर साढ़े सात बीसी ही में ले आया हूँ।

मशीरमाल ने एक नजर डाची पर डाली वे स्वयं अर्से से एक सुन्दर सी डाची अपनी सवारी के लिये लेना चाहते थे। उसके डाची तो थी, पर पिछले वर्ष उसे सीमक[2] हो गया था और यद्यपि नील इत्यादि देने से उसका रोग तो दूर हो गया था पर उसकी चाल में वह मस्ती, वह लचक न रही थी। यह डाची उनकी नजरों में जंच गई।—क्या सुन्दर और सुडौल अंग है; क्या सफेदी मायल भूरा भूरा रंग है, क्या लचलचाती लम्बी गर्दन है! बोले—चलो हमसे आठ बीसी ले लो, हमें एक डाची की जरूरत है, दस तुम्हारी मेहनत के रहे।"

बाक़र ने फीकी हँसी के साथ कहा—"हुज़ूर, अभी तो मेरा चाव भी पूरा नहीं हुआ।"

मशीरमाल उठकर डाची की गर्दन पर हाथ फेरने लगे—वाह क्या असील जानवर है। प्रकट बोले—"चलो, पाँच और ले लेना।"

और उन्होंने आवाज दी—"नूरे, अरे ओ नूरे !"

नौकर भैंसों के लिये पट्ठे कतर रहा था गँड़ासा हाथ ही में लिये भाग

---

१. मुज़ारा।

२. ऊँटों की एक बीमारी।

आया। मशीरमाल ने कहा, यह डाची ले जाकर बाँध दो ! १६५ में, कहो कैसी है ?"

नूरे ने हतबुद्धि से खड़े बाकर के हाथ से रस्सी ले ली और नख से शिख तक एक नजर डाची पर डालकर बोला, "खूब जानवर है", और यह कहकर नौहरे[1] की ओर चल पड़ा।

तब मशीरमाल ने अंटो से ६० रुपये के नोट निकालकर बाकर के हाथ में देते हुए मुस्कराकर कहा, अभी एक राहक देकर गया है, शायद तुम्हारी ही किस्मत के थे। अभी यह रखो बाकी भी एक-दो महीने तक पहुँचा दूंगा। हो सकता है, तुम्हारी किस्मत से पहले ही आ जायें।" और बिना कोई जवाब सुने वे नौहरे की ओर चल पड़े। नूरा फिर चारा कतरने लगा था। दूर ही से आवाज़ देकर उन्होंने कहा, "भैंसे का चारा रहने दे, पहले डाची के लिये गवारे का नीरा कर डाल, भूखी मालूम होती है !"

और पास जाकर साँड़नी की गर्दन सहलाने लगे।

कृष्णपक्ष का चाँद अभी उदय नहीं हुआ था। विजन में चारों और कुहासा छा रहा था। सिर पर दो-एक तारे निकल आये थे और दूर बबूल और ओकाँह के वृक्ष बड़े-बड़े काले सियाह धब्बे बन रहे थे। फोग की एक झाड़ी की ओट में अपनी काट के बाहर बाक़र बैठा उस क्षीण प्रकाश को देख रहा था, जो सरकंडों से छिन-छिनकर उसके आँगन से आ रहा था। जानता था रजिया जागती होगी, उसकी प्रतीक्षा कर रही होगी। वह इस इन्तजार में था कि दिया बुझ जाय, रजिया सो जाय तो वह चुपचाप अपने घर में दाखिल हो।

●

---

१. भूसा आदि रखने का स्थान।

विपथगा | अज्ञेय

वह मानवी थी या दानवी, यह मैंने इतने दिन सोचकर भी नहीं समझ पाया हूँ कभी-कभी तो यह भी विश्वास नहीं होता कि उस दिन की घटना वास्तविक ही थी, स्वप्न नहीं। किन्तु फिर जब अपने सामने की दीवार पर टँगी हुई वह टूटी तलवार देखता हूँ, तो हठात् उसकी सत्यता मान लेनी पड़ती है। फिर भी अभी तक यह निर्णय नहीं कर पाया कि वह मानवी थी या नहीं····।

उसके शरीर में लावण्य की दमक थी, मुँह पर सौन्दर्य की आभा थी, ओठों पर एक दबी हुई विचारशील मुस्कान थी। किन्तु उसकी आँखें ! उनमें अनुराग, विराग, क्रोध, विनय, प्रसन्नता, करुणा, व्यथा कुछ भी नहीं था। थी केवल एक भीषण तुषारमय, अथाह ज्वाला।

मनुष्य की आँखों में ऐसी मृतवत् जड़ता के साथ ही ऐसी जलन हो सकती है, यह बात आज भी मेरे गुमान में नहीं आती। किन्तु आज एक वर्ष बीत जाने पर भी मैं जब कभी उसका ध्यान करता हूँ, उसकी वह आँखें मेरे सामने आ जाती हैं। उसकी आकृति, उसका वर्ण, उसकी बोली, मुझे कुछ भी याद नहीं आता, केवल वे दो प्रदीप्त बिम्ब दीख पड़ते हैं····रात्रि के अन्धकार में जिधर आँख फेरता हूँ, उधर ही स्फटिक मणि की तरह, नीले आकाश में शुक्र तारे की तरह, हरित ज्योतिर्मय उसके वे विस्फारित नेत्र निर्निमेष होकर मुख पर अपनी दृष्टि गड़ाये रहते हैं····।

मैं भावुक प्रकृति का आदमी नहीं हूँ। पुराने फैशन का एकदम साधारण व्यक्ति हूँ। मेरी जीविका का आधार इसी पेरिस शहर के एक स्कूल में इतिहास के अध्यापक का पद है। मैं सिनेमा-थियेटर देखने का शौकीन नहीं हूँ, न मेरा

कविता में ही मन लगता है। मनोरंजन के लिये मैं कभी-कभी देश-विदेश की क्रान्तियों के इतिहास पढ़ लिया करता हूँ। एक-आध बार मैंने इस विषय पर व्याख्यान भी दिये हैं। इससे अधिक कुछ नहीं कर सकता क्योंकि यह विदेश है। जब पढ़ने से मन उकता जाता है, तब कभी-कभी पुराने अस्त्र-शस्त्र के संग्रह में लग जाता हूँ। बड़ी मेहनत से मैंने इनका एक संग्रह किया है। जिस कटार से सम्राट् पीटर ने अपनी प्रेमिकाओं की हत्या की थी, उसकी मूठ मेरे संग्रह में है, जिस प्याले में कैथराइन ने अपने पुत्र को विष दिया था, उसका एक खंड; जिस गोली से एक अज्ञात स्त्री ने आर्क-एंजल के गवर्नर को मारा था, उसका खाली कारतूस; जिस घोड़े पर सवार होकर नेपोलियन मास्को से भागा था, उसकी एक नाल, और नेपोलियन की जैकट का एक बटन भी मेरे संग्रह में है। ऐसा संग्रह शायद पेरिस में दूसरा नहीं है—शायद मास्को में भी नहीं था।

पर जो बात मैं कहना चाहता था, वह भूल गया। हाँ, मैं भावुक प्रकृति का नहीं हूँ। मेरी रुचि इसी संग्रह में, या कभी-कभी क्रान्ति संबंधी साहित्य तक परिमित है, और इधर-उधर की बातें मैं नहीं जानता। फिर भी उस दिन की घटना मेरे शान्तिमय जीवन में उसी तरह उथल-पुथल मचा गई, जिस तरह एक उद्यान में झंझावात। उस दिन से न जाने क्यों एक अज्ञात, अस्पष्ट अशांति ने मेरे हृदय में घर कर लिया है। जब भी मेरी दृष्टि उस टूटी हुई तलवार पर पड़ती है, एक गम्भीर किन्तु भावातिरेक से कम्पायमान ध्वनि मेरे कानों में गूंज उठती है—

"दीप बुझता है तो धुआँ उठता है। किन्तु जब हमारे विस्तृत देश के भूखे पीड़ित, अनाश्रित कृषक-कुटुम्ब सड़कों पर भटक-भटक कर हिमावृत्त धरती पर बैठकर अपने भाग्य को कोसने लगते हैं, तब उनके हृदय में सुरक्षित आशा की अन्तिम दीप्ति बुझ जाती है, तब एक आह तक नहीं उठती। न जाने कब तक वह बुझी हुई राख पड़ी रहती—पड़ी रहेगी!—किन्तु किसी दिन सुदूर भविष्य में, किसी घोर झंझा से, उसमें फिर चिनगारी निकलेगी। उसकी ज्वाला—घोर-तम, अनवरुद्ध, प्रदीप्त ज्वाला।—किधर फैलेगी, किसको भस्म करेगी, किन नगरों और प्रान्तों का मान-मर्दन करेगी—कौन जाने?"

मुझे रोमांच हो आता है, मैं मन्त्रमुग्ध की तरह निश्चेष्ट होकर उस दिन की घटना पर विचार करने लग जाता हूँ....।

रात्रि के आठ बज रहे थे। मैं मास्को में अपने कमरे में बैठा लैम्प के प्रकाश में धीरे-धीरे कुछ लिख रहा था। पास में एक छोटी मेज पर भोजन के जूठे बर्तन पड़े थे। इधर-उधर, दीवार पर टँगी अँगीठी पर रखी हुई मेरे संग्रह की वस्तुएँ थीं।

बाहर वर्षा हो रही थी। छत पर से जो आवाज आ रही थी, उससे मैंने अनुमान किया कि ओले भी पड़ रहे हैं, किन्तु उस जाड़े में उठकर देखने की सामर्थ्य मुझमें नहीं थी। कभी-कभी लैम्प के फीके प्रकाश पर खीझने के अतिरिक्त मैं बिलकुल एकाग्र होकर दूसरे दिन पढ़ने के लिये 'सफल क्रान्ति' पर एक छोटा-सा निबन्ध लिख रहा था।

'सफल क्रान्ति क्या है? असंख्य विफल जीवनियों का, असंख्य निष्फल प्रयत्नों का, असंख्य विस्मृत आहुतियों का, अशान्तिपूर्ण किन्तु शान्तिजनक निष्कर्ष!''

(उन दिनों मैं मास्को के एक स्कूल में प्राध्यापक था। वहीं इतिहास पढ़ाने में और कभी-कभी क्रान्तिविषयक लेख लिखने में तथा पढ़ने में मेरा समय बीत जाता था। क्रान्ति का अर्थ मैं समझता था या नहीं, यह नहीं कह सकता। आज मैं क्रान्ति के विषय में अपनी अनभिज्ञता को ही कुछ-कुछ जान पाया हूँ।)

एकाएक किसी ने द्वार खटखटाया। मैंने बैठे ही बैठे उत्तर दिया, "आ जाओ!" और लिखने में लगा रहा। द्वार खुला और बन्द हो गया। फिर उसी अविरल जलधारा की आवाज आने लगी—कमरे में निस्तब्धता छा गई। मैंने कुछ विस्मित होकर आँख उठाई, और उठाये ही रह गया।

बहुत मोटा-सा ओवरकोट पहने, सिर पर बड़े-बड़े बालोंवाली टोपी रखे गले में लाल रूमाल बाँधे दरवाजे के पास खड़ी एक स्त्री एकटक मेरी ओर देख रही थी। उसके कपड़े भीगे हुए थे, टोपी में कहीं-कहीं एक-आध ओला फँस गया था। पैरों में उसने घुटने तक पहुँचने वाले बड़े-बड़े भद्दे रूसी बूट पहन रखे थे, जो कीचड़ से सने हुए थे। ऊपर टोपी और नीचे रूमाल होने के कारण उसके मुँह का बहुत थोड़ा भाग दीख पड़ता था। इस प्रकार आवृत्त होने पर भी उसके शरीर में एक लचक, और साथ ही एक खिचाव का आभास स्पष्ट होता था,

मानो कपड़ों से ढँककर एक तने हुए धनुष की प्रत्यंचा सामने रख दी गई हो। आँखें नहीं दीखती थीं, किन्तु उन ओठों की पतली रेखा देखने से भावना होती थी कि उसके पीछे विद्युत् की चपलता के साथ ही वज्र की कठोरता दबी हुई है....

मैं क्षण भर उसकी ओर देखता रहा, किन्तु वह कुछ बोली नहीं। मैंने ही मौन भंग किया, "कहिए, क्या आज्ञा है?" कोई उत्तर नहीं मिला। मैंने फिर पूछा, "आपका नाम जान सकता हूँ?"

उसने धीरे-धीरे कहा, मानों प्रत्येक शब्द तौल-तौलकर रखा हो, "मैंने सुना था कि क्रान्तिकारियों से आपको सहानुभूति है, और आपने इस विषय पर व्याख्यान भी दिये हैं। इसी सहानुभूति की आशा से आपके पास आयी हूँ।"

मैं काँप गया। मेरी इस सहानुभूति की चर्चा बाहर होती है, और क्रान्तिकारियों तक को इसका ज्ञान है, फिर मुझमें और क्रान्तिकारियों में क्या भेद है? कहीं यह मास्को के राजनैतिक विभाग की जासूस तो नहीं है? मेरी नौकरी.... शायद साइबेरिया की खानों में आयु भर....पर अगर वह जासूस होती, तो ऐसी दशा में क्यों आती? ऐसे बात क्यों करती? इससे तो साफ सन्देह होने लगता है....जासूस होती तो विश्वास उत्पन्न करने की चेष्टा करती....पर क्या जाने, विश्वास उत्पन्न करने का शायद इसका यही ढंग हो, खैर, कुछ भी हो, सँभल कर बात करनी होगी।

मैंने उपेक्षा से कहा, "आप साफ-साफ कहिए, बात क्या है? मैं आपका अभिप्राय नहीं समझा।"

वह बोली, "मैं क्रान्तिकारिणी हूँ। मुझे अभी कुछ रुपये की आवश्यकता है। आप दे सकेंगे।"

"किसलिए?"

वह कुछ देर के लिए असमंजस में पड़ गई, मानो सोच रही हो कि उत्तर देना चाहिए या नहीं। फिर उसने धीरे-धीरे ओवरकोट के बटन खोले और भीतर एक तलवार—रक्तरंजित तलवार!—निकाली। इतनी देर में उसने आँख पल भर भी मुझ पर से नहीं हटाई। मुझे मालूम हो रहा था, मानो वह मेरे अन्तरतम विचारों को भाँप रही हो। मैं भी मुग्ध होकर देखता रहा....

वह बोली, "यह देखो! जानते हो, यह किसका रक्त है? कर्नल गोरोव्स्की

का। और उसकी लोथ उसके घर के बाग में पड़ी हुई है!''

मैं भौचक होकर बोला, ''हैं? कब?''

''अभी एक घण्टा भी नहीं हुआ। उसी की तलवार, इन हाथों ने उसी के हृदय में भोंक दी। तुम पूछोगे, क्यों? शायद तुम्हें नहीं मालूम कि स्त्री कितना भीषण प्रतिशोध करती है!''

''तुम यहाँ क्यों आईं?''

''मुझे धन की जरूरत है। मास्को से भागने के लिए।''

''मैं तुम्हारी सहायता नहीं कर सकता। तुम हत्यारिणी हो।''

वह एकाएक सहम सी गई, मानो उसे उत्तर की आशा न हो। फिर धीरे-धीरे एक फीकी, विषादमय हँसी हँसकर बोली, ''बस, यहीं तक थी तुम्हारी सहानुभूति। इस क्रान्तिवाद के लिए तुम व्याख्यान देते हो, यही तुम्हारे इतिहासों का निष्कर्ष है!''

''मैं क्रान्तिवादी हूँ पर हत्यारा नहीं हूँ। इस प्रकार की हत्याओं से देश को लाभ नहीं, हानि होगी। सरकार ज्यादा दबाव डालेगी, मार्शल लॉ जारी होगा, फाँसियाँ होंगी। हमारा क्या लाभ होगा?''

''तुम क्रान्ति को क्या समझते हो? गुड़ियों का खेल?'' यह कहती हुई वह मेरी मेज के पास आकर खड़ी हो गई। मेज पर पड़े हुए कागजों को देखकर बोली, ''यह क्या, 'सफल क्रान्ति'! असंख्य विफल जीवनियों का, विस्मृत आहुतियों का निष्कर्ष।''

वह ठठाकर हंसी—''सफल क्रान्ति''! जानते हो, ''क्रान्ति के लिए कैसी आहुतियाँ देनी पड़ती हैं?''

मैं कुछ उत्तर न दे सका। मैं उसे वह लेख पढ़ते हुए देखकर लज्जित हो रहा था।

वह फिर बोली, ''तुम भी अपने-आपको क्रान्तिवादी कहते हो। हम भी। किन्तु हमारे आदर्शों में कितना भेद है। तुम चाहते हो, स्वातन्त्र्य के नाम पर विश्व जीतकर उस पर शासन करनर और हम! हम इसी की चेष्टा में लगे हैं कि अपने हृदय इतने विशाल बना सकें कि विश्व उनमें समा जाय।''

मैंने किसी षड्यन्त्र में भाग नहीं लिया। क्रान्तिवाद पर लेक्चर देने के अतिरिक्त कुछ भी नहीं किया है, फिर भी मैं अपने सिद्धान्तों पर यह आक्षेप

नहीं सह सका। मैंने तनकर कहा, 'तुम झूठ कहती हो। मैं सच्चा साम्यवादी हूँ। मैं चाहता हूँ कि संसार साम्य हो, शासक और शासित का भेद मिट जाय। लेकिन इस प्रकार हत्या करने से वह कभी सिद्ध नहीं होगा। जिसे तुम क्रान्ति कहती हो, उसके लिए अगर यह करना पड़ता हो, तो मैं उस क्रान्ति का विरोध करूँगा, उसे रोकने का भरसक प्रयत्न करूँगा। इसके लिए अगर प्राण भी...."

"क्रान्ति का विरोध करोगे, उसे रोकोगे, तुम? सूर्य का उदय होता है, उसको रोकने की चेष्टा की है? समुद्र में प्रलय-लहरी उठती है, उसे रोका है? ज्वालामुखी में विस्फोट होता है, धरती काँपने लगती है, उसे रोका है? क्रान्ति सूर्य से भी अधिक दीप्तिमान, प्रलय से भी अधिक भयंकर, ज्वाला से भी अधिक उत्तप्त, भूकम्प से भी अधिक विदारक है, उसे क्या रोकोगे!"

"शायद न रोक सकूं। लेकिन मेरा जो कर्त्तव्य है, वह तो पूरा करूँगा।"

"क्या कर्त्तव्य? लेक्चर झाड़ना?"

"देश में अपने विचारों का निदर्शन, अहिंसात्मक क्रान्ति का प्रचार।"

"अहिंसात्मक क्रान्ति! जो भूखे, नंगे, प्रपीड़ित हैं, उनको जाकर कहोगे, चुपचाप बिना आह भरे मरते जाओ! रूस की भयंकर सर्दी में बर्फ के नीचे दब जाओ, लेकिन इस बात का ध्यान रखना कि तुम्हारी लोथ किसी भद्र पुरुष के रास्ते में न आ जाये। रोते हुए बच्चों से कहोगे, माता की छातियों की ओर मत देखो, बाहर जाकर मिट्टी-पत्थर खाकर भूख मिटाओ। और अत्याचारी शासक तुम्हारी ओर देखकर मन ही मन हँसेंगे और तुम्हारी अहिंसा की आड़ में निर्धनों का रक्त चूसकर ले जायँगे। यही है तुम्हारी शान्तिमय क्रान्ति, जिसका तुम्हें इतना अभिमान है?"

"अगर शासक अत्याचार करेंगे, तो उनके विरुद्ध आन्दोलन करना भी हमारा धर्म होगा।"

"धर्म? वही धर्म जिसे तुम एक स्कूल की नौकरी के लिये बेच खाते हो? वही धर्म, जिसके नाम पर तुम स्कूल में इतिहास पढ़ाते समय इतने झूठ बकते हो?"

मैंने क्रुद्ध होकर कहा, "व्यक्तिगत आक्षेपों से कोई फ़ायदा नहीं है। ऐसे

तो मैं भी पूछ सकता हूँ, तुम्हीं ने कौन बड़ा बलिदान किया है ? एक आदमी को मारकर भाग आईं, यही न ?''

मुझे उस पर क्रोध आ रहा था। किन्तु जिस तरह वह छाती के बटन खोले, हाथ में तलवार लिये, चामुण्डा की तरह खड़ी मेरी ओर देख रही थी, उसे देखकर मेरा साहस ही नहीं पड़ा कि उसे निकाल दूं ! मैं प्रश्न पूछकर उसकी ओर देखने लगा। मुझे आशा थी कि वह मुझ पर से दृष्टि हटा लेगी, मेरे प्रश्न का उत्तर देते घबराएगी, क्रुद्ध होगी। किन्तु यह सब कुछ भी नहीं हुआ। वह धीरे से कागज हटाकर मेरी मेज के एक कोने पर बैठ गई, और तलवार की नोक मेरी ओर करती हुई बोली, ''मैंने क्या किया है, सुनोगे तुम ? मैंने बलिदान कोई बड़ा नहीं किया, लेकिन देखा बहुत कुछ है। मेरे पास बहुत समय है—अभी गोरोव्स्की का पता किसी को नहीं लगा होगा। सुनोगे तुम ?''

पहले मैंने सोचा, सुनकर क्या करूँगा ? अभी लेख लिखना है, कल स्कूल भी जाना होगा, और फिर पुलिस—इसे कह दूं, चली जाय। लेकिन फिर एक अदम्य कौतूहल और अपनी हृदयहीनता पर ग्लानि-सी हुई। मैंने उठकर अँगीठी में कोयले हिलाकर आग तेज कर दी, एक ओर कुर्सी उठाकर आग के पास रख दी, और अपनी जगह बैठकर बोला, ''हाँ, सुनूंगा। आग के पास उस कुर्सी पर बैठकर सुनाओ, सर्दी बहुत है।''

वह वहीं बैठी रही, मानो मेरी बात उसने सुनी ही न हो। केवल तलवार एक ओर रखकर, कुछ आगे की ओर झुककर आग की ओर देखने लगी। थोड़ी देर देखकर चौंककर बोली, ''हाँ, सुनो। मैंने घर में आराम-कुर्सी पर बैठकर यन्त्रालयों में पिसते हुए श्रमजीवियों के लिए साम्यवाद पर लेख नहीं लिखे हैं। न मैंने मच पर खड़े होकर कृषकों को ज़बानी स्वातन्त्र्य-युद्ध की मरीचिका दिखलाई। मैंने घर-बार, माता-पिता, पति तक को छोड़कर धक्के ही धक्के खाये हैं। सौभाग्य बेचकर अपने विश्वास की रक्षा की है। स्वत्व बचाने के लिए पिता की हत्या की है। और—और अपना स्त्री रूप बेचकर देश के लिए भिक्षा माँगी है—और आज फिर माँगने निकली हूँ।''

मेरे मुंह से अकस्मात् निकल गया, ''कैसे ?''

इस प्रश्न से मानो उसकी विचार-शृङ्खला टूट गई। तलवार की ओर

देखती हुई बोली, यह फिर बताऊँगी—वह मेरे अन्तिम—मेरे एकमात्र बलिदान की कहानो है ।"

विश्वास और स्वत्व की रक्षा—पिता की हत्या—मुझे भी समझ नहीं आया ।

मेरे पिता पीटर्सवर्ग में पुलिस विभाग के सदस्य थे । मेरे पति भी वहाँ राजनैतिक विभाग में काम करते थे । कुटुम्ब में, वंश में, एक मैं ही थो, जिसने क्रान्ति का आह्वान सुना ... फिर भी, कितने विरोध का सामना करना पड़ा । पहले पहल जब मैं क्रान्तिदल में आयी, तो लोग मुझ पर सन्देह करने लग गये । न जाने किस अज्ञात शत्रु ने उनसे कह दिया, इसका पिता पुलिस में है, पति राजनैतिक विभाग में, इससे विनाश के अतिरिक्त और क्या आशा हो सकती है ? मैंने देखा, इतनी कामना, इतनी सदिच्छा होते हुए भी मैं अनादृता परित्यक्ता सी हूँ....मेरे पति को भी मेरी वृत्तियों का पता लग गया । फलस्वरूप एक दिन मैं चुपचाप घर से निकल गई—उन्हें भी नौकरी छिन जाने का डर था । उसके बाद—उसके बाद मेरो परीक्षा का प्रश्न उठा ! पति को छोड़ देने पर भी मुझे सदस्य नहीं बनाया गया—परीक्षा देने को कहा गया । कितनी भयंकर थी वह !"

क्षण भर आग की ओर देखने के बाद फिर उसने कहना शुरू किया—"मैं और चार व्यक्ति पिस्तौलें लेकर एक दिन सायंकाल को निकोलस पार्क में बैठ गये । उस दिन उधर से पीटर्सबर्ग की पुलिस दो बन्दियों को लेकर जाने वाली थी । इसी पर वार करके बन्दियों को छुड़ाने का काम हमारे सुपुर्द हुआ था । यही मेरी परीक्षा थी !

हम रात तक वहीं बैठे रहे । नौ बजे के लगभग पुलिस के बूटों की आहट आई । हम सावधान हो गए । किसी ने पूछा, कौन बैठा है ? हमने उत्तर नहीं दिया, गोलियाँ दागनी शुरू कर दीं । दो मिनट के अन्दर निर्णय हो गया—हमारे तीन आदमी खेत रहे, पर हमें सफलता हुई । बन्दी मुक्त हो गये । हम चारों शीघ्रता से पार्क से निकलकर अलग हो गये ।"

मैं बहुत ध्यान से सुन रहा था । ऐसी कहानी मैंने कभी नहीं सुनी थी—पढ़ी भी नहीं थी । मैंने व्यग्रता से पूछा "फिर ?"

"दूसरे दिन—दूसरे दिन मास्को में अखबार में पढ़ा, बन्दियों को ले कर

जाने वाले अफ़सर थे—मेरे पिता।"

उस छोटे से कमरे में फिर सन्नाटा छा गया। वर्षा अब भी हो रही थी। मैं विमनस्क सा होकर छत पर पड़ रही बूंदें गिनने की चेष्टा करने लगा। उसने पूछा, "और कुछ भी सुनोगे ?"

मैंने सिर झुकाकर उत्तर दिया "मैंने तुम लोगों पर अन्याय किया है। वास्तव में तुम्हें बहुत उत्सर्ग करना पड़ता है। मैं अभी तक नहीं जान पाया था।"

"हाँ, यह स्वाभाविक है। एक अकेले व्यक्ति की व्यथा, एक आदमी का दुःख हम समझ सकते हैं। एक प्राणी को पीड़ित देखकर हमारे हृदय में सहानुभूति जगती है—एक हूक सी उठती है, किन्तु जाति, देश, राष्ट्र कितना विराट् होता है। इसकी व्यथा, इसके दुःख से असंख्य व्यक्ति एक साथ ही पीड़ित होते हैं—इसमें इतनी विशालता, इतनी भव्यता है कि हम यही नहीं समझ पाते कि व्यथा कहाँ हो रही है, हो भी रही है या नहीं ?"

"ठीक है। तुम्हें बहुत दुख झेलने पड़ते हैं। किन्तु इस प्रकार अकारण दुःख झेलना, चाहे कितनी ही धीरता से झेला जाय, बुद्धिमत्ता तो नहीं है।"

"हमारे दुःख प्रसव, वेदना की तरह हैं, इसके बाद ही क्रान्ति का जन्म होगा। इसके बिना क्रान्ति की चेष्टा करना, क्रान्ति से फल-प्राप्ति की आशा करना विडम्बना मात्र है।"

"लेकिन हरेक आन्दोलन किसी निर्धारित पथ पर ही चलता है, ऐसे तो नहीं बढ़ता ?"

"क्रान्ति आन्दोलन नहीं है।"

"सुधार करने के लिये भी तो कोई आदर्श सामने रखना होता है ?"

"क्रान्ति सुधार नहीं है।"

"न सही। परिवर्तन ही सही। लेकिन परिवर्तन का भी तो ध्येय होता है।"

"क्रान्ति परिवर्तन भी नहीं है।"

मैंने सोचा, पूछूं, तो फिर क्रान्ति है क्या ?" किन्तु मैं बिना पूछे उसके मुख की ओर देखने लग गया। वह स्वयं बोली, क्रान्ति आन्दोलन, सुधार, परिवर्तन कुछ नहीं है, क्रान्ति है विश्वासों का रूढ़ियों का, शासन और विचार

की प्रणालियों का घातक, विनाशकारी, भयंकर विस्फोट। इसका न आदर्श है, न ध्येय, न धुरी। क्रान्ति विपथगा है, विध्वंसिनी है, विदग्धकारिणी है।''

''ये तो सब बातें हैं। कवियों वाला शब्द-विन्यास है। ऐसी क्रान्ति से हमें मिलेगा क्या ?''

वह हँसने लगी। ''क्रान्ति से क्या मिलेगा ? कुछ नहीं। जो कुछ है, शायद वह भी भस्म हो जायगा। पर इससे यह नहीं सिद्ध होता कि क्रान्ति का विरोध करना चाहिए। हमें इस बात का ध्यान भी नहीं करना चाहिए कि हमें क्रांति करके क्या मिलेगा।''

''क्यों ?''

''कोढ़ का रोगी जब डाक्टर के पास जाता है, तो यही कहता है कि मेरा रोग छुड़ा दो। यह नहीं पूछता कि इस रोग को दूर करके इसके बदले मुझे क्या दोगे। क्रान्ति एक भयंकर औषध है, यह कड़वी है, पीड़ाजनक है, जलानेवाली है, किन्तु है औषध। रोग को मार अवश्य भगाती है। किन्तु इसके बाद, स्वास्थ्य प्राप्ति के, जिस पथ्य की आवश्यकता है, वह इसमें खोजने पर निराशा ही होगी, इसके लिये क्रान्ति को दोष देना मूर्खता है।''

''मैं निरुत्तर हो गया। चुपचाप उसके मुख की ओर देखने लगा। थोड़ी देर बाद बोला, ''एक बात पूछूं ?''

''क्या ?''

''तुम्हारा नाम क्या है ?''

''क्यों ?''

''यों ही। कुतूहल है।''

''पिता ने जो नाम दिया था, वह उस दिन छूट गया, जिस दिन विवाह हुआ। पति ने जो नाम दिया था, उसे मैं आज भूल गई हूँ। अब मेरा नाम मेरिया इवानोव्ना है।''

कुछ देर हम फिर चुप रहे। मैंने तलवार की ओर देखते हुए पूछा, ''यह—यह कैस हुआ ?''

उसके उन विचित्र नील नेत्रों की सुप्त ज्वाला फिर जाग उठी। वह अपने हाथों की ओर देखती हुई बोली, ''वह बहुत वीभत्स कहानी है।'' फिर आप ही आप, ''नहीं, रक्त नहीं लगा है।''

कुतूहल होते हुए भी मैंने आग्रह नहीं किया। इतनी देर में मैं कुछ-कुछ समझने लगा था कि इस स्त्री (या दानवी) से अनुनय-विनय करना व्यर्थ है। इस पर इसका कुछ भी प्रभाव नहीं पड़ेगा। मैं चुपचाप इसी आशा में बैठा रहा कि शायद वह स्वयं ही कुछ कह दे। मुझे निराश भी नहीं होना पड़ा।

वह आग की ओर देखती हुई धीरे-धीरे बोली, "तो सुनो। आज जो कुछ मैं कह रही हूँ, वह मैंने कभी किसी से नहीं कहा। शायद अब किसी से कहूँगी भी नहीं। जब मैं तुम्हरा पता पूछकर यहाँ आई, तब मुझे जरा भी ख्याल नहीं था कि तुमसे कुछ भी बात करूँगी। केवल रुपया माँगकर चले जाने की इच्छा से आई थी। अब—अब मेरा ख्याल बदल गया है। मुझे रुपया नहीं चाहिए। मैं ..."

"क्यों ?"

"मैं अपना काम करके मास्को से भाग जाना चाहती थी। किन्तु अब नहीं भागूंगी ?"

"और क्या करोगी ?"

"अभी एक काम बाकी है। एक बार और भिक्षा माँगनी है। उसके बाद—"

वह एकाएक रुक गई। फिर तलवार की धार पर तर्जनी फेरती हुई आप ही बोली, "कितनी तीक्ष्ण धार है यह !"

मैंने साहस करके पूछा, "भिक्षा की बात तुमने पहले भी कही थी और बलिदान की भी ! मैं कुछ समझ नहीं पाया था।"

"अब कहने लगी हूँ, तो सब कुछ कहूँगी। अब लज्जा के लिए स्थान नहीं रह गया है। स्त्रीत्व तो पहले ही खो दिया था, आज मानवता भी चली गई। और फिर—आज के बाद—सब कुछ एक हो जायगा। पर तुम चुपचाप सुनते जाओ, बीच में रोकना नहीं।"

मैं प्रतीक्षा में बैठा रहा। वह इस तरह निरीह होकर कहानी कहने लगी, मानो स्वप्न में कह रही हो—मानो मशीन से ध्वनि निकल रही हो।

"तुमने माइकेल क्रेस्की का नाम सुना है ?"

"वही जो पीटर्सबर्ग में पुलिस के तीन अफसरों को मारकर लापता हो गए थे।"

"हाँ, वही। वे हमारी संस्था के प्रधान थे।" यह कहकर उसने मेरी ओर देखा। मैं कुछ नहीं बोला, किन्तु मेरे मुख पर विस्मय का भाव उसने स्पष्ट देखा होगा। वह फिर कहने लगी, "वे कल यहीं मास्को में गिरफ्तार हो गये हैं।"

क्षण भर निस्तब्धता रही।

"पर उनको गिरफ़्तार करके ले जाने पर भी पुलिस को यह नहीं पता लगा कि वे कौन हैं। वे इसी सन्देह पर गिरफ्तार किए गये थे कि शायद क्रान्तिकारी हों। मुझे इस बात की खबर मिली, तो मैंने निश्चय किया कि जाकर पता लगाऊँ। मैं यह साधारण गँवार स्त्री की पोशाक पहनकर पुलिस विभाग के दफ्तर में गई। वहाँ जाकर मैंने अपना परिचय यही दिया कि मैं उसकी बहन हूँ, गाँव से उन्हें लेने आयी हूँ। तब तक पुलिस को उन पर कोई सन्देह नहीं हुआ था। लेकिन वे इधर-उधर से—पीटर्सबर्ग से भी—पूछताछ कर रहे थे।

"पहले तो मैंने सोचा कि पीटर्सबर्ग से अपने साथियों को बुला भेजूं; उनसे मिलकर इन्हें छुड़ाने का प्रयत्न करूँ। लेकिन इसके लिए समय नहीं था—न जाने कब उन्हें पीटर्सबर्ग से उत्तर आ जाय। मैं अकेली सिवाय अनुनय-विनय के कुछ नहीं कर सकती थी····उफ़! अपनी अशक्तता पर कितना क्रोध आता था। दाँत पीसकर रह गई····जब तक ऐसे समय में अपनी असमर्थता, निस्सहायता का अनुभव नहीं होता, तब तक क्रान्ति की आवश्यकता भी पूरी तरह से नहीं समझ आ सकती।"

मेरी ओर देख और मुझे ध्यान से सुनता पाकर वह फिर बोली—

"फिर—फिर मैंने सोचा, जो कुछ मैं अकेले कर सकती हूँ, वह करना ही होगा। अगर गिड़गिड़ाने से उन्हें छुड़ा सकूँ, तो यह करना होगा, चाहे बाद में मुझे फाँसी पर भी लटकना पड़े। मैंने निश्चय कर लिया—मेरी हिचकिचाहट दूर हो गई। कल ही शाम को मैं जनरल कोल्पिन के बँगले पर गई। उस समय वहाँ कर्नल गोरोव्स्की भी मौजूद था। पहले तो मुझे अन्दर जाने ही नहीं मिला, दरबान ने जो कुछ मेरे पास था, तलाशी में निकालकर रख लिया। बहुत गिड़गिड़ाकर मैं अन्दर जा पाई!

"पहले जनरल कोल्पिन ने मुझे देखकर डाँट दिया। फिर न जाने क्या सोचकर बोला, 'क्यों, क्या बात है?' मैंने अपनी गढ़ी हुई कहानी कह सुनाई कि

मेरा भाई निर्दोष था, पुलिस ने यों ही उसे पकड़ लिया। जनरल साहब बहुत बड़े आदमी हैं, सब कुछ उनके हाथ में है, जिसे चाहें उसे छोड़ सकते हैं....मैं उसके आगे रोई भी, उसके पैर भी पकड़े—उसके, जिसकी मैं जबान खींच लेती !

"वह चुपचाप सुनता रहा। जब मैं कह चुकी, तब भी कुछ नहीं बोला। थोड़ी देर बाद उसने आँख से गोरोव्स्की को इशारा किया। कुछ कानाफूसी हुई। गोरोव्स्की ने मुझे कहा, 'इधर आओ, तुमसे कुछ बात करनी है।' मैं उसके साथ दूसरे कमरे में चली गई। वहाँ जाकर वह बोला, 'देखो, अभी सब कुछ हमारे हाथ में है, पर कल के बाद नहीं रहेगा। हमें उसे अदालत में ले जाना होगा। फिर—"

"यह कहकर वह चुप हो गया। मैंने कहा, 'आप मालिक हैं, जैसा कहेंगे, मैं वैसा करूँगी।' वह बोला, 'जनरल साहब तुम्हरे भाई पर दया करने को तैयार हैं—एक शर्त पर।' मैंने उत्सुक होकर पूछा, क्या ? वह मेरे बहुत पास आ गया। फिर धीरे-धीरे बोला, 'मेरिया इवानोव्ना, तुम अपूर्व सुन्दरी हो'...."

वह बोलते-बोलते चुप हो गई। मैंने सिर उठाकर उसकी ओर देखा, उसकी आँखें विचित्र ज्योति से चमक रही थीं। वह एकाएक मेज़ पर से उठकर मेरे सामने खड़ी हो गई। बोली "जानते हो, उसकी क्या शर्त थी, जानते हो ? ऐसी शर्त तुम्हें स्वप्न में भी न सूझेगी....यहीं एक शर्त थी, यही एकमात्र बलिदान था, जिसके लिए मैं तैयार होकर नहीं गई थी।...."

वह फिर चुप हो गई। दोनों हाथों से अपनी कमीज का कालर और गले का रूमाल पकड़कर कुछ देर मेरी ओर देखती रही। फिर एकाएक झटका देकर कमीज और रूमाल फाड़ती हुई बोली, "देखो, अध्यापक ! ऐसा सौन्दर्य तुमने कभी देखा है ?"

उसका मुख जो कि रूमाल और टोपी से ढका हुआ था, अब एकदम स्पष्ट दीख रहा था। उसके नीचे उसका गला और वक्ष भी खुला हुआ था....उसका यह अपूर्व लावण्य, वह प्रस्फुटित सौन्दर्य, अधरों पर दबी हुई विषादयुक्त मुस्कान, हेमवर्ण कण्ठ और वक्ष....ऐसा अनुपम सौन्दर्य सचमुच मैंने पहले नहीं देखा था ....मेरे शरीर में बिजली दौड़ गई—फिर मैंने दृष्टि फेर ली....

किन्तु उसकी वह आँखें....विस्फारित, निर्निमेष....उनका वह तुषार-कणों

की तरह शीतल प्रदीपन····उनमें विराग, क्रोध, करुणा, व्यथा की अनुपस्थिति···· वह शुक्र तारे की हरित ज्योति····

"यह है बलि ! यह स्त्री का रूप है माइकेल क्रेस्की की मुक्ति का मूल्य ?"

मैंने चाहा, कुछ कहूँ, चिल्लाऊँ पर बहुत चेष्टा करने पर भी आवाज नहीं निकली।

उसने, उस नर-पिशाच गोरोव्स्की ने मेरे पास आकर कहा 'मेरिया इवानोव्ना' तुम अपूर्व सुन्दरी हो—तुम्हारे लिए अपने भाई को छुड़ा लेना साधारण-सी बात है'····मुझ पर मानो बिजली गिरी। क्षण भर मुझे इस शर्त का पूरा अभिप्राय भी न समझ आया। फिर समुद्र की लहरों की तरह मेरे हृदय में क्रोध उमड़ आया। मेरा मुख लाल हो गया। मैंने कहा, 'पापी ! कुत्ते !' और तीव्र गति से बाहर निकल गई। किन्तु पीछे उसकी हँसी और ये शब्द सुनाई पड़े—'कल शाम तक प्रतीक्षा है, उसके बाद—'

"बाहर ठण्डी हवा में आकर मेरी सुध कुछ ठिकाने आई। मैं शान्त होकर सोचने लगी, मेरा कर्त्तव्य क्या है ? माइकेल क्रेस्की का गौरव अधिक है या···· उन्हें मर जाने दूं। कभी नहीं ! छुड़ाऊँ तो कैसे ? इसी आशा में बैठी रहूँ कि शायद पुलिस को पता न लगे ? प्रतारणा ! कहीं वे उन्हें पहचान गये तो····! पीटर्सबर्ग से किसी को बुलाऊँ ? पर उसके लिए समय कहाँ है ? अकेली क्या करूँगी ? वह शर्त····!"

"प्रधान, हमारा कार्य, देश, राष्ट्र ! इसके विरुद्ध क्या ? एक स्त्री का सतीत्व····। मैंने निर्णय कर लिया। शायद मुझसे गलती हुई, शायद इस निर्णय के लिये संसार, मेरे अपने क्रान्तिवादी बन्धु, मेरे नाम पर थूकेंगे, शायद मुझे नरक की यातना भोगनी पड़ेगी, पर जो यातना मैंने निर्णय करने में सही है, उससे अधिक नरक में भी क्या होगा ?"

वह फिर ठहर गई। अबकी बार मुझसे नहीं रहा गया। मैंने अत्यन्त व्यग्रता से पूछा, "क्या निर्णय किया है ?"

"अभी यहाँ से जनरल कोल्पिन के घर जाऊँगी। पर सुनो, अभी मेरी कहानी समाप्त नहीं हुई। आज छः बजे मैं कर्नल गोरोव्स्की के घर गई। मेरे आते ही वह हँसकर बोला, 'मेरिया' तुम जितनी सुन्दर हो, उतनी ही बुद्धिमती भी हो। इज्जत तो बार-बार बिगड़कर भी बन जाती है, भाई बार-बार नहीं

मिलते ।' मैंने सिर झुकाकर कहा, 'हाँ' आप साहब से कहला भेजें कि मुझे शर्त मंजूर हैं ।"

"वह उस समय वर्दी उतारकर रख रहा था । बोला, 'तुम यहीं ठहरो, मैं टेलिफ़ोन कर देता हूँ ।' वह कोने में टेलिफोन पर बात करने लगा । उसकी पीठ मेरी ओर थी । मुझे एकाएक कुछ सूझा····मैंने म्यान में से उसकी तलवार खींच ली—दबे पाँव जाकर उसके पीछे खड़ी हो गई । टेलिफोन पर बात हो चुकी—गोरोव्स्की उसे बन्द करके घूमने को ही था कि मैंने तलवार उसकी पीठ में भोंक दी । उसने आह तक नहीं की—अनाज की बोरी की तरह भूमि पर बैठ गया । फिर मैंने उसकी लोथ उठाकर खिड़की से बाहर डाल दी—और भाग निकली !"

मैंने पूछा, "तुम्हारे इन हाथों में इतनी शक्ति !"

वह हँस पड़ी, बोली, "मैं क्रान्तिकारिणी हूँ । यह देखो !"

उसने तलवार उठाई, एक हाथ से मूठ और दूसरे हाथ से नोक थामकर बोली, "यह देखो !" देखते-देखते उसने उसे चपटी ओर से घुटने पर मारा—तलवार दो टूक हो गई ! उसने वे दोनों टुकड़े मेरी मेज पर रख दिये ।

मैंने पूछा, "अब—अब क्या करोगी ?"

उसने अपनी जेब में हाथ डालकर एक छोटा-सा रिवाल्वर निकाला । यह भी गोरोव्स्की के यहाँ से मिल गया ।"

"पर—इसका क्या करोगी ?"

"प्रयोग !" कहकर उसने छिपा लिया ।

इसके बाद शायद चार-पाँच मिनट फिर कोई न बोला । मैंने उसकी सारी कहानी का मैंन ही मन सिंहावलोकन किया । उसमें कितनी वीभतसता, कितनी करुणा थी । और उसका दोष क्या है ? केवल इतना ही कि वह क्रान्तिकारिणी थी । एकाएक मुझे एक बात याद आ गई । मैंने पूछा, "तुमने कहा था कि तुमने पहले भी भिक्षा माँगी थी—इसी प्रकार की । वह क्या बात थी, बताओगी ?"

वह अब तक खड़ी थी, अब फिर मेज पर बैठ गई । बोली, "वह पुरानी बात है । उन दिनों की, जब मैं पीटर्सबर्ग से भागी थी । अकेली नहीं, साथ में एक लड़की भी थी—तुमने पालिना का नाम सुना है ?"

"हाँ, सुना तो है । इस समय याद नहीं आ रहा कि कहाँ ।"

"वह नोव्गोरोड् में पकड़ी गई थी—वेश्याओं की गली में—और गोलों से उड़ा दी गई थी।"

"हाँ, मुझे याद आ गया। उसके बाद बहुत शोर भी मचा था कि यह क्यों हुआ, लेकिन कुछ पता नहीं लगा।"

"हाँ, उस दिन मैं भी नोव्गोरोड् में थी—उसी घर में! हम दोनों वहाँ रहती थीं। एक वेश्या के यहाँ ही। वहीं, नित्य प्रति रात को लोग जाते थे, हमारे शरीरों को देखते थे, गन्दे संकेत करते थे और हम बैठी सब कुछ देखा करती थीं। वहाँ जब वे चूसे हुए नींबू की तरह बीमारियों से घुले हुए पूँजीपति साफ़-साफ़ कपड़े पहनकर इठलाते हुए जाते—उफ़! जिसने वह नहीं देखा, वह पूँजीवाद और साम्राज्यवाद का दूरव्यापी परिणाम नहीं समझ सकता। धन के आधिक्य से ही कितनी बुराइयाँ समाज में आ जाती हैं—इसको जानने के लिए वह देखना जरूरी है।"

"फिर वे आसपास की कोठरियों में चले जाते थे,....किसी-किसी में अँधेरा हो जाता था....फिर...."

थोड़ी देर तक वह चुप रही। फिर बोली, "कभी-कभी उसमें एक-आध नवयुवक भी आते थे—शान्त, सुन्दर, सुडौल....उनके आने पर वह घर—और उसमें रहनेवाले—कितने विद्रूप, कितने वीभत्स मालूम होने लगते थे....किन्तु शायद अगर वे न आते, तो हमारी वहीं मृत्यु हो जाती—इतना ग्लानिमय दृश्य था वह!"

"यही थे हमारे सहायक, हमारे सहकारी....हमें पीटर्सबर्ग से जो ऐलान बाँटने के लिए आते थे, वे हम इन्हें दे देती थीं—ये उन्हें बाँट आते थे। नोव्गोरोड् में हमने अपनी संस्था की शाखा इसी तरह बनाई। फिर नोव्गोरोड् के आर्क एंजेल, फिर जेरोस्लावल, फिर पीटर्सबर्ग और फिर वापस नोव्गोरोड्....आर्क एंजेल, में तीन गवर्नरों की हत्या हुई, जेरोस्लावल में राज-कर्मचारियों के घर जला दिये गये, नोव्गोरोड् में पुलिस के कई अफसर मारे गये। फिर—पालिना पकड़ी गई, और मैं मास्को में आ गई...."

"पर वह पकड़ी कैसे गई?"

"वे मुहल्ले जिनमें हम रहते थे, रात ही को खुलते थे....दिन में वे वैसे ही पड़े रहते थे, जैसे विस्फोट के बाद ज्वालामुखी का फटा हुआ शिखर....पर उस

दिन जरूरी काम था—पालिना मोटा-सा कोट पहन, मुँह ढककर बाहर निकली। उसकी जेब में कुछ पत्र थे और एक पिस्तौल, और वह पत्र पहुँचाने जा रही थी। इसी समय—"

घड़ी में टन् ! टन् ! ग्यारह बजे गये। चौंककर उठी और बोली, "बहुत देर हो गई—अब मैं जाती हूँ।"

"कहाँ ?"

"कोल्पिन के यहाँ—अन्तिम भिक्षा माँगने।"

उसने शीघ्रता से अपने कोट के बटन बन्द किये और उठ खड़ी हुई।

मैं भी खड़ा हो गया।

मैंने रुक-रुककर कहा, "स्वातन्त्र्य-युद्ध में बहुत सिरों की बलि देनी पड़ती है।" मानो मैं अपने-आपको ही समझा रहा होऊँ।

वह बोली, "ऐसे स्वातन्त्र्य-युद्ध में सिर अधिक टूटते हैं या हृदय—कौन कह सकता है ?"

मैं चुप होकर खड़ा रहा। वह कुछ हँसी, फिर बोली, "जीवन कैसा विचित्र है जानते हो, अध्यापक ? मैं आई थी धन लेकर विलुप्त हो जाने, और चली हूँ, स्मृति-स्वरूप वह बोकर—वह अशान्ति का बीज !"

जिधर उसने संकेत किया था, मैं उधर देखता ही रह गया। लैम्प और आग के प्रकाश में लाल-लाल चमक रही थी—उस टूटी हुई तलवार की मूठ।

सहसा किवाड़ खुलकर बन्द हो गया। मेरा स्वप्न टूट गया मैंने आँख उठाकर देखा।

वर्षा अब भी हो रही थी—ओले भी पड़ रहे थे। किंतु वह····वह वहाँ नहीं थी। था अकेला मैं—और वह अशांति का बीज !

वह बीज कैसे प्रस्फुटित हुआ, यह फिर कहूँगा। अभी उसी दिन की घटना पूरी कहनी है।

वह चली गई। पर मैं फिर अपना लेख नहीं लिख सका—एक बार मैंने काग़जों की ओर देखा, "सफल क्रान्ति।" दो शब्द मेरी ओर देखकर हँस रहे थे····"विस्मृत आहुतियों का शान्तिजनक निष्कर्ष !" प्रवंचना ! मैंने वे काग़ज फाड़कर आग में डाल दिये। फिर भी शान्ति नहीं मिली। मैं सोचने लगा, इसके

बाद वह क्या करेगी ? कोल्पिन के घर में····माइकेल क्रेस्की तो शायद मुक्त हो जायँगे····किन्तु उसके बाद ?····

उस उद्धार के फलस्वरूप आनन्द, उल्लास, गौरव—कहाँ होंगे ? कहाँ होगी व्यथा, प्रज्वलन, पशुता का ताण्डव । जहाँ स्वतन्त्रता का उद्दाम आह्वान होना चाहिए, वहाँ क्या होगा ?—एक स्त्री-हृदय के टूटने की धीमी आवाज ।

मैंने जाकर लैम्प बुझा दिया । कमरे में अँधेरा छा गया केवल कहीं-कहीं अँगीठी की आग से लाल-लाल प्रकाश पड़ने लगा, और उसमें कुर्सी की टाँगों की छाया पर विचित्र नृत्य करने लगी । मैं उसे देखते-देखते फिर सोचने लगा—इसी समय कोल्पिन के घर में न जाने क्या हो रहा होगा····मेरिया वहाँ पहुँच गई होगी—शायद अब तक क्रेस्की मास्को की किसी गली में छिपने के लिए चल पड़े हों····वे क्या सोचते होंगे कि उनका उद्धार कैसे हुआ ? मेरिया की बात उन्हें मालूम होगी ? शायद वहाँ उनका मिलन हो जाय—किन्तु कोल्पिन क्यों होने देगा ? मेरिया के बलिदान की बात शायद कोई न जान पायेगा—किसी को भी मालूम नहीं होगा····असीम समुद्र में बहते हुए एकाएक बुझ जाने वाले दीप की तरह उसकी कथा वहीं समाप्त हो जायेगी—और मैं उनका नाम तक नहीं जान पाऊँगा कैसी विडम्बना है यह !

घड़ी में बारह बजे । मैं चौंका । एक अत्यन्त वीभत्स दृश्य मेरी आँखों के आगे नाच गया । कोल्पिन और मेरिया····उस दृश्य के विचार को भी मैं सहन नहीं कर सका । मैंने उठकर किवाड़ खोल दिये और दरवाजे के बीच में खड़ा होकर वर्षा को देखने लगा । कहीं-कहीं एक-आध ओला मेरे ऊपर पड़ जाता था, किन्तु मुझे उसका ध्यान भी नहीं हुआ । मैं आँखें फाड़कर रात्रि के अंधकार में वर्षा की बूंदें देखने की चेष्टा कर रहा था····

पूर्व में जब धुंधला-सा प्रकाश हो गया, तब मेरा वह जाग्रत स्वप्न टूटा । तब मुझे ज्ञान हुआ कि मेरे हाथ-पैर सर्दी से संज्ञाशून्य हो गये हैं । मैंने मानों वर्षा में कहा, 'वहाँ जो कुछ होना था, अब तक हो चुका होगा, फिर मैं किवाड़ बन्द कर अन्दर जाकर लेट गया और अपने ठिठुरे हुए अंगों को गर्मी पहुँचाने के लिए कम्बल लपेटकर पड़ा रहा ।····

उस दिन की घटना यहीं समाप्त होती है, पर उसके बाद एक-दो घटनाएँ और हुईं, जिनका इससे घनिष्ठ सम्बन्ध है । वह भी यहीं कहूँगा ।

इसके दूसरे दिन मैंने पढ़ा, 'कल रात को जनरल कोल्पिन और कर्नल गोरोव्स्की दोनों अपने घरों में मारे गये। जनरल कोल्पिन की हत्या एक स्त्री ने रिवाल्वर से की। उनको मारने के बाद उसने उसी रिवाल्वर से आत्मघात कर लिया। कर्नल गोरोव्स्की घर में तलवार से मरे पाये गये कहा जाता है कि उन की तलवार और रिवाल्वर दोनों गायब हैं। जिस रिवाल्वर से जनरल कोल्पिन की हत्या की गई, उस पर गोरोव्स्की का नाम लिखा है, इससे अनुमान किया जाता है कि गोरोव्स्की और कोल्पिन की घातक यही स्त्री है। पुलिस जोरों से अनुसंधान कर रही है, लेकिन अभी इसके रहस्य का कुछ पता नहीं लगा है।''

क्रेस्की का कहीं नाम भी नहीं था।

यह रहस्य आज भी नहीं खुला। हाँ, इसके कुछ दिन बाद मैंने सुना कि माइकेल क्रेस्की पीटर्सब्रर्ग के पास पुलिस से लड़ते हुए मारे गये....

वह रहस्य दबा ही रह गया। शायद माइकेल क्रेस्की को स्वयं भी कभी यह नहीं ज्ञात हुआ कि वे मास्को से उस आधी रात के समय क्यों एकाएक छोड़ दिये गये....

किन्तु अशान्ति का जो बीज मेरे हृदय में बोया गया था, वह नहीं दब सका। जिस दिन मैंने सुना कि माइकेल क्रेस्की मारे गये, उस दिन मेरी धमनियों में रूसी रक्त खौल उठा....क्रेस्की के कारण नहीं, किन्तु मेरिया के शब्दों की स्मृति के कारण। मैंने अपने स्कूल में एक व्याख्यान दिया, जिसमें जीवन में पहली बार विशुद्ध हृदय से मैंने क्रान्ति का समर्थन किया था....

इसके बाद मुझे रूस से निर्वासित कर दिया गया, क्योंकि क्रांति पोषकों के लिये रूस में स्थान नहीं था।

आज मैं पेरिस में रहता हूँ। मास्को की तरह अब भी अध्यापन का काम कर रहा हूँ किन्तु अब उसमें मेरी रुचि नहीं है। अब भी मैं क्रान्ति-विषयक पुस्तक का अध्ययन करता हूँ, किन्तु अब पढ़ते समय मेरा ध्यान अपनी अनभिज्ञता की ओर ही रहता है। आज भी मेरा वह संग्रह उसी भाँति पड़ा है, किन्तु अब उसकी सबसे अमूल्य वस्तु है वह टूटी हुई तलवार! हाँ, अब मैंने व्याख्यान देना छोड़ दिया है—अब एक विचित्र विषादमय अशांति, एक विक्षोभमय ग्लानि, मेरे हृदय में घर किये रहती है....

ज्वालामुखी से आग निकलती है और बुझ जाती है, किन्तु जमे हुए लावा के

काले-काले पत्थर पड़े रह जाते हैं। आँधी आती है और चली जाती है, किन्तु वृक्षों की टूटी हुई शाखें सूखती रहती हैं। नदी में पानी चढ़ता है और उतर जाता है, किन्तु उसके प्रवाह से एकत्रित घास-फूस, लकड़ी किनारे पर सड़ती रह जाती है। यह टूटी तलवार भी उसके आवागमन का स्मृति-चिह्न। जब भी इसकी ओर देखता हूँ दो धधकते हुए, निर्निमेष वृत्त मेरे आगे आ जाते हैं, मैं सहसा पूछ बैठता हूँ, "मेरिया इवानोव्ना, तुम मानवी थीं, या दानवी, या स्वर्ग-भ्रष्टा विपथगा देवी ?"

●

रहमान का बेटा | बिष्णु प्रभाकर

क्रोध और वेदना के कारण उसकी वाणी में गहरी तनखी आ गई थी और वह बात-बात में चिनचिना उठता था। यदि उस समय गोपी न आ जाता, तो संभव था कि वह किसी बच्चे को पीटकर अपने दिल का गुबार निकालता। गोपी ने आकर दूर से ही पुकारा—"साहब सलाम भाई रहमान। कहो क्या बना रहे हो ?"

रहमान के मस्तिष्क का पारा सहसा कई डिग्री नीचे आ गया, यद्यपि क्रोध की मात्रा अभी भी काफी थी, बोला, "आओ गोपी काका। साहब सलाम।"

"बड़े तेज हो, क्या बात है ?"

गोपी बैठ गया। रहमान ने उसके सामने बीड़ी निकालकर रखी और फिर सुलगाकर बोला—"क्या बात होगी काका ! आजकल के छोकरों का दिमाग बिगड़ गया है। जाने कैसी हवा चल पड़ी है। माँ बाप को कुछ समझते ही नहीं।"

गोपी ने बीड़ी का लम्बा कश खींचा और मुस्कराकर कहा—"रहमान, बात सदा ही ऐसी रही है। मुझे तो अपनी याद है। बाबा सिर पटक कर रह गये, मगर मैं चटशाला में जाकर हाजिरी ही नहीं दिया। आज बुढ़ापे में वे दिन याद आते हैं। सोचता हूँ, दो अच्छर पेट में पड़ जाते तो...."

बीच में बात काटकर रहमान ने तेंजी से कहा—"तो काका, नशा चढ़ जाता। अच्छरों में नाज से ज्यादा नशा होवे है, यह दो अच्छर का नशा ही तो है जो सलीम को उड़ाये लिये जावे है। कहवे है इस बस्ती में मेरा जी नहीं लगे। सब गन्दे रहते हैं। बात करने की तमीज नहीं। चोरी से नहीं चूके...."

गोपी चौंककर बोला—"सलीम ने कहा ऐसे ?"

"जी हाँ, सलीम ने कहा ऐसे और कहा, हम इन्सान नहीं हैं, हैवान हैं। फिर हम जैसे नाली में कीड़े बिलबिलाये हैं न, उसी तरह की हमारी जिन्दगी है।"····कहते-कहते रहमान की आँखें चढ़ गईं। बदन काँपने लगा। हुक्के को जिसे उसने अभी तक छुआ नहीं था, इतने जोर से पैर से सरकाया कि चिलम नीचे गिर पड़ी और आग बिखरकर चारों ओर फैल गई। तेजी से पुकारा—"करीमन! ओ हरामजादी करीमन! कहाँ मर गई जाकर? ले जा इस हुक्के को। साला आज हमें गुण्डा कहवे हैं····।"

गोपी ने रहमान की तेजी देखकर कहा—"उसका बाप स्कूल में चपरासी था न····!"

"जी हाँ, वही असर तो खराब करे है। पढ़ा नहीं था तो क्या; हर वक्त पढ़े लिखे के बीच रहवे था। मगर साले ने किया क्या? भरी जवानी में पैर फैलाकर मर गया। बीबी को कहीं का भी नहीं छोड़ा। न जाने किसके पड़ती, वह तो उसकी माँ ने मेरे आगे धरना दे दिया। वह दिन और आज का दिन; सिर पर रखा है। कह दे कोई, सलीम रहमान की औलाद नहीं है। पर वह बात है काका····"

आगे जैसे रहमान की आँख में कहीं से आकर कुणक पड़ गई। जोर-जोर से मलने लगा। उसी क्षण शून्य में ताकते-ताकते गोपी ने कहा—"सलीम की माँ बड़ी नेकदिल औरत है।"

रहमान एकदम बोला—"काका फरिश्ता है। ऐसी नेकदिल औरत कहाँ देखने को मिले है आजकल। क्या मजाल जो कभी पहले शौहर का नाम लिया हो! ऐसी जी-जान से खिदमत करे है कि बस सिर नहीं उठता। और काका उसी का नतीजा है। तुमसे कुछ छुपा है। कभी इधर-उधर देखा है मुझे?"

गोपी ने तत्परता मे कहा—"कभी नहीं रहमान, मुंह देखे को नहीं ईमान की बात है। पाँच पंचों में कहने को तैयार हूँ।"

—"और रही चोरी की बात! किसी के घर डाका मारने कौन जावे है। यूं खेत में से घास-पात तुम भी लावो ही हो काका।"

गोपी बोला—"हाँ लावं हूँ। इसमें लुकाव की क्या बात है। और लावें क्यों न? हम क्या इतने से भी गये? बाबू लोग रोज जेब भरकर घर लौटे हैं।

सच कहूँ रहमान ! तनखा बाँटते वक्त अंगूठा पहले लगवा लेवे हैं और पैसों के वक्त किसी गरीब को ऐसी दुत्कार देवें कि विचारा मुंह ताकता रह जावे है। इस सत्यानाशी राज में कम अंधेर नहीं है। पर बेमाता ने हमारी सरकार की किस्मत में न जाने क्या लिख दिया है, दिन-रात चौगुनी तरक्की होवे है। गाँधी बाबा की कुछ भी पेश नहीं आवे।"

रहमान ने सारी बातें बिना सुने उसी तेजी से कहा—"बाबू क्यों ? वे जो अफ्सर होते हैं, साब बहादर, वे क्या कम हैं ? किसी चीज पर पैसा नहीं डालें हैं। और काका ! यह कल का छोकरा सलीम हमें गुण्डा बतावे है। गुण्डे साले तो वे हैं। सच काका ! कलब में सिवाय बदमाशी के वे करें क्या हैं। शराब वे पियें, जुआ वे खेलें और····।"

"और क्या ? हमारे साब के पास आये दिन कलब का चपरासी आवे है। कभी सौ, कभी डेढ़ सौ, सदा हारे ही हैं, पर रहमान, उसकी मेम बड़ी तकदीर की सिकन्दर है। जब जावे तब सौ सवा सौ खींच लावे है।"

"मेम साब····काका, तुम क्या जानो। उनकी बात और है। जितने ये साब बहादुर हैं, और साब क्यों, बड़े-बड़े वकील, बलिस्टर, लाला, सभी आज-कल कलब जावे हैं। मुसलमान को शराब पीना हराम है; पर वहाँ बैठकर विस्की, जिन, पोरट, सेरी सब चढ़ा जावे हैं। औरतें ऐसी गिर गई हैं कि पराये मरद के कमर में हाथ डालकर लिये फिरे हैं और वे हंस-हंसकर खिलर-खिलर बातें करे हैं। काका ! जितनी देर वे वहाँ रहवे हैं; ये यही कहते रहे हैं—उसकी बीबी खूबसूरत है। इसकी जोरदार है। सरमा खुशकिस्मत है, रफीक की लौंडिया उसके घर जावे। गुप्ता की बीबी उसके पास रहे है। सारा वक्त यही घुसर-पुसर होती रहे और मौका देख कोई किसी के साथ उड़ चला। उस दिन जीत की खुशी में ड्रामा हुआ था। पुलिस के कप्तान लालाजी बने थे। वे लालाजी लोगों को हंसाते रहे और मेजर साहब उनकी बीबी को लेकर डाक बँगले की सैर करने चले गये। ये हैं, बड़े लोगन की चाल-चलन। ये हमारे आका····हमारे भाग की लकीर इन्हीं की कलम से खिचे हैं।"

गोपी ने फिर जोर से बीड़ी का कश खींचा और गम्भीरता से कहा—"रहमान ! देखने में जितना बड़ा है, असल में वह उतना छोटा।"

"और खोटा भी।"

"और क्या।"

"और इन्हीं के लिये सलीम हमें बदतमीज, बदसहूर, बेअकल, न जाने क्या कहवे है। मैंने भी सोच लिया है, आज उससे फैसला करके रहूँगा। मैंने हमेशा उसे अपना समझा है। नहीं तो....नहीं तो....।"

गोपी ने अब अपना डंडा उठा लिया। बोला—"रहमान कुछ भी हो, सलीम तेरा ही लड़का माना जावे है जवान है; अबे-तबे से न बोलना। समझा; आजकल हवा ऐसी चल पड़ी है। और चली कब नहीं थी! फरक इतना है, पहले मार खाकर बोलते नहीं थे, अब सीधे जवाब देवे हैं...."

रहमान तेज ही था। कहा—"मैं उसके जवाबों की क्या परवा करूँ काका। जावे जहन्नुम में। मेरा लगे क्या है?....और काका। मैं उसे मारूंगा क्यों। मेरे क्या हाथ खुले हैं। मैं तो उससे दो बात पूछूंगा, रास्ता इधर या उधर। और काका, मुझे उस साले की जरा भी फिकर नहीं : फिकर उसकी माँ की है। यूँ तो औलाद और क्या कम हैं, पर जरा यही कुछ सहूरदार था....काका, सोचता था पढ़-लिखकर कहीं मुंशी बनेगा जात-बिरादरी में नाम होगा। लेकिन लिखा क्या किसी से मिटा है?"

गोपीं बोला—"हाँ रहमान। लिखा किसी से नहीं मिटा! अब चाहे तो मालिक भी नहीं मेट सकता। ऐसी गहरी लकीर बेमाता ने खींची है। सो भइया अपने इज्जत अपनी हाथ है। ज्यादा कुछ मत कहना। पढ़ों-लिखों को गैरत जल्दी आ जावे है। समझा....।"

"समझा काका।"

और फिर गोपी डंडा उठा, घास की गठरी कन्धे पर डाल, साहब सलाम करके चला गया। रहमान कुछ देर वहीं शून्य में बैठा धुंधले होते वातावरण को देखता रहा। मन में उमड़-घुमडकर विचा आते और आपस में टकराकर शीघ्रता से निकल जाते। वे झील के गिरते पानी के समान थे, गहरे और तेज। इतने तेज कि उफनकर रह जाते। उनका तात्कालिक मूल्य कुछ नहीं था, इसीलिये उससे मन की झुंझलाहट और गहरी होती गई। करुणा और विषाद कोई उसे कम नहीं कर सका। आखिर वह उठा और अन्दर चला गया।

घर में सन्नाटा था। बच्चे अभी तक खेलकर नहीं लौटे थे। उसकी बीबी रोटियाँ सेंक रही थी। सालन की खुशबू उनकी नाक में भर उठी। उसने एक

नजर उठाकर अपनी बीबी को देखा—शान्त-चित वह काम में लगी है। उसके कानों में लम्बे बाले रोटी बढ़ाते समय वेग से हिलते हैं। उसके सिर का गन्दा कपड़ा खिसककर कन्धे पर आ पड़ा है। यद्यपि जवानी बीत गई है, तो भी चेहरे का भराव अभी हल्का नहीं पड़ा है। गोरी न होकर भी वह काली नहीं है। उसकी आँखों में एक अजीब नशा है। वही नशा उसे बरबस खूबसूरत बना देता है। जिसकी ओर वह देख लेती है एक बार, तो वह ठिठक जाता है। रहमान सहसा ठिठका-उन दिनों इन्हीं आँखों ने मुझे बेबस बना दिया था। नहीं तो....।

सहसा उसे देखकर उसकी बीबी बोल उठी—"इतने तेज क्यों हो रहे थे। गैरों के आगे क्या इस तरह घर की बात कहते हैं ?"

रहमान कुछ तलखी से बोला—"गैरों के आगे क्या ? पानी अब सर से उतर गया है। कल को जब घर से निकल जावेगा, तब क्या दुनिया कानों में रुई ठूंस लेगी या आँखें फोड़ लेगी ?"

बीबी को दुःख पहुँचा। बोली—"बाप-बेटे क्या दुनिया में कभी अलग नहीं होते ?"

"कौन कहे कि वह मेरा बेटा है ?"

"और किसका है ?"

"मैं क्या जानूं ?"

"जरा देखना मेरी तरफ ! मैं भी तो सुनूं।"

तिनक कर उसने कहा—क्या सुनेगी ? मेरा होता तो क्या इस तरह कहता ? जबान खींच लेता साले की।"

"देखूंगी किस-किसकी जबान खींचोगे। अभी तक तो एक भी बात नहीं सराहता।"

"बच्चे और जवान बराबर होते हैं।"

"नहीं होवें पर पूत के पाँव पालने में नजर आ जावें हैं। और फिर वही कौन-सा जवान है ? अल्हड़ उमर है। एक बात मुंह से निकल गई, तो सिर पर उठा लिया। तुम्हारा नहीं तभी तो। अपना होता, तो क्या इस तरह ढोल पीटते। अपनों के हजार ऐब नजर नहीं आवे हैं। दूसरों का एक जरी-सा पहाड़ बन जावे हैं....।"

रहमान कुछ भी हो, इतना मूर्ख नहीं था। उसने समझ लिया, उसने बीबी

के दिल को दुखाया है, पर वह क्या करे ! सलीम से उसे क्या कम मुहब्बत है ! पेट काटकर उसे रहमान ने ही तो स्कूल भेजा है। उसके लिये अब भी कभी बड़े बाबू, कभी डिप्टी, कभी बड़े साहब के आगे गिड़गिड़ाता रहता है। इतनी गहरी मुहब्बत है, तभी तो इतना दुःख है। कोई गैर होता तो····।

तभी उसके चारों बच्चे बाहर से शोर मचाते हुए आ पहुँचे। वे धूल-मिट्टी से लिथड़े पड़े थे। परन्तु गन्दे और अर्द्धनग्न होने पर भी प्रसन्न थे। सबसे बड़ी लड़की लगभग बारह वर्ष की थी। आते ही खुशी-खुशी बोली—"अम्मी ! आज हम भइया की जगह गये थे।"

रहमान को कुछ अचरज हुआ, पर वह जला-भुना बैठा था। कड़क कर बोला—"कहाँ गई थी चुड़ैल ?"

लड़की सहम गई। घबराकर बोली—"भइया की जगह।"

"कौन-सी जगह ?"

"जहाँ भइया जाते हैं। दूर···· ···।"

छोटा लड़का जो दस बरस का था, अब एकदम बोला—"अब्बा, वहाँ बहुत सारे आदमी थे।"

तीसरा भी आठ बरस का लड़का। आगे बढ़ आया, कहा—"वहाँ लेक्चर हुए थे।"

रहमान अचकचाया—"लेक्चर ?"

लड़की ने कहा—"हाँ, अब्बा ! लेक्चर हुए थे। भइया भी बोले थे। लोगों ने बड़ी तालियाँ पीटीं।"

अम्मा का मुख सहसा खिल उठा। गर्व से एक बार उसने रहमान को देखा।

फिर बोली—"क्या कहा उसने ?"

लड़की जो मुरझा चली थी, अब दुगने उत्साह से कहने लगी—"अम्मी, भइया ने बहुत-सी, बातें कही थीं। हम गन्दे रहते हैं, हम अनपढ़ हैं, हम चोरी करते हैं। हमें बोलना नहीं आता। हमें खाने को नहीं मिलता।"

रहमान चिहुँक कर बोला—"देखा तुमने।"

बीबी ने तिनककर कहा—"सुनो तो। हाँ, और क्या लाली ?"

लड़का बोला—"मैं बताऊँ अम्मी ! भइया ने कहा था, इसमें हमारा ही कसूर है ।"

"हाँ, लड़की बोली—"उन्होंने कहा था, बड़े लोग हमें जानबूझ कर नीचे गिराते जावे हैं और हम बोले ही नहीं ।"

और फिर अब्बा की तरफ मुड़कर बोली—"क्यों अब्बा, वे लोग कौन हैं ?"

अब्बा तो बुत बने बैठे थे; क्या कहते ?

लड़का कहने लगा—"अब्बा ! और जो उनमें बड़े आदमी थे, सबने यही कहा—हम भी आदमी हैं । हम भी जियेंगे । हम अब जाग गये हैं ।"

अम्मी ने एक लम्बी साँस खींची । चेहरा प्रकाश से भर उठा—"सुनते हो सलीम की बातें !"

रहमान अब भी नहीं बोला । लड़की बोली—"और अम्मी । भइया ने मुझसे कहा था कि मैं अब घर नहीं आऊँगा ।"

"नहीं आयेगा ?"

"हाँ, अम्मी ।"

रहमान की निद्रा टूटी—"क्यों नहीं आयेगा ? क्योंकि हम गन्दे....?"

"नहीं अब्बा !" लड़की आप ही आप कुछ गम्भीरता से बोली—"भइया ने मुझसे कहा था कि अब इस घर में नहीं रहूँगा । नया घर लूंगा, बहुत साफ । अब्बा से कह दीजो कि वहाँ रहने से गड़बड़ हो सकती है । हम लोगों के पीछे पुलिस लगी रहती है ! वहाँ आयेगी तो शायद अब्बा की नौकरी छूट जावेगी....?"

लेकिन अब्बा हों तो बोलें । उनके तो सिर में भूचाल आ गया है । वह घूम रहा है, रुकता नहीं....

लैला की शादी | राधा कृष्ण

आखिर को लैला की माँ ने मंजूर कर लिया : कहा—"अब लैला को मजनू के हाथ ही सौंप दूंगी !"

सुननेवाले इस समाचार से खुश हो गये। लोगों ने लैला की माँ को बधाइयाँ दीं। मजनू विचारा कितनी मुद्दत से लैला के पीछे तड़प रहा था। आशिकी के कारण इस दुनिया और उस दुनिया दोनों जगह बदनाम हो गया था। मिट्टी भारी हो गई थी और प्राणों में केवल आह भर ही बच रही थी। चलो, लैला की माँ का फैसला बड़ा अच्छा हुआ। आशिक़-माशूक़ की जोड़ी मिल जायगी। दोनों का भला होगा।

और उधर लैला की माँ शादी का बजट बना रही थी—सत्तर गज़ कीमखाब, एक सौ सत्तर गज़ तंजेब, सत्रह बोरे गेहूँ, बीस बोरे चावल; पन्द्रह कनस्तर घी ! !........

बजट तो बन गया, पास-पड़ोसवालों ने उसे पास भी कर दिया, लेकिन सौदा कैसे मिले ? लैला की माँ ने बाजार में पहुँचकर देखा कि किनारा वालों के यहाँ खरीददारों का मेला लगा हुआ है, किरासन तेलवाले अपनी-अपनी दूकानें बन्द करके सो रहे हैं, बाजार की दूकानों में लाठियाँ चल रही हैं। यह जर्मन की लड़ाई क्या हुई आफ़त हो गई। लैला की माँ घबड़ा गई। भीड़ के इस धक्के में हड्डी-पसली किसी का भी पता नहीं मिलेगा। या खुदा, अब क्या करूँ ?

सहसा अँधेरे में बिजली की चमक की तरह वहाँ मजनू दिखलाई दे गया। शादी की खुशी में वह अपने दोस्त के साथ सैर करने को निकला था। लैला की माँ उसके पास पहुँचकर गिड़गिड़ाने लगी—"शादी क्या हुई, मुसीबत हो गई,

कोई भी जिन्स नहीं मिलती बेटा ! देखो, मदद करो; तुम्हारी ही शादी की चीजें हैं। शुक्रगुज़ार होऊँगी।"

मजनू हक्का-बक्का। आँखें फाड़कर उसने पूछा—"तुम चाहती हो कि इस भीड़ में घुसकर मैं गेहूँ खरीद लाऊँ ?"

'हाँ बेटा ज्यादा नहीं, फकत सत्रह बोरे !"

सत्रह बोरे ! सुनते ही मजनू की आँखों के आगे सत्रह हजार सितारे नाचने लगे। आसमान को घूँसा मार आना आसान है, लेकिन सत्रह बोरे गेहूँ खरीद सकना उससे भी ज्यादा मुश्किल है। पसीने-पसीने होकर मजनू ने जवाब दिया—"यह तो नामुमकिन है अम्माजान ! तीन सेर का सवाल हो तो कहो; मैं लँगोट कसकर और लैला का नाम लेकर भीड़ में घुस जाता हूँ और तीन सेर गेहूँ खरीद लाता हूँ।"

लैला की माँ ने कहा—"लेकिन शादी की बात है, सत्रह बोरे से कम में काम नहीं चल सकता।"

मजनू ने आह भरकर जवाब दिया—"अब शादी हो या न हो, सत्रह बोरे गेहूँ तो तुम्हें किसी हालत में नहीं मिल सकते।"

मजनू के जवाब से लैला की माँ की हिम्मत टूट गई। आँखों में आँसू भर-कर बोली—"तो क्या तुम चाहते हो कि गेहूँ के चलते मैं तुम्हारे साथ लैला की शादी मंसूख कर दूँ ?"

मजनू ने कहा—"चाहता तो मैं नहीं, लेकिन लाचारी है !"

"तो यह शादी नहीं होगी ?"

"शादी तो हो सकती है, लेकिन शादी में गेहूँ नहीं होंगे।"

"मैं कहती हूँ, गेहूँ के बिना शादी नहीं हो सकती।"

"तो शादी मुश्किल है !"

"यानी तुम कुछ कर न सकोगे ?"

"इस मामले में मैं कर ही क्या सकता हूँ ?"

अब लैला की माँ आँसू बहाती बाजार में खड़ी थी।

शहर के नामी गुण्डे उस्मान की नजर उस ओर गई। लैला की माँ के पास पहुँचकर वह उसके रोने का कारण पूछने लगा।

लैला की माँ रोती गई, फफकती गई और कारण बताती गई। सब कुछ

सुन लेने के बाद उसमान ने कहा—"इन सारी चीजों का मिलना कोई बड़ी बात नहीं है। तुम जो-जो कहो, मैं सारी चीजें खरीद दूँ; लेकिन दुनिया में एक मजनू ही तो लड़का नहीं। मैं भी लैला के लिए कब से तरस रहा हूँ; लेकिन हाँ, उस मजनू की तरह चिल्ला-चिल्लाकर मुझसे आह नहीं भरी जाती। तो देखो, अगर लैला की शादी मेरे साथ कर सको...."

और भीड़ को चीरकर उसमान दूकानदार के पास पहुँच गया—"क्यों सेठ लगाऊँ दो रद्दे या देते हो सत्रह बोरे गेहूँ ?"

दूकानदार ने घबराकर कहा—"सत्रह बोरे !"

"हाँ-हाँ सत्रह से लेकर सत्रह सौ बोरे तक गेहूँ तुम्हें देना पड़ेगा, समझ रखो, वर्ना तुम हो और मैं हूँ !"

दूकानदार उसमान के कान में जाकर फुसफुसाने लगा—"भाई, तुम्हें जो-जो चीजें चाहिए, उसकी लिस्ट देते जाओ। सारी जिन्स जहाँ तुम कहो, पहुँचवा दूँगा। दाम के लिए भी कोई बात नहीं। हाँ !"

और गेहूँ, गल्ला, कपड़े, किरासन सब ठेले पर लद-लदकर लैला की माँ के दरवाजे पर पहुँचने लगे।

अब आज के समाचार-पत्र में पढ़ रहा हूँ कि लैला की शादी उसी उसमान से होनेवाली है। मजनू बेचारा निराश होकर मिलिटरी में भर्ती हो गया।

●

साबुन | द्विजेन्द्रनाथ मिश्र 'निर्गुण'

सुखदेव ने जोर से चिल्लाकर पूछा—"मेरा साबुन कहाँ है ?

श्यामा दूसरे कमरे में थी। साबुनदानी हाथ में लिये लपकी आई, और देवर के पास खड़ी होकर हौले से बोली—"यह लो।"

सुखदेव ने एक बार अंगुली से साबुन को छूकर देखा, और भंवें चढ़ाकर पूछा—"तुमने लगाया था, क्यों ?"

श्यामा हौले से बोली—"जरा मुँह पर लगाया था।"

"क्यों तुमने मेरा साबुन लिया ? तुमसे हजार बार मना कर चुका हूँ। लेकिन तुम तो बेहया हो न !"

"गाली मत दो ! समझे ?"

श्यामा ने डिब्बी वहीं जमीन पर पटक दी, और तेज कदमों से बाहर जाती-जाती बोली—"जरा साबुन छू लिया मैंने, तो मानो गजब हो गया !" फिर दूसरे कमरे की चौखट पर मुड़कर, बोली—"मैं क्या चमार हूँ ?"

सुखदेव ने वहीं से चिल्लाकर कहा—"हो चमार ! तुम चमार हो ! खबरदार, जो अब कभी मेरा साबुन छुआ !"

अँगीठी पर तरकारी पक रही थी। श्यामा भुन-भुन करती, ढक्कन हटाकर, करछुल से उसे लौट-पौट करने लगी, तो देखा तरकारी आधी से ज्यादा जल गई है। उसने कढ़ाई उठाकर, नीचे जमीन पर पटक दी।

"खाक हो गई नासपिटी !" तरकारी को निहारती, नाराज होकर बोली। तभी उधर ठन्न से लोटा गिरने की आवाज हुई श्यामा ने चौंक कर देखा,

बड़ा लड़का बाल्टी खींचकर बाहर लिये जा रहा था। चिल्लाकर कहा—"कहाँ लिये जा रहा है, अभागे ?"

"नहायेंगे," लड़का शान्त भाव से जमीन पर बाल्टी घसीटता, बोला—"चाचाजी ने कहा है।"

"चाचाजी के बच्चे ! गू-मूतों में डाल ही बाल्टी !"

उसने लड़के के हाथ से बाल्टी छीन ली, और पैरों से धमधम करती गुसलखाने के आगे तक आई।

सुखदेव छोटे भतीजे को सामने बिठाकर उसके सिर पर साबुन मल रहा था। भाभी को देखकर बोला—"काला कर दिया साबुन। चेहरे का रंग लग गया इसमें काली माई के !"

श्यामा ने चिल्लाकर पूछा—"मैं काली हूँ ?"

सुखदेव न बोला। बच्चे के सिर पर साबुन मिलता रहा।

श्यामा ने बाल्टी वहीं पटक दी, और चढ़े स्वर में पूछा—"मैं काली हूँ ? मैं काली माई हूँ ?"

सुखदेव ने घबराकर कहा—"धीरे बोलो। भाई साहब आ गये !"

श्यामा ने चौंककर उधर देखा। कमरे के दरवारे पर पति के जूते चमक रहे थे।....

ऊपर जो किरायेदार रहते थे, उनके यहाँ बड़ी क्लाक-घड़ी थी। टन् करके आधा घण्टा बजा, तो उसने जल्दी-जल्दी हाथ चलाये। फिर थाली परोसकर पति को आवाज दी···"आओ।"

ब्रजलाल ने आसन पर बैठकर, भोजन पर एक नजर डाली और पूछा—"आज तरकारी नहीं बनी ?"

"नहीं।"

"यहाँ प्याली में क्या है ?"

"कदुआ है। लल्ला के लिए रख दिला है। दाल से खाओ।"

पति ने आज्ञा मानकर, एक ग्रास मुख में दिया, और शांत-भाव से बोले—"नमक लाओ।"

"क्या कम है ?"—श्यामा ने नमक की बुकनी थाली में छोड़ते हुए पूछा।

"बिलकुल नहीं है।"

क्यों झूठ बोलते हो ? मैंने नमक डाला था। शर्त लगाती हूँ।''

पति ने हँसकर कहा—''यही सही। लेकिन अपनी कुशल चाहो, तो पतीली में नमक पीसकर डाल दो। सुखदेव अभी खाने बैठेगा, तो फिर आफ़त आ जायेगी तुम्हारी।''

श्यामा ने स्वर को चढ़ाकर कहा—''क्या आफ़त आयेगी ? फाँसी दे देंगे मुझे ? मैं दासी हूँ न सबकी !''

ब्रजलाल ने हँसकर कहा—''तुम राजरानी हो। लाओ, रोटी तो दो।''

वे कपड़े पहनकर आफ़िस जाने को तैयार हुए, तो श्यामा ने चौखट पकड़े-पकड़े, कहा—''मुझे साबुन चाहिए।''

''साबुन !''—पति ने अचरज से कहा—''कैसा साबुन ? सुखदेव से कहो। छाता लाओ। वह फ़ाइल उठाना।''

तभी रसोईघर से एक पुकार आई—''भाभी, खाना परोसो।''

फिर दो पतली आवाजें एक साथ आईं—''भाभी, खाना परोसो।''

बड़ा लड़का अलग थाली में खाता है। छोटा अपने चाचाजी के हाथ से खाता है। तीनों पास-पास, नहाये-धोये, आसनों पर बिराजे, भोजन कर रहे थे।

बड़े लड़के ने मुँह बिचका कर कहा—''दाल में इतना नमक है कि पूछो मत !''

श्यामा ने डरते-डरते देवर की ओर देखा। पर सुखदेव ने नमक के बारे में कुश शिकायत न की, उलटे भतीजे को डाँटकर बोला—''खाओ चुपचाप !'' फिर भाभी के आगे प्याली सरका कर बोला—तरकारी और देना भाभी।''

भाभी ने हँसकर, कहा—''तरकारी अब नहीं है।''

''सब खतम ?''

''यह देखो,'' कढ़ाई आगे खींचकर, हँसकर कहा—''जल गई सब। यही इतनी बची थी, सो तुम्हारे लिए छाँटकर निकाल ली थी।''

''देखें, जली हुई का स्वाद देखें।''

श्यामा ने कढ़ाई पीछे को करके कहा—''यह तुम्हाने खाने के क़ाबिल नहीं है। लो, दाल और ले लो।''

बड़े लड़के ने कहा—''मैं भी दाल और लूँगा।''

श्यामा ने उसके आगे सरकाकर कहा—"ले, दाल ले !"

लड़का पतीली में झाँककर बोला—"कहाँ है इसमें दाल ?"

"दाल नहीं है। अब तू मेरा सिर खा ले, पेट्ट !"····

छोटे भतीजे के जूठे हाथ धोकर, सुखदेव कालेज के कपड़े पहनने लगा तो, कमीज में एक ही बटन बचा पाया।

सुई डोरा और बटन हाथ में लिये, भाभी के आगे आ खड़ा हुआ। श्यामा थाली परोसकर खाना शुरू ही कर रही थी। सुखदेव ने कमीज उसकी गोदी में रखकर कहा—"जल्दी, भाभी, जल्दी !"

भाभी जल्दी-जल्दी बटन टाँकने लगी और तब सुखदेव की नजर भाभी के परोसे हुए भोजन पर गई। तरकारी, जो जलकर काली हो गई थी, अकेली-अकेली थाली में सजी थी।

तभी भाभी ने कमीज ऊपर को करके कहा—"लो, थामो ! अब मुझे भी पेट में कुछ डाल लेने दो।"

बडा भतीजा बाहर दरवाजे पर खड़ा था। उसके स्कूल की आज छुट्टी थी। कॉलेज जाने लगा, तो सुखदेव उसका हाथ पकड़कर, खींचता हुआ ले गया जल्दी-जल्दी बड़ी दूर तक।

चार मिनट बाद लड़के ने दही का कुल्हड़ माँ के आगे ला धरा।

श्यामा उसी जली तरकारी से रोटी खाये जा रही थी ! दही देखकर अचरज से पूछा—"कहाँ से ले आया, रे ?"

लड़का बाहर को भागता-भागता बोला—"चाचाजी ने दिया है।"

२

पड़ोस में रहने वाली पंजाबिन बच्चों के कपड़े बहुत सस्ते सीती थी। उसके आदमी को श्यामा ने पति से आग्रह कर करके, उन्हीं के आफ़िस में लगवा दिया था। सुखदेव अपने सब कपड़े जे० बी० दत्ता कम्पनी में सिलवाता था। बच्चों की कमीज़ें भी पिछली बार उसने वहीं सिलवाईं। वे सब कमीजें पहनने पर बच्चों की छोटी हुईं, और सिलाई लगी इतनी। देवर-भाभी में एक द्वन्द्व युद्ध हो गया। फलतः इस बार बच्चों की कमीजें पंजाबिन को दीं श्यामा ने। सिलाई ऐसी सुघड़ हुई, कि देखकर दिल खुश हो गया। खुश होकर, उसके आगे एक

रुपया धरा, और हँसकर बोली—"अबकी बार मुन्ना के बाबू की कमीजें भी तुम्हीं से सिलवाऊँगी, बहिन !"

"ज़रूर-ज़रूर बहिनजी ! मुझी से सिलवाना बाबूजी की कमीजें। यह रुपया रख लो, बहिनजी, यह रुपया रख लो।"

श्यामा ने कहा—"नहीं, बहिन, सिलाई तो तुम्हें लेनी ही होगी।"

पंजाबिन बोली—"मुझ पर जुल्म न करो, बहिनजी !" आँखों में आँसू भरकर बोली—"जुल्म न करो मुझ पर। मुझे इतना जुदा न करो, रानी जी ! मुन्ना क्या मेरा बेटा नहीं है ? तुम्हें मेरे सिर की क़सम, बहिन जी, यह रुपया उठा लो।...."

वही एक रुपया था श्यामा के पास, और उसी रुपये को लिये-लिये सारे दिन घूमती रही कि आज साबुन मँगाकर छोड़ूँगी। पर ऐसी तकदीर फिरी, कि कोई न मिला साबुन लानेवाला। तब खीझकर, बड़े लड़के को समझा-बुझाकर गली के मोड़वाली दूकान पर भेजा साबुन लाने और संतोष की साँस लेकर, बोली मन-ही-मन कि 'सुबह अपनी नई टिक्की से जब नहाऊँगी, तो देखूँगी ! रोज लगाऊँगी साबुन !'

पर लड़के की अक्ल पर पत्थर पड़ गये। दो आने का कपड़े धोने का बदबूदार साबुन और चौदह आने पैसे माँ के सामने रखकर भाग गया।

श्यामा ने वह दो आने का साबुन उठाकर कोने में फेंक दिया, और लड़के को कोसती रसोई बनाने लगी।

....आध घंटे बाद पति आ पहुँचे, और उसके आध घंटा बाद देवर। खाना तैयार हो चुका था। पति के कोई मित्र आ गये थे, और बातों की झड़ी लगाये थे। श्यामा दस बार उस कमरे के दरवाजे पर झाँककर लौट आई, और दो बार लड़के को भी बाप के पास भेजा। ब्रजलाल ने कहा—"आते हैं।" पर वह बातूनी भला आदमी न उठा, न उठा।

हारकर श्यामा ने देवर से कहा—"लल्ला, तुम तो खाओ। वे तो आज बातों से ही पेट भरेंगे !"

सुखदेव ने हौले से कहा—"कहो तो मैं जाऊँ और उनसे हाथ जोड़ कर कहूँ, अब तशरीफ ले जाइए, श्रीमान् !"

श्यामा ने हँसकर कहा—"गोली मारो श्रीमान् को ! लो, मैंने थाली परोस दी।"

सुखदेव ने चारों ओर नज़र दौड़ाकर पूछा—"बच्चे कहाँ हैं ?"

श्यामा हँसकर बोली—"चाचा की ससुराल गए हैं। प्रियवदा का नौकर आया था। उनके यहाँ आज कथा है। तुम नहीं जाओगे ?"

"बको मत !" सुखदेव ने जल्दी से कौर मुंह में देकर कहा—"पानी दो गिलास में !"

ऊपर पानी बंद हो गया था। ऊपर वाली सेठानी यहाँ बाल्टी लगाये खड़ी थी। हँसकर बोली—"म्हाने भर लेने दो, जी !"

श्यामा पानी लेकर लौटी, तो सुखदेव खा चुका था। अचरज से बोली—"खा चुके ? दो परावंठों से ही पेट भर गया !"

पर सुखदेव ने जल्दी-जल्दी पानी पिया, और जल्दी-जल्दी कमीज़ पहनकर पैरों में चप्पलें डालकर खड़ा हो गया रसोई-घर के सामने।

श्यामा जूठी थाली लेकर, बाहर निकली, और उसे यों खड़ा देखा, तो रुक गई।

सुखदेव ने हौले से कहा—"भाभी !"

भाभी हौले से बोलीं—"क्यों, क्या है ?"

"भाभी, आज बड़ी अच्छी फ़िल्म है।"

"तुम जा रहे हो ?"

"पैसे नहीं हैं !"

भाभी ने सोचकर कहा—"चौदह आने से काम चल जाएगा ? चौदस आने हैं मेरे पास।"

"लाओ, लाओ !"

श्यामा ने थाली वहीं रख दी, और दौड़ी जाकर बक्स में से चौदह आने निकाल लाई और देवर की जेब में वे चौदह आने डालकर, बोली हौले से—"वह उधर वाली कुंडी खटखटाना। मैं जागती रहूँगी।"

सुखदेव ने हौले से कहा—"अच्छा। भाई साहब पूछेंगे तो क्या कहोगी ?"

श्यामा ने हौले से कहा—"कह दूंगी, कि प्रोफेसर शर्मा के यहाँ गये हैं !"

सुखदेव ने प्रसन्न होकर कहा—"बस-बस, यही कह देना।" और दरवाजे

की ओर दबे पाँव बढ़ा, और चौखट के पार हो गया। फिर किवाड़े पर मुंह रखकर, हौले से पुकारा—"भाभी !"

भाभी लपक कर आगे आयीं। हौले से बोलीं—"हाँ।"

सुखदेव ने हौले से कहा—"नमस्ते !"

तभी ब्रजलाल ने पीछे से आवाज़ दी—"खाना परोसो !"

३

प्रियंवदा से सुखदेव का परिचय था। दो साल पहले वह एक लड़की को पढ़ाने जाता था। वहीं अपनी शिष्या की सहेली के रूप में प्रथम साक्षात्कार हुआ था। फिर वह परिचय प्रगाढ़ होकर, जब रूप बदलने लगा, और स्नेह की वर्षा होने लगी, तो दोनों ओर से भाग्यदेवता बहुत हँसे। किसी को कानों-कान खबर न हुई, और स्नेह का रंग प्रणय में परिणत हो गया। उस लड़की की पढ़ाई बन्द हो गई, तो और उपाय न पाकर, कागज के टुकड़ों पर मन के अन्तराल की बातें अंकित होकर आने लगीं। भाग्य के देवता हँसते रहे :....

श्यामा एक दिन धोबी को मैले कपड़े दे रही थी। जेबें खाली करके देवर का कोट डालने लगी धोबी के आगे, तो उनमें एक पत्र पाया, जिसमें लिखा था —'प्राणों के स्वामी हृदयेश्वर....।'

खूब खुश हुई वह, और सुखदेव को खूब डराया-धमकाया तुच्छ-सा हो गया वह भाभी के आगे। सिर झुका लिया, और बार-बार उस चिट्ठी को लौटाने की जिद करने लगा। श्यामा ने हँसी रोककर कहा—"नहीं यह चिट्ठी तुम्हें नहीं, तुम्हारे भैया को दूंगी। जरा आटे-दाल का भाव मालूम हो तुम्हें !"

सुखदेव से और कुछ बन न पड़ा। भाभी के पैरों पर अपना सिर रखकर रोने लगा। ऐसा कायर निकला प्रेमी !....

उसी दिन से भाभी 'नर्म-सचिव' हो गईं। उन्हीं की सलाह से सब काम होने लगा। एक दिन नुमाइश में दूर से प्रियंवदा के दर्शन भी करा दिये भाभी को। घर लौटने लगे, तो राह में भाभी चलती-चलती बोलीं—"हे भगवान् यही तुम्हारी प्रियंवदा है ! रूप की जोत लिए सारी नुमाइश को चकाचौंध किये थी। हाय राम, मैं तो उसके पैरों के धोवन भी नहीं हूँ। कैसे उसकी जिठानी बन पाऊँगी ? मुझे 'जीजी' कहते भी वह घिनाएगी, मुझे देखकर हँसेगी।"

सुखदेव सुनकर, हौले से बोला—"गला काट लूंगा !"

भाभी बोली—"किसका गला काट लोगे ? मेरा ?"

पर सुखदेव और कुछ न बोला।····

दूसरे दिन प्रियंवदा का नौकर श्यामा को एक छोटी सी 'पाती' दे गया, जिसमें 'जीजी' के चरण कमलों में 'दासी' प्रियंवदा के प्रणाम की बात लिखी थी, और लिखा था, कि 'अभागिन से ऐसा क्या अपराध हो गया, जो इतने निकट आकर भी राजराजेश्वरी माता बिना दर्शन दिये चली गईं ? एक बार चरणों की रज अपने माथे पर लगा लेती। जीवन कृतार्थ कर लेती अपना····

पर 'राजराजेश्वरी' का यहाँ हाल था कि तन पर कभी पूरे कपड़े भी नहीं हो पाते हैं।

ठंड पड़ने लगी, और सुबह तड़के-तड़के नहाकर रसोई चढ़ाते जब श्यामा को कँपकँपी लगने लगी, तो उसने याद करके देवर का बक्स खोलकर वह पुराना स्वेटर निकाल लिया, जिसे कीड़ों ने जगह-जगह काटकर तरह-तरह के वातायन और गवाक्ष बना दिये थे, हवा के आने-जाने के लिए।

उसी स्वेटर को रोज सुबह पहन लेती, और गर्मी पाकर कहती, कि 'चलो अच्छा है। यह जाड़ा मजे में काट देगा।'····

रात को सिनेमा देखा सुखदेव ने, और सुबह सूरज चढ़े तक गहरी नींद ली। फिर भी देह का आलस्य न गया। एक जम्हाई लेकर छोटे भतीजे से बोला—"चलो बेटा, चाय पी आयें।"

लड़का कूदकर बोला—"चाचाजी, बिस्कुट भी खायँगे न ?"

सहसा सुखदेव को याद आया, कि चायवाले के नौकर को उसने अपना स्वेटर देने का वायदा किया था। वह बक्स खोलकर, पुराना स्वेटर खोजने लगा। पर स्वेटर न मिला। एक-एक करके, सारे कपड़े बाहर निकालकर फेंक दिये। पर स्वेटर के दर्शन न हुए। कहाँ गया ?

भाभी रसोईघर में बैठी, दाल बीन रही थीं—उनसे आकर पूछा—"मेरा स्वेटर था एक पुराना।"

"मैंने ले लिया !"

"तुमने कैसे ले लिया ?"—सुखदेव ने माथे पर बल डालकर कहा, "तुमने क्यों मेरा बक्स खोला ? क्यों ले लिया मेरा स्वेटर ?"

भाभी ने शान्त स्वर में कहा—"बेकार पड़ा था, इसलिए निकाल लिया ?"

सुखदेव ने स्वर को तीव्र करके कहा—"मुझसे बिना पूछे तुमने कैसे ले लिया ? तुम मेरी चीज क्यों छूती हो ?"

भाभी सुनकर चुप रहीं।

सुखदेव ने उसी स्वर में कहा—"कहाँ है स्वेटर लाओ दो !"

भाभी ने शान्त स्वर में कहा—"चलो अपने कमरे में। लाये देती हूँ स्वेटर।"

"यहीं लाकर दो। अभी फ़ौरन !"

भाभी ने इधर को पीठ करके स्वेटर उतारा, फिर उधर को मुँह करके शान्त स्वर में कहा—"यह लो !" और नतमुख किये हौले से कहा—"बाकी कपड़े भी उतरवा लो तन के !"

सुखदेव क्षण भर भौचक्का-सा खड़ा रहा। स्वेटर वह सामने पड़ा था, और भाभी सिर झुकाये, फिर दाल बीनने लगी थीं। सुखदेव वह स्वेटर उठाने लगा, तो एक बार भाभी के झुके मुख की ओर देखा। आँखों से आँसू टपक रहे थे भाभी के।....

वही कल वाला बातूनी आदमी सुबह होते ही फिर आ धमका था। ब्रजलाल को अपने साथ ले गया। सड़क तक बातें करते-करते। साढ़े नौ बजे उधर से लौटे तो हँस रहे थे। खाने बैठे, तब भी हँस रहे थे। हँसते गये, और खाते गये। और खाते-खाते ही बोले, हँसकर—"तुम्हारी देवरानी को देख आये।"

श्यामा तब से गुम-सुम बैठी थी। वह सुनकर, कुछ न बोली। पति ने हँस-कर, कहा—"लड़की जरा उठते कद की है। सुखदेव के कन्धे तक समझो।"

श्यामा ने फिर भी कुछ न कहा। पति हँसकर बोले—'पैसा बहुत है उसके पास। सुखदेव को विलायत भेजने को तैयार है। एक मकान दहेज में देने को कह रहा है।"

श्यामा फिर चुप रही।

ब्रजलाल ने खाना समाप्त करके पानी पिया, और उठ गये। घड़ी की ओर देखते गये, और कपड़े पहनते गये। फाइल सँभाली, और शीशे में अपना मुँह देखा और बाहर को बढ़े, कि श्यामा ने रास्ता रोककर कहा—"मेरे लिए एक स्वेटर ला दो।"

"स्वेटर !"—पति ने झिड़की देकर कहा—"क्या कह रही हो ? मुझे आफ़िस की देरी हो रही है। और तुम स्वेटर की फ़र्माइश कर रही हो। सुखदेव से कहो।"

श्यामा ने सिर झुकाकर कहा—"तो मुझे कुछ रुपये दो आज। मैं मंगवा लूंगी किसी से।"

"किसी से क्यों ?"—ब्रजलाल ने जल्दी से एक दस रुपये का नोट निकालकर कहा—"सुखदेव ले आयेगा। लो, थामो। है कहाँ सुखदेव ?"

पर सुखदेव का पता न था। घंटे पर घंटा बीतता गया। सुखदेव जाने कहाँ जाकर बैठ गया था। खाना ठंडा होने लगा। श्यामा बार-वार दरवाजे तक आकर, दूर तक नजर दौड़ाने लगी। दोनों लड़के एक-दूसरे का हाथ पकड़कर चाय वाले की दूकान पर जाकर, चाचाजी को खोज आये, और उदास होकर भूखे-प्यासे लेट रहे चाचाजी के पलंग पर।

दूर गली के छोर पर एक संगी लड़का रहता था। श्यामा ने घबराकर बड़े मुन्ना से कहा—"जा तो, विद्याभूषण के यहाँ चला जा, भैया ! कहियो कि हमारे चाचाजी अभी तक घर नहीं लौटे। तुमको मिले थे ? कहाँ गये हैं चाचा जी ? कहियो कि हमारी माँ बहुत घबरा रही हैं।"

तभी खट से किसी के जूतों की आवाज हुई। श्यामा ने चौंक कर देखा तो सुखदेव सिर झुकाये फ़ीते खोल रहा था।....

खाते समय बिल्कुल सन्नाटा रहा। लड़के भी इशारे से एक-दूसरे से बातें करते रहे। सुखदेव ने तो एक वार भी थाली से सिर न उठाया।

तीनों जने खाकर कमरे में लौट गये, और लड़कों की धूम-धड़ाक् सुनाई देने लगी, तो श्यामा ने एक सन्तोष की साँस ली।

सहसा बड़े लड़के ने हाँफते आकर, माँ को एक कागज दिया, और बोला—"ले, पढ़ ले। चाचाजी ने दिया है। ले, पेंसिल ले यह ! जवाब लिख।"

श्यामा ने हाथ का काम रोककर, अचरज से वह कागज पढ़ा। सुखदेव ने लिखा था—

मुझसे प्रोफेसर शर्मा की एक किताब खो गई है। आज उन्होंने अपनी किताब माँगी है। बाजार से खरीदकर ले जाऊंगा। साढ़े दस रुपये चाहिए। आप किसी से उधार दिलवा दीजिये। मैं सुबह से रुपयों की कोशिश करता रहा, पर

पर कहीं नहीं मिले। आप कहीं से दिलवा दीजिये। भाई साहब से न कहिएगा आपको मेरे सिर की क़सम है। इति'

श्यामा ने उसी कागज की पीठ पर लिखा—

मेरे पास दस रुपये हैं। आप चाहें तो ले सकते हैं। आठ आने का इन्तजाम कर लीजिये। इति'

जरा देर के बाद लड़का फिर दूसरा कागज ले आया। सुखदेव ने लिखा था—

"दस रुपये ही सही। दीजिये। भाई साहब से न कहिएगा। मैं अगले महीने में आपको रुपये लौटा दूंगा। इति'

श्यामा ने दूसरी ओर लिखा—

"मैं आपके भाई साहब से नहीं कहूँगी। आप ये रुपये मुझे अब लौटाइएगा नहीं, आपको मेरे सिर की क़सम है। इति'

४

शाम को सुखदेव कालेज से लौटा, तो घर में कुहराम मचा था। बड़ा लड़का मुन्ना बाहर आँगन में खड़ा रो रहा था। और भाभी वाले कमरे से छोटे-की चीख-पुकार सुनाई दे रही थी—"हाय, चाचाजी ! हाय चाचाजी !"

सुखदेव ने घबराकर मुन्ना से पूछा—"क्या हुआ, रे ?"

मुन्ना रोता-रोता बोला—"अम्माँ ने उसे बहुत मारा है। अब रस्सी से बाँध रही है।"

सुखदेव ने जल्दी से किताबें आलमारी में फेंकी, और जूता बिना उतारे फ़ड़ाक से क़िवाड़ खोलकर, भीतर जा खड़ा हुआ, जहाँ भाभी छोटे भतीजे के दोनों कोमल हाथ रस्सी से बाँध रही थीं, और मुख से कहती जा रही थीं—"बुला चाचाजी को ! देखूं, कौन तुझे बचाता है ? और चिल्ला, और पुकार चाचाजी को !...."

सुखदेव ने धक्का देकर, श्यामा को पीछे ढकेल दिया, और जल्दी-जल्दी बच्चे के हाथ खोलकर, उसे कलेजे से लगा लिया। बच्चा चाचाजी से लिपटकर खूब फूट-फूटकर रोने लगा।

आँखों में आँसू भरे, सुखदेव ने भाभी की ओर निहारकर पूछा—"क्यों मारा तुमने इसे ?"

भाभी न बोलीं। हाथ पर हाथ धरे, बैठी रहीं।

"क्यों मारा तुमने इसे ?"

भाभी ने हाथ उठाकर कहा—"ज़रा अपने कमरे में तो जाकर देखो ! तुम्हारी भरी दावात उलट दी नासपीटे ने। एक रुपये का नुकसान कर दिया।"

सुखदेव ने कहा—"इसलिये तुमने मारा, क्यों ?"

भाभी चुप रहीं।

सुखदेव ने कहा—"आज माफ़ करता हूँ। आइन्दा जो तुमने बच्चे पर हाथ चलाया, तो मैं खाना छोड़ दूंगा समझीं ?"

भाभी न बोलीं।

सुखदेव ने बाहर जाते-जाते कहा—"हत्यारिन ने जरा-सी दावात के पीछे अधमरा कर दिया मेरे लड़के को।"

और वह बच्चे को पुचकारता, बाहर आँगन तक आया, तो एक किनारे हाथ में ढंका थाल लिये, प्रियंवदा के नौकर को खड़ा पाया। तब वह भाभी को एक आवाज देकर, भतीजे को लिये-लिये, अपने कमरे में आकर टहलने लगा।....

प्रियंवदा के यहाँ भोज हुआ था। बच्चों को बुलाया था, पुरुषों को बुलाया था, स्त्रियों को बुलाया था। बच्चे, पुरुष, स्त्री, कोई भी न गया यहाँ से। दुःखी होकर, प्रियंवदा ने स्वयं भोजन न किया। फिर उदास होकर, नौकर के हाथ बच्चों के लिये मीठा भिजवाया, अपनी माँ से कहकर।

नौकर थाल खाली करके, हाथ जोड़कर, विनय के स्वर में श्यामा से बोला—"माँ जी, आपको बीबीजी से बुलाया है। जब कहें, मैं आपको लिवा ले चलूं। एक दिन चलकर हमारी झोपड़ी पवित्र कर आइये, माँ जी !"

श्यामा को बहुत अच्छा लगा। प्रसन्न होकर बोली—"वह तो मेरा अपना ही घर है। तू ऐसी बातें मत कह।"

नौकर हाथ जोड़े बोला—"तो कब चलेंगी माँ जी ?"

श्यामा ने अधीर भाव से कहा—"कल इतवार है। इन लोगों की छुट्टी होगी कल ही चलूंगी। तू दोपहर को आ जाना। खा-पीकर चलूंगी।"

नौकर सिर हिलाकर बोला "तो नहीं होगा, माँ जी ! वहीं जीमियेगा। रूखा-सूखा जो कुछ हम गरीबों के घर बने—"

श्यामा ने हँसकर कहा—"अच्छा, यही सही।"

५

उस शाम को ब्रजलाल देर से घर लौटे। वह बातूनी फिर मिल गया क्या रास्ते में ?

खूब भुखा गये थे। आते ही बोले—"खाना लाओ। यहीं कमरे में ले आओ।"

श्यामा ने दृढ़ स्वर में कहा—"खाना नहीं है।"

पति ने अचरज से पूछा—"क्यों, अभी तक नहीं बना क्या ?"

"बना है", श्यामा ने दृढ़ स्वर में कहा—"लेकिन तुम्हारे लिये नहीं !"

ब्रजलाल ने खीझकर कहा—"क्या बक रही हो ? जाओ, थाली परोसकर लाओ।"

श्यामा पासवाली कुरसी पर धम्म से बैठ गई और हाथ उठाकर बोली—"पहले एक बात का फैसला कर दो, तब खाना लाऊँगी।"

"बोलो, क्या है ?"

श्यामा ने आगे को झुककर कहा—"इस घर की मालकिन कौन है ?"

ब्रजलाल ने हँसकर कहा—"तुम !"

श्यामा ने कहा—"उस बातूनी आदमी से तुमने यह बात कही या नहीं ?"

"तब वह मेरे देवर से अपनी लड़की ब्याहनेवाला कौन होता है ? और तुम्हीं क्या हक रखते हो इस तरह मुझसे बिना पूछे कोई बात कहने का ?"

"मैं उसका बड़ा भाई हूँ।" पति ने हँसकर कहा।

"और मैं कौन हूँ ?"—श्यामा ने आँखें सिकोड़कर पूछा।

"तुम भाभी हो उसकी।"

"सिर्फ भाभी ?"

ब्रजलाल चुप रह गये।

श्यामा ने सिर तानकर कहा—"जनाब, मैं ही उसकी माँ हूँ। मैं उसकी बहिन हूँ। मैं ही सब-कुछ हूँ उसकी। समझे ? मेरी आज्ञा के खिलाफ वह एक

क़दम नहीं रख सकता। विश्वास न हो, तो करके देख लो कुछ। तुम यह शादी ठहराओ, मैं कल ही उसे लेकर यहाँ से चली जाऊँगी। बहुतेरा कमा लेगा। तुम समझते क्या हो मुझे ?''

ब्रजलाल ने कहा—''तुम क्या कहलवाना चाहती हो मुझसे ? जल्दी से बतला दो। मैं कहने को तैयार हूँ। खाना ला दो फिर।''

श्यामा ने कहा—''अब आये ठिकाने पर ! अच्छा, कहो, तुम्हारी इच्छा के विरुद्ध····?''

ब्रजलाल ने जल्दी से कहा—''तुम्हारी इच्छा के विरुद्ध····''

श्यामा ने आगे कहलवाया—''कहो—कुछ न होगा।''

''कुछ न होगा।''—ब्रजलाल ने जल्दी से दोहराकर कहा—''अब खाना ले आओ।''

पर श्यामा न उठी। बोली—''कहो, मुझसे आज ग़लती हुई है, यानी····'' और अचानक सुखदेव को सामने खड़ा देकर, चुप रह गई वह।

देवर ने शायद वह उतनी आधी बात सुन ली। ब्रजलाल ने सिर उठाया, तो वे भी छोटे भाई को देखकर सकपका गये। श्यामा सिर पर आँचल खींचकर भागी।····

खाना प्रायः समाप्त हो चुका था। ब्रजलाल ने पानी पीकर एक डकार ली, फिर पत्नी के शान्त, सौम्य मुख की ओर क्षण भर निहार कर बोले—''तो यहाँ अपने देवर की शादी न करोगी।''

''हरगिज़ नहीं !—श्यामा सिर हिलाकर बोली।

पति ने हँसकर कहा—''वह मुझे सौ रुपये भेंट कर गया है।''

''लौटा दो।'' श्यामा ने फ़ौरन कहा।

पति बोले—''लौटा दूंगा। लेकिन परसों सुखदेव को अपनी परीक्षा की फ़ीस दाखिल करनी है। कल इतवार है। कहो एक सप्ताह के लिए ये रुपये रख लूं। पहली तारीख को शाम को वेतन मिल जाएगा। उसी दिन दे आऊँगा।''

''जी नहीं।''

''तब उसकी फ़ीस का क्या इन्तज़ाम करूँ ?''

''मैं कर दूंगी इन्तज़ाम। ऊपरवाली मारवाड़िन लोगों के जेवर गिरवी रखती है। मैं अपनी लाकेट गिरवी रखकर तुम्हें रुपये दूंगी। अभी ला दूं ?

सन्तोष न हो तो ला दूँ अभी ! तुमने समझा क्या है ?"

ब्रजलाल ने दोनों हाथ जोड़कर सिर से लगाये और मुँह से कहा—"नमस्कार शत बार !"

श्यामा ने घबराकर कहा—"अरे, लल्ला आ रहे हैं ! हाथ नीचे करो, हाथ नीचे करो !"

पर सुखदेव इधर न आया। वहीं आँगन में खड़ा-खड़ा बोला—"भाभी भूख लगी है।"

६

रविवार को दोनों भाइयों का नियम सा था कि सुबह नाश्ता करके निकल जाते यार-दोस्तों में और दोपहर को बारह-एक बजे तक लौटने का नाम न लेते। वही आज भी हुआ।

श्यामा को प्रियंवदा के घार जाना था। उसने जल्दी-जल्दी रसोई बनाई, फिर सब सँभाल-सुधार वहाँ जाने की तैयारी करने लगी। शीशे के सामने जा खड़ी हुई। भौंहों के नीचे से गाल तक कालिख लगी दीखी। हथेली रगड़कर उस कालिख को मिटाने लगी, आँखें मींचकर। काफी देर तक रगड़ा। फिर जो आँखें उघार कर शीशे में देखा तो सनाका हो गया। सारा चेहरा काला हो गया था। सारे चेहरे पर कालिख फैल गई थी।

श्यामा ने घबराकर चारों ओर नजर दौड़ाई कि कोई देख तो नहीं रहा है। फिर जल्दी से साबुनदानी उठाकर गुसलखाने की ओर भागी गई।

मुख धोया साबुन से, हाथ सोये साबुन से। फिर पैरों की ओर नजर गई तो पैर भी बहुत गन्दे दीखे। तब फिर पैरों पर भी साबुन मलने लगी।

सहसा बायीं ओर किसी की परछाईं देखकर श्यामा ने साबुन मलते-मलते उधर को मुँह किया तो हाथ जहाँ के तहाँ रुक गये और आँखों के आगे अँधेरा-छाने लगा।

सामने नंगे बदन, कन्धे पर धोती-तौलिया डाले, सुखदेव खड़ा था निश्चल, निर्वाक्।

श्यामा से कुछ न बन रहा था। यों ही पैर पर साबुन लगाये बैठी रही।

आखिर सुखदेव ने ही वह निस्तब्धता तोड़ी। मुस्कराकर मुंह खोलकर

बोला—"बैठी क्यों हो ? पैर धोकर हटो न !"

तब मानो श्यामा की चेतना लौटी। ओठों में तनिक मुस्कराई और जल्दी-जल्दी पैर धोकर उठ आई वहाँ से। कमरे में आकर शीघ्रता से साबुन की टिक्की एक कपड़े पर दबा-दबाकर सुखाई, फिर बड़े जतन से उसे साबुनदानी में रखकर ले आई।

सुखदेव पाइप खोलकर खड़ा था और जाने क्या सोचता पानी की धार को देख रहा था। खट् से भाभी ने पैरों के पास वह साबुनदानी रख दी और लौट चली लम्बे डग भरती।

सुखदेव क्षण भर साबुनदानी को निहारता रहा। फिर उसने नीचे झुक कर साबुन की टिक्की उठा ली और फिर तड़ित्-वेग से दूर जाती भाभी की ओर वह साबुन फेंक दिया जोर से।

पर साबुन भाभी के न लगा। जाने कैसे उसी क्षण ऊपर वाले मारवाड़ी सेठ सामने आ पहुँचे और जाने कैसे वह साबुन सेठजी की तोंद पर फटाक से लगा।

"अरे, मार डाला रे !" सेठजी वहीं पेट पकड़कर बैठ गए।

श्यामा ने पीछे घूमकर देखा और सुखदेव ने भी देखा। घबराकर वह सेठ जी के पास दौड़ा आया और दोनों हाथों से उसकी वजनी देह उठाता बोला—"अभी इधर एक बन्दर कूदा था। मैंने देखा था, उसके हाथ में यह साबुन था।'

सेठजी ने एक हाथ की टेक जमीन पर लगाई और दूसरे हाथ में वह सामने पड़ा साबुन लेकर उठ बैठे किसी तरह। फिर उस साबुन को लौट-पौट कर निहारा और सुखदेव की ओर तिरछी नजर से ताक कर बोले—"साबण तो नयो है ! छै आणे को माल दे गयो हनूमान !"

सेठजी साबुन लेकर चल दिये। सुखदेव और श्यामा देखते रह गये।.... आखिर प्रियंवदा का नौकर आ गया बुलाने। श्यामा ने दोनों लड़कों को सजा-सजूकर बाहर खड़ा किया। फिर डरती-डरती देवर के पास आकर बोली—"ज़रा अपना रूमाल दे दोगे ?"

"क्यों, तुम्हारा रूमाल क्या हुआ ?"

"मेरे पास कब था। रूमाल ?"

"तो यों ही जाओ।"

—

श्यामा ने अनुनय करके कहा—"दे दो जरा देर के लिए !"

सुखदेव ने चिल्लाकर कहा—"नहीं दूंगा रूमाल ! चली जाओ सामने से।"

श्यामा ने मुँह पर हाथ रखकर कहा—"अरे, धीरे बोलो ! बाहर नौकर खड़ा है !"

सुखदेव ने और चिल्लाकर कहा—"नौकर की ऐसी-तैसी !"

श्यामा घबराकर बाहर निकल आई।

७

प्रियंवदा ने उसी विनम्र टोन में कहा,—"मैं सच कह रही हूँ दीदी, न जाने कितनी बार उनके मुँह से यह बात सुन चुकी हूँ कि मेरी भाभी के सामने लक्ष्मण की सीता भी तुच्छ हैं। कितनी ही बार तुम्हारी बड़ाई करते-करते तुम्हारी बातें सुनाते-सुनाते आँखों में आँसू भर लाये हैं, और भरे गले से कहा है कि "भाभी मेरी इस धरती माता की तरह है ! ऐसी ही सहनशील, ऐसी ही विशाल, ऐसी ही महान् ! मुझे कहते थे कि उनकी सेविका बनकर जीवन सफल कर लेना अपना ! तुम्हारे जन्म-जन्मान्तर के पाप धुल जायेंगे !"—कहते-कहते प्रियंवदा का स्वर करुण हो उठा और नयन गीले हो गए।

श्यामा न बोली। बोल नहीं पा रही थी। उसके कण्ठ में जाने क्या आकर अटक गया था। फिर रुक-रुककर भले गले से बोली—"मैंने जाने कितने पुण्य किए थे उस जन्म में, जो ऐसे पति और देवर पाये। सच मानो बहिन, वे लोग देव-योनि के हैं। राह की धूल उड़कर राज-मुकुट से जा लगी। पर मुकुट तो मुकुट ही है सखी, और धूल धूल !"

प्रियंवदा की आँखें सजल हो गई थीं। उन्हीं सजल आँखों से दीदी का सौम्य मुख निहारकर बोली—"दीदी, तुम देवता के कण्ठ की वरमाला हो। राह की धूल तो मैं हूँ, जो चरणों से लगकर पवित्र हो गई !" कहकर उसने श्यामा के पैरों से अँगुलियाँ लगाकर माथे से छुआ लीं।........

तभी छोटा लड़का घर की पालतू बिल्ली को गोद में लिये आ खड़ा हुआ। प्रियंवदा ने दोनों हाथ बढ़ाकर उसे गोदी में खींच लिया, फिर दो बार उसके शुभ्र सुन्दर कपोलों का चुम्बन करके बोली—"तुम्हारा क्या नाम है भैया ?"

लड़के ने ऊपर मुँह करके कहा—"पहले तुम अपना नाम बतलाओ !"

प्रियम्वदा हँसने लगी।

श्यामा ने हौले से कहा—"ये तुम्हारी चाचीजी हैं। समझे ?" फिर प्रियम्वदा की स्वच्छ साड़ी की ओर देखकर बोलीं—"बेशऊर, चमार कहीं का ! सारी साड़ी गन्दी कर दी पैरों से। उतार दो बहिन इसे।"

लड़का प्रियम्वदा के गले से लिपटकर बोला—"नहीं उतरूँगा। एं चाची-जी ?"

प्रियम्वदा ने पुलकित होकर बच्चे को फिर चूम लिया और हौले-हौले कहने लगी—"मेरा राजा भैया विलायत जाएगा पढ़ने। बैरिस्टर बनेगा न ?"

लड़के ने कहा—"मैं तो प्रेसीडेण्ट बनूँगा !"

श्यामा हँसने लगी। हँसते-हँसते बोली—"यही सब रटा दिया है चाचाजी ने !"

प्रियम्वदा पुलकित होकर बोली—"कहते हैं कि मेरे जीवन को सबसे बड़ी साध यही है कि इन दोनों को बड़ा आदमी बना दूँ। भैया ने आधे पेट रहकर, पसीना बहाकर मुझे आदमी बनाया है। मैं अपने तन का रक्त देकर बच्चों के व्यक्तित्व को महान् कर सका, तो जीवन सफल समझूँगा। क्यों रे, विलायत जायगा न ?"

लड़के ने प्रियम्वदा की गोदी में सिर छिपाकर कहा—"नहीं चाचीजी, मुझे तो चाचाजी अमेरिका भेजेंगे पढ़ने को। हवाई-जहाज से जाऊँगा। तुम कभी बैठी हो चाचीजी हवाई-जहाज में ?"

तभी सहसा प्रियम्वदा की माँ ने आकर कहा—"बेटी चलो खाना खाओ।"

....रामाशंकर प्रियंवदा का बड़ा भाई था। उसकी चौक में बहुत-सी दूकानें थी। पत्नी उसकी मर गई थी। घर का कर्ता-धर्ता वही था।

रामाशंकर व्यस्त होकर, श्यामा के लिए स्वयं थाली लगा रहा था कि वह आ पहुँची। अम्माजी भीतर जाने क्या लेने गई कि चट्-से श्यामा कढ़ाई के पास आ बैठी और एक पूरी बेलकर गर्म घी में छोड़ दी और प्रसन्न मुद्रा से बोली—"आज भैया को मैं बनाकर खिलाऊँगी !....

उसी सजी थाली में रामाशंकर भैया को खिलाकर श्यामा चूल्हे के पास से उठ आई। फिर पास खड़ी प्रियम्वदा का हाथ पकड़कर खींचती हुई बोली—

"आओ सखी ! मुझे तो बड़ी भूख लगी है ।" और वही भैया की जूठी थाली आगे को खींच ली और पुकारकर कहा—"अम्मा, हम लोगों को खाना परोस जाओ !"

अम्मा ने धड़कता कलेजा लिए पूछा—"तो फिर, बेटी, मैं कल रामा को भेजूं बड़े दामाद के पास ?"

श्यामा ने भौंहें सिकोड़कर कहा—"बड़े दामाद कौन खेत की मूली हैं अम्मा, तुम बड़ी बेटी की इज्जत गिराओगी क्या ? तुम्हारी बड़ी बेटी ने जो कुछ कह दिया, उसे पत्थर की लकीर समझो ।"

अम्मा मुँह देखने लगीं बड़ी बेटी का ।

बड़ी बेटी ने तब तनिक नाराज-सी होकर कहा—"तुम्हें यक़ीन नहीं हुआ क्या अम्मा ? अरे, मैं कहती हूँ, सुखदेव के साथ प्रियम्वदा की शादी होगी, होगी, होगी । बस !"

रामाशंकर भी पास आ खड़ा हुआ था । श्यामा ने उसकी ओर देख कर पूछा—"भैया अपनी दूकान पर साबुन भी बिकता है न ?"

"बहुतेरा साबुन है तुम्हारी दूकान में । साबुन की तो एजेन्सी तक है ।"

"तब एक शर्त है," श्यामा ने अँगुली उठाकर कहा ।

अम्मा का दिल धड़कने लगा । रामाशंकर भी घबराया कि भगवान्, क्या शर्त है इसकी ?

श्यामा अँगुली उठाकर बोली—"भैया, तुम्हें हर महीना मुझे एक साबुन की टिक्की देनी होगी । बोलो, हामी भरते हो ?"

रामाशंकर ठहाका मारकर हँस पड़ा ।

अम्मा ने आँखों में आँसू भरकर कहा—"हाय पगली !"

पर श्यामा न हँसी । बल्कि स्वर में दुःख भरकर बोली—"तुम्हें क्या मालूम अम्मा, कि मैं साबुन के लिए कितनी परेशान रहती हूँ !"

रामाशंकर ने गद्‌गद् कण्ठ से कहा—"बहिन, आज ही तुम्हारे पास एक पेटी साबुन भिजवा दूँगा ।"

नौकर पीछे से बोला—"मैं दे आऊँगा शाम को !"

जाने किधर से बड़े लड़के ने सब सुन लिया । वह रामाशंकर के आगे आकर

बोला—"मामाजी, आज जीजी से और चाचाजी से साबुन के पीछे खूब लड़ाई हुई थी।"

श्यामा ने चिल्लाकर कहा—"चुप रह चुगलखोर !"

पर लड़का न माना। उसी दृढ़ स्वर में बोला—"सच, मामाजी, इसने चाचाजी का साबुन ले लिया था। सो चाचाजी ने...."

श्यामा ने लपक कर उसका मुंह बन्द कर दिया।

सारा घर हँस रहा था।

●

हिरनी | चन्द्रकिरण सौनरेक्सा

काली इटैलियन का बारीक लाल गोटेवाला चूड़ीदार पायजामा और हरे फूलोंवाला गुलाबी लम्बा कुर्ता वह पहने हुई थी। गोटलगी कुसुम्भी (लाल) रंग की ओढ़नी के दोनों छोर बड़ी लापरवाही से कंधे के पीछे पड़े थे, जिससे कुर्ते के ढीलेपन में उसकी चौड़ी छाती और उभरे हुए उरोजों की पुष्ट गोलाई झलक रही थी। अपनी लम्बी मजबूत मांसल कलाई से मूसली उठाये वह दबादब हल्दी कूट रही थी। कलाई में फँसी मोटी हरी चूड़ियाँ और चाँदी के कड़े और पछेलियाँ बार-बार झनक रही थीं। उन्हीं की ताल पर वह गा रही थी—

"हुलर-हुलर दुध गेरे मेरी गाय.........आज मेरा मुन्नीलाल जीवेगा कि नाय।"

बड़ा लोच था उसके स्वर में। इस गवाँरू गीत की वह पंक्ति उस तीखी दुपहरी में भी कानों में मिश्री की बूंदों के समान पड़ रही थी। कुछ देर मैं छज्जे की आड़ में खड़ी सुनती रही। न उसने कूटना बन्द किया और न वह गीत की पंक्ति "हुलर-हुलर.........।"

धूप में पैर बहुत जलने लगे, तो मैं लौटने को ही थी कि पीछे से भाभी ने आकर जोर से कहा, "खुदैजा, अरी देख, यह रही हमारी बीबीजी। चोरी-चोरी तेरा गीत सुन रही थीं।"

उसने तुरन्त मूसली छोड़कर ऊपर नजर उठाई और हँस पड़ी। फिर हाथ माथे पर रखकर बोली—"सलाम बीबीजी! बड़े भाग जो आज तेरे दरसन हो गये।"

मैं झेंप गयी। पिछवाड़े वाले मकान में नये पड़ोसियों को आये पन्द्रह दिन हो

गये होंगे। भाभी से कई बार खुदैजा का जिक्र सुनकर भी और यह जानकर भी कि मुझसे मिलना-बोलना चाहती है, मैं कभी उससे परिचय करने न आई थी। मैं सोचती थी, उस ठेठ गँवार छोकरी से मैं किस विषय पर और क्या बातें करूँगी ? अपनी झेंप मिटाने को मैं जल्दी से बोली—"भाभी, तुम्हारा गला तो बड़ा मीठा है; अपना गीत जरा फिर तो गाओ !"

"के बीबी जी, मेरा गला ! भला तुम तो बाजे पर गाने वाली ठहरीं, मेरा गीत भावेगा" उसने उत्तर दिया। उसके बोलने में तकल्लुफ नहीं, हार्दिकता थी।

"नहीं नहीं, तुम गाओ·······पूरा गाओ", मैंने जोर दिया।

बिना दोबारा इसरार कराये वह गाने लगी, उसी धीमी मीठी आवाज में—

"हुलर हुलर दुध गेरे मेरी गाय।
आज मेरा मुन्नीलाल जीवेगा कि नाय।
इस सासू की नजर बुरी है, मेरी माय।
आज मेरा मुन्नीलाल ज़ीवेगा कि नाय।"

मुझे लगा कि वह स्वर दबाकर गा रही है।

"भाभी, पूरा गला खोलकर गाओ", मैंने अनुरोध किया।

उसने कुटी हल्दी को छलनी में उलटकर नीचे आँगन की ओर उंगली दिखा कर कहा—"फुफ्फी लड़ेगी !"

भाभी ने कहा, "मरने दे फ़ुफ़्फी को। बीबीजी, खुदैजा नाचती भी बहुत अच्छा है। ओ खुदैजा, जरा नाच तो सही।"

वह थोड़ा शरमा गई। ओढ़नी मुँह में दबाकर हँसने लगी।

"अच्छा भाभी ! तुम्हें नाचना भी आता है। तब तो जरूर नाचकर दिखाओ", भाभी की शह पाकर मैंने भी कहा।

परन्तु वह नाचेगी, ऐंसे मुझे जरा भी आशा नहीं थीं। भला शहरों में जब हम पढ़ी-लिखी लड़कियों के आगे कोई बार-बार हारमोनियम-तबला रखता है, कई-कई बार इसरार करता है, तब पहले तो हम लोग नजाकत से गाना न आने की दलीलें पेश करती हैं, इस पर भी जब वे लोग प्रमाण देते हैं कि आपने अमुक के जन्म-दिवस पर और फ़लाँ की शादी में अमुक गाना गाया था, तब गला खराब होने का बहाना किया जाता है। जब देखते हैं कि किसी तरह पीछा नहीं छूटेगा, तब कहीं खाँस-खखार कर एक आधी गत बजाई और बाजा परे

सरकाकर कहा, "देखिए, कहीं आता भी है ! आप फ़िज़ूल ही पीछे पड़े हुए हैं ।" और बस यों हमारा गाना खत्म हो जाता है ।

"खुदैजा नाच दे न । अच्छा बीबीजी की बात भी नहीं माननी ?" भाभी ने कहा, "ले, मैं तो जाती हूँ ।"

वह हड़बड़ाकर उठ बैठी—"न न, जावे मत । तुझे अल्ला पाक की क़सम सरसुती । ले, मैं नाच दूंगी, पर बीबीजी के पसन्द आवेगा । मेरा नाच ?"

उसके पैर के कड़े-छड़े यद्यपि उसकी मांसल पिंडली और टखनों से चिपटे हुए थे, फिर भी गिनती में कई होने से आपस में खनककर झनक उठे । ओढ़नी सिर पर ले, तनिक सा घूंघट निकालकर वह खड़ी हो गई । फिर मुझे देखकर हँस पड़ी, बोली, "नाचूं ?"

"हाँ, हाँ !"

"के गाऊँ सरसुती ।"

"कुछ भी गा ले ! वही गीत गा—'लटक रहती बबुआ'……"

उसने गाया—

"लटक रहती बबुआ तोरे बँगले में,
जो मैं होती बागों की कोयल,
कूक रहती, बबुआ तोरे बँगले में ।"

किसी शास्त्र के अन्तर्गत उसका नाच नहीं था । न कत्थक, न कथकली, न मनीपुरी, न उड़ीसी और न भरतनाट्यम् ! बाहुओं के संचालन में कोई गहराई भी न थी, पर उस सीधेपन में एक लय थी, गति थी····तेज और प्रवाहमयी···जीवन से भरपूर । अस्थायी के मोड़ पर नाचती हुई, वह दो फुट ऊपर उछल जाती और फिर धरती पर पाँव लगते ही थिरकने लगती, क्या मजाल, जो जरा पंजा रुकता हो । साढ़े पाँच फुट लम्बी भरी देह की उस युवती का गठन एकदम गिन्नी-गोल्ड की डली जैसा था—लाली लिए हुए रंग का ऐसा सोना, जिसमें क़यामत का लोच हो ।

गीत पूरा हुआ और वह नाच बन्द कर लम्बी-लम्बी साँस लेने लगी ।

"शाबाश, भाभी !" मैंने उत्साह से कहा—"सचमुच बहुत अच्छा नाचती हो ।"

"सच्ची ! तुम्हें मेरा नाच अच्छा लगा !" उसकी बिल्लौरी शीशे-सी आँखों में उत्साह छलक पड़ा । भोलेपन से उसने पूछा—"और नाचूं ?"

"हाँ-हाँ !" छज्जे की आड़ में भी मेरे पाँव जले जा रहे थे, फिर भी नीचे जाने को मन न होता था ।

उसने दुपट्टे से मुंह का पसीना पोंछा और पैर से ठुमका लिया ही था कि नीचे से किसी ने धीमी पर तीखी क्रोधभरी आवाज में कहा—ओ घोड़ी ! कूदना बन्द कर दे ! शफ़ीक़ का अब्बा आ गया है ।"

खुदेजा के पाँव रुक गये, जैसे किसी तेज चाल से घूमते हुए लट्टू पर कोई अचानक हाथ रख दे । मुंह पर उदासी की छाया-सी आ गई, किन्तु भाभी से दृष्टि मिलते ही वह मुस्करा पड़ी, और बोली—"देखा मचने लगा न शोर ! फुफ्फी का बस चले, तो मुझे बकस में बन्द करके रक्खे । ' फिर होंठों में ही किसी गीत की कड़ी गुनगुनाती हुई वह ओढ़नी के पल्ले से मुंह पर हवा करने लगी ।

नीचे से सीढ़ियाँ चढ़ती हुई उसकी सास कहती आ रही थी—"खुदैजा, तूने तो सारी हया-शरम घोलकर पी डाली ! अरी, तू क्या नटनी की धी है ? कंजरियों की तरह हर वक्त गाती रहती है, बेहया कहीं को····!!!"

खुदेजा चमक पड़ी । गुस्से से उसके चेहरे का गेहुँआ रङ्ग एकदम गहरा सिन्दूरी हो उठा ।

"बस, फुफ्फी, अपना जबान बंद रख ! नटनी होगी तू, तेरी धी !! कंजरी-वंजरी बनाएगी, तो देख ले मैं अपनी-तेरी जान एक कर दूंगी····!

"या परवरदिगार," फूफी ऊपर आ चुकी थी । आसमान की तरफ दोनों हाथ उठाकर बोली, 'अल्ला का क़हर पड़े तेरे ऊपर····! खुदा करे, तेरे भाई की मैयत निकले ! तूने हमारे खानदान की नाक काट ली । मेरे शफ़ीक के लिए तू ही धरी थी । हाय अल्लाह, कैसी ज़ुबान-दराज़ है । जी चाहता है ज़ुबान खींच लूं इसकी····"

और फूफी तब नाक के स्वर में रो-रोकर अल्लाह को पुकारने लगी ! मैं भाभी का हाथ पकड़कर उन्हें खींचती हुई नीचे ले आई । तिरस्कार से मैंने कहा, "यही है तुम्हारी सहेली !"

भाभी ने चिढ़कर कहा, "सहेली का क्या कसूर बीबीजी ? तुम्हें ही अगर कोई जेलखाने में बन्द करके बाप-भाइयों को गालियाँ दे, तो कहाँ तक सुनोगी ?

वह तो रोहतक के किसी ठेठ गाँव की लड़की है। शहरों को—मुँह में राम बगल में छुरी वाली सभ्यता तो जानती नहीं। उसे तुम "तू" कहोगी, तो "तू" सुनोगी भी! वैसे दिल की इतनी अच्छी है कि ज़रा-सा किसी का दुःख नहीं देख सकती। ग़रूर मिज़ाज तो वह जानती तक नहीं।"—और भाभी कुछ अप्रसन्न सी होकर बाहर चली गई।

× × ×

दूसरे दिन सिर धोकर बाल सुखाने मैं पिछवाड़े के छज्जे पर गई। खुदैजा को देखने का लोभ भी इसका एक कारण था। वह अपनी देहरी पर बैठी कुछ सी रही थी, साथ ही कोई गीत भी गुनगुनाती जा रही थी। मैंने हल्के से खाँसा। आहट पाकर सिर उसने ऊँचा किया। मुझे देखते ही उसका मुँह प्रसन्नता से गुलाब की भाँति खिल उठा। फ़ौरन हाथ माथे पर रखकर बोली, "सलाम बीबीजी! राजी तो हो?"

"सलाम!" मैंने जवाब देकर पूछा, "क्या सी रही हो?"

"के बताऊँ बीबीजी! बिचारी फुफ्फी के हाथों में तो खुजली हो रही है। अल्लाह मारा ऐसा रोग है कि आदमी अपने हाथ से खा भी न सके। उसका पैजामा फट गया है, उसी में टाँके लगा रही हूँ।"

मुझे कल की घटना याद हो आई। धीरे से पूछा, "मेल हो गया सास से?"

खुदैजा हँसी, बोली, "सास-बहू की के लड़ाई बीबीजी! पर मने कोई गाली दे है, तो बस म्हैं तो ऊपर से तले तक बल उठूं हूँ।"

"पर भाभी, इन लोगों से तुम्हारी पटती नहीं। तुम्हारे बाप ने तुम्हें क्यों शहर में ब्याह दिया?"

खुदैजा का स्वर कुछ बोझिल हो गया, बोली—"बीबीजी, मेरा बाप तो ग़रीब आदमी है। अब्बा (ससुर) ने मने कहीं गाँव में देख ली थी, सो मेरे चाचा से माँगी। वो सीधा आदमी, बातों में आ गया, उसे के खबर थी कि शहरों में घर जेलखानों जैसे होवें हैं।"

"तुम्हारे गाँव में क्या परदा नहीं होता था?" मैंने पूछा।

"बीबीजी, परदा वहाँ करे, जहाँ पाप बसता हो। गाँव में सब भैन-बेटियाँ समझे हैं। परदा करें तो फिर खेत-क्यार का काम कैसे चले?"

"तभी तुम्हें इतने गीत याद हैं,"—मैंने मज़ाक किया, "घर-घर गाती हुई घूमती होगी।"

और यह सुनते ही किसी सुखद स्मृति से पुलक उठी, "बीबीजी, सावन के महीने में हम सब छोरियाँ नीम में झूला डालतीं, आधी रात तक पेगें बढ़ातीं और गाती-नाचती। व्याह-शादी में रात-रात भर चाँदनी में नाच-गाना होता-बहू-बेटी गाती और बड़े-बूढ़े चौपाल में सुना करते।"

"बहुएँ भी परदा नहीं करती थीं?"

"अरे के परदा!" उसने ओढ़नी से मुँह ढँककर कहा—"ऐसे, बस परदा हो गया....कोई बोल-चाल का परदा होता है? घूंघट मार लिया और गाती रहीं।"

"अच्छा!" मैं चुप हो गई। सच है, हेड कान्सटेबिल के बेटे की बहू पर बड़ा तरस आ रहा था। बेचारी बड़ी बुरी फँसी थी।

"बीवीजी, एक गीत गाऊँ?"

"गाओ," मैंने खुश होकर कहा।

और सब कुछ भूल, अपने स्वर को पंचम तक पहुँचाकर उसने गाया—

"कोठे ऊपर कोठरी, जिसमें तपे तनूर,
गिन-गिन लाऊँ रोटियाँ मेरा खानेबाला दूर री,
मेरी बाली का बाला जोबनवा बटवा गूँथन दे....!

"अरी खुदैजा" नीचे से उसकी सास ने पुकारा—"कम्बख्त! आने दे तेरे यार को, उसी से तुझे ठीक कराऊँगी....कल शफ़ीक दौरे से लौट आवे, तब तेरी मरम्मत कराऊँगी।"

और फिर दोनों सास-बहुओं में ठन गई....।

दूसरे दिन मैं छत पर न गई। परन्तु तीसरे पहर भाभी ने जब नीचे आकर बताया कि खुदैजा छत पर बैठी रो रही है, उसके पति ने रात उसे लकड़ी से मारा था, तो मैं अपने को रोक न सकी। ऊपर जाकर देखा, खुदैजा छत पर खपरैल तले खटोले पर पड़ी रो रही थी।

"भाभी!" मैंने धीरे से उमे पुकारा।

वह चमक कर उठ बैठी। मुझे देखकर अपनी आँसू भरी आँखों से ही हँस पड़ी, "बड़ी उमर बीबीजी, मैं तो तुमे ही याद कर रही थी, सलाम।"

सलाम का उत्तर दे, मैंने पूछा, रात क्या गुज़री ?''

''गुजरी के !'' उसने तपे हुए स्वर में कहा, ''तेरा भाई आया था। फूफी ने जाने के सिखा दिया। आते ही उसने लाठी पकड़ ली'', कहते-कहते उसका स्वर ठंडा हो गया, हँसी की पुट भी आ गई, ''बीबीजी, बोल्ला न चाल्ला, अल्लाह कसम, दो लकड़ी जमा दी'', और उसने अपनी पीठ दिखाई, जो रीढ़ के पास छिल गई थी।

सहानुभूति से मैंने कहा, ''राम-राम, बड़ा कसाई है !''

हँस पड़ी खुदैजा। बोली, ''बीबीजी, के बताऊँ···मने दुनियाँ की शरम खा गई कि लोग कहेंगे कि खसम को मारा, नहीं तो लकड़ी समेत टाँगों में ऐसे दबा लेती···चूं करके रह जाता। सारी सिपाहीगीरी लिकड़ जाती,'' और उसने अपने पुष्ट हाथों से मरोड़ देने का अभिनय किया।

खुदैजा की बातें छोड़कर जाने की इच्छा न होती थी। जिस निष्कपट सरल भाव से वह बातें कर रही थी, उनके प्रभाव से मन-मस्तिष्क पर एक नशा-सा छा जाता था। आधी रात के सन्नाटे में भी उसके गले की मिठास कानों में गूंजती थी। काश, उसे अगर कुछ दिन संगीत सिखाया जाता ! अचानक मुझे ध्यान आया कि कहीं मुझसे बातें करने में वह गाना न सुनाने लगे, तो फिर उस पर मार पड़े। इसलिए ''अभी आती हूँ,'' कहकर मैं झटपट नीचे उतर गई।

आते-आते सुना कि वह पुकारकर कह रही थी, ''अल्लाह की कसम बीबी जी, जल्दी आइयो ! जरा अपना बाजा भी उठा लाइयो। मैं भी देखूं, कैसे बजे है।''

× × ×

कई दिनों से मेरी भाभी बीमार थीं। और छोटी भतीजी कुसुम भी अचानक सर्दी खा गई और तेज बुखार हो गया। पास-पड़ोस से स्त्रियाँ उन्हें देखने-पूछने आती रहती थीं। घर का काम सब मेरे ऊपर था। इसी से सैर करने जाना तो दूर, छत पर जाना भी नहीं हुआ। खुदैजा ने कई बार अपने नन्हें देवर को भेजकर बुलवाया कि मैं तनिक देर को छत पर हो जाऊँ, पर इच्छा होने पर भी न जा सकी।

चिराग़ जले उसकी सास बुरका ओढ़कर छोटे लड़के को साथ लेकर आई।

लड़के द्वारा पहले पुछवा लिया था कि घर में कोई मर्द तो नहीं, तब बेचारी कमरे में घुसी।

"कैसी तबीयत है बहू ?"

"अब तो ज़रा ठीक हूँ," भाभी ने कहा, "आइए—बीबीजी, ज़रा कुर्सी दे जाना।"

"सच मानो बहू, खुदैजा पर तो तुमने जादू कर दिया है।" फूफी कुर्सी पर बैठकर बोलीं, "जब से सुना है, मछली-सी तड़फ रही है। वह मुर्दो तो बुरका उठाये चली आ रही थी, मुश्किलों रोका····तुम जानों बहू, हम लोगों में हिन्दुओं की तरह चादर बगल में दबाई और घर-घर घूमने चल दिये वाली बात तो होती नहीं। जो ऐसा करती हैं, वे बदनाम हो जाती हैं, खैर, तुमसे तो अपनों जैसा मेल हो गया है। रात को लाऊँगी उसे भी।"····

"फूफीजी, जो बड़े-बड़े अमीर-उमरा होते हैं, उनकी लड़कियाँ तो हमारी ही तरह बाहर आती-जाती हैं।"—भाभी दबे स्वर में बोली।

"तुफ़ उन लोगों पर ! वह मुसलमानी क्या जिसके पैर का नाखून भी किसी गैर मर्द ने देख लिया ? शहरी तहज़ीब-क़ायदा तो यही है, नीच क़ौमों और गँवारों की बात छोड़ दो।"

आगे बहस फ़िज़ूल थी। भाभी ने दूसरी बातें छेड़ दीं।

रात को दस बजे खुदैजा आई। साथ में फूफी, दोनों देवर और ननदें भी थीं। आते ही भाभी के गले से लिपट गई, फिर मेरे से। कुसुम को तो छोड़ती न थी, "अरे मेरे मुन्नीलाल तुझे किस सौकण (सौत) की नजर लग गई ! मेरे कुलसुम····। क्यों ऐ सरसुती, तूने छोरी भी बीमार कर दी ?"

"अरी खुदैजा ! धीरे बोल।" फूफी दबे स्वर में गुर्राई, "कुलसुम का अब्बा बैठक में सो रहा है।

"के फुफ्फी !" खुदैजा ने झनककर कहा, "तेरी धीरे-धीरे ने तो जान खा डाली। अब के हाँड़ी में मुँह करके बोलूँ ?"

"तोबा !" फूफी खून का सा घूँट पीकर रह गईं।

४

खुदैजा को पढ़ने का शौक़ सवार हुआ था। उर्दू का क़ायदा मँगाकर देवर

से पढ़ने लगी। छत पर होती, तो मुझे बुलवाकर पूछती। परन्तु अक्षर उसे याद न रहते। अलिफ़ बे की अपेक्षा गाने की तर्जें उसे जल्दी याद हो जाती थीं। फूफी अगर इत्तफ़ाक़ से अपने किसी रिश्तेदार के चली जाती, तो फिर छत पर गाने-नाचने का तूफ़ान उठा देती; चाहे शाम को लड़ाई-झगड़े और मार-पीट की ही नौबत क्यों न आवे।

वर्णमाला उसे याद नहीं हुई। इतनी दूर से पढ़ाई हो भी न सकती थी। फिर उसे घर का काफ़ी काम भी रहता, क्योंकि उसे मोटी-ताज़ी देखकर फूफी और उनकी नाज़ुक शहराती लड़कियाँ तो कुछ करके न देती थी। और मुझे अपनी पढ़ाई-लिखाई और गृहस्थी का काम रहता था। फिर मैं तो कुछ सामाजिक और राजनैतिक कार्यों में भी हिस्सा लेती थी। शहर में एक जुलूस निकलने वाला था। मैं जा रही थी।

"बीबीजी, कहाँ चली ?" उसने छत से पुकारा।

'जुलूस में !" मैं जल्दी से बोली—"आज बड़ा भारी जुलूस निकलेगा।"

"हाय, बीबीजी ! मैं क्योंकर निकलूं इस जेल खाने से।" उसके स्वर में तड़प थी।

"अच्छा सलाम !" मैं हाथ उठाकर चल पड़ी। पर मन में खुदैजा का वह स्वर कचोटें भर रहा था—"मैं क्योंकर निकलूं इस जेलखाने से....!"

दस बजे जुलूस और मीटिंग समाप्त होने पर मैं घर लौटी, तो सुना पिछवाड़े बड़ा गुलगपाड़ा मच रहा था। भाभी ने द्वार खोलकर कहा, "बीबीजी, आज न जाने खुदैजा पर क्या बीतेगी ! फूफी अपने मामू के गई थी। वह मेरे नन्हें को चार पैसों का लालच देकर उसके साथ चुपके से जुलूस देखने चली गई।"

और भाभी घबराहट में ज्यादा कह न पाई।

मैं भी डर गई। हम दोनों छत पर कान लगाये सुनती रहीं। उसके ससुर बार-बार कह रहे थे, "आज मेरी पगड़ी इसने पैरों तले रौंद डाली........इस पड़ौस में आकर यह एकदम बिगड़ गई है........। कल ही यह मकान छोड़ दूंगा। इस बार तो दोहरी डेवढ़ी का मकान लेना पड़ेगा।"

दो दिन बाद पिछवाड़े का मकान खाली हो गया। खुदैजा रो-रोकर बिदा हुई हमसे। पालकी में बैठी भी ऊँचे स्वर में रो रही थी।

× × ×

खुदैजा की कोई खबर न लगी। चार-पाँच साल निकल गये। अब मेरे भी एक नन्हीं बच्ची थी।—मैं माँ थी। घूमना-फिरना कम हो गया था। बन्धनवश नहीं, यही गृहस्थी और बच्ची की देख-भाल की वजह से। फिर भी, इस बार थोड़ी फ़ुरसत निकालकर देहली घूमने आई थी। लाल क़िले भी गयी। शाही हमाम में कुछ बुरकेवालियाँ दिखाई दीं।

"बीबीजी !" अकस्मात् धीरे से उनमें से एक ने आकर मेरा कंधा छुआ।

मैंने आश्चर्य से देखा, खुदैजा थी !—लम्बी, पीली, गालों की हड्डियाँ उभरी हुई, आँखों में गड्ढे पड़े हुए—खुदैजा ही थीं।

"अरे भाभी तुम, वाह····!" मैंने उसका हाथ पकड़ लिया।

"राज़ी रहीं बीबीजी ! अच्छा, शादी हो गई ? मुबारिक।" उसने फ़ुस-फ़ुसाकर कहा।

और सिर्फ़ पहचान करने-कराने को उसने जो बुरका उठा दिया था उसे फिर डाल लिया, हालाँकि उस समय वहाँ कोई मर्द न था। खुदैजा के इस व्यवहार पर मुझे आश्चर्य हुआ। स्वच्छन्द हिरनी अब खूँटे से बँधी बकरी थी।

"वाह, अब तुम एकदम बन्दगोभी हो गई, भाभी !"

"हमेशा ही बेवकूफ़ थोड़ी ही बनी रहूँगी," उसने धीमे से उत्तर दिया, "अब तो अक्ल आ गई है।"

"अच्छा, अक्ल आ गई है ? अब तो बड़ी उर्दूदाँ बन गई हो। हमें तो भई नहीं आई अक्ल। उसी तरह बेलगाम घूमती हूँ····।"

उसने जाली में से एक बार देखा और पलकें झुका लीं। उसकी साथिनें बाहर पहुँच चुकी थीं। नन्हें ने जो अब बारह-तेरह साल का हो गया था, नकीब की तरह पुकारा—"भाभी !"

और खुदैजा उम्रकैदी की तरह मुड़-मुड़कर पीछे देखती हुई चली गई।

●

गदल रांगेय राघव

१

बाहर शोर-गुल मचा। डोडी ने पुकारा—'कौन है?' कोई उत्तर नहीं मिला। आवाज आई—हत्यारिन! तुझे कतल कर दूँगा।

स्त्री का स्वर आया—करके तो देख! तेरे कुनबे को डायन बन के न खा गई, निपूते!

डोड़ी बैठा न रह सका। बाहर आया।

—क्या करता है, क्या करता है निहाल?—डोड़ी बढ़कर चिल्लाया—आखिर तेरी मैया है।

—मैया है!—कहकर निहाल हट गया।

—अरे, तू हाथ उठा के तो देख!—स्त्री ने फुफकारा—कढ़ी खाये! तेरी सींक पर बिलियाँ चलवा दूँ! समझ रखियो! मत जान रखियो, हाँ! तेरी आसरतू नहीं हूँ।

—भाभी!—डोड़ी ने कहा—क्या बकती है? होश में आ?

वह आगे बढ़ा। उसने मुड़कर कहा—जाओ सब! तुम सब लोग जाओ!

निहाल हट गया। उसके साथ ही सब लोग इधर-उधर हो गये।

डोड़ी निस्तब्ध छप्पर के नीचे लगा बरैंडा पकड़े खड़ा रहा। स्त्री वहीं बिखरी हुई-सी बैठी रही। उसकी आँखों में आग-सी जल रही थी।

उसने कहा—मैं जानती हूँ, निहाल में इतनी हिम्मत नहीं। यह सब तैंने किया है, देवर!

—हाँ, गदल।—डोड़ी ने धीरे से कहा—मैंने ही किया है।

गदल सिमट गई, कहा—क्यों, तुझे क्या जरूरत थी?

डोड़ी कह नहीं सका। वह ऊपर से नीचे तक झनझना उठा। पचास साल का वह लम्बा खारी गूजर, उसकी मूछें खिचड़ी हो चुकी थीं, छप्पर तक पहुँचा-सा लगता था। उसके कन्धे की चौड़ी हड्डियों पर अब दीवे का हल्का प्रकाश

पड़ रहा था, उसके शरीर पर मोटी फतूही थी और उसकी धोती घुटनों के नीचे उतरने के पहले ही झूल देकर चुस्त सी ऊपर की ओर लौट जाती थी। उसका हाथ कर्रा था और वह इस समय निस्तब्ध खड़ा रहा।

स्त्री उठी। वह लगभग ४५ वर्षीया थी, और उसका रंग गोरा होने पर भी आयु के धुंधलके में अब मैला-सा दिखने लगा था। उसको देखकर लगता था कि वह फुर्तीली थी। जीवन भर कठोर मेहनत करने से, उसकी गठन के ढीले पड़ने पर भी, उसकी फुर्ती अभी तक मौजूद थी।

—तुझे शरम नहीं आती, गदल ?—डोड़ी ने पूछा।

—"क्यों, शरम क्यों आयेगी ?—गदल से पूछा।

डोड़ी क्षण भर सकते में पड़ गया। भीतर के चौबारे से आवाज आयी—शरम क्यों आयेगी इसे ? शरम तो उसे आये, जिसकी आँखों में हया बची हो।

—निहाल !—डोड़ी चिल्लाया—तू चुप रह।

फिर आवाज बन्द हो गई।

गदल ने कहा—मुझे क्यों बुलाया है तूने ?

डोड़ी ने इस बात का उत्तर नहीं दिया। पूछा····रोटी खायी है ?

—नहीं। गदल ने कहा—खाती भी कब ? कमबख्त रास्ते में मिले। खेत होकर लौट रही थी। रास्ते में अरने-कण्डे बीन करके लिये जा रही थी।

डोड़ी ने पुकारा—निहाल ! बहू से कह, अपनी सास को रोटी दे जाये।

भीतर से किसी स्त्री की ढीठ आवाज सुनाई दी—अरे, अब लोहारों की बैयर आयी है; उन्हें क्या गरीब खारियों की रोटी भायेगी ?

कुछ स्त्रियों ने ठहाका लगाया।

निहाल चिल्लाया—सुन ले, परमेसुरी, जगहँसाई हो रही है। खारियों की तो तूने नाक कटाकर छोड़ी।

२

गुन्ना मरा, तो पचपन बरस का था। गदल विधवा हो गई। गदल का बड़ा बेटा निहाल तीन बरस के पास पहुँच रहा था। उसकी बहू दुल्ली का बड़ा बेटा सात का, दूसरा चार का और तीसरी छोरी थी, जो उसकी गोद में थी। निहाल से छोटी तरा-ऊपर की दो बहनें थीं चम्पा और चमेली, जिनका क्रमशः झाज और बिस्वारा गाँबों में ब्याह हुआ था। आज उसकी गोदियों से उनके

लाल उतरकर धूल में घुटुरुवन चलने लगे थे। अन्तिम पुत्र नरायन अब बाईस का था, जिसकी बहू दूसरे बच्चे की माँ होनेवाली थी। ऐसी गदल, इतना बड़ा परिवार छोड़कर चली गई थी और बत्तीस साल के एक लौहारे गूजर के यहाँ जा बैठी थी।

डोड़ी गुन्ना का सगा भाई था। बहू थी, बच्चे भी हुए। सब मर गए। अपनी जगह अकेला रह गया। गुन्ना ने बड़ी-बड़ी कही, पर वह फिर अकेला ही रहा, उसने ब्याह नहीं किया, गदल ही के चूल्हे पर खाता रहा कमाकर लाता, तो उसी को दे देता, उसी के बच्चों को अपना मानता, कभी उसने अलगाव नहीं किया। निहाल अपने चाचा पर जान देता था। और फिर खारी गूजर अपने को लौहारों से ऊँचा समझते थे।

गदल जिसके घर जा बैठी थी उसका पूरा कुनबा था। उसने गदल की उम्र नहीं देखी, यह देखा कि खारी औरत है, पड़ी रहेगी। चूल्हे पर दम फूंकनेवाली की जरूरत भी थी।

आज ही गदल सबेरे गई थी और शाम को उसके बेटे उसे फिर बाँध लाये थे। उसके नये पति मौनी को अभी पता भी नहीं हुआ होगा। मौनी रंडुआ था। उसकी भाभी जो पाँव फैलाकर मटक-मटककर छाछ बिलोती थी, दुल्लो सुनेंगी, तो क्या कहेगी?

गदल का मन विक्षोभ से भर उठा।

३

आधी रात को चली थी। गदल वहीं पड़ी थी। डोड़ी वहीं बैठा चिलम फूँक रहा था।

उस सन्नाटे में डोड़ी ने धीरे कहा—गदल।

—क्या है?—गदल ने हौले से कहा।

—तू चली गई न?

गदल बोली नहीं। डोड़ी ने फिर कहा—सब चले जाते हैं। एक दिन तेरी देवरानी चली गयी, फिर एक-एक करके तेरे भतीजे भी चले गये। भैया भी चला गया। पर तू जैसे गयी, वैसे तो कोई भी नहीं गया। जग हँसता है, जानती है?

गदल ने बुरबुराया—जगहँसाई से मैं नहीं डरती, देवर! जब चौदह की थी, तब तेरा भैया मुझे गाँव में देख गया था। तू उसके साथ तेल पिया लट्ठ

लेकर मुझे लेने आया था न, तब ? तब मैं आयी थी कि नहीं ? तू सोचता होगा कि गदल की उम्मिर गयी, अब उसे खसम की क्या जरूरत है ? पर जानता है, मैं क्यों गयी ?

—नहीं ।

—तू तो बस यही सोचा करता होगा कि गदल गयी, अब पहले-सा रोटियों का आराम नहीं रहा । बहुएँ नहीं करेंगी तेरी चाकरी, देवर ! तूने भाई से और मुझसे निभायी, तो मैंने भी तुझे अपना ही समझा । बोल, झूठ कहती हूँ ?

—नहीं, गदल । मैंने कब कहा ।

—बस यही बात है, देवर ! अब मेरा यहाँ कौन है ! मेरा मरद तो मर गया । जीते जी मैंने उसकी चाकरी की, उसके नाते उसके सब अपनों की चाकरी बजायी । पर जब मालिक ही न रहा, तो काहे को हड़कम्प उठाऊँ ! यह लड़के, यह बहुएँ ! मैं इनकी गुलामी नहीं करूँगी ?

—पर क्या, यह सब तेरी औलाद नहीं, बावरी ? बिल्ली तक अपने जायों के लिए सात घर उलट-फेर करती है, फिर तू तो मानुस है । तेरी माया-ममता कहाँ चली गयी ?

—देवर, तेरी कहाँ चली गयी थी, जो तूने फिर ब्याह न किया ?

—मुझे तेरा सहारा था, गदल !

—कायर ! भैया तेरा मरा, कारज किया बेटे ने और फिर जब सब हो गया, तब तू मुझे रखकर घर नहीं बसा सकता था । तूने मुझे पेट के लिए पराई ड्योढ़ी लँघवायी । चूल्हा मैं तब फूंकूं, जब मेरा कोई अपना हो । ऐसी बाँदी नहीं हूँ कि मेरी कुहनी बजे, औरों की बिछिया झनके । मैं तो पेट तब भरूंगी, जब पेट का मोल कर लूंगी । समझा, देवर ! तूने तो नहीं कहा तब । अब कुनबे की नाक पर चोट पड़ी, तब सोचा; तब न सोचा, जब तेरी गदल को बहुओं ने आँखें तरेरकर देखा । अरे, कौन किसी की परवाह करता है !

गदल !—डोड़ी ने भर्राये स्वर से कहा—मैं डरता था ।

—भला क्यों तो ?

—गदल, मैं बुड्ढा हूं । डरता था, जग हँसेगा । बेटे सोचेंगे, शायद चाचा का अम्मा से पहले ही से नाता था, तभी तो चाचा ने दूसरा ब्याह नहीं किया । गदल, भैया की भी बदनामी होती न ?

—अरे, चल रहने दे ।—गदल ने उत्तर दिया—भैया—का बड़ा खयाल

रहा तुझे ! तू नहीं था कारज में उनके क्या ? मेरे ससुर मरे थे, तब तेरे भैया ने बिरादरी को जिमाकर ओठों से पानी छुलाया था अपने। और तुम सबने कितने बुलाये ? तू भैया, दो बेटे। यही भैया हैं, यही बेटे हैं ? पच्चीस आदमी बुलाये कुल। क्यों आखिर ? कह दिया लड़ाई में कानून है। पुलस पच्चीस से ज्यादा होते ही पकड़ ले जाएगी। डरपोक कहीं के ! मैं नहीं रहती ऐसों के।

हठात् डोड़ी का स्वर बदला। कहा—मेरे रहते तू पराये मरद के बा बैठेगी !

—हाँ।

—अब के तो कह !—वह उठकर बढ़ा।

—सौ बार कहूँ लाला !—गदल पड़ी-पड़ी बोली। डोड़ी बढ़ा।

—बढ़ !—गदल ने फुफकारा।

डोड़ी रुक गया। गदल देखती रही। डोड़ी जाकर बैठ गया। गदल देखती रही। फिर हँसी। कह—तू मुझे क़रेगा ! तुझमें हिम्मत कहाँ है, देवर ? मेरा नया मरद है न ? मरद है। इतनी सुन तो ले भला। मुझे लगता है, तेरा भइया ही मिल गया है मुझे। तू ?—वह रुकी—मरद है ? अरे कोई बैयर से घिघियाता है। बढ़कर जो तू मुझे मारता, तो मैं समझती, तू अपनापा मानता है। मैं इस घर में रहूँगी।

डोड़ी देखता ही रह गया। रात गहरी हो गई। गदल ने लँहगे की पर्तें फैलाकर तन ढँक लिया। डोड़ी ऊँघने लगा।

४

ओसारे में दुल्लो ने अँगड़ाई लेकर कहा—आ गई देवरानीजी। रात कहाँ रहीं ?

सूका डूब गया था। आकाश में पौ फट रही थी। बैल अब उठकर खड़े हो गए थे। हवा में एक ठण्डक थी।

गदल ने तड़ाक से जवाब दिया—सो, जिठानी मेरी ! हुकुम नहीं चला मुझ पर। तेरी जैसी बेटियाँ हैं मेरी। देवर के नाते देवरानी हूँ, तेरी जूती नहीं।

दुल्लो सकपका गई। मौनी उठा ही था। भन्नाया हुआ आया। बोला—कहाँ गयी थी ?

गदल ने घूंघट खींच लिया, पर आवाज नहीं बदली। कहा—वही ले गये मुझे घेरकर। मौका पाके निकल आयी।

मौनी दब गया। मौनी का बाप बाहर से ढोर हाँके ले गया। मौनी बढ़ा।

—कहाँ जाता है ?—गदल ने पूछा।

—खेतहार।

—पहले मेरा फैसला कर जा—गदल ने कहा।

दुल्लो उस अधेड़ स्त्री के नक्शे देखकर अचरज में खड़ी रही।

—कैसा फैसला ?—मौनी ने पूछा। वह उस बड़ी स्त्री से दब गया था।

—अब क्या तेरे घर भर का पीसना पीसूंगी मैं ?—गदल ने कहा—हम तो दो जने हैं। अलग करेंगे, खायेंगे।—उनके उत्तर की प्रतीक्षा किए बिना वह कहती रही—कमाई शामिल करो, मैं नहीं रोकती, पर भीतर तो अलग-अलग भले।

मौनी क्षण भर सन्नाटे में खड़ा रहा। दुल्लो तिनक कर निकली। बोली—अब चुप क्यों हो गया, देवर ? बोलता क्यों नहीं ? मेरी देवरानी लाया है कि सास ! तेरी बोलती क्यों नहीं कढ़तो ? ऐसी न समझियो तू मुझे ! रोटी तवा पर पलटते मुझे भी आँच नहीं लगती, जो मैं इसकी खरी-खोटी सुन लूंगी, समझा ? मेरी अम्मा ने भी मुझे चूल्हे की मट्टी खाके ही जना था। हाँ।

—अरी तो, सौत !—गदल ने पुकारा—मट्टी न खाके आयी, सारे कुनबे को चबा जायगी, डायन ! ऐसी नहीं तरी गुड़ की भेली है, जो न खायेंगे हम तो रोटी गले में फन्दा मार जायेगी।

मौनो उत्तर नहीं दे सका। वह बाहर चला गया। दुपहर हो गयी थी। दुल्लो बैठी चरखा कात रही थी। नरायन ने आकर आवाज दी—कोई है ?

दुल्लो ने घूंघट काढ़ लिया। पूछा—कौन हो ?

नरायन ने खून का घूंट पीकर कहा—गदल का बेटा हूँ।

दुल्लो घूंघट में हँसी। पूछा—छोटे हो कि बड़े ?

—छोटा।

—और कितने हैं ?

—कित्ते भी हों। तुझे क्या ?—गदल ने निकल कर कहा।

—अरे आ गयी !—कहकर दुल्लो भीतर भागी।

—आने दे आज उसे। तुझे बता दूंगी, जिठानी।—गदल ने सिर हिला कर कहा।

—अम्मा !—नरायन ने कहा—यह तेरी जिठानी है ?

—क्यों आया है तू, यह बता !—गदल झल्लाई ।

—दण्ड धरवाने आया हूँ, अम्मा !—कहकर नरायन आगे बैठने को बढ़ा ।

—वहीं रह ! गदल ने कहा ।

उसी समय लोटा-डोर लिये मौनी लौटा । उसने देखा कि गदल ने अपने कड़े और हँसुली उतारकर फेंक दी और कहा—भर गया दण्ड तेरा । अब मत आइयो कोई । समझा । समझ लीजो, थाने में रपट कर दूंगी कि मेरे मरद का सब माल दबाकर बहुओं के कहने से बेटों ने मुझे निकाल दिया है ।

नरायन का मुंह स्याह पड़ गया । वह गहने उठाकर चला गया । मौनी मन ही मन शंकित-सा भीतर आया ।

दुल्लो ने शिकायत की—सुना तूने देवर ! देवरानी ने गहने दे दिये । घुटना आखिर पेट को ही मुड़ा । ऐसे चार जगह बैठेगी, तो बेटों के खेत की डौर पर डण्डा-थूआ तक लग जायेंगी । पक्का चबूतरा घर के आगे बगबगाएगा । समझा देती हूँ । तुम भोले-भाले ठहरे । तिरिया चरित्तर तुम क्या जानो । धन्धा है यह भी । अब कहेगी, फिर बनवा मुझे ।

गदल हँसी, कहा—वाह, जिठानी ! पुराने मरद का मोल नये मरद से तेरे घर की बैयर ही चुकवाती होंगी । गदल तो मालकिन बनकर रहती है, समझी । बाँदी बनकर नहीं । चाकरी करूँगी तो अपने मरद की, नहीं तो विधना मेरे ठेंगे पर । समझी ! तू बीच में बोलनेवाली कौन ? दुल्लो ने रोष से देखा और पाँव पटकती चली गयी ।

मौनी ने देखा और कहा—बहुत बढ़-बढ़कर बातें मत हाँक । समझ ले, घर में बहू बन के रह ।

—अरे, तू तो तब पैदा भी नहीं हुआ था, बालम !—गदल ने मुस्करा कर कहा—तब से मैं सब जानती हूँ । मुझे क्या सिखाता है तू ? ऐसा कोई मैंने काम नहीं किया है, जो बिरादरी के नेम के बाहर हो । जब तू देखे, मैंने ऐसी कोई बात की हो, तो हजार बार रोक, पर सौत की ठसक नहीं सहूँगी ।

—तो बताऊँ तुझे ।—वह सिर हिलाकर बोला ।

गदल हंस कर ओबरी में चली गयी और काम में लग गयी ।

५

ठण्डी हवा तेज हो गई थी । डोड़ी चुपचाप बाहर छप्पर में बैठा हुक्का पी

रहा था। पीते-पीते ऊब गया और उसने चिलम उलट दी और फिर बैठा रहा।

खेत से लौटकर निहाल ने बैल बाँधे, न्यार डाला और कहा—काका !

डोड़ी कुछ सोच रहा था। उसने सुना नहीं।

—काका !—निहाल ने स्वर उठाकर कहा।

—हाँ !—डोड़ी चौंक उठा—क्या है ? मुझसे कहा कुछ ?

—तुमसे न कहूँगा, तो कहूँगा किससे ? दिन भर तो तुम मिले नहीं चिम्मन कढ़ेरा कहता था, तुमने दिन भर मनमौजी बाबा की धूनी के पास बिताया। यह सच है ?

—हाँ, बेटा, चला तो गया था।

—क्यों गये थे भला ?

—ऐसे ही जी किया था, बेटा।

—और कस्बे से बनिये का आदमी आया था, घी कटऊ क्या कराया मैंने कहा नहीं है, वह बोला, ले के जाएगा। झगड़ा होते-होते बचा।

ऐसा नहीं करते, बेटा।—डोड़ी ने कहा—बाहर से कोई झगड़ा मोल लेता है।

निहाल ने चिलम उठाया, कण्डों में से आँच बीनकर धरी और फूंक लगाता हुआ आया। कहा—मैं तो गया नहीं। सिर फूट जाते। नारायण को भेजा था।

—कहाँ ? डोड़ी चौंका।

—उस कुलच्छनी कुलबोरनी के पास।

—अपनी माँ के पास ?

—न जाने तुम्हें उससे क्या है, अब भी तुम्हें उस पर गुस्सा नहीं आता। उसे माँ कहूँगा मैं ?

—पर बेटा, तू न कह, जग तो उसे तेरी माँ ही कहेगा। जब तक मरद जीता है, लोग बैयर को मरद की बहू कहकर पुकारते हैं। जब मरद मर जाता है, तो लोग उसे बेटे की अम्मा कहकर पुकारते हैं। कोई नया नेम थोड़ा ही है।

निहाल भुनभुनाया। कहा—ठीक है, काका, ठीक है; पर तुमने अभी तक यह तो पूछा ही नहीं कि क्यों भेजा था उसे ?

—हाँ, बेटा। डोड़ी ने चौंककर कहा—यह तो तूने बताया ही नहीं ! बता न ?

—दण्ड भरवाने भेजा था। सो पंचायत जुड़वाने के पहले ही उसने तो गहने उतार फेंके।

डोड़ी मुस्कराया। कहा—तो वह यह जता रही है कि घरवालों ने पंचायत भी नहीं जुड़वायी ? यानी हम उसे भगाना ही चाहते थे। नरायन ले आया ?

हाँ।

डोड़ी सोचने लगा।

—मैं फेर आऊँ ?—निहाल ने पूछा।

—नहीं, बेटा। डोड़ी ने कहा—वह सचमुच रूठकर ही गई है। और कोई बात नहीं है। तूने रोटी खा ली ?

—नहीं।

—तो जा। पहले खा ले।

निहाल उठ गया, पर डोड़ी बैठा रहा। रात का अंधेरा साँझ के पीछे ऐसे आ गया, जैसे कोई पर्त उलट गई हो।

—दूर ढोला गाने की आवाज आने लगी। डोड़ी उठा और चल पड़ा।

निहाल ने बहू से पूछा—काका ने खा ली ?

नहीं तो।

निहाल बाहर आया। काका नहीं थे।

—काका !—उसने पुकारा।

राह पर चिरंजी पुजारी गढ़वाले हनुमानजी के पट बन्द करके आ रहा था। उसने पूछा—क्या है, रे ?

—पाय लागूं, पण्डितजी। निहाल ने कहा—काका अभी तो बैठे थे।....

चिरंजी ने कहा—अरे, वह वहाँ ढोला सुन रहा है। मैं अभी देख आया हूँ।

चिरंजी चला गया, निहाल ठिठका खड़ा रहा। बहू ने झाँककर पूछा—क्या हुआ ?

—काका ढोला सुनने गये हैं !—निहाल ने अविश्वास से कहा—वे तो नहीं जाते थे।

—जाकर बुला ले आओ। रात बढ़ रही है।—बहू ने कहा—और रोते बच्चे को दूध पिलाने लगी।

निहाल जब काका को लेकर लौटा, तो काका की देही तप रही थी।

—हवा लग गई है और कुछ नहीं।—डोड़ी ने छोटी खटिया पर अपनी निकली टाँगें समेटकर लेटते हुए कहा—रोटी रहने दे, आज जी नहीं चाहता।

निहाल खड़ा रहा। डोड़ी ने कहा—अरे, सोच तो बेटा। मैंने ढोला

कितने दिन बाद सुना है। उस दिन भैया की सोहागरात को सुना था, तो फिर आज····

निहाल ने सुना और देखा, डोड़ी आँख मींचकर कुछ गुनगुनाने लगा था····

६

शाम हो गई थी। मौनी बाहर बैठा था। गदल ने गरम-गरम रोटी और आम की चटनी ले जाकर खाने को धर दी।

—बहुत अच्छी बनी है।—मौनी ने खाते हुए कहा—बहुत अच्छी है।

गदल बैठ गई। कहा—तुम एक ब्याह और क्यों नहीं कर लेते अपनी उमिर लायक ?

मौनी चौंका। कहा—एक की रोटी भी नहीं बनती।

—नहीं।—गदल ने कहा—सोचते होंगे सौत बुलाती हूँ, पर मरद का क्या ? मेरी भी तो ढलती उमिर है। जीते जी देख जाऊँगी तो ठीक है। न हो तो हुकूमत करने को तो एक मिल ही जायगी।

मौनी हँसा। बोला—यों कह। हौंस है तुझे, लड़ने को कोई चाहिये।

खाना खाकर उठा, तो गदल हुक्का भरकर दे गयी और आप दीवार की ओट में बैठकर खाने लगी।

इतने में सुनायी दिया—अरे, इस बख्त कहाँ चला ?

—जरूरी काम है मौनी।—उत्तर मिला—पेसकार साहब ने बुलवाया है।

गदल ने पहचाना। उसी के गाँव का तो था, घोट्या मैना का चुंडा गिर्राज ग्वारिया। जरूर पेसकार की गाय को चराने की बात होगी।

—अरे, तो रात को जा रहा है ?—मौनी ने कहा—ले चल, चिलम तो पीता जा।

आकर्षण ने रोका। गिर्राज बैठ गया। गदल ने दूसरी रोटी उठायी। कौर मुँह में रखा।

—तुमने सुना ?—गिर्राज ने कहा और दम खींचा।

—क्या ?—मौनी ने पूछा।····

—गदल का देवर डोड़ी मर गया।

गदल का मुँह रुक गया। जल्दी से लोटे के पानी के संग कौर निगला और सुनने लगी। कलेजा मुँह को आने लगा।

—कैसे मर गया ?—मौनी ने कहा—वह तो भला चंगा था।

—ठण्ड लग गई। रात उघाड़ा रह गया।

गदल द्वार पर दिखाई दी। कहा—गिर्राज !

—काकी !—गिर्राज ने कहा—सच। मरते बखत उसके मुँह पर तुम्हारा नाम कढ़ा था, काकी ! विचारा बड़ा भलामानस था।

गदल स्तब्ध खड़ी रही।

गिर्राज चला गया।

गदल ने कहा—सुनते हो।

—क्या है री ?

—मैं जरा जाऊँगी।

कहाँ ?—वह आतंकित हुआ।

—वहीं।

—क्यों ?

—देवर मर गया है न ?

—देवर ! अब तो वह तेरा देवर नहीं।

गदल हँसी, झनझनाती हुई हँसी—देवर तो मेरा अगले जन्म में भी रहेगा। उसी ने मुझसे रुखाई दिखाई नहीं तो क्या यह पाँव कटे बिना उस देहली से बाहर निकल सकते थे ? उसने मुझसे मन फेरा, मैंने उससे। ऐसा बदला लिया उससे।

कहते-कहते वह कठोर हो गई।

—तू नहीं जा सकती।—मौनी ने कहा।

—क्यों ?—गदल ने कहा—तू रोकेगा ? अरे, मेरे खास पेट के जाये मुझे रोक न पाये ! अब क्या है ? जिसे नीचा दिखाना चाहती थी, वही न रहा और तू मुझे रोकने वाला है कौन ? अपने मन से आयी थी, नहीं रहूँगी, कौन तूने मेरा मोल दिया है ? इतना बोल तो भी लिया तू, जो होता मेरा उस घर में, तो जीभ कढ़वा लेती तेरी।

—अरे चल-चल !

मौनी ने हाथ पकड़कर उसे भीतर ढकेल दिया और द्वार खाट डालकर लेटकर हुक्का पीने लगा।

गदल भीतर रोने लगी, परन्तु इतनी धीरे कि उसकी सिसकी तक मौनी नहीं सुन सका। आज गदल का मन बहा जा रहा था।

रात का तीसरा पहर बीत रहा था। मौनी की नाक बज रही थी ! गदल ने पूरी शक्ति लगाकर छप्पर का कोना उठाया और साँपिन की तरह उसके नीचे से रेंगकर दूसरी ओर कूद गयी।

मौनी रह-रहकर तड़पता था। हिम्मत नहीं होती थी जाकर सीधे गाँव में हल्ला करे और लट्ठ के बल पर गदल को उठा लाये। मन करता, सुसरी की टाँगें तोड़ दे। दुल्लो ने व्यंग भी किया कि उसकी लुगाई भागकर नाक कटा गयी है, खून का-सा घूंट पीकर रह गया। गूजरों ने जब सुना, तो कहा—अरे बुढ़िया के लिए खून-खराबी करायेगा और अभी तेरा उसने खरच ही क्या कराया है ? दो जून रोटी खा गयी है तो तुझे टिक्कड़ खिलाकर ही गयी है ?

मौनी का क्रोध भड़कता।

घोटचा का गिर्राज सुना गया था।

जिस वक्त गदल पहुँची, पटेल बैठा था। निहाल ने कहा था—खबरदार ! भीतर पाँव न धरियो ! क्यों लौट आई है ?

पटेल चौंका था। बोला—अब क्या लेने आई है, बहू ?

गदल बैठ गई। कहा—जब छोटी थी, तभी मेरा देवर लट्ठ बाँध मेरे खसम के साथ आया था। इसी के हाथ देखती रह गई थी मैं तो। सोचा था, मरद है, इसकी छत्तरछाया में जी लूंगी। बताओ, पटेल, वह ही जब मेरे आदमी के मरने के बाद मुझे न रख सका, तो क्या करती ? अरे, मैं न रही, तो इससे क्या हुआ ? दो दिन में काका उठ गया न ? इनके सहारे मैं रहती तो क्या होता ?

पटेल ने कहा—पर तूने बेटा-बेटी की उमर न देखी, बहू !

ठीक है,—गदल ने कहा—उमर देखती कि इज्जत, यह कहो। मेरी देवर से रार थी, खतम हो गई। बेटा है, मैंने कोई बिरादरी के नेम के बाहर की बात की हो तो रोककर मुझ पर दावा करो। पंचायत में जवाब दूंगी। लेकिन बेटों ने बिरादरी के मुँह पर थूका, तब तुम सब कहाँ थे ?

—सो कब ?—पटेल ने आश्चर्य से पूछा।

—पटेल न कहें, तो कौन कहेगा ? पच्चीस आदमी खिलाकर टाल दिया मेरे मरद के कारज में।

—पर पगली, यह तो सरकार का कानून था।

—कानून था !—गदल हँसी—सारे जग में कानून चल रहा है, पटेल ? दिन-दहाड़े भैंसे खोलकर लायी जाती हैं। मेरे ही मरद पर कानून था ? यों न कहो, बेटों ने सोचा, दूसरा अब क्या धरा है क्यों पैसा बिगाड़ते हो ? कायर कहीं के।

निहाल गरजा—कायर ? हम कायर ? तू सिंघनी ?

—हाँ, मैं सिंघनी।—गदल तड़पी—बोल तुझमें है हिम्मत ?

—बोल !—वह भी चिल्लाया।

—जा, बिरादरी कारज में न्यौता दे काका के !—गदल ने कहा। निहाल सकपका गया। बोला—पुलस····

गदल ने सीना ठोंककर कहा—बस ?

—लुगाई बकती है।—पटेल ने कहा—गोली चलेगी, तो ?

गदल ने कहा—धरम-धुरन्दरों ने तो डुबा ही दी। सारी गुजरात डूब ही गई। माधो। अब किसी का आसरा नहीं। कायर ही कायर बसे हैं।

फिर अचानक कहा—मैं करूँ परबन्ध ?

—तू ?—निहाल ने कहा।

—हाँ मैं !—और उसकी आँखों में पानी भर आया। कहा—वह मरते बखत मेरा नाम लेता गया है न, तो उसका प्रबंध मैं ही करूँगी।

मौनी ने आश्चर्य से सुना था। गिर्राज ने ही बताया था कि कारज का जोरदार इन्तजाम है। गदल ने दारोगा को रिश्वत दी है। वह उधर आयेगा ही नहीं। गदल बड़ा इन्तजाम कर रही है। लोग कहते हैं, उसे अपने मरद का इतना गम नहीं हुआ था, जितना अब लगता है।

गिर्राज तो चला गया था, पर मौनी में विष भर गया था। उसने उठते हुए कहा—"तो गदल ! तेरी भी मन की होने दूँ, सो गोला का मौनी नहीं ! दारोगा का मुँह बन्द कर दे, पर उससे भी ऊपर एक दरबार है। मैं कस्बे में दारोगा से शिकायत करूँगा।"

८

कारज हो रहा था। पाँतें बैठतीं, जीमतीं, उठ जातीं और कढ़ाव से पुए उतरते।

बाहर मरद इन्तजाम कर रहे थे, खिला रहे थे। निहाल और नरायन ने

लड़ाई में महँगा नाज बेचकर जो घड़ों में नोटों को चाँदी बनाकर डाला था, वह निकली और बोहरे का कर्ज चढ़ा। पर डाँग में लोगों ने कहा—गदल का ही बूता था। बेटे तो हार बैठे थे। कानून क्या बिरादरी से ऊपर है !

गदल थक गई थी। औरतों में बैठी थी। अचानक द्वार में से सिपाही-सा दीखा। बाहर आ गयी। निहाल सिर झुकाये खड़ा था।

—क्या बात है, दीवानजी ?—गदल ने बढ़कर पूछा।

स्त्री का बढ़कर पूछना देख, दीवान सकपका गया।

निहाल ने कहा—कहते हैं कारज रोक दो।

—सो कैसे ?—गदल चौंकी।

—दारोगाजी ने कहा है।—दीवानजी ने नम्र उत्तर दिया।

क्यों ? उनके पूछकर ही तो किया जा रहा है।—उसका स्पष्ट संकेत था कि रिश्वत दी जा चुकी है।

दीवान ने कहा—जानता हूँ, दारोगाजी तो मेल-मुलाकात मानते हैं, पर किसी ने बड़े दारोगाजी के पास शिकायत पहुँचायी है, दारोगाजी को आना ही पड़ेगा। इसी से उन्होंने कहला भेजा है कि भीड़ छाँट दो, वर्ना कानूनी कार्यवाही करनी ही पड़ेगी।

क्षण भर गदल ने सोचा। कौन होगा वह ? समझ नहीं सकी। बोली—दारोगाजी ने पहले नहीं सोचा था यह सब, अब बिरादरी को उठा दें ? दीवानजी, तुम भी बैठकर पत्तल परोसवा लो। होगी सो देखी जाएगी। हम खबर भेज देंगे, दारोगा आते ही क्यों हैं ? वे तो राजा हैं।

दीवानजी ने कहा—सरकारी नौकरी है, चली न जाएगी ? आना ही होगा उन्हें।

—तो आने दो ! गदल ने चुभते स्वर से कहा—आदमी का वजन एक बार का होता है। हम बिरादरी को नहीं उठा सकते।

नरायन घबराया। दीवानजी ने कहा—सब गिरफ्तार कर लिए जायँगे। समझी। राज से टक्कर लेने की कोशिश न करो !

—अरे, तो राज क्या बिरादरी से ऊपर है ?—गदल ने तमककर कहा—राज के पीछे तो आज तक पिसे हैं, पर राज के लिए धरम नहीं छोड़ देंगे, सुन लो। तुम धरम छीन लो, तो हमें जीना हराम है !

गदल पाँव धमाके से धरती चली गई।

तीन पाँतें और उठ गईं, अन्तिम पाँत थी।

निहाल ने अँधेरे में देखकर कहा—नरायन, जल्दी कर। एक पाँत बची है न ?

गदल ने छप्पर की छाया में से कहा—निहाल !

निहाल गया।

—डरता है ?—गदल ने पूछा।

सूखे होंठों पर जीभ फेरकर उसने कहा—नहीं।

—मेरी कोख की लाज करनी होगी तुझे।—गदल ने कहा—तेरे काका ने तुझको बेटा समझकर अपना दूसरा ब्याह नामंजूर कर दिया था। याद रखना, उसके और कोई नहीं।

निहाल ने सिर झुका लिया।

भागा हुआ एक लड़का आया।

—दादी !—वह चिल्लाया।

—क्या है रे ?—गदल ने सशंक होकर देखा।

—पुलिस हथियार बन्द होकर आ रही है।

—निहाल ने गदल की ओर रहस्यभरी दृष्टि से देखा।

गदल ने कहा—पाँत उठने में ज्यादा देर नहीं है।

—लेकिन वे कब मानेंगे ?

—उन्हें रोकना होगा।

—उनके पास बन्दूकें हैं।

—बन्दूकें हमारे पास भी हैं, निहाल।—गदल ने कहा—डाँग में बन्दूकों की क्या कमी।

—पर हम फिर क्या खायँगे ?

—जो भगवान देगा।

बाहर पुलिस की गाड़ी का भोंपू बजा। निहाल आ बढ़ा। दारोगा ने उतर कर कहा—यहाँ दावत हो रही है ?

निहाल भौंचक रह गया। जिस आदमी ने रिश्वत ली थी, अब वह पहचान भी नहीं रहा था।

—हाँ। हो रही है।—उसने क्रुद्ध स्वर में कहा।

—पच्चीस आदमी से ऊपर हैं ?

—गिनकर हम नहीं खिलाते, दारोगाजी।

मगर तुम कानून तो नहीं तोड़ सकते ?

—कानून राज का कल का है, मगर बिरादरी का कानून सदा का है। हमें राज नहीं लेना है, बिरादरी से काम है।

—तो मैं गिरफ्तारी करूँगा।

गदल ने पुकारा—निहाल !

निहाल भीतर गया।

गदल ने कहा—पंगत खतम होने तक इन्हें रोकना होगा।

—फिर ?

—फिर सबको पीछे से निकाल देंगे। अगर कोई पकड़ा गया, बिरादरी क्या कहेगी ?

—पर ये वैसे न रुकेंगे। गोली चलायँगे।

—तू न डर। छत पर नरायन चार आदमियों के साथ बन्दूकें लिये बैठा है।

निहाल काँप उठा। उसने घबराये हुए स्वर से समझाने की कोशिश की—हमारी टोपीदार है, उनकी रफल हैं।

—कुछ भी हो, पंगत उतर आएगी।

—और फिर ?

—तुम सब भागना।

हठात् लालटेन बुझ गई।

धायँ-धायँ की आवाज आयी। गोलियाँ अन्धकार में चलने लगीं।

गदल ने चिल्लाकर कहा—सौगन्ध है, खाकर उठना।

पर सबको जल्दी की फिकर थी।

बाहर धायँ-धायँ हो रही थी। कोई चिल्लाकर गिरा।

पाँत पीछे से निकलने लगी।

जब सब चले गये, गदल ऊपर चढ़ी। निहाल से कहा—बेटा !

उसके स्वर की अखण्ड ममता सुनकर निहाल के रोंगटे उस हलचल में भी खड़े हो गये। इससे पहले कि वह उत्तर दे, गदल ने कहा—तुझे मेरी कोख की सौगन्ध है। नरायन को और बहू-बच्चों को लेकर निकल जा पीछे से।

—और तू ?

—मेरी फिकर छोड़ ! मैं देख रही हूँ, तेरा काका मुझे बुला रहा है ।

निहाल ने बहस नहीं की ! गदल ने एक बन्दूकवाले से भरी बन्दूक लेकर कहा—चले जाओ सब, निकल जाओ ।

सन्तान के मोह से जकड़े हुए युवकों को आपत्ति ने अन्धकार में विलीन कर दिया ।

गदल ने घोड़ा दबाया । कोई चिल्लाकर गिरा । वह हँसी । विकराल हास्य उस अन्धकार में गूँज उठा ।

दारोगा ने सुना, तो चौंका । औरत ! मरद कहाँ गये ! उसके कुछ सिपाहियों ने पीछे से घिराव डाला और ऊपर चढ़ गये । गोली चलायी । गदल के पेट में लगी ।

९

युद्ध समाप्त हो गया था । गदल रक्त से भीगी हुई पड़ी थी । पुलिस के जवान इकट्ठे हो गए ।

दारोगा ने पूछा····यहाँ तो कोई नहीं ?

—हुजूर !—एक सिपाही ने कहा—यह औरत है ।

दारोगा आगे बढ़ आया ! उसने देखा और पूछा—तू कौन है ?

गदल मुस्करायी और धीरे से कहा—कारज हो गया, दारोगाजी । आत्मा को शांति मिल गई ।

दारोगा ने झल्लाकर कहा—पर तू है कौन ?

गदल ने और भी क्षीण स्वर से कहा—जो एक दिन अकेला न रह सका, उसी की....

और सिर लुढ़क गया । उसके होठों पर मुस्कराहट ऐसी ही दिखाई दे रही थी, जैसे अब पुराने अन्धकार में जलाकर लायी हुई—पहले की बुझी लालटेन....।

●